Herbert Dutzler

Letzter Saibling

Ein Altaussee-Krimi

Herbert Dutzler

Letzter Saibling

1

So einen Fund hätte Gasperlmaier lieber nicht begutachten müssen. Wo es doch so ein wunderschöner Sommertag war. Nicht zu kalt, aber auch nicht zu warm. Ein kaum spürbares Lüfterl wehte vom See herauf und ließ die Sonnenschirme im Gastgarten der Fischerhütte nachlässig flattern, und von der Schwüle der vergangenen Tage war seit dem nächtlichen Gewitter nichts mehr zu spüren. Gasperlmaier hatte sich nach dem grausigen Fund setzen müssen. Ein solcher Einsatz war ja wirklich nicht alltäglich. Schon gar nicht hier, am Toplitzsee, wo ohnehin ein Tauchverbot galt. Für die nächsten 99 Jahre, so hatte es zumindest seitens der Bundesforste geheißen, die den See verwalteten. Nur Wissenschaftler durften hin und wieder in den See. Und gerade vor dem Denkmal des Erzherzogs Johann, gerade dort hatte der Taucher seinen grauenhaften Fund an Land legen müssen. Er nahm seine Dienstmütze ab und wischte sich über den Nacken, weil er nun doch zu schwitzen begonnen hatte.

So einen Fall hatten sie hier hinten noch niemals gehabt, zumindest, soweit er sich erinnern konnte. Und an so was hätte er sich sicher erinnern können. Und das gerade heute, wo er allein hierher hatte fahren müssen. Dem Friedrich war schlecht gewesen, und so hatte er gemeint, Gasperlmaier solle zunächst einmal alleine an den Toplitzsee fahren, er werde nachkommen, sobald er sich besser fühle. Gasperlmaier hatte den Friedrich Kahlß, seinen Postenkommandanten, ratlos angestarrt und sich Gedanken über dessen Gesundheit gemacht. Immer unbeweglicher war der Friedrich in den letzten Jahren geworden, und seine stetig anwachsende Leibesfülle hatte es fast jedes Jahr notwendig gemacht, um eine neue Uniform anzusuchen. Sogar zum Polizeiarzt war er schon vorgeladen worden, und der hatte ihm eine Kur empfohlen. Dort, so hatte der Arzt gemeint, würde man sich auch um seine völlig verfehlten Ernährungsgewohnheiten kümmern. Der Friedrich hatte hingegen nur abgewinkt und Gasperlmaier erklärt, auf eine Kur habe er weder Lust und schon gar keine Zeit dazu. „In einem Jahr geh ich eh in Pension, das werd ich schon noch überstehen!“, hatte er gemeint, und sich hinter seine Autozeitschrift zurückgezogen. Der Friedrich war nämlich ein leidenschaftlicher Leser aller möglichen Motormagazine, während er im wirklichen Leben mit einem heftig rauchenden Mercedes aus den siebziger Jahren, den er von seinem verstorbenen Onkel geerbt hatte, das Auslangen fand.

An diesem Morgen hatte allerdings Gasperlmaier auch gefunden, dass der Friedrich besonders schlecht aussah. Sein Gesicht war stark gerötet gewesen, und sein Atem war heftig und keuchend gegangen, als der Anruf gekommen war. Der hatte natürlich wenig dazu beigetragen, den Blutdruck des Friedrich unter die Notfallmarke zu drücken. Gleich nachdem er aufgelegt hatte, musste der Friedrich zwei Tabletten schlucken. „Eine für den Blutdruck, und die andere wegen den Herzrhythmusstörungen“, hatte er Gasperlmaier erklärt. So hatte der sich also allein in den Streifenwagen gesetzt und war über Aussee an den Grundlsee gefahren, danach an dessen hinteres Ende nach Gössl, am Gasthof Veit vorbei, und dann die Straße an der Gösslwand entlang, die für den gewöhnlichen Autoverkehr gesperrt war.

Als Gasperlmaier seinen Streifenwagen neben dem Kleinbus der Taucher abstellte, winkte ihm jemand schon von Weitem. Als sich Gasperlmaier näherte, sah er, dass Pressluftflaschen und anderes Tauchzubehör am Ufer lagen. Der Taucher, der sie von der Fischerhütte aus angerufen hatte, trug noch immer seinen Neoprenanzug, hatte aber seinen Oberkörper daraus befreit. Er war trotz seines gruseligen Fundes nicht einmal aufgeregt. So etwas, meinte er, komme bei Tauchgängen schon dann und wann einmal vor. Auch ganze Leichen, die noch in ihrem Tauchanzug steckten, habe er schon zu bergen gehabt.

Den Fund, so konnte Gasperlmaier sehen, hatte er bereits mit einer grünen Plastikplane abgedeckt. In respektvoller Entfernung standen ein paar Spaziergänger herum, die untereinander flüsterten und Gasperlmaier erwartungsvoll entgegensahen. Der aber schlug zunächst ein paar Latten in den weichen Boden um die Uferstelle und spannte ein Polizeiabsperrband. „Eilig hast du's wohl nicht!", meinte der Taucher grinsend.

Tatsächlich wollte es Gasperlmaier vorsichtig und überlegt angehen. Ein abgetrenntes Bein, das womöglich monatelang im See gelegen hatte, das musste er nicht sofort sehen. Dem, dem das Bein fehlte, half es ohnehin nicht mehr, wenn Gasperlmaier sich beeilte. Sorgfältig knüpfte er den letzten Knoten und zückte seinen Notizblock. „Zuerst nehmen wir einmal die Personalien auf", meinte er. Natürlich, so musste er sich selbst eingestehen, war das nur eine recht behelfsmäßige Verzögerungstaktik. Irgendwann würde er das Bein in Augenschein nehmen müssen, daran führte kein Weg vorbei. „Schürtz Thomas. MSc. Und da ist meine Lizenz drinnen. Und mein Tauchschein. Und die Genehmigung für da." Er deutete auf das reglose, fast schwarze Wasser des Sees.

Gasperlmaier meinte zunächst, der Taucher habe seine Papiere im See versenkt, dann aber hielt ihm der ein durchsichtiges, anscheinend wasserdichtes Täschchen hin, in dem sich wohl die genannten Dokumente befanden. Er fragte zwar sich selbst, nicht aber den Thomas Schürtz, was „MSc“ bedeuten mochte. „Wir sind vom Biologie-Institut der Uni Salzburg. Wegen der Grünalgen. Sie wissen ja, die die sauerstoffführende von der sauerstofffreien Wasserschicht trennen. In etwa 20 Metern Tiefe, nämlich ...“ „Ja, ja.“ Gasperlmaier winkte ab und notierte sich den Namen. „Wo, genau, haben Sie den Hax ..., ich meine, das Bein, gefunden?“ Der Herr Schürtz wies etwas vage auf eine Stelle im See, direkt vor ihnen. „Da draußen. Uferentfernung vielleicht dreißig, vierzig Meter. Tiefe siebzehn Meter.“ Er deutete auf eine wuchtige Digitalanzeige an seinem rechten Handgelenk. Gasperlmaier nickte und notierte. „Wollen Sie sich den Haxen nicht einmal anschauen, Herr Inspektor?“ Der Taucher grinste. Wahrscheinlich hatte der Gasperlmaiers Taktik schon durchschaut.

Dem wurde ein wenig warm unter seiner Jacke. Es blieb ihm wohl nichts anderes übrig, als die Plane zurückzuschlagen. Er blickte auf. Vier oder fünf Leute standen nun hinter den Absperrbändern. Darunter ein Bub von vielleicht neun oder zehn Jahren. Der, so dachte Gasperlmaier bei sich, musste nun wirklich nicht dabei sein, wenn man Leichenteile begutachtete. „Wenn Sie bitte weitergehen würden!“ Gasperlmaier wedelte mit den Armen, um seine Bitte zu unterstreichen. Die beiden Frauen in der Gruppe nahmen den Buben an den Händen und zogen ihn mit ängstlichen Gesichtern weg vom Absperrband, während ein klein gewachsener, älterer Mann mit weißem Bart einfach stehen blieb und Gasperlmaier herausfordernd anstarrte. „Ich bin hinter der Absperrung. Das ist ein öffentlicher Weg!“

Diese Typen kannte Gasperlmaier. Keine Gelegenheit wurde ausgelassen, um zu beweisen, dass man ein ganzer Kerl war, der sich von der Staatsmacht nicht einschüchtern ließ. Gasperlmaier seufzte und wandte sich von dem Giftzwerg ab. „Wir könnten die Plane so anheben, dass er nichts sieht", schlug der Thomas Schürtz vor. Der musste ja in seinem Neopren fürchterlich schwitzen, dachte Gasperlmaier. Gemeinsam hoben sie die Plane auf der Seeseite an zwei Ecken an. Ein Schwarm Fliegen stob auf. Gasperlmaier bemühte sich, seinen Blick auf den See hinaus zu richten, doch es gelang ihm nicht. Fast magnetisch wurden seine Blicke von dem angezogen, was da unter der grünen Abdeckung zum Vorschein kam. Ein Bein. Ein Männerbein. Erkennen konnte man das nur an den Resten der grünen Stutzen, die aus dem zerschlissenen Bergschuh herausragten. Sonst hatte es nur mehr wenig Ähnlichkeit mit einem menschlichen Körperteil. Gasperlmaier meinte, etwas zu sehen, das sich an dem Bein bewegte. Weit oberhalb des Knies, so schien Gasperlmaier, musste es abgetrennt worden sein, denn man konnte erkennen, dass das Bein etwa in der Mitte einen Winkel bildete.

Eine Wolke üblen Gestanks erfasste Gasperlmaier, sodass er die Plane rasch fallen ließ und sich abwandte. Er trat ein paar Schritte zur Seite und atmete tief durch. Der Zwerg stand noch immer an der Absperrung. Nun grinste er. „Wohl ein Weichei, was? Unglaublich! Und so was ist bei der Polizei!" Gott sei Dank, so dachte Gasperlmaier bei sich, war der Mann nicht von hier. Zwar trug er einheimische Tracht, sein Idiom aber verriet, dass er aus dem Norden stammte. Von weit oben im Norden.

Gasperlmaier fühlte eine noch sanfte Wut in sich aufsteigen. „Schleichen'S Ihnen!", fuhr er den Mann an. „Sonst nehm ich Sie vorläufig fest! Vielleicht haben Sie ja die Leiche da zerlegt!" Der Mann trat entrüstet einen Schritt zurück. „Erlauben Sie mal! Wo sind wir denn hier!" Der Herr Schürtz trat heran und stellte sich hinter Gasperlmaier. „Am Toplitzsee, der Herr. Und ich glaube, es ist gescheiter, Sie tun, was der Herr Inspektor sagt. Der ist nämlich ein ganz scharfer!" Gasperlmaier nickte. Allerdings, so stellte er bei einem Blick zu seinem Auto hinüber fest, waren bereits weitere Leute auf dem Weg zu ihnen herüber. Ganz klar – wenn sich ein Polizeiauto in diese Idylle verirrte, dann musste man schon Nachschau halten, was denn eigentlich der Grund des Einsatzes war. Sonst verpasste man womöglich was. Während sich der Herr aus dem Norden kopfschüttelnd trollte, holte Gasperlmaier sein Handy aus der Brusttasche. „Vergessen Sie's!", meinte der Herr Schürtz. „Was glauben Sie, warum ich von der Fischerhütte aus angerufen habe? Kein Netz!"

Ein durchtrainierter junger Mann in Badeshorts näherte sich der Absperrung. Gasperlmaier wollte ihn schon verscheuchen, als er sich vorstellte. „Jungnickel. Ich war mit ihm da tauchen. Ich hab mich nur schnell umgezogen." Er schüttelte Gasperlmaier kräftig die Hand. „Sagen Sie", sagte Gasperlmaier, „können Sie beide hier aufpassen, während ich telefoniere? Ich glaub, da braucht's die Kripo und die Spurensicherung." „Passt schon!", nickte der Herr Schürtz. „Wir lassen niemanden her!"

Gasperlmaier hatte es eilig. Vor allem deswegen, weil er so schnell wie möglich die Verantwortung für diese Leiche loswerden wollte. Er würde sofort die Frau Doktor Kohlross anrufen. Die arbeitete am Bezirkspolizeikommando in Liezen und hatte schon mehrmals Ermittlungen hier im Ausseerland geleitet. Gasperlmaier hatte sie dabei gut kennen gelernt, war er doch in der Regel als ortskundiger Begleiter abgestellt worden, um der Frau Doktor die Wege zu weisen und sie über ortsübliche Gegebenheiten zu informieren.

Zu seinem Glück war das Telefon in der Fischerhütte frei. „Was habt's denn gefunden?“, wollte der Konrad, der Wirt, neugierig wissen. Gasperlmaier winkte ab. Ärgerlich scheuchte er ihn beiseite, nachdem die Verbindung zustande gekommen war, denn der Konrad hatte zunächst keinerlei Anstalten gemacht, sich diskret zu entfernen. Überhaupt war hier an ein vertrauliches Gespräch nicht zu denken. Servierpersonal und Gäste gingen ein und aus, jeder konnte mithören. Gasperlmaier nahm sich vor, sich kurz zu fassen. „Die Frau Doktor ist zwar im Haus, aber sie ist in einer Besprechung. Wenn Sie vielleicht später ...“ Gasperlmaier unterbrach die Dame am Telefon. „Hören Sie, es ist äußerst dringend. Ein Notfall.“ Gasperlmaier hörte hinter sich Schritte. „Eine Leiche! Zumindest ein Teil davon!“, flüsterte er in die Muschel, die er mit seiner Hand so weit wie möglich abgedeckt hatte. „Könnten Sie vielleicht ein bisschen lauter, ich versteh Sie so schlecht!“ Gasperlmaier riss der Geduldsfaden. „Hören Sie, wir haben Leichenteile gefunden!“, schrie er nun fast. „Ich brauch die Frau Doktor! Jetzt! Und wenn Sie nicht sofort ...“ Gasperlmaier hielt inne und schnaufte heftig. Was geschehen würde, wenn sein Gegenüber nicht sofort die Frau Doktor ans Telefon holte, das wollte ihm jetzt, so spontan und in der Eile, nicht und nicht einfallen. Kommunikativ war Gasperlmaier eben nicht der Schnellste und schon gar nicht der Einfallsreichste. Bis er in seinem Kopf die Sätze grammatikalisch einigermaßen richtig zusammengedrechselt und sich dann noch entschieden hatte, ob sie wert waren, geäußert zu werden, hatten seine Gesprächspartner sich oft schon abgewandt. Vor allem, wenn er im Stress war, passierte ihm das.

Zu seinem Glück aber hörte er nach wenigen Sekunden die vertraute Stimme der Frau Doktor am Hörer. „Gasperlmaier? Ein Notfall, höre ich?“ „Ja, Frau Doktor.“ Er entspannte sich ein wenig. „Renate“, erinnerte sie ihn. Gasperlmaier hatte sich noch nicht daran gewöhnt, dass sie seit einiger Zeit per du waren. Eigentlich war das Gasperlmaier gar nicht recht gewesen. Zwar bewunderte er die Frau Doktor über alle Maßen, aber aus lauter Respekt hatte er sie, bildlich gesehen, auf ein Podest gehoben, wo sie für ihn unerreichbar war und bleiben sollte. So auf Du und Du mit ihr zu sein machte ihm ein wenig Angst. „Ja. Renate. Wir haben da einen Haxen, ich meine, ein Bein gefunden.“ Gasperlmaier hatte ganz darauf vergessen, dass er ja sozusagen in der Öffentlichkeit sprach. Draußen im Gastgarten fingen die Leute an, unruhig zu werden. Gemurmel kam auf. „Zahlen, zahlen!“, schwirrte es durch die Luft.

„Wo bist du denn überhaupt?“, fragte die Frau Doktor. „Ja, am Toplitzsee. Wenn du dringend kommen könntest. Und Spurensicherung und alles.“ „Sag, Gasperlmaier, besteht nicht die Möglichkeit, dass noch weitere Leichenteile auftauchen?“ Er fragte sich, woher er das wissen sollte. Dennoch fielen ihm noch wichtige Einzelheiten ein. „Dann noch Taucher! Zum Absuchen vom See!“ Die Frau Doktor reagierte schnell, wie er es gewohnt war. „Vierzig Minuten, Gasperlmaier. Mit der ganzen Mannschaft. Schneller können wir nicht. Bis dahin musst du allein die Stellung halten. Mach’s gut!“ Sie legte auf.

Gasperlmaier tat es ihr gleich, wischte sich mit dem Unterarm den Schweiß von der Stirn und trat in den

Sonnenschein hinaus. Ganze Scharen von Ausflüglern schienen auf der Flucht aus dem Gastgarten und auf dem Weg zum Erzherzog-Johann-Denkmal hinüber zu sein, wo die beiden Taucher links und rechts der Plane Posten bezogen hatten. Die vierzig Minuten, so fürchtete Gasperlmaier, würden lang werden. Er setzte sich auf die Hausbank vor der Fischerhütte. Schließlich war das Telefon da drinnen im Vorhaus seine einzige Verbindung zur Außenwelt, und die Dienstpflicht verlangte von ihm, dass er sich für einen eventuellen Rückruf bereithielt. Außerdem konnte er so vermeiden, vor dem abgetrennten Haxen Wache zu halten. Er nahm seine Mütze ab und legte sie neben sich hin.

„Was habt's denn da drüben unter dem Fetzen?", drang plötzlich eine Stimme an Gasperlmaiers Ohr. Auf der anderen Seite der Eingangstür saß der Köberl Kilian. Gasperlmaier hatte ihn gar nicht gesehen. Der Kilian hob sein Bierglas und prostete Gasperlmaier zu. Seltsam, dachte Gasperlmaier bei sich. Der Kilian war der einzige Mensch, den er kannte, dem ein Bein fehlte. Und ausgerechnet dann, wenn sie im Toplitzsee eines fanden, da begegnete er ihm. Aber dem Kilian seines, so überlegte er, das konnte es unmöglich sein. Das war ja schon viel länger her. Trotzdem war es ihm gerade dem Kilian gegenüber peinlich, davon zu sprechen, dass man ein Bein gefunden hatte. Wo der doch so dringend eines hätte gebrauchen können. Ein vielversprechender Skirennläufer war der Kilian gewesen, der einzige, den Altaussee je hervorgebracht hatte. Als zehnjähriger Bub war er schon die Loserabfahrt im Schuss heruntergedonnert, dass alle anderen Skifahrer Reißaus nehmen hatten müssen, um nicht niedergestoßen zu werden. Einmal, so erinnerte er sich, hatte der Friedrich dem Kilian sogar die Saisonkarte abnehmen müssen, weil er es gar zu arg getrieben hatte. Der Skiclubtrainer persönlich hatte auf dem Posten erscheinen müssen, um die Sache zu klären. Bis in den Europacup hatte der Kilian es geschafft, und dann war halt diese tragische Geschichte passiert, die ihm sein Bein gekostet hatte. Und das noch dazu bei ihm daheim, auf dem Loser. Bei einem ganz unwichtigen Dorfrennen. Da war dann natürlich auch kein Notarzt vor Ort, und dann war es eben so gekommen, dass der Kilian mit einem Bein weniger aus dem künstlichen Tiefschlaf aufgewacht war, weil er die Liftstütze gerade ein wenig oberhalb des orangefarbenen Polsters getroffen hatte. Aber dass Skifahrer so hoch fliegen könnten, hatte damals wohl keiner geahnt. Zwar fuhr er immer noch Skirennen, jetzt bei den Behinderten halt, und er hatte zahllose Pokale dabei gewonnen – aber ganz verwunden hatte er das jähe Ende seiner Karriere nicht. Obwohl er sich beinahe jeden Tag den Großteil seiner Pokale anschauen konnte, die hier in der Fischerhütte in einer Vitrine verstaubten. In der Sommersaison steuerte der Kilian nämlich die Plätte, die die Urlauber über den Toplitzsee hinweg zum Kammersee brachte, dem Ursprung der Traun. Dorthin konnte man nur in der Plätte gelangen, denn der Toplitzsee war von derart steilen Felswänden umgeben, dass kein Wanderweg am Ufer entlangführte. Höchstens Jägersteige gab es in den Felswänden irgendwo, doch Gasperlmaier hatte davon wenig Ahnung. Seine Höhenangst hinderte ihn daran, die felsigeren Gebiete des Ausseerlandes näher in Augenschein zu nehmen.

Die Kellnerin war aus der Tür getreten und sah nach links und rechts. Schließlich sprach sie Gasperlmaier an. „Vertreibt's uns die Gäste, oder? Was ist denn eigentlich los, da drüben? Sie deutete hinüber zum Ufer vor dem Denkmal, wo sich schon wieder etliche Leute angesammelt hatten. Da sich dort aber rein gar nichts tat, waren andere auch schon wieder auf dem Rückweg. „Bringst uns einfach einmal zwei Bier!“, lächelte der Kilian verschmitzt. „Dann hast wieder was zu tun.“ Die Kellnerin zischte verächtlich, trollte sich aber tatsächlich zur Schank.

„Also, was verstecken die Taucher da drunter? Irgendeine biologische Sensation? Ich kenn die zwei ja, sind schon ein paar Tage da, die Burschen von der Universität.“ Gasperlmaier zuckte hilflos mit den Schultern. „Der eine“, begann Gasperlmaier, „der hat einen Teil von einer Leiche herausgetaucht.“ Er atmete tief durch. „Was für einen denn? Am Ende gar einen Kopf?“ Der Kilian gab sich mit eher allgemein gehaltenen Informationen anscheinend nicht zufrieden. Gasperlmaier seufzte. Unwillkürlich lenkte er seine Blicke auf die Prothese des Kilian. „Einen Haxen haben wir gefunden, wenn du's unbedingt genau wissen musst. Und die Kriminalpolizei ist schon unterwegs. In ein paar Minuten wimmelt's hier von Polizeiautos und Leuten.“ „Hoffentlich!“, mischte sich die Kellnerin ein und stellte ein Bier vor Gasperlmaier hin. Etwas heftig, wie der fand. Ein wenig von der kostbaren Flüssigkeit war übergeschwappt und rann in Richtung Tischkante. Gasperlmaier blickte dem Weg des Rinnsals versonnen nach.

„Hörst, den könnt ich brauchen!“ Der Kilian lachte schallend und nahm einen tiefen Schluck von seinem Bier. „Mir fehlt schon lang einer! Aber der meine ist es nicht! Der ist im Krankenhaus in Schladming geblieben. Wer weiß, was die damit gemacht haben.“ Der Kilian, fand Gasperlmaier, bewies Galgenhumor. Und so redete Gasperlmaier weiter. „Den würdest du nicht haben wollen, Kilian. Der schaut ganz übel aus. Und einen Saibling aus dem Toplitzsee werd ich in der nächsten Zeit jedenfalls nicht essen. Wenn ich daran denk, wovon sich der womöglich ernährt hat." Gasperlmaier musste das Bild des zerfressenen Unterschenkels, das er selbst heraufbeschworen hatte, mit Gewalt aus seinem Kopf verdrängen. Ein Schnaps, fand er, wäre dazu gut geeignet gewesen. Aber wenn die Frau Doktor kam, und er saß hier mit einem Schnaps und einem Bier? Das würde keinen guten Eindruck hinterlassen, und der war Gasperlmaier wichtig, soweit es die Frau Doktor betraf.

„Hast dir schon Gedanken gemacht, zu wem der Haxen gehören könnt?", fragte der Kilian nach. „Weil, wenn der schon jahrelang da drinnen herumgesumpert wäre, da hätten die Taucher höchstens noch einen gut polierten Knochen gefunden, mein Lieber!" Darüber hatte sich Gasperlmaier tatsächlich noch keinerlei Gedanken gemacht. So auf die Schnelle fiel ihm weder jemand ein, dem in letzter Zeit ein Bein abhandengekommen war, noch konnte er sich daran erinnern, dass jemand ganz und gar aus dem Ausseerland verschwunden wäre, ohne dass man gewusst hätte, wohin. Als Polizist hätte er schließlich etwas davon mitbekommen müssen.

„War noch ein Schuh dran, oder ein Socken?" „Ein alter Bergschuh, und ein grüner Stutzen." Bevor Gasperlmaier noch daran dachte, dass er diese Informationen lieber für sich behalten hätte sollen, waren sie schon heraußen. Über gewisse Dinge, die einen schwer belasteten, musste man wohl reden. Seine Frau, die Christine, hatte dafür sogar ein Sprichwort, das sie manchmal gebrauchte, wenn der sonst schweigsame Gasperlmaier mehr als das unbedingt Notwendige erzählte, weil er es sonst nicht aus seinem Schädel herausbrachte. „Wes das Herz voll ist, des geht der

Mund über", sagte sie dann. Angeblich hatte das Martin Luther einmal gesagt. Die Christine war nämlich ziemlich gebildet. Sie war Volksschullehrerin, wusste aber weit mehr, als sie den Kindern in der Altausseer Volksschule jemals hätte beibringen können. Was Gasperlmaier manchmal ein wenig wurmte, war vor allem, dass sie weit mehr wusste als er selber. Aber er hatte damit zu leben gelernt.

„Ein Bergschuh, und ein grüner Stutzen?", wiederholte der Kilian und scharrte mit seiner Prothese im Kies unter seinem Tisch. „Dann war's auf jeden Fall ein Mann. Aber ein Sommerfrischler kann's genau so gut gewesen sein als wie ein Einheimischer." Gasperlmaier hoffte inständig, sowohl Mörder als auch Opfer würden weit weg, am besten im Ausland, zu finden sein. Denn dann hätten sie hier herinnen sicherlich weniger Scherereien mit den ganzen Ermittlungen.

Gasperlmaier sah auf die Uhr. Wann die Frau Doktor wohl endlich kommen würde? Er trank sein Bier aus und erhob sich. Besser, sie musste ihn nicht erst im Gastgarten abholen, wenn sie endlich auftauchte. „Könnt aber auch ein Wilderer gewesen sein. Oder ein Jäger", fuhr der Kilian fort. „Wildererdrama. Der Jäger erschießt den Wilderer, oder umgekehrt, und bei einer Holzknechthütte schnappt er sich die Motorsäge – und ruck, zuck ..." „Jetzt hörst aber auf!", unterbrach ihn Gasperlmaier ein wenig barsch. „Da kann einem ja ganz schlecht werden, bei deinen Gruselgeschichten! Pfüat di!" Gasperlmaier reichte dem Kilian noch die Hand und empfahl sich dann. Der Kilian blieb, still vor sich hin lächelnd und mit der Prothese im Kies scharrend, zurück.

2

Gasperlmaier hatte dem Köberl Kilian nicht zu viel versprochen. Eine Stunde später war das Gelände um den Fundort weiträumig abgesperrt, keine zufälligen Urlauber oder absichtlichen Neugierigen konnten mehr in die Nähe der Uferstelle am Erzherzog-Johann-Denkmal vordringen, und auf dem Gelände zertraten zahlreiche Polizistinnen und Polizisten, ob mit oder ohne Uniform, womöglich geschützte Pflanzen. Um den Fund knieten zwei Gestalten in Plastikoveralls. Was sie dort suchten oder bargen, war weit jenseits von Gasperlmaiers Vorstellungsvermögen. Gott sei Dank.

„Schade, Franz, dass wir uns immer bei so unangenehmen Anlässen begegnen." „Besser als gar nicht!", entfuhr es Gasperlmaier, dem im gleichen Moment klar wurde, dass er da natürlich ein bisschen was von der Bewunderung verraten hatte, die er für die Frau Doktor hegte. Dass sie ihn nun allerdings „Franz" nannte, war ihm gar nicht recht. Obwohl sie ihm unmissverständlich klargemacht hatte, dass für sie Kosenamen oder sinnlose Kümmerformen von Vornamen nicht in Frage kamen. Und ihn beim Familiennamen nennen, wie die meisten es taten, das wollte sie auch nicht. Gott sei Dank wusste sie nicht, dass im Taufschein noch ein „Xaver" hinter dem „Franz" stand.

Die Frau Doktor trug heute wieder eines ihrer entzückenden Kostüme, diesmal hatte sie sich sogar zu einem zartrosa Ton vorgewagt und auch nicht davor zurückgescheut, sich dem Toplitzsee in Stöckelschuhen zu nähern, ebenfalls in einem zarten Rosa. Genauso wie der Lippenstift. Ihre dunklen, über die Schultern fließenden Haare mit den orangeroten Strähnen drin harmonierten zwar nicht so sehr damit, fand Gasperlmaier, aber da verstand er wohl zu wenig davon.

Die beiden hatten sich auf den mit groben Steinplatten gepflasterten Platz rund um das Denkmal zurückgezogen, um eine erste Lagebesprechung abzuhalten. Zu ihnen trat die Frau Doktor Wurm, die Gerichtsmedizinerin. Sie hatte ihren weißen Mantel ausgezogen und über den Unterarm geworfen. Auch die Frau Doktor Wurm war eine durchaus attraktive Person, fand Gasperlmaier, auch wenn sie an die Frau Doktor nicht heranreichte. Größenmäßig zwar überragte sie diese um einige Zentimeter, aber von der Klasse her musste Gasperlmaier seiner Frau Doktor eindeutig den Vorzug geben.

Die Frau Doktor Wurm stützte mit einer Hand ihr Kreuz ab und stöhnte. „Die Bandscheiben!“ „Was können Sie uns denn sagen?“, führte die Frau Doktor zum Thema zurück. „Ein schrecklicher Anblick. Sie können sich ja denken – die Fische. Nicht nur die Piranhas am Amazonas fressen alles, was ihnen vor die Zähne kommt – unsere Forellen und Saiblinge sind auch keine Kostverächter. Also: Abtrennung, soweit man das hier am Fundort sagen kann, recht fachgerecht, wahrscheinlich mit einer gut geschliffenen Axt oder etwas Ähnlichem. Einen Unfall schließe ich aus, das sieht ganz anders aus, wenn jemandem eine Extremität durch einen Absturz abgeschlagen oder bei einem Unfall ausgerissen wird.“ Gasperlmaier war froh, dass er schon länger nichts gegessen hatte, was hätte hochkommen können. Sein Problem war, dass er sich alles, was erzählt wurde, immer gleich so bildlich vorstellen musste, und so sah er Bergsteiger über senkrechte Wände zu Tode stürzen und auf scharfkantigen Felsen aufschlagen. Oder auch Motorradfahrer, denen diverse

Körperteile durch Lichtmasten oder Leitschienen abgetrennt worden waren.

Die Frau Doktor seufzte. „Also müssen wir von Mord ausgehen." „Nicht notwendigerweise", gab die Frau Doktor Wurm zu bedenken. „Ich habe auch schon von vereinzelten Fällen gelesen, wo Leute jemanden, der eines natürlichen Todes gestorben war, zerteilt und versteckt haben. Das sind aber schon ganz spezielle Psychosen." „Na, wahrscheinlich ist das gerade nicht!", gab die Frau Doktor zurück. „Wie lange das Opfer, also, das Bein, schon tot ist, und ob die Abtrennung post mortem erfolgte ...?" Sie ließ die Frage unvollständig ausklingen, und die Frau Doktor Wurm schüttelte den Kopf. „Unmöglich, das hier festzustellen. Schön wär's natürlich, wenn wir noch mehr Körperteile hätten, das würde uns die Arbeit einigermaßen erleichtern." Schön, so dachte Gasperlmaier bei sich, war ein kühnes Wort, wenn es darum ging, eine Wasserleiche Stück für Stück zu bergen und für eine gerichtsmedizinische Untersuchung bereitzustellen. Die Frage, ob das Bein am Ende einem lebenden Opfer abgetrennt worden war, quälte ihn. Von so etwas hatte er einmal gehört, in Südtirol war das passiert. Da hatte ein Holzknecht dem anderen den Fuß mit der Kettensäge abgeschnitten, wegen der Invaliditätsrente. Das Opfer allerdings hatte nach seiner Genesung behauptet, dass es die Amputation eigentlich gar nicht bestellt hätte.

„Ich bin dann weg – Weiteres nach der Untersuchung." Die Frau Doktor Wurm wandte sich ab, während eine der Gestalten im Kunststoffoverall näher kam. „Servus, Renate. Da haben wir den Schuh." Der Mann hielt einen Plastiksack mit dem Bergschuh in die Höhe, der an dem Fuß gehangen hatte. „Markenartikel, Größe 43, einigermaßen solide Qualität, aber ziemlich stark abgenutzt. Wahrscheinlich hat ihn der Besitzer schon lange getragen und war damit in jedem Gelände unterwegs." Dann, so dachte Gasperlmaier bei sich, war seine Hoffnung auf einen Touristen aus dem Norden, oder, wenn es denn sein musste, auch aus dem Osten, vom Tisch. Denn die stark abgenutzten Schuhe deuteten auf jemanden hin, der häufig in den Bergen herumstieg. Am Ende doch ein Jäger.

„Sonst noch was?", fragte die Frau Doktor. „Die grünen Stutzen. Wolle; Schafwolle, genauer gesagt. Wahrscheinlich Trachtenstutzen. Würde mich nicht wundern, wenn der Torso eine Lederhose trägt." Der Mann lachte. Gasperlmaier wandte sich ab, dem äußerst schlichten Denkmal zu, das daran erinnerte, dass Erzherzog Johann hier erstmals die fünfzehnjährige Postmeisterstochter Anna Plochl erblickt haben soll. Heute, so dachte Gasperlmaier bei sich, würde man einem Siebenunddreißigjährigen, der sich an eine Fünfzehnjährige heranmachte, wohl kein Denkmal mehr errichten. Nicht einmal, wenn er ein Erzherzog wäre. Inzwischen, erinnerte sich Gasperlmaier, hatte die Geschichtsforschung ja herausgefunden, dass der Herzog die Anna schon im Alter von vierzehn Jahren erstmals bei einem Almtanz beim Ladner am Grundlsee gesehen und schon damals ein Auge auf sie geworfen hatte.

Gasperlmaier blickte auf den See hinaus, wo man an einigen Stellen in Ufernähe Luftblasen aufsteigen sehen konnte. Mehrere Taucher suchten schon seit mehr als einer Stunde nach weiteren Teilen der Leiche, doch bis jetzt waren sie nicht fündig geworden.

„Wo ist denn dein Postenkommandant?", fragte die Frau Doktor. Gasperlmaier erinnerte sich daran, dass der Friedrich eigentlich hatte nachkommen wollen. Aber er hatte seit Beginn seines Einsatzes nichts mehr von ihm gehört. „Dem Friedrich“, sagte er dann, „dem ist es heute Früh nicht so gut gegangen. Deswegen schiebt er Innendienst. Auf dem Posten.“ Die Frau Doktor zog die Augenbrauen hoch. „Nicht so gut gegangen? Hoffentlich ist ihm nichts passiert!“ Sie kannte natürlich die Leibesfülle des Friedrich, und auch seine häufige Atemnot bei körperlicher Anstrengung war ihr nicht fremd. Gasperlmaier winkte ab. Was sollte dem Friedrich schon passiert sein, außer einer plötzlichen Hungerattacke? In diesem Moment meldete sich auch Gasperlmaiers Magen mit einem vernehmlichen Knurren zu Wort. Er sah auf die Uhr. Halb zwei vorbei war es schon, und er hatte seit dem Frühstück praktisch nichts gegessen. Außer einer Leberkäsesemmel, im Vorbeigehen, in der Früh. Zu Hause hatte es heute nur Obst und Joghurt gegeben. Die Christine hatte ihm das Frühstück hingestellt und dabei fest auf sein kleines Bäuchlein geklopft. „Dass du mir fit bleibst!“, hatte sie gesagt.

„Können wir uns hier irgendwo hinsetzen“, fragte die Frau Doktor, „und besprechen, was wir weiter unternehmen?“ Gasperlmaier deutete erleichtert auf die von der Fischerhütte herüberleuchtenden Sonnenschirme. „Dort könnten wir auch eine Kleinigkeit essen!“ Zu seiner Überraschung nickte die Frau Doktor, und wenige Minuten später saßen sie an der Hüttenwand, mit einem guten Blick auf die Stelle, wo das abgetrennte Bein mittlerweile in einen Metallsarg gelegt worden war. Der Kilian war inzwischen gegangen. Jedenfalls stand dort, wo er gesessen hatte, nur noch ein leeres Bierglas. Nach wie vor stiegen Blasen aus dem See auf, gelegentlich kam einer der Taucher an die Oberfläche. „Frage!“, sagte die Frau Doktor. „Erinnern Sie sich an irgendeinen Vermisstenfall aus den letzten Monaten? Lang kann ja die Leiche noch nicht im See gelegen haben, da würde das Bein anders aussehen. Irgendjemanden, der aus Altaussee, oder meinetwegen auch aus Bad Aussee, verschwunden ist?" Gasperlmaier schüttelte den Kopf. „Ich muss nachdenken. Vielleicht war es auch jemand aus Grundlsee? Das liegt ja noch näher." Die Frau Doktor aber hielt nicht viel von einer Nachdenkpause. Sie zückte ihr Handy, und überrascht stellte Gasperlmaier fest, dass bei ihr sehr wohl eine Verbindung zustande kam. „Ja, ich bin's. Bitte schaut's mir einmal nach, was wir Vermisstenfälle haben, sagen wir, seit Jahresbeginn. Aus dem Bezirk, ja. Ich meine, wir können natürlich nicht ausschließen ... Ja, männlich. Wart einen Moment." Die Frau Doktor stieß Gasperlmaier in die Rippen, der versonnen in seinen gespritzten Johannisbeersaft starrte. „Hat die Frau Doktor Wurm was über das Alter gesagt?" Gasperlmaier schüttelte den Kopf. „Nur Größe 43!", erinnerte er sich. „Ja. Erwachsen also. Männlich, erwachsen. Und gebt's mir Bescheid, sobald ihr irgendwas wisst."

Die Frau Doktor legte auf und seufzte. „Das wird zäh!", meinte sie. „Solange wir keine Identität haben, kommen wir in so einem Fall keinen Millimeter weiter. Ein abgetrenntes Männerbein im Toplitzsee. Ein Bergschuh, ein Stutzen. Viel ist das nicht. Bald haben wir die Presse am Hals. Was soll ich denen sagen?" Gasperlmaier erinnerte sich an die vielen Zeitungsausschnitte, die in Schaukästen hinter der Fischerhütte hingen. „Du weißt aber schon, dass der Toplitzsee ziemlich berühmt ist? Da gibt es seit dem Weltkrieg immer wieder Schatzsucher, die das Nazigold finden wollen." Die Frau Doktor nickte. „Ja, ja. Davon hab ich schon gehört. Aber, ob das wirklich gleich die Meute der Krawallmedien auf den Plan rufen wird?"

„Komm einmal mit!“, sagte Gasperlmaier. Er führte die Frau Doktor zu den Schaukästen. Dort wimmelte es nur so von Fotos aus allen möglichen Boulevardzeitungen: Tauchboote, verschwommene Unterwasserfotos, Baumstämme, aus dem See geborgene Kisten mit falschen Pfundnoten genauso wie mit Kronenkorken von Bierflaschen, alles hatte der Wirt der Hütte fein säuberlich dokumentiert. Sogar Filme waren schon über den Toplitzsee gedreht worden. Die Frau Doktor staunte. „Dass die Legenden um den See ein solches Medienecho erzeugt haben, das war mir bisher nicht bewusst. Ich glaube, wir sollten einmal mit dem Wirt reden. Vielleicht hat es in den letzten Monaten doch irgendetwas Ungewöhnliches gegeben.“ Als sie zurückgingen, fiel Gasperlmaier eine langstielige Holzhacke auf, die in einem offenen Schuppen, von Haufen gehackten Brennholzes umgeben, in einem Hackstock steckte. Noch ehe er sich überlegt hatte, ob er die Frau Doktor darauf aufmerksam machen sollte, kam ihnen schon der Wirt entgegen.

„Ihr habt's mir ja das Geschäft heute ordentlich verhagelt! Alles absperren! Den Wanderweg auch! Und mir die Leut verjagen!“ Dabei grinste der Konrad aber so gewinnend, dass man wusste, dass sein Gejammer nicht ganz ernst gemeint war. „Ich glaub“, begann Gasperlmaier, „dass wir ein paar Fragen an dich haben.“ „Natürlich! Kein Problem! Setzt's euch halt da her!“ Er deutete auf die Bank, auf der die Frau Doktor und Gasperlmaier vorhin schon gesessen waren, und nahm gegenüber Platz. „Also, was wollt's wissen?“ „Ob in den letzten Monaten irgendwas Auffälliges passiert ist, irgendwas, das uns den Toten im See erklären könnte.“ „Ja, mei!“, sagte der Konrad. „Du weißt aber schon, dass der Haxen auch aus einer Doline kommen kann?“ „Wie bitte?“ Die Frau Doktor verstand nicht ganz, was der Konrad meinte. „Ja, da kann oben einer in eine Doline fallen, nicht? Auf dem Toten Gebirge oben. Und irgendwann fallt er auseinander, dann schwemmt das Schmelzwasser den Haxen vom Gebirge herunter, dann landet er hinten im Kammersee, und wenn der dann ansteigt, im Frühjahr, dann schwemmt's ihn in den Toplitzsee herein.“ „Also, wirklich!“ Die Frau Doktor war ein wenig entrüstet. „Das ist doch eine Raubersg'schicht! Da würde höchstens ein Knochen, oder ein Knöchlein, angespült werden. Wir haben's hier mit einem relativ gut erhaltenen Bein zu tun!“ Gasperlmaier teilte diese Einschätzung nicht. Gut erhalten war für ihn etwas, das man wieder annähen konnte. Der Konrad zuckte mit den Schultern. „Sind schon viele oben geblieben! Wissen'S, wie das ist, wenn man in eine Doline fällt? Da bist vielleicht nicht einmal schwer verletzt, siehst drei, vier Meter über dir den blauen Himmel durchs Loch scheinen, aber du kannst nimmer hinaus. Zuerst schreist du noch ein paar Stunden. Dann kratzt du dir die Finger wund an den Wänden und kommst doch nicht hinauf. Ein schiacher Tod!“ Die Frau Doktor erhob sich ungeduldig und verschränkte die Arme vor der Brust. „Herr ...“ „An Herrn gibt's bei uns net. Sagen'S einfach Konrad zu mir, Frau Polizeirat.“ Wieder grinste der Konrad verschmitzt und entlockte damit sogar der Frau Doktor ein flüchtiges Lächeln. „Mich interessieren nur Dinge, die hier in oder an Ihrer Hütte passiert sind. Und zwar in den letzten Monaten. Ist der See eigentlich im Winter zugefroren?“ Der Konrad winkte ab. „Zugefroren? Was glauben'S denn! Meterdick!“ „Also“, antwortete die Frau Doktor, „seit das Eis aufgegangen ist. Der Tote wird ja wohl nicht zerstückelt auf der Eisdecke gelegen sein, ohne dass das jemandem aufgefallen wäre." Der Konrad nickte und zog einen Zigarillo aus der Schürzentasche. „Nichts. Bei uns ist ja nicht so viel los in der Wintersaison. Und schon gar im Frühjahr. Es war wirklich überhaupt nichts Außergewöhnliches. Außer, wenn Sie es für außergewöhnlich halten, dass unser ungarischer Kellner einmal versehentlich mit dem Auto auf den See gefahren ist. Aber der lebt noch, und er hat auch noch alle zwei Haxen." Gasperlmaier staunte ungläubig. „Ja, aber wie ist er denn mit dem Auto ...?" Genüsslich zog der Konrad an seinem Zigarillo. „Finster war's halt, und ordentlich geschneit hat's. Da hat er eben den Parkplatz übersehen und ist dort hinaus, wo die Plätte liegt, mit der wir zum Kammersee fahren."

„Ja, meine Herren, das bringt alles nichts! So, wie ich das sehe, ist es das Beste, ich fahre jetzt nach Liezen zurück und vertiefe mich in die Vermisstenfälle." Auf die Suppe, die sie sich bestellt hatten, hatte die Frau Doktor anscheinend vergessen. Genau in diesem Moment klang ein Ruf von der Bootshütte herüber, hinter der die Taucher ihr vorläufiges Hauptquartier aufgeschlagen hatten. „Wir haben was!"

Wie von der Tarantel gestochen sprang die Frau Doktor auf, und so schnell ihre Stöckelschuhe es zuließen, machte sie sich auf den Weg, während Gasperlmaier seinen Saft austrank. „Mit der Suppe wird's wohl jetzt nichts mehr!", sagte er zum Konrad, hob die Hand zum Gruß und folgte ihr in gemächlicherem Tempo. So scharf war er nun auch wieder nicht auf einen weiteren Teil des Toten, dass er sich beeilen musste. Tun konnte man für den armen Teufel ohnehin nichts mehr. Gasperlmaier fragte sich ernsthaft, wer hier im Ausseerland fähig war, einen Toten in Stücke zu zerteilen und danach im See zu entsorgen. Er jedenfalls, da war er sich sicher, kannte so jemanden nicht. Andererseits war ihm nun, als könne er sich doch erinnern, dass jemand aus Altaussee verschwunden war, er kam nur nicht darauf, wer das sein konnte und bei welcher Gelegenheit er davon gehört hatte.

Als er beim Fahrzeug der Taucher ankam, neben dem diese ihren Fund abgelegt hatten, wandte sich die Frau Doktor schon wieder davon ab. „Der zweite Fuß!“, sagte sie. Dabei hielt sie sich die Hand vor den Mund. Allzu wohl fühlte anscheinend auch sie sich nicht. Gasperlmaier blieb in respektvoller Entfernung stehen, bemühte sich aber doch, an der Frau Doktor vorbei einen Blick zu erhaschen. „Der wird uns nichts Neues verraten!“, sagte die. „Genau der gleiche Bergschuh, natürlich der linke diesmal, der gleiche Stutzen, der gleiche Zustand. Der Kopf würde uns helfen, oder eine Hand mit einem Ehering, irgendsowas. Mit einem gewöhnlichen Fuß können wir nicht viel anfangen, der sagt uns nicht mehr als der erste. Außer, dass wir vielleicht mit noch mehr Teilen rechnen können.“

„Mir bleibt hier nichts mehr zu tun, Franz“, meinte die Frau Doktor, als sie über die Brücke an der Seeklause zu ihren Fahrzeugen zurückkehrten. „Ich fahr jetzt wirklich heim nach Liezen und ackere die Vermisstenfälle durch. Und morgen schau ich mir zuerst einmal die Berichte von der Gerichtsmedizin an.“ Gasperlmaier nickte. Schade, dass es schon wieder vorbei war mit dem Einsatz in Aussee. Er hätte sich gefreut, wenn die Frau Doktor ein wenig länger hiergeblieben wäre. Am Ende war der Fall praktisch schon wieder aus seinem Einflussbereich verschwunden. „Servus, Franz!“ Die Frau Doktor legte ihre Hand auf seinen Rücken, zog Gasperlmaier an sich und verabreichte ihm zwei hingehauchte Küsse auf die Wangen. Bevor er noch reagieren konnte, saß sie schon in ihrem Auto, winkte ihm noch einmal kurz zu und ließ den Kies unter den Rädern aufspritzen. Gasperlmaier stand ein wenig verdattert da, roch noch ihr Parfum und spürte die leise Berührung ihrer Haare auf seinem Gesicht. Deswegen dauerte es bei ihm etwas länger, bis er in seinen Autositz gefunden und den Zündschlüssel umgedreht hatte.

Als er vor dem Polizeiposten ankam, fuhr ihm der Schreck ordentlich in die Glieder. Dort, wo er sonst seinen Streifenwagen abstellte, stand ein Rettungsauto mit zuckenden Blaulichtern. Hatte es einen Unfall gegeben? Oder war etwas mit dem Friedrich? Gasperlmaier sprang aus seinem Streifenwagen. Ein Sanitäter war gerade dabei, die hintere Tür des Rettungsautos zu schließen. „Was ist denn los?", erkundigte sich Gasperlmaier. „Der Polizist!", meinte der Sanitäter nur. „Nix Schlimmes. Das Herz halt." Gasperlmaier riss ihm, ohne lang um Erlaubnis zu fragen, die Tür aus der Hand. Drinnen im Wagen lag der Friedrich auf der Bahre. Die schien viel zu schmal für ihn, sodass sich Gasperlmaier ängstigte, er könnte herunterfallen. An seinem Handgelenk hing ein Infusionsschlauch, und der Friedrich atmete flach und starrte zur Decke. „Was machst denn für Sachen?" Gasperlmaier trat näher, während der Sanitäter hinter ihm ebenfalls einstieg. „Wir müssen fahren! Er gehört ins Krankenhaus!" Der Friedrich lächelte Gasperlmaier aus einem bleichen, blutleeren Gesicht matt zu. „Jetzt hat's mich halt doch schon vor der Pension erwischt. Mach's gut, Gasperlmaier." Dem standen schon die Tränen in den Augenwinkeln. „Du schaffst es schon, Friedrich!", flüsterte er mit erstickender Stimme. „Das wird schon wieder!" „Aber nur, wenn wir jetzt gleich fahren!" Der Sanitäter packte Gasperlmaier energisch am Arm und zog ihn zur Tür. „Pfüat di, Friedrich! Ich komm dich besuchen!“ „Aber bald!“, krächzte der. „Ich mach’s vielleicht nimmer lang!“

Gasperlmaier stolperte aus dem Wagen, die Tür flog zu, der Rettungswagen setzte zurück und raste mit blitzenden Blaulichtern und heulendem Folgetonhorn davon. Gasperlmaier sah ihm noch ein wenig nach und fühlte sich plötzlich entsetzlich allein. Er hatte gar keine Lust, auf den Posten hinaufzugehen. Die Vorstellung, alleine dort oben zu sitzen, machte ihn ganz krank. Was, wenn er den Friedrich gerade zum letzten Mal gesehen hatte? Was sollte er denn allein auf dem Polizeiposten anfangen? Wen würde man denn als Ersatz schicken? Er konnte ja schließlich nicht ganz allein hier Dienst schieben. Er war ohnehin schon überlastet, er konnte ja nicht die Arbeit des Friedrich auch noch machen!

Gasperlmaier entschloss sich zu einem Streifengang. Das konnte ihm ja schließlich niemand vorwerfen, dass er einmal zu Fuß in seinem Revier nach dem Rechten sah. Trotzdem – kurz musste er noch ins Büro hinauf, um den Notruf auf sein Handy umzuleiten. Danach machte er sich auf den Weg, wohin, das wusste er zunächst gar nicht genau. Ohne dass er es wahrnahm, bog er in die Straße ein, die zunächst zur Gradieranlage und danach zum See führte. In den düstersten Farben malte er sich aus, was passieren würde, wenn er den Friedrich verlöre. Nicht nur, dass ihm sein Chef abhandenkommen würde, dem das Menschliche meist wichtiger war als die Dienstvorschriften. Was wäre mit den geselligen Pausen, mit den gemeinsamen Besuchen beim Schneiderwirt? Mit wem sollte er den ganzen Tag reden? Am Ende würde man ihm als Vertretung einen grimmigen Grazer, oder gar einen Oststeirer schicken. Gasperlmaier konnte es nicht hören, wie die bellten. Das war ja gar kein Deutsch, was die in der Oststeiermark sprachen. Und die Grazer, die redeten ihm viel zu schnell. Genau genommen, hatten er und der Friedrich ja niemals viele Worte gebraucht, um sich zu verständigen. In vielen Dingen hatten sie sich sozusagen blind verstanden.

Gasperlmaier war der Verzweiflung und den Tränen nahe. Erst nach geraumer Zeit merkte er, dass er die Gradieranlage schon inspiziert hatte, dass er gedankenverloren an der Seevilla vorbei- und wieder zurückgewandert war und unwillkürlich seine Schritte auf den Schneiderwirt zugelenkt hatte. Erst als er vor dem Eingang stand, merkte er, dass er einen Mordshunger hatte. Die Suppe in der Fischerhütte, die hatte ja storniert werden müssen. Und das war schon eine Weile her. Ob der Friedrich inzwischen im Krankenhaus angekommen war? Und was sie dort mit ihm wohl machten? Ob man so jemanden wie den Friedrich überhaupt am Herzen operieren konnte? Da musste man sich ja erst durch den ganzen Speck schneiden! Gasperlmaier wurde übel.

Er trat in die Gaststube und setzte sich an seinen üblichen Tisch. Zwar wäre es auch draußen warm genug zum Sitzen gewesen, doch ihm war nicht nach Gastgarten zumute. Eher nach stiller Dunkelheit. Die Jasmin, die Kellnerin aus Sachsen, die mittlerweile zu einer Seele des Geschäfts geworden war, stellte ungefragt ein Bier vor ihn hin. „Ganz alleen heude?“, nuschelte sie in ihrem nach wie vor authentischen Sächsisch. „Wo ist denn der Friedrich?“ Gasperlmaier seufzte und warf der Jasmin einen Blick zu, der anscheinend Bände sprach. „Gott im Himmel, ist am Ende was passiert?“ Sie schlug die Hand vor den Mund. Gasperlmaier war es recht, dass er jemanden zum Reden hatte. „Herzinfarkt!“, röchelte er, weil ihm ein fester Kloß im Halse stak. „Sie haben ihn gerade mit der Rettung abgeholt.“ Gasperlmaier schossen jetzt tatsächlich Tränen in die Augen, und er starrte in sein Bier, damit die Jasmin nicht sah, wie nahe ihm die Sache ging. „Und dann noch dazu das Bein im Toplitzsee!“ Gasperlmaier sah erstaunt auf. „Woher weißt denn du das schon?“ Die Jasmin zuckte mit den Schultern und holte ihr Handy aus der Tasche ihres Dirndlrocks. „Facebook, nicht? Ich kenn ja die Kathrin von der Fischerhütte ganz gut, und da drin weiß es eh schon jeder. Du hast ja auch laut genug geschrien, am Telefon, schreibt die Kathrin.“

Die Jasmin lächelte. Sie meinte es ja nicht böse, doch Gasperlmaier war dennoch verschnupft. Das bedeutete natürlich, dass die Pressemeute auch schon alarmiert war. Wenn sämtliche Kellnerinnen im Ausseerland die Neuigkeit per Facebook rund um den Globus schickten, dann war die Maggie Schablinger vom Schilling sicher nicht mehr weit. Die war eine echte Landplage, immer auf der Suche nach der noch größeren Sensation und immer darauf aus, die Polizei blöd dastehen zu lassen. Heute, so fand Gasperlmaier, hatte sich aber wirklich alles gegen ihn verschworen. „Bringst mir bitte einen Schweinsbraten!“, meinte er resigniert zur Jasmin, denn er fand, bei all den Widrigkeiten, denen er heute schon ausgesetzt gewesen war, war dieser Trost der mindeste, der ihm zustand. Als die Jasmin allerdings in der Küche verschwunden war, dachte er wieder an den Friedrich, an den Herzinfarkt, und an das Fett im Schweinsbraten, und er griff sich unwillkürlich an den Bauch, um die Dicke des Speckringes zu messen, der sich in den letzten Jahren dort gebildet hatte. Er konnte ja ab morgen fasten, dachte er bei sich, um die Bestellung nicht wieder rückgängig machen zu müssen.

Die Jasmin setzte sich zu ihm, nachdem sie den Schweinsbraten vor Gasperlmaier abgestellt hatte, denn es war nicht viel los und sie konnte sich diesen Luxus leisten. „Der orme Friedrisch!", begann sie nun zu schluchzen und drückte sich einen Zipfel ihrer Dirndlschürze vor die Augen. „Was wirst du denn jetzt machen, ganz allein, und kommt er wieder zurück? Und wann kommt er wieder zurück?" Das waren Gasperlmaier viel zu viele Fragen auf einmal, vor allem, weil er gerade den Mund voll hatte und sich eigentlich bemühte, nicht an den Friedrich zu denken. Ohnehin drückte ihn der Schweinsbraten bereits nach den wenigen Bissen, die er zu sich genommen hatte, auf den Magen. Doch es stellte sich heraus, dass die Jasmin gar keine Antwort brauchte. „Wenn ich daran denke, wie er hier immer neben dir gesessen hat!", heulte sie. „Wie er gemütlich sein Bier getrunken hat! Er war so ein guter Gast! So ruhig! Und so friedlich!" Die Jasmin war gerade dabei, sich so richtig hineinzusteigern. Die redete vom Friedrich, dachte Gasperlmaier bei sich, als ob er schon tot wäre. Bei diesem Gedanken verging Gasperlmaier vollends der Appetit. Er schob den Schweinsbraten von sich, obwohl noch die Hälfte der zweiten Scheibe und ein halber Knödel übrig waren. Erstaunt sah die Jasmin auf. „Schmeckt's dir nicht?", fragte sie, augenscheinlich entsetzt. Gasperlmaier musste zugeben, dass es noch nie vorgekommen war, dass er etwas auf dem Teller zurückgelassen hatte. Doch das hier war schon eine besondere Situation, in der sogar ihm einmal der Appetit vergangen war. „Magst einen Schnaps?" Gasperlmaier nickte. Das war wohl das Einzige, was in dieser Situation noch helfen konnte.

Drei Schnäpse später schwankte Gasperlmaier aus der Gaststube, und die milde Sommerluft draußen traf ihn wie ein Keulenschlag. Er ließ Posten Posten sein und machte sich schleppenden Schrittes auf den Weg hinüber in die Volksschule. Er musste dringend mit seiner Christine reden.

„Wie siehst du denn aus?" Die Christine erkannte natürlich sofort an verschiedensten äußeren Anzeichen, in welchem Zustand Gasperlmaier war. „Ich hab mich schon gewundert, wo du dich herumtreibst. Der Friedrich im Krankenhaus, und dazu noch der Haxen aus dem Toplitzsee. Hast du denn nicht genug Arbeit? Wo du doch eh allein bist?" So hatte sich Gasperlmaier das nicht vorgestellt. Zuerst hatte er das Klassenzimmer, in dem sich die Christine aufhielt, erst lange suchen müssen, und dann, anstatt sich ein wenig über den schrecklichen Tag beklagen zu dürfen, bemitleidet und getröstet zu werden, stand er einer Ehefrau gegenüber, die erstens schon alles wusste, was heute passiert war, und die ihn zweitens darauf aufmerksam machte, dass er nun allein die Last zu tragen hatte, Recht und Gesetz in Altaussee zu vertreten. „Und außerdem stinkst du nach Schnaps! Und das schon am Nachmittag! Also wirklich!" Gasperlmaier versuchte zu erklären. „Das mit dem Friedrich, das hat mich so hergenommen. Und die Sache von heute Vormittag ..."

Die Christine wurde ernst, schob ihm einen Sessel hin, der so niedrig war, dass Gasperlmaier die Knie fast auf Kinnhöhe hatte, und legte ihm einen Arm um die Schultern. „Ich versteh dich ja. Aber du solltest deinen Kummer nicht einfach ertränken. Erstens weißt du ja, dass das nicht funktioniert, und zweitens hast du schließlich auch eine Verantwortung. Jetzt, wo du praktisch den Friedrich vertreten musst." Daran hatte

Gasperlmaier noch gar nicht gedacht. Er war ja jetzt, ganz vorübergehend sicher nur, so etwas wie stellvertretender Postenkommandant. Er richtete seinen Oberkörper gerade, stand wieder auf und ging zum Waschbecken. Dort trank er Wasser, wischte sich mit den nassen Händen über das Gesicht und fühlte sich gleich viel verantwortlicher.

Die Christine schob einen farbigen Karton in eine Laminiertasche und ließ ihn durch das Gerät laufen. „Weißt du", sagte sie, „ich habe mir natürlich schon Gedanken gemacht, wer die Leiche im Toplitzsee sein könnte." Sie ließ das laminierte Blatt auf einen Stapel bereits fertiger Farbkartons fallen. „Ja", sagte Gasperlmaier, „das habe ich natürlich auch getan. Aber bei uns ist ja niemand verschwunden. Auf jeden Fall nicht, seit das Eis auf dem Toplitzsee aufgegangen ist. Und die Frau Doktor meint, dass der Tote erst danach im See versenkt worden sein kann." „Die Frau Doktor, die Frau Doktor!", äffte ihn die Christine nach, während sie weiterarbeitete. „Die weiß auch nicht alles! Mir sind da schon zwei Namen eingefallen. Die beiden habe ich schon seit Monaten nicht gesehen, vorher sind sie mir aber dauernd über den Weg gelaufen." Gasperlmaier seufzte. „Wenn wir aber keine Vermisstenanzeige haben! Da musst du dich schon auf die Polizei verlassen, du brauchst nicht glauben, dass du immer alles besser weißt!"

Die Christine zuckte mit den Schultern und schaltete das Laminiergerät aus. „Du musst es ja wissen. Ich jedenfalls wollte jetzt nach Hause." Sie klang, fand Gasperlmaier, ein bisschen beleidigt. Und wenn sie sauer auf ihn war, da würde sie sicher heute Abend wieder etwas ganz besonders Gesundes kochen. Das war so ihre Art, eine kleine, aber feine Rache an ihm zu üben, wenn er ihre guten Ratschläge über Bord warf. Er konnte nur hoffen, dass heute Abend nicht sie, sondern die Mutter kochen würde. Die Christine ließ ihr die kleine Freude, dass sie sich hie und da auch um das Abendessen für die Familie kümmern durfte. Es würde ja nicht mehr lange dauern, bis sie wieder in ihr eigenes Haus zurückkonnte. Da hatte es nämlich vor Kurzem gebrannt.

„Und du gehst wieder auf den Posten?“, fragte die Christine noch, „oder willst du vorher wissen, an wen ich gedacht habe?“ Gasperlmaier beeilte sich, eifrig zu nicken. Vielleicht konnte er so der Rache der Christine noch entkommen. Sie setzte sich, ihm gegenüber, wieder hin. Ihr Gesichtsausdruck war gleich viel freundlicher geworden. „Also“, fing sie an, „da ist einmal der Grubauer-Bub. Der ist doch ständig mit seinem fürchterlichen Moped bei uns vorbeigerattert und hat einen solchen Höllenlärm veranstaltet, dass man ihn gar nicht überhören konnte. Zu jeder Tages- und Nachtzeit. Weil er ja anscheinend keine vernünftige Arbeit hat.“ Gasperlmaiers Interesse erwachte. Er hatte sich ja selbst immer über den Grubauer geärgert, wenn der ihn mit seiner Höllenmaschine aus dem Mittagsschlaf gerissen hatte. Und auch sonst war der Grubauer-Bub keiner, der bei der Polizei unbekannt gewesen wäre. Von Störung der öffentlichen Ordnung über Raufhandel und Körperverletzung bis hin zu unerlaubtem Waffenbesitz – die Liste seiner Vorstrafen war lang und reich an Abwechslung. Plötzlich fiel es Gasperlmaier wie Schuppen von den Augen: Der Grubauer hatte ja sogar einmal im Verdacht gestanden, gewildert zu haben! Die Anzeige war zwar vom Revierjäger gekommen, der das Revier vom hinteren Ende des Altausseer Sees hinauf ins Tote Gebirge bis zum Wildensee betreute, aber das musste ja nicht heißen, dass der Bub nicht woanders auch sein Unwesen getrieben haben konnte! „Der Grubauer!", stieß er schließlich hervor. „Siehst du", sagte die Christine. „Jetzt fällt's dir auch auf. Seit zwei Monaten – kein Moped mehr! Die heilige Ruhe! Also, ich an deiner Stelle würde einmal bei der Grubauerin, bei der Ernestine, vorbeischauen. Kostet ja nichts. Oder hast du heute noch was Wichtigeres zu tun?"

Gasperlmaier griff nach seiner Dienstmütze, die er auf einem Schülerpult neben sich abgelegt hatte. „Flori ist eine schwule Sau!", hatte jemand mit dunkelblauem Filzstift auf die Platte gekritzelt. „Schau einmal!" Gasperlmaier machte die Christine mit einer Handbewegung darauf aufmerksam. Die nickte und seufzte. „Ich hab da leider einen jungen Mann, der zwar nicht weiß, was sie bedeuten, aber dennoch immer wieder Mitschüler mit schwulenfeindlichen Ausdrücken beschimpft. Morgen treffe ich mich mit seinen Eltern, deswegen hab ich's ihn noch nicht wegwischen lassen. Sie sollen selber sehen, was der Bub da angerichtet hat." Gasperlmaier seufzte. In seiner Schulzeit waren sie zwar auch fast jede Pause übereinander hergefallen, aber solch unflätige Beschimpfungen hatte es nicht gegeben. Außerdem hatten die Prügeleien während der Pause niemals dazu geführt, dass Freundschaften in die Brüche gegangen waren. Gewiss, man hatte gelegentlich einen Nachmittag in der Schule verbringen müssen, wenn man vom Herrn Oberlehrer Tuschek erwischt worden war, aber der hatte viel Verständnis gehabt und sie beim nachmittäglichen Nachsitzen immer gut behandelt. Sogar Schmalzbrote hatte er ihnen hergerichtet. So war Gasperlmaier schon vor Jahrzehnten immer wieder unfreiwillig in den Genuss einer Ganztagesschule gekommen.

Die Christine stand wieder auf, und Gasperlmaier tat es ihr gleich. Gerade wollten sie zur Tür hinaus, als der Christine noch etwas einfiel. „Ah ja, der zweite Fall: Da würde ich einmal bei der Frau Blasl vorbeischauen, der ihren Mann hab ich nämlich auch schon lang nicht mehr gesehen. Und sie schaut schlecht aus, eingefallen, manchmal sogar verheult. Ich mein, ich kenn sie ja nicht gut, deswegen hab ich sie noch nie darauf angesprochen. Aber früher ist doch bei dem immer die Kreissäge gelaufen, ein richtiger Holzwurm war der Mann. Kaum von der Arbeit nach Hause, hat er schon alle möglichen Bretter und Pfosten gesägt. Und jetzt – Stille." Gasperlmaier war wirklich baff. Er selbst hatte sich das Hirn zermartert, und ihm war kein einziger Altausseer eingefallen, der in den letzten zwei Monaten verschwunden wäre, und die Christine wusste vielleicht seit einer Stunde von dem Leichenfund und hatte schon zwei Kandidaten aufzubieten, die als Besitzer der herausgetauchten Beine in Frage kamen. „Wie heißt denn der ihr Mann?", fragte er noch. Diesmal aber zuckte auch die Christine mit den Schultern. „Das musst du schon selbst herausfinden."

Inzwischen waren sie schon vor dem Schultor angekommen. Die Christine schwang sich auf ihr Fahrrad, während Gasperlmaier überlegte, ob er erstens alleine zur Grubauerin und zur Blasl gehen sollte, und zweitens, in welcher Reihenfolge. Er entschloss sich, die Mühe allein auf sich zu nehmen. Die Frau Doktor würde stolz auf ihn sein, wenn er in Liezen anrufen und ganz lässig erklären konnte, er wisse schon, wessen Beine da heute aus dem Toplitzsee herausgefischt worden waren.

„Blödsinn!", sagte er zu sich selbst, als er seinen Streifenwagen aufgesperrt hatte. Er zog sein Handy aus der Tasche und wählte die Nummer der Frau Doktor. Als er ihren Namen auf dem Display sah, erinnerte er sich an den Geruch ihres Parfums und das zarte Streichen ihrer Haare über sein Gesicht und steckte das Handy wieder ein. Er würde doch lieber allein zur Frau Blasl und zur Grubauerin fahren. Zuerst, entschloss er sich, würde er die Frau Blasl aufsuchen. Allerdings hatte er keine Ahnung, wo die wohnte. Solche Probleme hatte immer der Friedrich für ihn gelöst, es gab niemanden in Altaussee, nach dessen Wohnung der Friedrich hätte fragen müssen. Wahrscheinlich, so dachte Gasperlmaier bei sich, war er deshalb nicht auf den Blasl und den Grubauer-Buben gekommen, weil er einfach viel zu wenige Leute kannte. Er interessierte sich nicht so sehr für die Menschen, er war doch eher nach innen gewandt. Wer ihn interessierte, das waren die Christine und seine Kinder, und dann kam lange nichts mehr. Leider, momentan, auch die Mutter nicht, die ja bei ihnen wohnen musste, solange ihr eigenes Haus nicht wieder hergerichtet worden war. Dann eben noch der Friedrich, und die Kameraden bei der Feuerwehr und beim Skiclub, die interessierten ihn auch noch ein wenig. Aber das waren ihm dann schon genug Menschen.

Bis er auf dem Posten den Computer hochgefahren hatte, um die Adresse der Frau Blasl nachzuschauen, würde viel zu viel Zeit vergehen, deshalb rief er einfach die Christine an. Die seufzte zwar, als er ihr sein Problem unterbreitete, hatte aber die Adresse gleich parat. Schließlich, so fiel Gasperlmaier ein, als er aufgelegt hatte, hatte sie ja auch gewusst, dass der Blasl abends immer Bretter gesägt hatte. Woher nur?

Die Frau Blasl empfing Gasperlmaier tatsächlich so, wie die Christine sie beschrieben hatte: Etwas verhärmt und eingefallen stand sie im Türspalt, den sie nur so weit geöffnet hatte, dass sie gerade ihren Kopf hervorstrecken und Gasperlmaier misstrauisch beäugen konnte. „Was wollen'S denn? Ich brauch keine Polizei!" Schon war sie dabei, ihren Kopf zurückzuziehen und die Tür wieder zu schließen, als Gasperlmaier energisch einen Fuß in den Türspalt setzte. Leider ließ sich die Tür aber dadurch nicht aufhalten, und so war das Nächste, was Gasperlmaier entfuhr, ein Schmerzensschrei und darauf ein herzhafter Fluch. Der Schmerz aber hatte seine Entschlusskraft gestärkt, und so warf er die Tür zurück und fuhr die Frau an: „Was fallt Ihnen denn ein!" Die zuckte ängstlich zurück, und schon bereute Gasperlmaier seine heftige Reaktion. „Ich will ja gar nichts von Ihnen!", beruhigte er sie. „Nur was fragen!" „Ich weiß ja nichts!", sagte die Frau Blasl. Das, so fand Gasperlmaier, war eine originelle Art, einer Anfrage der Polizei zu begegnen. So hatte noch niemand reagiert: gleich im Vorhinein darauf zu bestehen, dass man über gar nichts irgendwas wisse. Allerdings sah die Frau Blasl aber auch so verhuscht aus, dass Gasperlmaier ihr das beinahe abnahm.

„Ich möchte nur gern mit Ihrem Mann sprechen. Es ist gar nix Schlimmes, er hat nichts angestellt", beeilte er sich hinzuzufügen. „Der ist nicht da!", antwortete die Frau Blasl, die keinerlei Anstalten machte, Gasperlmaier den Weg ins Innere des Hauses frei zu geben. So standen sie einander im winzigen Windfang gegenüber. „Wo ist er denn?", fragte Gasperlmaier, dem langsam bewusst wurde, dass das eines dieser mühsamen Gespräche werden würde, bei denen man dem Gegenüber jede auch noch so winzige Information aus der Nase ziehen musste, wo sie feststeckte und nicht so leicht gelöst werden konnte wie ein durchschnittlicher Nasenrammel.

Die Frau Blasl zuckte mit den Schultern. „In der Arbeit." Die Antwort hatte so unsicher geklungen, so zwischen Frage und Antwort, dass Gasperlmaier hellhörig wurde. „Wo arbeitet er denn?" „Bei der Rigips in Kainisch", antwortete sie und drehte den Kopf zur Seite. „Und wenn ich jetzt zur Rigips hinfahre und dort nach ihm frage, wo finde ich ihn dann?", fragte er nach. Die Frau Blasl drehte sich um und ging durch das Vorhaus auf eine Tür zu.

Gasperlmaier folgte ihr, ohne dazu aufgefordert worden zu sein. Hinter der Tür befand sich die Küche. Die Frau Blasl sank auf einen Sessel und stützte den Kopf in die Hände. Bevor Gasperlmaier noch ihr gegenüber Platz genommen hatte, konnte er sehen, dass es die Frau Blasl schüttelte. Im selben Moment begann sie auch schon zu schluchzen. Volltreffer, dachte Gasperlmaier bei sich. Der Blasl war ihre Leiche im Toplitzsee.

Schlagartig fiel ihm ein, dass er nun der Frau Blasl auch die Todesnachricht zu überbringen hatte. Verdammt, dachte er bei sich, es war doch furchtbar leichtsinnig gewesen, ohne die Frau Doktor herzukommen. Frauen waren da viel feinfühliger, sie konnten schlechte Nachrichten viel sensibler überbringen. Allerdings, erinnerte er sich, wenn er mit dem Friedrich vor der Tür stand, etwa wenn sie wieder einmal zur Witwe eines Unfallopfers hatten fahren müssen, wenn also zwei Polizisten in Uniform vor der Tür standen, gingen die Leute sowieso meist gleich vom Schlimmsten aus, und es bedurfte nicht vieler Worte. Aber der Blasl, so dachte er plötzlich, der war doch schon seit zwei Monaten tot. Wie konnte es kommen, dass ihn die Frau Blasl nicht vermisst gemeldet hatte? Und hatte sie nicht voraussehen können, dass er ihr irgendwann eine Todesnachricht überbringen würde?

Gasperlmaier wusste angesichts der schluchzenden Frau nicht weiter. Er stand auf, ging zur Kredenz und öffnete eine Tür. Nichts. Hinter einer zweiten fand er die Flasche mit dem tröstenden Obstler, die Stamperln standen gleich daneben. Gasperlmaier kehrte damit zum Tisch zurück und schenkte sich und der Frau Blasl jeweils ein Stamperl ein. Die aber machte keine Anstalten, es auch nur anzusehen, und schluchzte einfach weiter. Gasperlmaier hatte keine Idee, was er nun tun könnte. So nahm er einmal sein eigenes Stamperl her und leerte es. Sicherheitshalber schenkte er sich gleich ein weiteres ein. Das Gespräch konnte ja länger dauern.

„Frau Blasl!", sagte er dann. „Ich weiß ja, es ist schlimm. Das Schlimmste, was einem passieren kann. Aber vielleicht hilft Ihnen ein kleiner Schnaps fürs Erste einmal darüber hinweg." Die Frau Blasl sah überrascht auf. „Was meinen'S jetzt?" Nun, so wusste Gasperlmaier, war die Stunde der Wahrheit gekommen. „Trinken'S zuerst!", forderte er die Frau Blasl auf, die ihm ohne Worte folgte und ihr Stamperl zur Hand nahm. Um ihr beizustehen, leerte Gasperlmaier gleichzeitig mit ihr auch sein eigenes, wischte sich über den Mund, berechnete, dass er seit dem Schweinsbraten beim Schneiderwirt schon insgesamt fünf Schnäpse konsumiert hatte, und begann zu sprechen.

„Wir haben ihn gefunden. Heute." Die Frau Blasl sah ihn verständnislos an. „Wen?" Gasperlmaier fragte sich, ob sie am Ende keinen Schnaps vertrug. „Na, Ihren Mann!" Er legte ihr beruhigend seine Hand auf den Arm. Die Frau Blasl schlug die Hände vor den Mund. „Um Gottes willen! Ist ihm was passiert? Hat er einen Unfall g'habt?" Schon begannen die Tränen wieder zu fließen. Was Gasperlmaier auf jeden Fall vermeiden wollte, war die Nachricht, dass man den Herrn Blasl nur stückweise, und überhaupt bis jetzt nur seine Beine, gefunden hatte. „Es ist …", begann er, „… im Toplitzsee … da hat man ihn gefunden", schloss er. Die Frau Blasl sah ihn mit großen Augen an. „Im Toplitzsee? Was hätte er denn da sollen?" „Frau Blasl", begann Gasperlmaier erneut, „Ihr Mann ist doch vor zirka zwei Monaten verschwunden und …" Die Frau Blasl unterbrach ihn. „Verschwunden?", schrie sie. „Was heißt da verschwunden? Sitzen gelassen hat er mich, der Haldodri, der schlechte! Mit der Natalie von dieser Disco da in Sankt Agatha, die hat ihm ja komplett den Kopf verdreht, die Schlampen, die tätowierte!" Gasperlmaier war nun ein wenig verwirrt. Was hatte der tote Herr Blasl im Toplitzsee mit einer Natalie aus Sankt Agatha zu tun? Gasperlmaier begann langsam daran zu zweifeln, dass die Beine aus dem See wirklich dem Herrn Blasl gehörten. Oder hatte der sich am Ende in den See gestürzt, weil ihn die tätowierte Natalie wieder verlassen hatte? Allerdings hätte man in diesem Fall den Herrn Blasl ja wahrscheinlich als Ganzes gefunden, denn davon, dass sich ein Selbstmörder noch schnell die Haxen absägt, bevor er sich in den See stürzt, davon hatte er noch nie gehört. Das ging Gasperlmaier jetzt alles ein wenig zu schnell.

„Wann haben Sie denn zuletzt von Ihrem Mann gehört, oder mit ihm gesprochen?", fiel Gasperlmaier trotz seiner Verwirrung eine vernünftige Frage ein, die das Problem klären konnte. „Voriges Wochenende war er da, die Kreissäge abholen. Jetzt kann er bei der Natalie drüben Krawall machen, den ganzen Abend. Da werden's eine Freud haben, drüben in Agatha." Gasperlmaier musste schleunigst zurückrudern. Obwohl ihn die Kreissäge natürlich wieder an die abgetrennten

Beine erinnerte. Der Tote im See war definitiv nicht der Herr Blasl. „Also, wenn, ich meine, wenn Sie sicher sind, dass Sie Ihren Mann voriges Wochenende gesehen haben, dann ...“ „Glauben Sie, ich bin blöd, oder was?“ Jetzt schenkte sich die Frau Blasl selber ein weiteres Stamperl ein. Gasperlmaier ebenfalls eines anzubieten, vergaß sie. „Nein, nein!“, beeilte der sich zu beruhigen. „Jetzt ist halt klar, dass der Tote aus dem See nicht Ihr Mann ist!“ „Von mir aus“, schimpfte die Frau Blasl, „könnte er ruhig als Leiche im See herumschwimmen. Dann tät ich wenigstens eine Witwenrente bekommen. Aber der Natalie, der vergönn ich ihn nicht, der Disco-Schlampen!“ Die Stimme der Frau Blasl war recht laut geworden, ihr Blick ein wenig glasig. Sie schenkte sich ein weiteres Stamperl ein. Gasperlmaier verfluchte innerlich die Christine. Was hatte die sich auch in seinen Fall einmischen müssen? Jetzt konnte er nur noch sehen, dass er möglichst schnell hier wegkam.

„Ja, dann ...“, begann er. „Es tut mir leid, dass ich Sie unnötig aufgeregt habe. Vielleicht kommt er ja wieder zu Ihnen zurück!“, versuchte er, die Frau Blasl ein wenig aus ihren trüben Gedanken herauszureißen. Die aber reagierte völlig anders als erwartet. Sie schleuderte ihr Schnapsstamperl gegen die Wand. „Wissen Sie, was ich mit dem mach, wenn er wiederkommt?“, schrie sie, schon ein wenig unsicher in der Aussprache, „Dem reiß ich die Haxen aus, und sein Zumpferl noch dazu!“ Ganz kurz dachte Gasperlmaier, dass es schon seltsam war, warum die Frau Blasl vom Haxenausreißen sprach, wo sie doch gar nicht wusste, dass bisher nur zwei Beine im See gefunden worden waren. Ob es da am Ende einen Zusammenhang gab? Dennoch, er musste sehen, dass er hier wegkam. „Also, dann, auf Wiedersehen!“ Er erhob sich, überlegte einen Moment, nahm die Schnapsflasche vom Tisch und stellte sie wieder in das Küchenkastl zurück.

Draußen musste er kurz durchatmen. Ein Schlag ins Wasser. Auf der ganzen Linie. Schuld war, das hielt er sich nochmals vor Augen, die Christine, die ihn hierher gehetzt hatte. Allerdings hätte er natürlich auch einfach die Frau Doktor anrufen und ihr die Entscheidung überlassen können, ob er nach dem Verbleib des Blasl fragen sollte. Er hatte sich also auch selber einen Teil der Verantwortung zuzuschreiben.

„Der Blasl ist's nicht!“ Gasperlmaier musste seinen Fehlschlag gleich mit der Christine teilen. „War ja auch nur eine Vermutung“, gab die zurück. „Und was ist mit dem Grubauer?“ Gasperlmaier wechselte das Handy von der rechten in die linke Hand, um in der Hosentasche nach dem Autoschlüssel zu kramen. „Fahrst da jetzt auch noch hin?“ „Ich weiß nicht“, gab Gasperlmaier zurück, „ich hab ja was anderes auch noch zu tun.“ Was er der Christine natürlich nicht sagen wollte, war, dass er sich fest vorgenommen hatte, vor dem Besuch bei der Grubauerin die Frau Doktor Kohlross zu informieren. Wenn sie nicht selber mitkommen wollte, hatte er dann immerhin Rückendeckung von seiner Vorgesetzten. „Auf jeden Fall fahr ich jetzt zuerst einmal ins Krankenhaus, den Friedrich besuchen.“ Gasperlmaier hatte schon zu lang nichts vom Friedrich gehört, und viel brennender als die Herkunft der Haxen aus dem Toplitzsee interessierte es ihn jetzt, wie es seinem Postenkommandanten ging. „Schau halt, dass du wenigstens zum Abendessen daheim bist“, sagte die Christine noch, „heute gibt's jedenfalls was Leichtes. Die Oma meint auch, dass dein Bäuchlein in der letzten Zeit auffällig angewachsen ist.“ Gasperlmaier seufzte. Das konnte ja heiter werden, wenn sich seine Frau und seine Mutter gegen ihn verbündeten. Es war höchste Zeit, dass sie wieder in ihr Haus zurückkam. Gleich heute Abend würde er auf der Baustelle vorbeischauen, um zu überprüfen, ob die Fensterbänke schon eingemauert worden waren, so wie er es gestern mit dem Maurer verabredet hatte. Wie er den kannte, würde er wahrscheinlich nichts erledigt haben, irgendeine Ausrede auftischen und ihm hoch und heilig versprechen, die Arbeit dafür morgen, gleich frühmorgens, nachzuholen. Es war alles nicht so einfach.

An der Portierloge fragte Gasperlmaier nach dem Friedrich Kahlß. „Auf der Internen, Zimmer 317", beschied ihn die diensthabende Dame knapp, nachdem sie eine Weile auf ihren Bildschirm gestarrt und ein paarmal mit der Maus geklickt hatte. „Wo ...?" Die Dame kam Gasperlmaier zuvor. „Unser Leitsystem. Folgen Sie einfach der orangen Linie." Gasperlmaier war noch nie im neuen Ausseer Krankenhaus gewesen, und der große Krankenbesucher war er normalerweise sowieso nicht. Da stand er dann in der Regel am Bett und war heilfroh, dass die Christine dabei war, denn er hatte keine Ahnung, was man mit so einem Kranken reden sollte. Durfte man über die Operation sprechen? Oder gebot die Rücksicht, den Gesundheitszustand des Besuchten nicht zu erwähnen? Beim Friedrich war das natürlich etwas ganz anderes. Unsicher drückte Gasperlmaier die Türschnalle bei der Nummer 317 hinunter. Was würde er im Zimmer dahinter vorfinden? Ob der Friedrich überhaupt schon von der Operation zurück war? Solche Herzoperationen zogen sich ja angeblich oft über Stunden hin.

Im ersten Moment traf Gasperlmaier fast der Schlag. Im Zimmer lag ein grauhaariger Mann mit eingefallenen Wangen, der unruhig vor sich hin röchelte. Gott sei Dank – es war nicht der Friedrich, denn der lag im anderen Bett, am Fenster. So rasch hätte sich der Friedrich wohl nicht einmal bei unmittelbarem Herannahen des Todes verändern können.

„Servus Friedrich!“ Gasperlmaier näherte sich lächelnd, doch der Friedrich sah nur versonnen zum Fenster hinaus. „Was haben's denn mit dir gemacht? Bist schon operiert worden?“ Der Friedrich wandte sich ihm zu und winkte schwach mit der Hand. „Die nehmen mich hier nicht ernst“, flüsterte er. „Nur ein leichter Herzinfarkt, sagen sie. Keine Stents, keine Bypässe. Ich sag dir, die lassen mich hier elendiglich zugrunde gehen!“ Gasperlmaier war ratlos. „Vielleicht haben sie ja recht? Du schaust eigentlich wieder ganz gut aus!“, ermutigte er den Friedrich, doch der winkte nur ab und tat einen verächtlichen Schnaufer. „Gut! Was weißt denn du! Nie hab ich mich in meinem Leben so elend gefühlt! Und kümmern tut sich auch niemand um mich! Die lassen mich hier sterben!“ So kannte Gasperlmaier den Friedrich gar nicht. Am Ende, so dachte er bei sich, war das beim Friedrich mehr psychologisch. „Und auf Diabetes haben's mich auch untersucht! Weißt eh, was da kommt! Davon kann man blind werden! Und die Nieren werden dir kaputt, dass du jeden zweiten Tag zur Dialyse musst! Und am Schluss amputieren's dir die Haxen!“

Gerade hatte Gasperlmaier das Gespräch von Krankengeschichten weg- und zum aktuellen Kriminalfall hinlenken wollen, um den Friedrich ein wenig aufzuheitern, da musste der von amputierten Beinen anfangen. Wiederum verstummte er. Um die Stille zu überbrücken, holte er sich einen Sessel zum Krankenbett. Leider nahm der Friedrich von sich aus das Thema wieder auf. „Und, wisst's ihr jetzt schon, wer die Leiche aus dem See ist?" „Nichts wissen wir", begann Gasperlmaier und erzählte in allen Einzelheiten von der Pleite beim Besuch der Frau Blasl. Der Friedrich nickte zu Gasperlmaiers Erzählung. „Der Blasl, das war ja schon immer ein Gauner", meinte der Friedrich. „Ist ja nicht das erste Mal, dass er mit einer Kellnerin durchgebrannt ist. Der hat anscheinend einen Hang zum Servierpersonal. Aber nach ein paar Wochen ist er dann immer wieder reumütig zu seiner Alten zurückgekehrt. Was weiß ich, was sich der vorstellt, wenn er wieder einmal einer Jungen nachrennt." Da sah man es wieder. Der Friedrich hatte Hintergrundinformationen zu praktisch jedem in Altaussee. Was sollte Gasperlmaier ohne dieses Wissen bloß anfangen?

Nach längerem Schweigen auf beiden Seiten fiel Gasperlmaier das Abendessen wieder ein. Zuvor aber musste er den Friedrich ein wenig aufmuntern. „Du wirst schon wieder!", sagte er, so zuversichtlich wie möglich. „Und wenn du zurückkommst, dann hast du auch ein bisschen was abgenommen und passt viel besser in die Uniform hinein!" Der Friedrich grunzte, bevor er sich zu einer Antwort entschloss. „So schnell", meinte er, „wird das nicht gehen! Da kommt zuerst einmal die Reha, nach so einem Herzinfarkt. Und für den Außendienst ..." Der Friedrich ließ den Satz in der Schwebe. „Wahrscheinlich muss ich doch gleich um Frühpension ansuchen, wenn ich jemals wieder hier herauskomme!", fügte er hinzu. Gasperlmaier erschrak. Aber, auf der anderen Seite, er hatte es ja ohnehin gewusst, dass der Friedrich nicht mehr lange im Polizeidienst bleiben würde. Nur hatte er den Gedanken, einen anderen Vorgesetzten zu bekommen, immer weit von sich geschoben. Das hatte man nun davon, dass man jahrelang den Kopf in den Sand gesteckt hatte.

„Du wirst jetzt mein Nachfolger werden, Gasperlmaier!", unterbrach der Friedrich Gasperlmaiers Gedanken. Der erschauderte. Er fühlte sich in der zweiten Reihe viel wohler als im Rampenlicht. So eine Führungsaufgabe, das war nichts für ihn. Deshalb winkte er energisch ab. „Da warten wir jetzt einmal in aller Ruhe ab", sagte er. „Dann schauen wir." Tatsächlich aber wurde Gasperlmaier mulmig. Was, wenn er tatsächlich dazu ausersehen würde, den Posten in Altaussee zu leiten? Er mochte gar nicht daran denken.

Gasperlmaier erhob sich. „Pfüat di, Friedrich. Und gute Besserung!" „Ich bin schon gespannt auf's Abendessen!", sagte der nur. „Zu Mittag hab ich nämlich gar nichts gekriegt. Das ist ein Skandal hier – da wirst du stundenlang untersucht und auf der Bahre von hier nach dort geschoben, von einem Stock in den anderen, und wenn sie dich dann endlich in ein Bett legen, dann ist natürlich kein Mittagessen mehr da. Wie soll man da gesund werden?" Gasperlmaier lächelte unsicher zum Friedrich zurück, hob die Hand zum Gruß und zog die Tür von außen zu. Dort roch es unangenehm nach Krankenhaus. Ein Geruch, den er nur schlecht vertragen konnte.

Draußen auf dem Parkplatz wählte er zunächst die Nummer der Frau Doktor. Bevor er ihr noch erzählen konnte, was ihn dazu bewogen hatte, die Frau Blasl aufzusuchen, überfiel sie ihn schon mit einem Wortschwall. „Wir sind hier voll im Stress. Vermisste gibt es genug, wenn man den ganzen Bezirk einbezieht. Tourengeher, Wanderer, Kletterer, hauptsächlich so Sportverrückte. Und unser Vermisster hat ja immerhin Bergschuhe angehabt, nicht!" Nach einer Weile kam Gasperlmaier zu Wort und erzählte der Frau Doktor erstens von der Einlieferung des Friedrich ins Krankenhaus, zweitens von den Vermutungen der Christine und drittens vom erfolglosen Besuch bei der Frau Blasl. „Ja, was gibt's da noch zu zögern? Hin zu der Frau Grubauer, und nachgebohrt! Was Besseres könnte uns gar nicht passieren, als dass wir den Vermissten direkt in Altaussee identifizieren können!" Auf die Nachfrage Gasperlmaiers, ob sie ihn vielleicht begleiten könnte, schnaubte die Frau Doktor nur. „Ich bin hier mit Arbeit komplett eingedeckt! Das schaffst du schon alleine!" Gasperlmaier blieb ratlos zurück. Große Lust hatte er nicht darauf, einen neuerlichen erfolglosen Besuch zu wagen, aber es musste wohl sein.

Das Grubauer-Haus kannte er wenigstens, es war nicht weit von Gasperlmaiers eigenem entfernt, nur ein paar hundert Meter den Berg hinauf, um eine Kurve, da stand es recht einsam in der Gegend herum. Früher hatten die Grubauers eine kleine Landwirtschaft betrieben, aber nachdem der Vater gestorben war, hatten sie die Kühe verkauft und die Wiesen verpachtet. Ein wenig verwahrlost sah das Anwesen aus, fand Gasperlmaier. Schrott lag vor dem Haus herum, und eine offen stehende Garage war so mit Gerümpel vollgeräumt, dass ein Auto darin gar nicht Platz gehabt hätte. Ein rostiger alter Golf stand davor. Um ihn herum scharrten ein paar Hühner in der Erde. Gasperlmaier drückte die Türschnalle hinunter und bemerkte, dass die Tür locker in den Angeln hing und am Boden schleifte, als er sie öffnete. Hier fehlte ein Mann im Haus, fand er. Und der Grubauer-Bub, das schien auch ein rechter Nichtsnutz zu sein, so, wie er das Haus verkommen ließ.

„Hallo!", rief Gasperlmaier, als er ins dunkle Vorhaus trat. „Ist wer zu Hause?" Nichts rührte sich. Doch irgendwoher hörte Gasperlmaier Stimmen. Er ging durch das schmale Vorhaus und lauschte an der Tür, durch die das Geräusch zu dringen schien. Gasperlmaier konnte hören, wie sich zwei Frauen lautstark stritten, aber ausseerisch keiften die nicht. Und da die Grubauerin höchstwahrscheinlich keine Sommergäste beherbergte, konnte es sich nur um den Fernseher handeln. Gasperlmaier klopfte zaghaft, danach, als sich nichts rührte, etwas heftiger. „Was ist?“, meldete sich eine rauchige Stimme von drinnen.

Gasperlmaier öffnete die Tür und wurde von einer dichten Wolke aus muffigem Geruch und Tabakrauch förmlich zurückgeworfen. Hier war offensichtlich schon lange nicht mehr gelüftet worden. „Die Polizei!“ Die Grubauerin zog an ihrer Zigarette, machte aber weder Anstalten, die Füße von der Tischplatte zu nehmen, noch Gasperlmaier zu begrüßen. Neben der Grubauerin saß ihre Tochter, die ebenfalls Rauchwolken vor sich hin blies. „Könnten'S vielleicht wenigstens den Fernseher einmal leiser stellen?“ Gasperlmaier wurde ärgerlich. Die Frauen im Fernsehen stritten immer noch, ihre Stimmen hatten sich mittlerweile zu kreissägenartigem Kreischen gesteigert. Fürchterlich, fand Gasperlmaier, sahen die beiden Frauen aus. Nicht nur die im Fernsehen, die Grubauerin und ihre Tochter ebenso. Die Mutter trug verwaschene Jeans und ein dünnes, weißes Leibchen, aus dem oben bleiche Brüste hervorquollen. Außerdem war das Leibchen nicht ganz sauber. Giftig blonde Haare mit mindestens fünf Zentimetern graubraunem Nachwuchs waren zu einem schlampigen Pferdeschwanz zusammengebunden. Die Tochter trug die Haare schwarz und allerlei Blechteile im Gesicht.

Endlich bequemte sich die Grubauerin dazu, aufzustehen. „Was wollen'S denn?“, fragte sie mit raspelnder, heiserer Stimme. Gasperlmaier stieg ihr übelriechender Atem unangenehm in die Nase, und er hoffte, er würde schnell wieder hier wegkommen. „Gehen wir hinaus!“, sagte er entschlossen, denn die Tochter hatte den Fernseher noch lauter gestellt, wohl, um die Unterhaltung ihrer Mutter mit Gasperlmaier zu übertönen.

Der war froh, als sie wieder vor der Haustür standen, und atmete zunächst tief durch. „Wo der Sohn ist, hätt ich gerne gewusst. Kann ich mit ihm sprechen?“ Diesmal, so hatte sich Gasperlmaier vorgenommen, würde er eine vorsichtigere Taktik einschlagen. „Der Matthias?“ Die Grubauerin blies eine Rauchwolke in die Luft und verschränkte die Arme unter der Brust, sodass ihr Busen noch weiter aus der Oberbekleidung gedrückt wurde. Gasperlmaier fand den Anblick wenig anziehend. „Der Matthias“, wiederholte er, „wenn Sie sonst keinen Sohn haben.“ Die Grubauerin ließ ihre Blicke in die Ferne schweifen. „Der Matthias ist davon“, sagte sie schließlich. „Wie, davon?“, fragte Gasperlmaier nach. „Er ist von einem Tag auf den anderen weg gewesen! Aber ist eh nicht schad um ihn! Hat nur mein Geld beim Fenster hinausgehaut!“ Die Grubauerin warf den Zigarettenstummel in den Hof, ohne ihn auszudämpfen. Von einem Tag auf den anderen verschwunden – damit war Gasperlmaier jetzt klar, dass der Grubauer-Bub ihre Leiche aus dem See sein musste.

„Warum haben Sie denn keine Abgängigkeitsanzeige erstattet?“, fragte er. „Weil er nicht abgängig ist! Er hat mir ja eh fast jede Woche ein Mail geschickt!“ Gasperlmaier fluchte innerlich. Also konnte auch der Grubauer Matthias nicht ihre Leiche sein. „Woher hat er Ihnen denn Mails geschickt?“, fragte er sicherheitshalber noch nach. „Zuerst aus Frankreich, dann aus Spanien. Dass er auswandern will, hat er geschrieben. Und dass er sich einen Job sucht. Der Trottel! Wo doch jeder weiß, dass in Spanien die Jungen alle arbeitslos sind! Typisch!“ Viel, so dachte Gasperlmaier bei sich, schien die Grubauerin von ihrem Sohn nicht zu halten. Er sah sich auf dem Hof um. Das laute Moped, das ihn mehrmals aus dem Schlaf gerissen hatte, sah er nirgendwo. „Wie ist er denn nach Spanien gekommen? Mit dem Moped?“, fragte er deshalb nach. Die Grubauerin griff plötzlich mit einer Hand in ihren BH, und Gasperlmaier ängstigte sich schon, sie könnte, aus welchem Grund auch immer, ihre Brust dort herausholen. Einfach genug wäre es wohl gewesen. Aber sie förderte lediglich ein zerdrücktes Zigarettenpäckchen zutage und zündete sich eine weitere an. Dann zuckte sie mit den Schultern. „Was weiß ich? Mit der Bahn vielleicht? Oder per Autostopp? Mit einem Fernfahrer?“

Gasperlmaier dachte nach. Dass der Grubauer mit dem Zug gefahren war, war wohl unwahrscheinlich, dazu waren die Fahrkarten viel zu teuer. Aus demselben Grund kam ein Flug wohl auch nicht in Frage. Ihm kamen langsam Zweifel an dem, was ihm die Grubauerin da erzählte. „Kann ich die Mails einmal sehen?“ „Sicher. Kein Problem.“ Sie winkte ihn wieder ins Haus. Leider musste er ins verrauchte Wohnzimmer, wo sich auch der Computer befand. Gleich neben dem Fernseher stand ein wackeliger Schreibtisch aus Spanplatten, auf dem ein altertümlicher Röhrenbildschirm thronte. Gasperlmaier wunderte sich, dass der windschiefe Schreibtisch nicht schon unter dem Gewicht des Monitors zusammengebrochen war. Er setzte sich ans Gerät und starrte auf die speckige Tastatur vor sich, während er wieder einmal einen Schwall Rauch abbekam, als sich die Grubauerin bückte, um den Schalter am Computer zu drücken, der sich unter dem Schreibtisch versteckte.

Es schien eine Ewigkeit zu dauern, bis das Gerät hochgefahren war. Gasperlmaier spürte, wie sich in Hals und Lunge Hustenreiz breitmachte. Wenigstens hatten die Frauen im Fernsehen zu streiten aufgehört, stattdessen lief jetzt Werbung. Die erschien Gasperlmaier noch lauter, vor allem, weil er ja direkt neben dem Fernseher sitzen musste. Die Tochter paffte vor sich hin und dachte nicht einmal im Traum daran, den Fernseher leiser zu stellen. Erziehung schien nicht gerade die starke Seite der Grubauerin zu sein. Endlich erschienen die Symbole für die verschiedenen Programme auf dem Bildschirm, und die Grubauerin beugte sich von hinten über ihn, um die Maus zum Symbol für das Mailprogramm zu führen. Gasperlmaier zuckte zusammen, als die Brust der Grubauerin kurz seine Wange streifte. Er wollte möglichst schnell hier hinaus. „Das letzte Mail war das da!" Sie öffnete es gleich. Gasperlmaier las.

Liebe Mutter. Bin jetzt gerade in Spanien angekommen. Schau mir morgen Barcelona an. Hoffe, dass ich bald Arbeit finde. Zumindest im Süden brauchen sie noch Erntehelfer, habe ich gehört. Mach dir keine Sorgen! Matthias.

Gasperlmaier klickte auf ein zweites Mail darunter. Auch das begann mit „Liebe Mutter" und endete sogar mit „Liebe Grüße". Zudem trug der Matthias der Mutter darin auf, die Schwester zu grüßen. Gasperlmaier studierte die Absenderzeile genauer und holte sein Notizbuch heraus. Zumindest Datum und Uhrzeit sowie die Absenderadresse wollte er sich notieren. Die Mails waren zwar von einer Mailadresse abgesandt worden, die mit dem Kürzel „at" endete, aber sogar Gasperlmaier wusste, dass man solch eine Adresse auf der ganzen Welt verwenden konnte. Das eine Mail, stellte er fest, war vor acht Tagen abgeschickt worden, das letzte, aus Spanien, war gerade einmal fünf Tage alt.

Gasperlmaier steckte sein Notizbuch wieder ein. „Und telefoniert hat er nicht?“, fiel ihm noch ein. „Er hat doch ein Handy?“ Die Grubauerin zuckte mit den Schultern. „Vielleicht ist es ihm zu teuer. Aus dem Ausland, mein ich. Oder er hat das Ladegerät vergessen. Ein paarmal hat er sein Handy auch schon verloren. Hab ich noch nicht drüber nachgedacht.“

Plötzlich schoss die Tochter hoch und fing an zu schreien. „Wie soll man denn da fernsehen, bei dem Gelaber! Quatscht's doch woanders!“ Gasperlmaier war vor Schreck von seinem Sessel hochgefahren und sah gerade noch, wie die Tochter aus der Tür schoss. Dabei fiel sein Blick auf die Tätowierung über dem Bund ihres Minirocks. Eine solche wurde von seinen Kindern gemeinhin als „Arschgeweih“ bezeichnet und, so hatte er das verstanden, als deutliches Zeichen der Zugehörigkeit zur Unterschicht gewertet. Die Tür krachte ins Schloss. „Tut mir leid!“, sagte die Grubauerin verständnisvoll und schenkte Gasperlmaier sogar ein Lächeln. Sie hätte, so stellte Gasperlmaier fest, dringend einen Zahnarzt gebraucht.

Als er endlich wieder alleine draußen zwischen den gackernden Hühnern stand, entschloss er sich, rasch die Frau Doktor anzurufen, bevor er seinen Dienst für heute beendete und nach Hause fuhr. „Ja, Franz, ich höre. Was gibt's Neues? Wir haben nämlich noch nicht wirklich jemand Passendes gefunden, ich sag's dir gleich.“ „Ich auch nicht!“, musste Gasperlmaier eingestehen, berichtete der Frau Doktor aber dennoch in allen Details von den Einzelheiten, die er über den Matthias Grubauer herausgefunden hatte. Gelegentlich hörte er von der Frau Doktor ein „Aha“ oder ein „Ja“. Die Einwürfe schienen ihm aber immer skeptischer zu werden, sodass er schließlich verstummte.

„Ist was?“, fragte er. Die Frau Doktor schnaufte hörbar durch. „Ein paar E-Mails, sagst du. Und keine Anrufe. Du hast doch gefragt, ob die Mutter oder die Schwester versucht haben, ihn telefonisch zu erreichen? Und du hast die Nummer seines Handys?“ Gasperlmaier entfuhren nur ein paar undefinierbare Laute, eine Ausrede fiel ihm so schnell nicht ein. Er hatte doch gewissenhaft darauf geachtet, sich alles aufzuschreiben. Wenn es der Grubauer doch ohnehin nicht sein konnte, wozu dann die Umstände mit dem Handy?

Wieder gackerte eines der Hühner lautstark direkt zu Gasperlmaiers Füßen. „Sag einmal, Franz, wo bist du denn gerade? Wen höre ich denn da im Hintergrund?“ „Ja, äh ...“, fing der an, doch die Frau Doktor unterbrach ihn sofort wieder. „Hör doch einmal zu: Seit zwei Monaten verschwunden, angeblich in Spanien. Schickt ein paar E-Mails. Das Handy tot. Da ist doch irgendwas faul. Haben die Mails für dich authentisch geklungen?“ Jetzt fiel Gasperlmaier doch noch etwas Wichtiges ein. „Er hat ‚Liebe Mutter‘ geschrieben. Das ist mir schon komisch vorgekommen.“ „Würdest du den Grubauer Matthias als jemanden einschätzen, der ‚Liebe Mutter‘ schreibt?“, fragte die Frau Doktor. „Eher nicht!“, musste Gasperlmaier nun zugeben. „Also: Ich sag dir, die Mails hat wer anderer geschrieben. Der wusste nicht, wie der Grubauer seine Mutter nennt, also, ob er Mama oder Mutti oder sonst was zu ihr sagt. Deshalb hat er ‚Mutter‘ geschrieben. Du gehst jetzt sofort wieder zu denen hin. Du beschlagnahmst den Computer mit den Mails, und du fragst sofort nach der Handynummer. Das kriegen wir heute noch gecheckt. Und wenn er das Handy wirklich seit seinem Verschwinden nicht mehr verwendet hat, dann haben wir unseren Mann.“ „Alles klar!“ Gasperlmaier war froh, dass die Frau Doktor ihn nicht dafür zur Rechenschaft zog, dass er auf so wichtige Einzelheiten wie das Handy vergessen hatte, obwohl er ja mit der Grubauerin sogar darüber gesprochen hatte. Was ihn ärgerte, war nur, dass er jetzt noch einmal in die verrauchte Bude hineinmusste, um den Computer abzuholen.

Ohne zu klopfen trat Gasperlmaier abermals in das Wohnzimmer, wo jetzt die Tochter allein war. Leider saß sie gerade am Computer. Gasperlmaier sah, dass sie gerade auf einer Facebook-Seite las und tippte. Facebook kannte er auch von den Kindern zu Hause. Er selbst hätte nicht gewusst, was er damit anfangen hätte sollen.

Gasperlmaier räusperte sich, um die Aufmerksamkeit der Tochter auf sich zu lenken, doch das misslang. „Ich muss den Computer beschlagnahmen", sagte er dann vorsichtig. Die Tochter wandte sich ihm nun wenigstens zu, starrte ihn aber wortlos an. Gasperlmaier sah, dass die Asche an der Zigarette in ihrer linken Hand auf eine beträchtliche Länge angewachsen war. Gleich würde sie hinunterfallen. Auf dem Boden, so bemerkte er, konnte man eine ganze Menge grauer Flecken wahrnehmen, die von Ascheresten stammen mussten. „Fick dich!", schnarrte die Tochter. „Hier wird gar nichts beschlagnahmt, schon gar nicht mein Computer!" Sie steckte sich die Zigarette zwischen die Lippen und begann wieder zu tippen. Eine Unverschämtheit, die er nicht gelassen hinnehmen konnte. Gasperlmaier musste handeln, und zwar schnell. Er sah sich um und fand heraus, dass das Stromkabel des Computers zu einer Steckdose neben der Wohnzimmertür führte. Er zog den Stecker aus der Dose, und der Bildschirm wurde finster. Die Reaktion der Tochter allerdings hatte er unterschätzt. Mit einem „Spinnst du, du depperter Kieberer!" stürzte sie sich auf ihn, um ihm das Kabel zu entreißen, das er noch in der Hand hielt. Gasperlmaier ließ es fallen und hob schützend die Arme vor das Gesicht, um sich der Fingernägel der Grubauer-Tochter zu erwehren. Die waren lang und dunkelblau lackiert.

Das Geschrei der Tochter hatte offenbar auch die Grubauerin gehört, denn plötzlich stand sie hinter Gasperlmaier. „Was ist denn da los?" „Der will unseren Computer mitnehmen!", kreischte die Tochter. Sie war völlig außer sich, dennoch ließ sie kurz von Gasperlmaier ab. Der nutzte die Gelegenheit, um nach dem schweren Kasten unter dem Schreibtisch zu greifen. „Von mir aus können'S den ruhig haben", raspelte die Grubauerin nur. „Treibt eh nur Blödsinn damit, das Mädel. Ich wünsch Ihnen viel Glück!"

Gasperlmaier zog den Computer unter dem Schreibtisch hervor, um die Kabel auf der Rückseite herauszuziehen, denn die würden sie wohl nicht brauchen. Die Tochter stürzte sich laut schimpfend und schreiend auf ihn und legte ihre Hände um seinen Hals. Gasperlmaier ließ den Computer los und griff nach den Händen der Tochter. Es gelang ihm, sich aus ihrem Griff zu befreien, leider aber war ein beißender Schmerz damit verbunden. Gasperlmaier tastete nach seinem Hals. Seine Hand war blutig. Das Luder hatte ihn gekratzt. Damit hatte sie Gasperlmaier nun ein bisschen aggressiv gemacht. Das konnte bei ihm schon passieren, wenn er Schmerz erleiden musste. „Setz dich jetzt sofort da auf das Sofa, du dumme Gurken!", schrie er das Mädchen zornig an. Gleichzeitig packte er sie an den Handgelenken, damit sie ihm nicht nochmals mit ihren Krallen ins Gesicht fahren konnte. „Sonst leg ich dich in Handschellen und bring dich auf den Posten, in die Zelle! Was glaubst du denn, mit wem du es hier zu tun hast?" Er schubste sie zum Sofa und ließ los. Mit einem Aufschrei fiel die Tochter rücklings auf die abgewetzte Couch. Hoffentlich würde sie ihn nicht wegen Körperverletzung anzeigen.

Tatsächlich schüchterte der Wutausbruch Gasperlmaiers das Mädchen zumindest so lange ein, wie er brauchte, um die Kabel aus dem Computer einfach herauszureißen, ohne Rücksicht auf eventuelle Beschädigungen. Heftig atmend hob er das Gerät vor seine Brust, um es zum Auto zu tragen. Die Tochter funkelte ihn böse an und hatte schon wieder ihre Krallen vorgestreckt. „Wag es ja nicht!", keuchte Gasperlmaier und trat rückwärts die Flucht aus dem Wohnzimmer an. Den Rücken wollte er dieser Furie keinesfalls kehren, wer weiß, was der noch alles einfallen würde. Und am Schluss waren dann immer die Polizisten schuld, wenn es zu Handgreiflichkeiten kam.

Als er im Vorhaus angelangt war, hörte er die Tochter im Wohnzimmer aufschreien. Gleich darauf polterte und rumpelte es. Sie hatte ihre Wut wohl am zurückgebliebenen Monitor ausgelassen, und das hatte der Schreibtisch anscheinend nicht ausgehalten.

„Wiederschauen, Herr Inspektor!" Die alte Grubauerin war anscheinend nicht so leicht aus der Ruhe zu bringen. Nachdem Gasperlmaier das Gerät im Kofferraum untergebracht hatte, holte er ein Taschentuch aus dem Handschuhfach und tupfte vorsichtig gegen die Kratzer am Hals. Das brannte heftig. Gasperlmaier besah sich das Taschentuch. Es war blutgetränkt. „So ein Luder!", fluchte er. Wahrscheinlich war auch schon der ganze Hemdkragen blutig. Gasperlmaier sah auf die Uhr. Es war bereits halb sechs vorbei. Der Posten würde ihn heute nicht mehr sehen. Er wollte nur noch nach Hause.

3

Vorsichtig betupfte die Christine mit einem Wattestäbchen Gasperlmaiers Kratzer. Der stand mit nacktem Oberkörper im Bad, das blutige Hemd lag bereits zum Einweichen im Waschbecken. „Sonst gehen die Flecken nie heraus!“, hatte die Christine gemeint. „Aua!“ Gasperlmaier zuckte, als die Christine mit dem Desinfektionsmittel an seine frische Wunde kam. Wie das brannte! „Der ihre Fingernägel, die waren sicher nicht ganz sauber“, meinte die Christine, „da sollte man schon aufpassen!“ Gasperlmaier musste gleich an alle möglichen Krankheiten denken, die ihm die Grubauer-Tochter angehängt haben konnte. AIDS zum Beispiel. Er riss sich zusammen und ertrug geduldig die Behandlung. „So!“, sagte die Christine schließlich, als sie auch noch einen sterilen Verband über der Wunde angebracht hatte. Gasperlmaier besah sich im Spiegel. Er konnte den Kopf fast nicht bewegen, so fest saß das Pflaster. Es zog und zerrte, und es schmerzte, wenn er den Kopf zu drehen versuchte. Gasperlmaier beschloss, sich mit einem Bier auf das Sofa zu legen, das hatte er sich redlich verdient.

Kaum aber hatte er ächzend die Polster in seinem Nacken zurechtgerückt, da läutete sein Handy. Er hatte es sicher in seiner Uniformjacke, die draußen an der Garderobe hing, stecken lassen. „Wart, ich bring's dir schon!“ Die Christine kam mit seinem dudelnden Mobiltelefon angerannt. „Die Frau Doktor!“, flüsterte sie. „Wie schaut's aus?“, fragte die, als Gasperlmaier das Gerät ans Ohr legte. „Hast du den Computer und die Handynummer?“ Glühend heiß schoss es Gasperlmaier ein, dass er in dem ganzen Chaos bei den Grubauers wieder darauf vergessen hatte, nach der Handynummer zu fragen. „Den Computer hab ich!“, begann er deshalb. „Ja, dann schließ ihn an und schick mir die Mails. Und am besten gleich auch noch einen Screenshot vom Mailprogramm, wenn sie angezeigt werden.“ Gasperlmaier begann zu ahnen, dass es mit einem gemütlichen Abend auf dem Sofa nichts werden würde. Er hatte nicht einmal eine vage Vorstellung davon, was ein Screenshot sein könnte. „Warte, Renate!“ Mühsam setzte sich Gasperlmaier auf. „Das muss ich mir aufschreiben.“ Er begann auf dem Rand der Zeitung zu notieren. „Und was ist mit der Handynummer? Die kannst du mir ja gleich mündlich durchgeben.“ Gasperlmaier beschloss, auf Zeit zu spielen. „Das Luder, die Tochter, hat mich angegriffen! Ich hab mich von meiner Frau verarzten lassen müssen!“ „Und deswegen hast du auf die Handynummer vergessen.“ Es war praktisch unmöglich, eine kleine Ermittlungspanne vor der Frau Doktor zu verbergen. „Ich ruf gleich noch einmal dort an!“, versprach er. „Ja, tu das“, seufzte sie. „Und vergiss nicht auf die Mails.“ Gasperlmaier drückte den roten Knopf und legte das Handy weg

„Das hab ich ja gar nicht gewusst, dass wir schon per Renate sind!“ Die Stimme der Christine klang jetzt ein wenig spitz. Gasperlmaier verteidigte sich nur mit einer müden Handbewegung und beschloss, umgehend das Thema zu wechseln. „Weißt du vielleicht, was ein Screenshot ist?“, fragte er deswegen. „Natürlich!“, antwortete die Christine. „Man nimmt sozusagen ein Foto des Bildschirminhalts auf und kann das dann speichern.“ Gasperlmaier fragte sich zwei Dinge: erstens, was ein Bildschirminhalt war, und zweitens, wozu das Ganze gut sein sollte. Er wollte sich's aber mit der Christine nicht verderben, denn wahrscheinlich war er auf ihre Hilfe angewiesen, wenn er den Auftrag der Frau Doktor heute noch erledigen wollte. Deswegen hielt er lieber den Mund.

Eine Stunde später saß man beim Abendessen. Gott sei Dank war der Christoph nach Hause gekommen, und für einen Zehner hatte er sich bereit erklärt, die Aufträge der Frau Doktor auszuführen. Natürlich war es dabei nicht zu vermeiden gewesen, ihn über die Leiche im See und die vermutlich dazugehörige Identität zu informieren. „Dass du mir aber ja nichts auf Facebook hinausposaunst!", hatte ihm Gasperlmaier eingeschärft. „Das ist ein Dienstgeheimnis!" Der Christoph hatte nur gelächelt. „Ein Dienstgeheimnis, das ohnehin morgen in der Schillingzeitung steht?", hatte er gegrinst. „Solang sie's nicht von dir wissen!", hatte diesmal Gasperlmaier das letzte Wort behalten. Und die Telefonnummer des Matthias Grubauer war schließlich auch herauszufinden gewesen. Zwar hatte Gasperlmaier im Hintergrund die Tochter über den „depperten Polizisten" schimpfen gehört, der ihr den Computer weggenommen hatte, doch die alte Grubauerin hatte keine Umstände gemacht und ihm ein SMS mit der Nummer des Sohnes geschickt. Gasperlmaier hatte sie natürlich gleich ausprobiert, aber er bekam nur eine Stimme zu hören, die ihm darüber Auskunft erteilte, dass der gewünschte Anschluss nicht erreichbar sei.

Gasperlmaier schenkte sich noch ein wenig Bier nach. Den Tisch teilte er nur mit der Christine und seiner Mutter, denn die Kinder waren längst schon wieder irgendwo anders unterwegs, wie üblich. „Hast schon nachgeschaut, ob der Maurer heute die Fensterbankerln gerichtet hat?", fragte die Mutter. Natürlich hatte Gasperlmaier in dem ganzen Trubel darauf vergessen, er entschloss sich aber, der Mutter, der Einfachheit halber, eine dreiste Spekulation aufzutischen.

„Er ist wieder nicht gekommen, der Maurer", sagte er deshalb. „Aber für morgen hat er mir's hoch und heilig versprochen!" Wahrscheinlich, so dachte Gasperlmaier bei sich, entsprach das sogar der Wahrheit. Die Mutter seufzte, während Gasperlmaier still die Zucchinicremesuppe in sich hineinlöffelte und gelegentlich mit Bier nachspülte. Hoffentlich würde für heute damit Ruhe eingekehrt sein.

Gasperlmaiers Hoffnungen erfüllten sich nicht, denn um halb zehn, als er gerade vor dem Fernseher eingeschlafen war, klingelte noch einmal sein Handy. Natürlich war es wieder die Frau Doktor. „Folgendes, Franz!" Gasperlmaier erschrak. Er hatte sich noch immer nicht daran gewöhnen können, dass es nun jemanden gab, der ihn „Franz" nannte. Das war für ihn etwas völlig Neues. Die Mutter sagte immerhin Franzl zu ihm, das klang schon etwas weicher. Der harte Franz wollte ihm dagegen nicht gefallen.

„Ich kann jetzt natürlich nur nach dem Wortlaut der Mails gehen. Da ist mir einiges aufgefallen. Wie alt, sagst du, ist der Grubauer?" Gasperlmaier musste kurz überlegen. „So an die dreißig", antwortete er dann. „Ich hab ihm ja schon zweimal den Führerschein abgenommen, und das erste Mal war ..." Gasperlmaier kratzte sich am Kopf. „Bei der Sonnenfinsternis! Da war er nämlich schon nachmittags besoffen. Das war aber auch nur der Mopedführerschein." „Schulbildung?", fragte die Frau Doktor, doch da musste Gasperlmaier passen. „Universitätsprofessor ist er jedenfalls keiner!" Ungewöhnlich schlagfertig war seine Antwort jetzt gewesen, fand er. „Egal!", antwortete die Frau Doktor. „Ich hab mir alle acht Mails genau angeschaut. Keines enthält einen Rechtschreibfehler. Sogar exotische Ortsnamen aus Frankreich und Spanien sind richtig geschrieben.

Keine Beistrichfehler. Glaubst du, dass der Grubauer diese Mails geschrieben hat?" „Eher nicht", antwortete Gasperlmaier zögernd. Hoffentlich würde ihn die Frau Doktor nicht mit der Schreibung exotischer Ortsnamen in Frankreich konfrontieren, damit konnte er nicht dienen. „Siehst du. Diese Mails hat niemals ein dreißigjähriger, ungebildeter Alkoholiker geschrieben. Sondern der Mörder." Die Frau Doktor machte eine kleine Pause. „Wir brauchen also nur noch herauszufinden, wer die Mails geschrieben hat. Dann haben wir ihn. Oder sie." „Ja", sagte Gasperlmaier ratlos und sah auf die Uhr. Drei viertel zehn. Es wurde langsam Zeit, ins Bett zu gehen. Die Mutter schlief sicher schon. Die hatte es nicht so gerne, wenn um diese Zeit noch Wirbel im Haus war. „Der Schlaf vor Mitternacht ist der gesündeste!", ermahnte sie stets nicht nur die Kinder, sondern auch die Christine und ihn, wenn sie keine Anstalten machten, zugleich mit ihr ins Bett zu gehen.

„Folgendes, Franz. Hör mir genau zu: Ich hab schon jemanden losgeschickt, um den Computer abzuholen. Da wird heute einer unserer Spezialisten eine Nachtschicht einlegen und checken, woher die Mails gekommen sind. Dazu brauchen wir natürlich die Festplatte, der Text der Mails und die Absenderadresse reichen uns nicht. Und morgen um sieben dann auf dem Posten, zur Lagebesprechung!" Gasperlmaier seufzte leise. Jetzt durfte er auch noch auf den Boten warten, der den Computer abholen würde.

Er hatte gerade den letzten Schluck des bereits lauwarmen Biers ausgetrunken, als es klingelte. Der durchdringende Ton der Türglocke würde sicherlich wieder die Mutter aus dem Schlaf reißen, und die würde morgen selbstverständlich gleich beim Frühstück eine Beschwerde über diese Störung ihrer Nachtruhe anbringen. Gasperlmaier öffnete. Draußen stand eine blonde Polizeibeamtin in Uniform und lächelte ihn an. „Servus, Gasperlmaier!“, sagte sie, so frisch und energiegeladen, als wäre es ein sonniger Sonntagvormittag. Gasperlmaier hatte sie schon irgendwo gesehen, er fragte sich nur, bei welcher Gelegenheit. Die Farbe Rot hatte dabei eine Rolle gespielt, so viel wusste er noch. „Gruppeninspektorin Manuela Reitmair! Erinnerst du dich nicht? Der Einsatz auf der Ruine Pflindsberg!“ Jetzt fiel es ihm wie Schuppen von den Augen. Die Manuela Reitmair hatte ihn aufgeklaubt, als er im Wald unterhalb der Ruine eins über den Schädel bekommen hatte. Sie hatte ihn aufgeweckt. Und dabei ein eng anliegendes rotes Raddress getragen. Oben war der Reißverschluss ein bisschen zu weit offen gewesen. Gasperlmaier erinnerte sich gut.

„Den Computer, bitte! Ich will ja schließlich heute noch zurück nach Liezen!“ „Ah, ja!“ Gasperlmaier riss sich von seinen Erinnerungen nur mühsam los. Er hob den schmutzigweißen Kasten auf, den er schon vorsorglich im Vorhaus deponiert hatte. „Wohin …?“ „Was hast du denn da am Hals?“ Die Manuela deutete auf das riesige Pflaster, das Gasperlmaiers Bewegungsfreiheit immer noch einschränkte. „Das Mädel, dem der Computer gehört, die hat mich gekratzt, beim Beschlagnahmen“, brummte er unwillig. „Lass nur!“ Die Manuela Reitmair riss ihm den Computer fast aus den Händen, als er Anstalten machte, ihn zur Haustür hinaus zu tragen. „Das mach ich schon selber. Bin ja schließlich kein Muttchen, oder?“ Die Manuela strahlte, als habe ihr Gasperlmaier gerade einen unermesslich großen Gefallen getan. „Bis morgen, dann!“ „Ja, pfüat di!“, rief ihr Gasperlmaier noch hinterher. Sekunden später quietschten die Reifen, und die Frau Gruppeninspektor schoss mit zuckendem Blaulicht davon. Ob es wirklich so eilig war? Heute Nacht würden sie den Mörder ja wohl nicht mehr erwischen. Gasperlmaier überlegte, ob er sich noch einen kleinen Obstler als Schlaftrunk gönnen sollte, als ihm plötzlich einfiel, dass die Manuela Reitmair beim Abschied „Bis morgen" gesagt hatte. Warum sollten sie sich morgen begegnen?

4

Als Gasperlmaier um drei Minuten nach sieben vor dem Posten eintraf, stand der weiße Audi der Frau Doktor schon auf dem Parkplatz. Die Frau Doktor selbst, heute in dem nicht ganz weißen Kostüm, lehnte an der Motorhaube und klopfte ungeduldig mit den Fingern auf das Blech, als sich Gasperlmaier näherte. „Morgen!“, lächelte sie dennoch, ohne ihm wegen der drei Minuten einen Vorwurf zu machen. „Wie siehst du denn aus?“, fügte sie, mit einem Fingerzeig auf sein Pflaster, hinzu. Gasperlmaier legte vorsichtig die Finger an die Wunde, die heute schon mit einem viel kleineren Verband als gestern bedeckt hatte werden können. „Hab ich dir ja gestern schon erzählt, von der Grubauer-Tochter.“ Der Verband spannte immer noch unangenehm. „Dass du dir mal nur keine Blutvergiftung holst!“ Er musste an die nikotingelben Finger der Jessica Grubauer denken, was ihn doch einigermaßen beunruhigte. Die Sorge der Frau Doktor um seine Gesundheit allerdings tat ihm gut.

Im Büro knallte die Frau Doktor ihre Handtasche auf den Schreibtisch vom Friedrich und schob das verstreute Schreibgerät in einer Ecke zusammen. Die Schillingzeitung von gestern wanderte in den Papierkorb. Der Friedrich hatte darin ohnehin nur die Auto-Seiten und den Motorsport gelesen.

„Wegen dem Herrn Kahlß!“, begann die Frau Doktor. Gasperlmaier setzte sich ebenfalls. Wusste die Frau Doktor was Neues? Er hatte heute noch nicht einmal an den Friedrich gedacht und schämte sich nun dafür. So schnell konnte man einen alten Freund vergessen. „Sein Herzinfarkt war zwar nur leicht, aber es scheint ein paar andere kleinere gesundheitliche Probleme zu geben.“ „Was ...“, begann Gasperlmaier, doch die Frau

Doktor unterbrach ihn. „Ich darf dazu gar keine näheren Informationen geben. Auf jeden Fall wird er längere Zeit im Krankenstand bleiben. Du, Franz, wirst ihn vertreten. Herzlichen Glückwunsch, Herr provisorischer Postenkommandant!“ Die Frau Doktor stand auf, lächelte und drückte ihm fest die Hand, bevor er noch dazu gekommen war, einen klaren Gedanken zu fassen.

„Aber ich kann doch nicht, ich bin doch ...“ Wiederum ließ ihn die Frau Doktor nicht ausreden. „Klar kannst du, und klar bist du geeignet! Du musst dir das nur zutrauen! Und damit du auch jemanden zum Herumkommandieren hast, haben wir uns natürlich schon um Ersatz für den Friedrich umgeschaut, selbstverständlich einstweilen nur temporär. Sie müsste eigentlich schon da sein!“ Die Frau Doktor sah auf die Uhr. Sie? Das war Gasperlmaier gar nicht recht. Ein Großteil der Annehmlichkeiten im Dienst hatte ja doch darin bestanden, dass er und der Friedrich sich nahezu blind verstanden und sich auch die eine oder andere Angewohnheit geleistet hatten, die mit einem Neuen, und gar mit einer Frau ...! Gasperlmaier mochte gar nicht daran denken!

In dem Moment wurde die Tür schwungvoll aufgerissen und die Frau Gruppeninspektor Manuela Reitmair stand im Raum. „Guten Morgen, Kollege Gasperlmaier! Guten Morgen, Frau Doktor! Welchen Schreibtisch darf ich haben?“ Die Frau Doktor stand auf und wies auf den nun verwaisten Schreibtisch des Friedrich. „Machen Sie sich's nur bequem!“ „Danke!“ Das Strahlen der Manuela Reitmair musste irgendwie angeboren sein, dachte Gasperlmaier bei sich, anscheinend konnte sie es gar nicht abschalten. „Tut's noch weh?“, fragte sie, auf Gasperlmaiers Pflaster weisend. Der aber vollführte nur eine wegwerfende Handbewegung. Er wollte nicht andauernd an die unschöne Szene im Wohnzimmer der Grubauers erinnert werden. Das Pflaster juckte ohnehin schon, wenn er nur daran dachte.

Die Manuela wartete seine Antwort gar nicht erst ab, schwang eine Computertasche auf den Schreibtisch und stellte ihren Aktenkoffer daneben ab. Wenige Sekunden später saß sie bereits hinter ihrem aufgeklappten Laptop. Gasperlmaier fühlte sich nicht wohl. Es war doch bisher alles so gut gelaufen – der Friedrich als ruhender Gegenpol zur doch etwas hyperaktiven Frau Doktor, er als stiller Beobachter in der Mitte. Und nun kam diese quirlige Blondine daher und brachte mit ihrem Aktionismus alles durcheinander. „Wie komm ich denn hier ins Internet? Ach, hab's schon! Das Passwort, Gasperlmaier?"

„Äh, ja!", brachte der nur hervor. Er hatte es da irgendwo in einer Schublade, sicher. Er konnte sich ja solch ein Zeugs wie Passwörter selber nie merken. Zu seinem Glück fand er den Zettel in der zweiten Schublade. „Haare schneiden 14:30" stand da außerdem noch drauf, aber das war natürlich nicht das Passwort. Deswegen wollte er den Zettel auch nur ungern aus der Hand geben. Er begann zu buchstabieren, doch die Manuela war schneller. „Gib schon her!" Schon war der Zettel in ihrer Hand, und kaum hatte sie das Passwort abgetippt, zerriss sie den Zettel in lauter kleine Schnipsel, die im Papierkorb landeten. „Deinen Bankomatcode hast du aber hoffentlich nicht auch im Schubladl?", lachte sie. „Passwörter immer im Kopf! Stell dir vor, da kommt jemand Amtsfremder und loggt sich ein! Wir müssen auf unsere Sicherheit schauen!" Die Frau Doktor zog sich einen Stuhl heran und setzte sich neben Gasperlmaier. „Die Frau Reitmair hat schon recht. Passwörter, noch dazu so relevante, kannst du nicht einfach in einer ungesicherten Schublade aufheben." Gasperlmaier begann, den Friedrich zu beneiden. War da nicht so ein ziehender Schmerz in seinem linken Arm?

Die Frau Doktor sprang wieder auf und holte einen Schnellhefter aus ihrer Handtasche. „Zur Sache, meine Herrschaften! Es gibt nämlich Neuigkeiten." Sie holte ein Foto aus einer Klarsichthülle und heftete es mit einem lauten Knall an die Pinnwand. Sowohl Gasperlmaier als auch die Manuela standen auf, um das Foto genauer zu betrachten. „Unser linker Unterschenkel trägt nämlich eine Tätowierung, was uns die Identifikation bedeutend erleichtern sollte."

Gasperlmaier gruselte. Das, was er sah, war also ein Stück Haut von dem Haxen aus dem Toplitzsee. Viel konnte er darauf nicht erkennen. Ein paar verwaschene, geschwungene Linien zogen sich über das Foto. „Ein Tribal!", meinte die Manuela mit Kennerblick. „Gar nicht so schlecht gemacht. Trägt man aber eher am Oberarm, oder am Rücken, normalerweise." Sie schlüpfte aus ihrer Jacke und schob den Hemdärmel hoch. „Ich hab auch so eins. Sehen Sie? Damit Sie's ganz anschauen können, müsste ich das Hemd ausziehen." „Nicht nötig." Die Frau Doktor winkte ab. Gasperlmaier fand den Arm der Manuela durchaus attraktiv, durchtrainiert und muskulös.

„Ich hab noch eine Überraschung für euch!" Die Frau Doktor holte eine kleine Schachtel aus ihrer Handtasche und klappte sie auf. Drinnen lag ein Ring. „Nimm ihn ruhig raus!" Gasperlmaier nahm den Ring zwischen die Finger. Er glänzte silbern und hatte schwarze Linien auf der Oberfläche, die denen auf dem Tattoo ein wenig ähnlich sahen. „Unsere Taucher haben gestern nämlich noch eine Hand gefunden. Und die hatte diesen Ring auf einem Finger!" Gasperlmaier konnte das Schmuckstück gar nicht schnell genug wieder loswerden. Es musste ja nicht unbedingt sein, dass man einen Ring anfasste, der bis vor Kurzem an der Hand einer Wasserleiche gesteckt war.

Die Frau Doktor bemerkte Gasperlmaiers Eile und schmunzelte. „Keine Angst, er ist natürlich gründlich gereinigt worden!“ Die Manuela nahm nun den Ring ebenfalls in Augenschein. „Edelstahl. Ganz was Billiges. So was kriegst du auf jedem Kirtag um zehn Euro.“ Gasperlmaier staunte über das Fachwissen der Manuela und fühlte sich gleichzeitig etwas an den Rand gedrängt. Er war hier schließlich jetzt der Postenkommandant und damit der Vorgesetzte von der Manuela. Dafür, so dachte er bei sich, spielte sich die ein wenig zu sehr in den Vordergrund.

„Wir haben natürlich noch keinen DNA-Vergleich, aber wenn die Grubauers die Tätowierung und den Ring identifizieren können, dann dürfen wir annehmen, dass es sich bei unserem Toten um den Matthias Grubauer handelt.“ „Was ist denn eigentlich mit den E-Mails?“, wollte Gasperlmaier wissen. „Wissen wir schon, wer sie geschrieben hat?“ „Darauf wollte ich gerade kommen. Die E-Mail-Adresse, von der aus sie versandt wurden, wurde erst am 24. April dieses Jahres angelegt. Ich gehe jetzt einmal davon aus, dass wir herausfinden werden, dass der Grubauer vor dem oder am 24. verschwunden ist. Und er hat sie ganz sicher nicht geschrieben, denn die Mails sind von verschiedenen Internetcafés verschickt worden, aus Graz, Wien, Salzburg, Linz und sogar München. Den Gefallen hat uns der Mörder leider nicht getan, bequem vom Wohnzimmer aus zu mailen. Unsere Leute sind gerade dabei, zu checken, ob es in diesen Lokalen irgendwelche Auffälligkeiten gegeben hat. An sich ziemlich hoffnungslos, wo wir ja noch nicht einmal eine Ahnung haben, nach wem wir suchen. Aber dennoch."

Das Handy der Frau Doktor meldete sich mit einer klassisch klingenden Melodie zu Wort. „Ja!", sagte sie, und später „Ach Gott! Tut eben, was ihr könnt!", und schließlich „Wir kommen. Sofort." Sie schmiss ihr Handy wieder in die Handtasche. „Beim Toplitzsee ist die Hölle los. Fernsehteams mit Satellitenübertragungswagen sind dort, sogar ausländische. Die Taucher kommen gar nicht mehr zum Tauchen, weil sie ihr Einsatzgebiet gegen die Journalisten verteidigen müssen. Schnell ins Auto!" Gasperlmaier drängte sich möglichst unauffällig an der Manuela vorbei, denn er wollte auf den Beifahrersitz. Das war ja das Mindeste, was man als provisorischer Postenkommandant verlangen konnte, dass die Untergebene hinten sitzen musste.

Obwohl auf den wenigen Kilometern bis Gössl nicht viel Zeit gutzumachen war, ließ die Frau Doktor in den Kurven die Reifen quietschen. Gasperlmaier krallte sich mit der rechten Hand am Haltegriff fest. Die Aussicht, sich mit einer wild gewordenen Reportermeute herumschlagen zu müssen, gefiel ihm gar nicht. Er hatte schon genug schlechte Erfahrungen gemacht, vor allem mit einer Journalistin, der Maggie Schablinger vom regionalen Krawallblatt, der Schillingzeitung. Zuletzt hatte er sie daran hindern wollen, einen Tatort zu betreten. Geendet hatte das damit, dass sich die Maggie Schablinger schreiend auf den Boden hatte fallen lassen, weil er sie sachte an der Schulter berührt hatte. Eine Anzeige wegen Polizeibrutalität war damals im Raum gestanden, und es hatte sogar eine Zeugenaussage des Friedrich gebraucht, um ihn wieder aus dem Schlamassel herauszuholen.

Nach halsbrecherischen 15 Minuten bog die Frau Doktor beim Gasthof Veit in Gössl in die Schotterstraße ein, die zum Toplitzsee führte. „Eigentlich ist hier ja Fahrverbot“, stellte Gasperlmaier fest. „Wie sind denn die Fernsehleute überhaupt hineingekommen?“ „Die werden sich vermutlich einen Dreck um das Fahrverbot gekümmert haben!“, meinte die Frau Doktor. Jetzt, so fiel ihm auf, fuhr sie wesentlich vorsichtiger als zuvor, denn die Schotterstraße war mit Schlaglöchern übersät, und die wollte die Frau Doktor ihrem geliebten Audi offenbar nicht in hohem Tempo zumuten. „Ist ja schließlich kein Geländewagen!“, lächelte sie entschuldigend, als sie im Schritttempo über die letzten Löcher zum Parkplatz hinholperten.

Dort allerdings herrschte bereits das Chaos. Fünf überdimensionale Übertragungswagen mit auf dem Dach aufgepflanzten Satellitenschüsseln blockierten die Weiterfahrt, denn sie standen kreuz und quer auf dem Platz herum, ohne Rücksicht auf das Personal der Fischerhütte, für das der Parkplatz schließlich angelegt worden war. „Euer Job!“ Die Frau Doktor wies auf die Übertragungswagen. „Ihr müsst sie darauf aufmerksam machen, dass sie hier weder fahren noch parken dürfen.“ Gasperlmaier zog die Stirn in Sorgenfalten und stieg aus. Während sich die Frau Doktor zur Fundstelle der Leichenteile aufmachte, traten er und die Manuela an das erste Fahrzeug heran. Es trug deutlich sichtbar die Aufschrift eines österreichischen Privatsenders. Gasperlmaier erinnerte sich mit Schrecken daran, dass sich seine Kinder hie und da über eine Sendung dieses Kanals kaputtlachten, in der man in der Regel sturzbetrunkene Jugendliche beim allwochenendlichen Discobesuch bewundern durfte.

Gasperlmaier trat an den Wagen heran, dessen Fahrer hinter dem Lenkrad saß, rauchte und die Schillingzeitung las. Gasperlmaier klopfte an die Scheibe. „Sie dürfen hier nicht parken. Fahr- und Parkverbot! Darf ich Sie bitten, Ihr Fahrzeug wegzufahren und in Gössl zu parken?" „Ich bin nur der Fahrer, ich tu, was die Chefin sagt. Da müssen Sie schon mit ihr reden." Gasperlmaier sah sich ratlos um.

„Irrtum!" Die Manuela war an das Autofenster herangetreten. „Sie sind augenscheinlich der Fahrer. Sie sind für Fahrbewegungen verantwortlich. Wenn Sie nicht augenblicklich wegfahren, gibt es eine Anzeige. Das Organmandat habe ich bereits ausgestellt." Ihre Augen blitzten. Dass die Manuela so scharf reagieren konnte, überraschte Gasperlmaier. Schon hatte sie den Zettel mit dem Strafmandat durchs Fenster gereicht. „Bar oder Kreditkarte?" Der Fahrer sah verblüfft auf den Zettel, den sie ihm in die Hand gedrückt hatte. „50 Euro? Spinnt's ihr?" Gasperlmaier besann sich darauf, dass er hier der Ranghöhere war. „Die 50 Euro sind zu bezahlen. Wenn Sie uns beleidigen, gibt's eine weitere Anzeige." Der Fahrer grinste, schüttelte den Kopf, startete aber den Motor und versuchte, auf dem engen Platz, der ihm zur Verfügung stand, zu wenden.

Plötzlich kam aufgeregt eine Frau dahergestöckelt. In für dieses Gelände völlig ungeeigneten Schuhen, wie Gasperlmaier fand. Überhaupt war sie zurechtgemacht wie für einen Kaffeehausbesuch in der Großstadt, schwarzes Kostüm mit sehr kurzem Rock, wallende schwarze Mähne und auffällig volle Lippen, die kirschrot glänzten. „Was ist denn los?", schrie sie aufgeregt und wedelte mit den Armen. In der rechten Hand hielt sie ein Mikrofon, in der linken ihr Handy. „Fahrverbot!", erklärte Gasperlmaier. „Ihr Bus muss da weg!"

„Sie spinnen wohl!", entgegnete die Schwarzhaarige. „Sie behindern hier die freie Presse bei ihrer Informationspflicht!"

Von hinten hatte sich wieder die Manuela genähert. „Die freie Presse muss ihrer Informationspflicht in diesem Fall zu Fuß nachkommen. Es gibt keinerlei Grund und auch keine Sondergenehmigung, eine Straße mit Fahrverbot zu befahren. Ihr Fahrer hat bereits ein Organmandat erhalten." Schlagfertig war sie, fast wie die Frau Doktor, fand Gasperlmaier. Der Bus entfernte sich in einer Staubwolke. „Scheiße!", schrie die Reporterin, „Wie soll ich denn da zurückkommen? Mit den Schuhen!" Sie deutete auf ihre Stöckelschuhe. „Vielleicht, dass Sie einer von denen da mitnimmt!" Gasperlmaier deutete auf die vier übrigen Busse, die sie noch dazu bewegen mussten, den Platz zu verlassen.

Die Schwarze hatte sich ein wenig beruhigt. „Vielleicht. Aber vorher krieg ich noch ein Statement von Ihnen!" Sie konnte plötzlich wieder lächeln und hielt Gasperlmaier das Mikrofon vor die Nase. „Hat dieser Mord etwas mit den sagenhaften Schätzen im Toplitzsee zu tun? Man hört, der Tote war in der Neonazi-Szene aktiv?" Gasperlmaier wich überrascht zurück. Woher wusste die Reporterin solche Einzelheiten? Dann besann er sich auf seine neue Rolle. Er musste antworten, bevor ihm die Manuela wieder zuvorkam. „Mit nichts hat der Tote was zu tun. Keine Schätze, kein Gold, keine Nazis. Mit gar nichts. Kein Ungeheuer. Keine falschen Banknoten. Und kein Flugzeug." Gasperlmaier erinnerte sich an die zahlreichen Zeitungsausschnitte zum Geheimnis des Toplitzsees im Schaukasten hinter der Fischerhütte und hatte alles aufgezählt, was da drinnen erwähnt wurde. „Und keine Tätowierungen!", fügte er noch hinzu, handelte sich dafür aber einen kräftigen Rippenstoß von der Manuela ein. „Was für Tätowierungen?“, hakte die Reporterin sofort ein. Gasperlmaier blickte zu Boden, um sich zu sammeln. Der Minirock der Reporterin war wirklich außerordentlich kurz geraten, die Beine allerdings wohlgeformt, da konnte man nichts sagen.

Inzwischen hatten sich einige weitere Berichterstatter, mit allerlei elektronischen Gerätschaften in den Händen, um sie versammelt. Gasperlmaier blickte plötzlich in ein ganzes Büschel von Mikrofonen und starrte etwas hilflos auf seine Schuhspitzen. Die waren bereits ziemlich staubig. „Können Sie uns noch ein paar Informationen zu dem Toten geben?“ Plötzlich redeten alle Reporter und Reporterinnen durcheinander. Noch bevor Gasperlmaier reagieren konnte, übernahm die Manuela das Kommando. „Zu gegebener Zeit wird es eine Pressekonferenz geben!“, rief sie über den Lärm hinweg. Eine kräftige Stimme hatte sie, das musste man ihr lassen. „Wir sind nicht befugt, Informationen an Sie weiterzugeben!“ Das, fand Gasperlmaier, hatte sie gut gemacht.

Es dauerte eine ganze Weile, die ihm wie eine Ewigkeit vorkam, bis sie alle Fernsehteams davon überzeugen hatten können, dass es für sie billiger werden würde, den Anordnungen der Polizei zu folgen. Bis auf eines. Auf dem Dach eines Fahrzeuges mit deutschem Kennzeichen stand eine zierliche Japanerin einer Kamera gegenüber und sprach – völlig unverständlich natürlich, weil Japanisch – in ein Mikrofon. Auch der Bus trug japanische Schriftzeichen, aber auch die englische Aufschrift „Chukyo Television“. Fahrer war keiner zu sehen, weshalb Gasperlmaier der Reporterin mit Handzeichen zu verstehen gab, sie solle vom Dach ihres Fahrzeuges herunterkommen. „Any problem?“, lächelte sie herunter, nachdem sie dem Kameramann ein Zeichen gegeben hatte, die Aufzeichnung zu unterbrechen. So viel Englisch verstand Gasperlmaier. „Yes“, antwortete er deshalb. „Problem!“ „Please come down!“, fügte die Manuela noch hinzu. Wenn die, so dachte Gasperlmaier bei sich, einigermaßen Englisch konnte, dann waren sie gerettet.

Die Japanerin stieg über eine am Bus angebrachte Leiter herunter. Als sie auf dem Boden angekommen war, stellte Gasperlmaier fest, dass sie winzig war. Und immer noch gelassen lächelte. „Toplisea a big mystery! Many people in Japan want to know!“ Dabei strahlte sie Gasperlmaier an. “Big mystery!”, wiederholte sie und verbeugte sich vor ihm. “Red du mit ihr! Du kannst sicher besser Englisch als ich.“ Die Manuela nickte, und Gasperlmaier trat an das Seeufer, um sich ein wenig Luft zu schaffen. Drüben bei der Fundstelle standen einige Geländefahrzeuge von Polizei und Feuerwehr, auch einen Metallsarg konnte er erkennen. Womöglich waren weitere Funde gemacht worden. Schaulustige waren nicht zu sehen, man hatte den Weg gleich an der Seeklause gesperrt und offenbar auch die Forststraße, die von der anderen Seite her zum drüberen Seeufer führte.

„Guten Morgen, Gasperlmaier!“ Er fuhr herum. Vor ihm stand die Maggie Schablinger, die Reporterin des Schilling, die ihn schon mehr als einmal in Schwierigkeiten gebracht hatte. Sie war es gewesen, die Gasperlmaier, Bier trinkend und Hendlhaxen essend, auf die Titelseite gebracht hatte. „Doppelmord in Altaussee – die Polizei feiert weiter“ So ähnlich hatte die Schlagzeile damals gelautet. Natürlich war Gasperlmaier im Faschingsbrief im darauffolgenden Jahr gründlich durch den Kakao gezogen worden. Bei der Schablinger musste man auf der Hut sein.

Gasperlmaier trat einen Schritt zurück. Weiter ging es nicht, denn nun stand er direkt am Wasser. „Haben wir uns verletzt?“, fragte die Maggie zuckersüß, auf Gasperlmaiers Pflaster deutend. Wenn die Maggie, so dachte er bei sich, mit ihren Krallen an seinem Hals gewesen wäre, hätte sie ihm wahrscheinlich die Schlagader aufgerissen. „Kleinigkeit!“, sagte er nur lässig. „Einsatz!“ „Gefährlich lebt ihr hier im Ausseerland“, antwortete die Maggie. „Was wissen wir denn über unseren Toten?“ Die Maggie war, wie üblich, überaus üppig geschminkt und trug auch heute wieder Kleidung mit Rüschen, Fransen, Spitzen und Federn an allen möglichen und unmöglichen Stellen. Nur war diesmal alles lila, statt schwarz, wie sonst. Sogar der Nagellack und der Lidschatten. „Warten'S auf die Pressekonferenz!“, brummte Gasperlmaier und sah verstohlen zur Manuela hinüber, die noch immer mit der Japanerin verhandelte. Wenn er doch nur an der Maggie vorbeikäme und sich zur Manuela gesellen könnte! Aber die Maggie war imstande und schlug Krawall, wenn er versuchte, sich an ihr vorbeizudrängen. Sie lächelte. „Gasperlmaier! Wo wir uns doch schon so lange kennen! Ich versprech auch, dass ich Sie nicht dumm dastehen lasse! Ein bisschen Information!“ Gasperlmaier schüttelte nur den Kopf. Der Kameramann der Japanerin war ins Fahrerhaus des Busses eingestiegen. Anscheinend war er auch der Chauffeur.

Die Maggie näherte sich Gasperlmaier einen Schritt. „Sonst muss ich schreiben, dass die Polizei wieder einmal nichts weiß. Fast vierundzwanzig Stunden nach dem Leichenfund – nichts! Keine Identität des Opfers, keine Spur – und der Mörder lacht sich ins Fäustchen. Wollen Sie das?“ Darauf fiel er jetzt nicht mehr herein. Er schwieg. Sie trat noch näher an Gasperlmaier heran, sodass es von der Manuela aus so aussehen musste, als wolle ihm die Maggie jeden Moment um den Hals fallen. Er musste sich irgendwie wehren. „Wer er ist, wissen wir schon!“ Gleichzeitig machte er einen Ausfallschritt zur Seite, rutschte dabei aber weg und stand mit einem Fuß in einem Schlammloch. Das Wasser begann bereits, oben in seinen Schuh hineinzulaufen. Gasperlmaier fluchte, zog den Schuh mit einem schmatzenden Geräusch aus dem Loch und machte sich an der Reporterin vorbei auf zu seiner Kollegin. Gott sei Dank machte die Maggie kein Theater. Gasperlmaier sah an seinem Fuß hinunter. Der Schuh, der Socken und der Saum seiner Hose waren voller Schlamm. Wunderbar.

Aber wenigstens würde ihm nicht kalt werden. Ganz im Gegenteil, die Sonne brannte bereits tüchtig herunter, Gasperlmaier begann unter seiner Uniformjacke zu schwitzen. „Your shoes! And your trousers!“ Die Japanerin kicherte hinter vorgehaltener Hand und wies gleichzeitig mit dem Finger auf Gasperlmaiers schlammverkrustete Beinkleider. „Fahren's jetzt bald?“, wandte der sich, etwas unwirsch, an die Manuela. „Ja, gleich!“, antwortete die. „Ich hab ihr nur kurz erklären müssen, dass der Einsatz hier mit Nazischätzen und Spionagethrillern nichts zu tun hat. Hat einige Zeit gedauert. Wer weiß, was die den Japanern zu Hause im Fernsehen auftischt.“

Endlich kletterte die Reporterin in ihren Bus und winkte ihnen durch die Windschutzscheibe fröhlich zu, während der Fahrer wendete. „Ich muss schnell aufs Klo, die Hose putzen!“ Gasperlmaier steuerte auf die Fischerhütte zu. Unter den Sonnenschirmen davor herrschte reger Betrieb. Anscheinend hatte sich der Großteil der Berichterstatter, die nicht mit den Fernsehbussen verschwunden waren, hierher zurückgezogen. Direkt neben dem Eingang erblickte Gasperlmaier zunächst die Maggie Schablinger und daneben den Köberl Kilian, der anscheinend keine Passagiere zum Kammersee zu befördern hatte und deshalb untätig hier herumsaß. „Der Herr Köberl ist viel gesprächiger als Sie!", meinte die Maggie, als er sich möglichst unauffällig an den beiden vorbei in Richtung Toilette drückte. Er fragte sich, was für Schauergeschichten der Kilian der Maggie aufgetischt hatte, um ihr Interesse zu wecken. Sie hatte ihn ja ganz hingebungsvoll angehimmelt.

Mit dem bisschen Wasser und Klopapier war nicht viel auszurichten gewesen. Beim Verlassen des Klos wählte Gasperlmaier die Hintertür, um nach der Holzhacke zu sehen, die er beim letzten Mal bemerkt hatte. Sie steckte immer noch im Hackstock. Man sollte sie vielleicht kriminaltechnisch überprüfen lassen, dachte er und nahm sich vor, die Frau Doktor bei passender Gelegenheit daran zu erinnern. Wenige Sekunden später stand er mit nasser, aber immer noch schmutziger Hose wieder vor der Fischerhütte. Die Reporterin im schwarzen Minirock hatte sich jetzt ebenfalls zum Kilian gesellt, saß ihm gegenüber und kicherte mädchenhaft. Die Manuela stand in einiger Entfernung, hatte die Arme vor der Brust verschränkt und schien ein wenig ungeduldig. Dennoch musste Gasperlmaier noch ein Wörtchen mit dem Kilian reden, bevor er hier wieder wegging. „Kommst einmal?", fragte er ihn deshalb. „Wir möchten ein paar Wörterl mit dir reden!" Der Kilian schmunzelte. „Wenn mich die Damen so lange entschuldigen wollen? Wenn mich der Gasperlmaier nicht in Ketten legt, bin ich eh gleich wieder da!" Pflichtschuldigst begannen die beiden Damen zu gackern, während der Kilian ein wenig mühsam hinter dem Tisch hervorkroch. „Geh, Gasperlmaier, schaut's, dass öfter wen da herinnen umbringen! Das ist super fürs Geschäft!" Die Kathrin kam ihm gerade mit einem Tablett leerer Gläser entgegen. Gasperlmaier hatte für den müden Scherz nur ein verächtliches Grunzen übrig.

„Kilian, dass du mir den beiden da keine Raubersgeschichten erzählst! Das kannst du dann alles in der Schillingzeitung lesen! Und vielleicht sogar im Fernsehen sehen!" Der Kilian lachte nur. „Geh, Gasperlmaier! Die zwei sind doch wirklich süße Käfer! Gut, die lilane ist schon ein bisschen überwuzelt ..." „Und wir passen gut auf, dass wir keine frauenfeindlichen Äußerungen tätigen!", mischte sich die Manuela ein, die Gasperlmaier überhaupt ein wenig verstimmt schien. War irgendwas los? Hatte er was falsch gemacht? Mit dem Friedrich hatte es solche Unstimmigkeiten nie gegeben. „Ich unterhalt mich doch nur mit denen! Ich hab ihnen sogar eine Spezialtour an den Kammersee angeboten!" Gasperlmaier seufzte. Der Kilian konnte es einfach nicht lassen, er war hinter allem her, was einen Rock anhatte. Und seine Prothese, das war das Seltsame, die half ihm dabei noch – die Frauen mochten anscheinend diese Mischung aus Mitleid und Grauen, die so ein amputiertes Bein in ihnen auslöste. „Erzähl ihnen jedenfalls nichts über diesen Fall. Wissen tust du ja nichts, also erfind keine Geschichten für die zwei!" „Ja, ja!" Der Kilian hatte es eilig, wieder zu seinen beiden Gesprächspartnerinnen zurückzufinden.

„Wir fahren!" Die Frau Doktor kam gerade über den Steg bei der Seeklause wieder zu ihnen zurück. „Schnell ins Auto, meine Herrschaften, wir fahren jetzt zu den Grubauers!"

„Die Taucherei wird jetzt abgebrochen!", sagte die Frau Doktor, als sie losgefahren waren. „Das bringt nichts mehr. Da können die noch wochenlang tauchen, und es ist nicht sicher, ob sie etwas finden. Das bezahlt uns niemand." „Gehen wir jetzt eigentlich mit Sicherheit davon aus, dass die Leiche der Matthias Grubauer ist?", fragte die Manuela vom Rücksitz. „Das können wir hoffentlich gleich klären. Ich liebe es, Todesnachrichten zu überbringen!" Die Frau Doktor seufzte. Gasperlmaier fiel auf, dass sie es auf der Rückfahrt nach Altaussee bei Weitem nicht mehr so eilig hatte wie zuvor.

5

Auf dem Grubauer-Hof hatte sich seit dem Vortag wenig verändert. Der gleiche Schrott vor dem Haus, das gleiche Gerümpel in der Garage, die gleichen Hühner, die in der Erde rund um den rostigen VW Golf pickten. Nur taten sie sich heute schon schwerer dabei, denn die Sonne hatte die Erde ausgetrocknet und mit einer harten Kruste versehen. Gasperlmaier und die Manuela hatten ihre Uniformjacken im Auto gelassen, während die Frau Doktor nach wie vor ihr nicht ganz weißes Kostüm inklusive Jacke trug. Gasperlmaier blickte verstohlen der Manuela hinterher, deren Uniformhemd über dem Busen ganz ordentlich spannte. Doch auch diese Aussichten, fand Gasperlmaier, konnten ihm den Friedrich nicht ersetzten. Sie mussten heute unbedingt einmal im Krankenhaus vorbeischauen, das waren sie dem Friedrich einfach schuldig.

Gasperlmaier ging voran, denn die Türklingel schien nicht zu funktionieren. Ebenso wie gestern quietschte die auf dem Boden schleifende Haustür in ihren Angeln, und ebenso wie gestern hörte Gasperlmaier aus dem Wohnzimmer Geschrei, das wahrscheinlich wieder vom Fernseher kam. Er öffnete die Tür und konnte zunächst vor lauter Rauch kaum etwas erkennen. „Du schon wieder!“ Die Tochter saß – wie gestern – mit den Füßen auf dem Tisch am Sofa und paffte vor sich hin. Im Fernsehen brüllten diesmal ein Mann und eine Frau aufeinander ein. „Wo ist denn die Mutter?“ Gasperlmaier versuchte, den Aufenthalt in diesem Raum möglichst abzukürzen. „Kuchel!“, knarrte die Tochter. Gasperlmaier fiel auf, dass sie auch auf ihren Knöcheln, die ja deutlich sichtbar auf dem Tisch lagen, tätowiert war. Rechts eine Art Drachenkopf, das links schien eine

Schlange zu sein, von der Gasperlmaier nur die Leibesmitte wahrnehmen konnte. Der Kopf befand sich wohl an der Knöchelaußenseite. „Du kannst froh sein, dass ich dich nicht wegen Körperverletzung anzeige!" Er wies auf das Pflaster an seinem Hals. Das hatte er schon noch loswerden müssen, bevor er sich umdrehte und die Tür hinter sich schloss.

„Die Frau Grubauer ist anscheinend in der Küche!" Mittlerweile allerdings war der ihre Anwesenheit nicht verborgen geblieben. „Du schon wieder!", begrüßte sie Gasperlmaier ebenso herzlich wie zuvor schon die Tochter. „Und noch dazu mit Verstärkung! Was wollt's denn diesmal?" Die Grubauerin trug das gleiche T-Shirt wie gestern, nur schien es inzwischen noch ein wenig dreckiger geworden zu sein. Über der Brust befand sich ein großer, nasser Fleck, der das Leibchen fast durchsichtig machte. Gasperlmaier wandte sich ab. Nicht alles, fand er, was seinen Blicken dargeboten wurde, war auch ein erfreulicher Anblick.

„Frau Grubauer, können wir uns irgendwo hinsetzen? Wo es vielleicht nicht so verraucht ist?" Die Frau Doktor hatte einen ernsten Ton angeschlagen, der seine Wirkung nicht verfehlte. Die Grubauerin öffnete die Küchentür, schob ein paar Stapel Altpapier in eine Ecke der Sitzbank und bot ihnen Platz an. Hastig griff sie nach einem Schwamm, um die Reste des Frühstücks vom Tisch zu wischen. Ein muffiger Geruch stieg Gasperlmaier in die Nase. Der Schwamm hatte anscheinend auch schon bessere Zeiten gesehen.

„Ist etwas wegen dem Matthias?" Die Frau Grubauer setzte sich zu ihnen und griff nach der Zigarettenpackung, die auf dem Tisch lag. „Wenn Sie jetzt bitte einen Moment aufs Rauchen verzichten könnten." Die Frau Doktor hatte ganz sanft gesprochen, sodass die

Grubauerin eigentlich ahnen musste, worum es ging. „Wir möchten Ihnen zwei Dinge zeigen.“ Sie schob ihr das Foto der Tätowierung und den Ring hin. „Können Sie uns sagen, ob Ihr Sohn eine solche Tätowierung trägt? Und erkennen Sie den Ring?“ Die Grubauerin griff nach dem Foto. „Ich brauch, ich seh nicht ...“ Sie stand auf und holte sich eine verschmierte Brille von der Küchenkredenz. „Man erkennt es schlecht“, sagte sie. „Aber so etwas Ähnliches hat er schon. Auf dem Fuß.“ „Auf welcher Seite?“, fragte die Frau Doktor. Die Grubauerin zuckte mit den Schultern. „Fragen Sie die Jessica“, sagte sie. „Die kennt sich mit so was aus. Ich glaub, die war sogar mit ihm tätowieren. Jessica!“ Das letzte Wort hatte die Grubauerin so laut geschrien, dass Gasperlmaier zusammenzuckte. Anscheinend war in diesem Haushalt die Konversation per Geschrei etwas durchaus Übliches.

Als sich nichts rührte, holte die Grubauerin nochmals tief Luft, wurde aber von der Manuela davon abgehalten, neuerlich nach der Tochter zu schreien. „Ich geh schon!“ Momente später hörte Gasperlmaier ein paar unschöne Flüche von der Jessica, die sich anscheinend beschwerte, dass sie vom Fernseher weggeholt wurde. „Und die Zigarette lassen Sie bitte da!“, hörte Gasperlmaier die Manuela sagen. Die Jessica reagierte mit dem Götzzitat, kam aber dennoch ein paar Sekunden später ohne Glimmstängel durch die Küchentür. „Was wollt’s denn?“ Die Frau Doktor hielt ihr das Foto hin. „Ist das die Tätowierung von Ihrem Bruder?“ Die Jessica starrte lange auf das Foto. „Kann sein, kann nicht sein!“ Sie warf das Bild wieder auf den Tisch und wandte sich zum Gehen, wurde allerdings von der Manuela daran gehindert, die die Küchentür blockierte. Die Frau Doktor nahm den Ring zur Hand. „Und was ist mit dem Ring?“ Die Jessica nahm ihn in die Hand und drehte ihn mit angewidertem Gesicht ein paarmal hin und her. „Gibt's viele!“, murmelte sie schließlich.

Die Frau Doktor hatte jetzt anscheinend genug. „Jetzt reißen Sie beide sich aber einmal zusammen! Diese Tätowierung und diesen Ring haben wir an einer Leiche gefunden, die Taucher im Toplitzsee entdeckt haben. Sie werden jetzt gefälligst kooperieren und uns sagen, ob das Ihr Bruder beziehungsweise Ihr Sohn ist oder nicht! Das gibt es doch gar nicht, dass man nicht weiß, was der Bruder tätowiert gehabt hat! Ist Ihnen denn alles egal?“ Diese Frage, so dachte Gasperlmaier bei sich, würde er, was diese beiden Damen betraf, jedenfalls mit Ja beantworten.

Die Frau Doktor stand auf, schnappte sich das Foto und hielt es der Jessica noch einmal dicht vor die Nase. Anscheinend hatte der Wutausbruch der Frau Doktor doch etwas bewirkt, denn die Tochter nickte mit dem Kopf, meinte nur noch „Scheiße, Oida!“, begann dann zu heulen und lief davon. Die Mutter sank auf die Küchenbank und schlug die Hände vors Gesicht.

Die Frau Doktor legte das Foto auf den Tisch und wandte sich der Mutter zu. „Wir müssen Sie jetzt darum bitten, uns etwas zur Verfügung zu stellen, das DNA-Material von Matthias enthält. Einen Rasierer beispielsweise, oder eine Haarbürste. Oder eine Zahnbürste, die tut's auch.“ „Warum denn das?“ Die Grubauerin zog misstrauisch die Stirn in Falten. „Weil wir einen DNA-Abgleich machen möchten, um herauszufinden, ob der Tote aus dem See tatsächlich Ihr Sohn ist.“ Die Grubauerin fing zu schluchzen an. „Es tut mir leid“, fügte die Frau Doktor hinzu, „aber es muss sein.“ Mühsam stemmte sich die Grubauerin hoch und schlurfte aus der Küche.

Wenig später kam sie wieder zurück und drückte Gasperlmaier eine unglaublich schmutzige, völlig abgewetzte Zahnbürste in die Hand. Dem grauste ein wenig, aber er wusste nicht, wohin damit. Ein Plastiksackerl hatte er nicht dabei. So blieb ihm nichts anderes übrig, als sie etwas hilflos zwischen zwei Fingern der Frau Doktor entgegenzuhalten.

„Igitt!" Sie nahm sie mit spitzen Fingern, hatte sie aber Sekunden später in einem Plastikbeutel in ihrer Handtasche untergebracht.

„Kommen Sie, setzen wir uns noch einmal hin." Gasperlmaier fiel auf, dass die Frau Doktor das Eck der Sitzbank misstrauisch inspizierte, bevor sie sich, ganz an der Kante, niederließ. Die Grubauerin begann zuerst zu zucken, dann Rotz aufzuziehen und schließlich zu heulen. Weil sie Anstalten machte, ihr T-Shirt hochzuziehen, um sich hineinzuschneuzen, kam ihr die Manuela Reitmair ganz schnell mit einem Papiertaschentuch zuvor. Die Frau Doktor ließ der Grubauerin Zeit, aber nur ein paar lautstarke Atemzüge lang. „Sagen Sie einmal! Zwei Monate lang praktisch kein Lebenszeichen, das Handy tot – und Sie gehen nicht einmal zur Polizei!" „Aber er hat doch Mails geschickt! Wie gibt's denn das? Wenn er jetzt tot ist!" Die Frau Doktor seufzte. „Ist Ihnen nicht aufgefallen, dass in den Mails keine Rechtschreibfehler waren? Wo Ihr Sohn doch in der Schule, wie man hört, wirklich nicht besonders geglänzt hat? Und der Stil, in dem er geschrieben hat? War das nicht ganz anders, als er normal schreibt?" Die Grubauerin sank über dem Tisch zusammen und stützte den Kopf auf die verschränkten Arme. „Ich hab doch nie was gelesen, was der geschrieben hat! Wann schreibt denn so ein Bursch schon! Doch höchstens SMS!"

Gasperlmaier konnte die Grubauerin vor lauter Geschniefe kaum verstehen, noch dazu, wo sie ja mehr oder weniger auf die Tischplatte hin redete. Er merkte, dass die Frau Doktor der Grubauerin beruhigend auf den Rücken klopfen wollte, dann aber angesichts des dreckigen T-Shirts zurückzuckte. Eigentlich, so dachte Gasperlmaier bei sich, waren die Grubauerin und ihre Tochter jetzt selber die Hauptverdächtigen in dem Mordfall, denn warum hätten sie sonst das Verschwinden des Sohnes beziehungsweise Bruders geheim halten sollen? Womöglich heulten sie nur aus Angst vor der Entdeckung der Mordtat und dem Gefängnis.

Die Frau Doktor schien ähnlichen Gedankengängen zu folgen, denn sie sagte „Ja, Frau Grubauer, dann werden wir Sie jetzt einmal auf den Posten mitnehmen, um eine detaillierte Aussage aufzunehmen. Und wenn Sie uns nicht zufrieden stellend erklären können, wann, warum und wie Ihr Sohn verschwunden ist und warum Sie das nicht der Polizei gemeldet haben, dann werden wir Sie vorläufig festnehmen!“ Die Grubauerin sah mit starrem Gesichtsausdruck zur Frau Doktor auf. „Aber die E-Mails ...“, warf sie ein. „Die können Sie auch selber geschrieben haben. Wir sind ja nicht blöd!“ Die Frau Doktor hatte die Augenbrauen bis zum Anschlag angehoben. Die Grubauerin, E-Mails aus München? Das konnte sich Gasperlmaier nicht vorstellen. „Aber, welches Motiv ...“, mischte sich die Manuela ein. „Festnehmen!“, wiederholte die Frau Doktor mit einem sehr strengen Blick auf Manuela.

Plötzlich hörten sie, wie draußen scheppernd der alte Golf gestartet wurde. Die Frau Doktor sprang auf. „Na, das geht aber so ...“ Die Manuela kam ihr zuvor, und bevor Gasperlmaier noch reagieren konnte, waren die beiden schon zur Tür hinaus. Er folgte, so schnell ihn seine Füße trugen. Als er aus der Haustür trat, war die Manuela schon an der Fahrertür des Audi. „Finger weg von meinem Auto!“, schrie die Frau Doktor, ein wenig hysterisch, wie Gasperlmaier fand, und drängte die Manuela von der Tür weg. Sekunden später saßen sie alle drei schnaufend im Auto, und Gasperlmaier stemmte seine Beine, in Vorbereitung auf eine halsbrecherische Verfolgungsjagd, fest gegen den Boden. „Ich hab mir doch nur gedacht, wegen Gefahr im Verzug ...“, versuchte die Manuela vom Rücksitz aus etwas kleinlaut eine Erklärung. „Niemand greift mein Auto an! Niemand!“ So erregt hatte Gasperlmaier die Frau Doktor noch nie erlebt. Andererseits erinnerte er sich daran, dass ihn die Frau Doktor sehr wohl ans Steuer eines der Vorgängermodelle gelassen hatte. Anscheinend ein besonderer Vertrauensbeweis. Ihm war damals allerdings nicht recht wohl gewesen, als sie ihm den Schlüssel in die Hand gedrückt hatte.

Nun ging es in rasanter Fahrt den Berg hinunter, vorbei an Gasperlmaiers Haus, der hoffte, dass die Katze nicht gerade versuchen würde, die Straße zu überqueren. Noch war der Golf nicht in Sicht, aber als sie zur Kreuzung mit der Hauptstraße kamen, nahm Gasperlmaier aus den Augenwinkeln ein helles, heftig qualmendes Fahrzeug wahr, das sich gerade Richtung Ortszentrum entfernte. „Links!“, schrie er, als er merkte, dass die Frau Doktor unschlüssig war. Die reagierte schnell, nahm die Kurve mit quietschenden Reifen und ließ den Motor aufheulen. „Da kommt sie eh nicht weiter!“, meinte Gasperlmaier. „Da kann sie ja nur entweder Richtung Salzberg fahren oder nach hinten, nach Fischerndorf. Da geht's nirgends weiter.“

Vor der Volksbank wollte gerade eine Frau über die Straße, tat schon den ersten Schritt vom Gehsteig herunter. Im letzten Moment erblickte sie das heranrasende Auto, Gasperlmaier schlug indessen die Hände vor die Augen und erwartete den Aufprall. „Machen Sie doch nicht so ein Theater, Gasperlmaier!" Die Frau Doktor schien die Verfolgungsjagd zu genießen. „Da vorn ist sie ja schon!"

Gasperlmaier nahm die Hände wieder vom Gesicht und sah, dass die Jessica Grubauer vor einem Haus angehalten hatte, das er und die Frau Doktor ganz gut kannten. Dort wohnte der Marcel Gaisrucker, ein Nichtsnutz ähnlich dem Grubauer-Buben. Vor Jahren war der Marcel mit einem Gleitschirm-Laden pleitegegangen und, wirtschaftlich gesehen, seither nicht mehr recht auf die Beine gekommen. Nun wohnte Marcel im ehemaligen Geschäftslokal, während seine verwitwete Mutter ihre Wohnung im ersten Stock hatte. Die Auslagenscheiben waren schlampig mit dickem Packpapier verklebt, sodass man von der Straße nicht hineinsehen konnte.

Die Jessica war schon ausgestiegen und trommelte gegen die Tür. Wenige Sekunden später waren die Frau Doktor, Gasperlmaier und die Manuela direkt hinter ihr. „Was ist denn los? Was wollen Sie denn hier?" Anstatt einer Antwort stieß die Jessica Gasperlmaier zurück und rammte mit einem Aufschrei ihren Ellbogen gegen die gläserne Türfüllung. Scherben klirrten auf dem Gehsteig. „Du Drecksau!", schrie sie, „Komm heraus, wenn du dich traust! Du hast den Matthias umgebracht!" Endlich konnte Gasperlmaier ihr jetzt die Arme um die Mitte legen und sie daran hindern, weitere Fenster einzuschlagen. Die Jessica wand sich, und er hatte Mühe, sie festzuhalten. An ihrem Ellbogen klaffte ein zentimeterlanger Schnitt, aus dem sie heftig blutete. Nicht nur ihr eigenes T-Shirt, auch Gasperlmaiers Uniformhemd hatte schon einiges abbekommen. Die Manuela war gerade dabei, einen Rettungswagen zu rufen, während die Frau Doktor die tobende Jessica, die sich immer noch wand wie ein Aal, von vorne festhielt. Einzelne Blutspritzer, so nahm der heftig schnaufende Gasperlmaier wahr, hatten sich auch schon auf das nicht ganz weiße Kostüm der Frau Doktor verirrt.

Endlich gab die Jessica auf. Kein Wunder, dachte Gasperlmaier bei sich, so viel, wie die paffte, da konnte die Luft nicht für langfristiges Toben reichen. Sie sackte zusammen und begann zu schluchzen. Die Frau Doktor fing sie auf und versuchte, sie auf den Beinen zu halten. Dabei warf sie skeptische Blicke auf ihr Kostüm. Für das aber, so fand Gasperlmaier, war ohnehin bereits alles zu spät. Da konnte, wenn überhaupt, nur mehr die chemische Reinigung helfen. Mit dem Uniformhemd war das nicht so kritisch, das bezahlte ja der Staat.

Inzwischen hatte sich im ersten Stock ein Fenster geöffnet. „Was ist denn da unten für ein Lärm?", schrie die alte Gaisruckerin ärgerlich heraus. „Polizei!", antwortete die Manuela. „Sagen Sie, wer wohnt denn hier im Erdgeschoß? Gehört das Ihnen?" Gasperlmaier winkte ab. „Ist schon gut, Manuela. Ich kenn die. Lass dir Zeit." Die neue Kollegin, so fand Gasperlmaier, neigte ein wenig zu Überreaktionen. Zuerst konnte sie ja wohl ihn, den erstens Ortskundigen und zweitens Vorgesetzten, reden lassen. „Den Marcel täten wir brauchen!", schrie Gasperlmaier hinauf. „Ist er daheim?" „Beim Tag", schimpfte die Gaisruckerin von oben herunter, „ist er alleweil daheim, der Falott! Nur bei der Nacht ist er dauernd dahin!"

„Scheiße!“, rief die Manuela plötzlich, „Das Blut!“ Die Jessica blutete jetzt, das merkte auch Gasperlmaier, noch heftiger als zuvor. Das war kein oberflächlicher Schnitt, womöglich hatte sie sich eine Arterie verletzt. Die Manuela kniete sich hin, holte ein paar Papiertaschentücher aus ihrer Hemdtasche und presste sie auf die Wunde am Ellbogen der Jessica. Die war ganz blass geworden und sagte nichts mehr. Die Frau Doktor hielt sie weiterhin im Arm. „Schnell, Gasperlmaier! Wir müssen einen Druckverband anlegen!“ Gasperlmaier hastete zum Audi, stellte dort aber fest, dass das Verbandszeug genau so vergammelt aussah wie das letzte Mal, als er im Audi der Frau Doktor danach gesucht hatte. „Schnell!“, schrie nun auch die Manuela. In seiner Verzweiflung zerrte sich Gasperlmaier das Hemd vom Oberkörper, riss einen Ärmel aus und reichte ihn der Manuela. Wortlos versuchten die beiden Frauen, die Blutung zu stillen. Gasperlmaier riss auch noch den zweiten Ärmel ab, während die Frauen hektisch versuchten, mit den Hemdsärmeln so viel Druck aufzubauen, dass die Blutung zum Stillstand kam. Die Manuela, so stellte Gasperlmaier fest, hatte sogar ihr Handy zwischen die Taschentücher und Gasperlmaiers Hemdärmel geschoben, damit mehr Druck auf die Wunde kam.

Tatsächlich floss jetzt nur noch ein dünnes Rinnsal hellroten Blutes auf den Gehsteig. Dennoch hatte die Jessica die Augen verdreht und schien knapp davor, das Bewusstsein zu verlieren. Sie stöhnte kaum hörbar. Als Gasperlmaier aus der Ferne schon die Sirene des Rettungsautos hörte, drehte jemand den Schlüssel in der Haustür. Verschlafen erschien der Marcel Gaisrucker, nur mit der Lederhose bekleidet. „He, Leute, was macht's denn ihr für einen Lärm da heraußen! Da kann ja kein Mensch schlafen!" Erst jetzt schien ihm klar zu werden, was hier passiert war. Gasperlmaier stand ihm mit nacktem und blutverschmiertem Oberkörper gegenüber. „He, Gasperlmaier, wie schaust denn du aus? Bist wo dagegen g'rennt?" Der Marcel rieb sich die Augen.

In diesem Moment hielt das Rettungsauto vor dem Haus, die Sanitäter stürzten heraus und übernahmen die Jessica von der Frau Doktor und der Manuela. „Super habt ihr das gemacht!", meinte der eine. „Fast gestillt!" Die Frau Doktor richtete sich auf. Ihr Kostüm sah fürchterlich aus. Eigentlich nicht nur ihr Kostüm. Von den Haaren bis zu den Schuhen waren überall Blutspritzer zu sehen, der Rock des Kostüms war von Blut förmlich durchtränkt. „Zombieinvasion in Altaussee, oder was?" Der Marcel meinte, witzig zu sein müssen. Die Manuela richtete sich auf und kam auf Gasperlmaier zu. „Ich kann eigentlich kein Blut sehen!", sagte sie, verdrehte, ebenso wie zuvor die Jessica, die Augen und kippte zur Seite. Gasperlmaier konnte gerade noch verhindern, dass sie mit dem Kopf auf dem Boden aufschlug. „Seitenlage, Atemkontrolle!", rief der eine Sanitäter, der gerade damit beschäftigt war, das nötige Verbandszeug im Wagen zusammenzusuchen. Gasperlmaier tat, wie ihm geheißen. Auch die Manuela war über und über voll Blut. Wie das überhaupt möglich war, fragte sich Gasperlmaier, dass die Jessica noch lebte. So viel Blut konnte doch in so einem schmächtigen Körper gar nicht drin sein.

Wenige Minuten später hatte sich die chaotische Situation einigermaßen beruhigt. Der Notarzt war eingetroffen, und die Jessica lag blass, aber wieder bei Bewusstsein auf der Trage im Rettungswagen. In ihrem Arm steckte schon der Infusionsschlauch. Die Manuela war ebenso wieder zu sich gekommen und saß, an die Hausmauer gelehnt, auf dem Gehsteig. „Wollen'S nicht lieber doch mitfahren?", fragte der Zivildiener, der als zweiter Mann im Rettungsfahrzeug dabei gewesen war. Die Manuela schüttelte den Kopf. Gasperlmaier zeigte immer noch seinen nackten Oberkörper, und der Marcel hatte sich zu den zahlreichen Schaulustigen gesellt, die mehr oder weniger unnötig in der Gegend herumstanden, einander versicherten, wie grauslich das viele Blut sei, und sich über den halbnackten, blutigen Polizisten amüsierten. Auf die Idee, Gasperlmaier vielleicht ein Hemd oder wenigstens ein T-Shirt vorbeizubringen, war niemand gekommen.

Die Frau Doktor trat auf den Marcel zu. „Nur ganz kurz: Was haben Sie mit dem verschwundenen Matthias Grubauer zu tun? Dessen Schwester hat Ihnen ja, wie Sie vielleicht gemerkt haben, gerade die Schuld an seinem Tod gegeben." Der Marcel machte große Augen. „Der Hias? Ich hab mir gedacht, der ist in Spanien. Die Jessica hat doch ..." „Das wissen wir", unterbrach ihn die Frau Doktor. „Wann haben Sie ihn zuletzt gesehen, wo war das, und was haben Sie gemacht?" Der Marcel blinzelte unsicher in die Sonne und kratzte sich an der nackten Brust. „Keine Ahnung!" Er zuckte mit den Schultern. Die Frau Doktor erhob den Zeigefinger gegen den Marcel. „Egal! In zwei Stunden, geduscht und hellwach, auf dem Posten zur Befragung. Als Zeuge selbstverständlich. Gegen Sie liegt ja nichts vor. Einstweilen." Sie wandte sich vom Marcel ab.

Gasperlmaier hatte inzwischen der Manuela auf die Füße geholfen, die schon wieder ein wenig Farbe auf ihren Wangen hatte. „Was machen wir jetzt?", fragte sie. „Schauen Sie uns an!", meinte die Frau Doktor. „Wir ziehen uns jetzt einmal auf den Posten zurück und richten uns wieder einigermaßen her. Wir können ja schließlich nicht den Rest des Tages blutverschmiert durch Altaussee ziehen."

Auf dem Posten ließ sich die Frau Doktor zunächst einmal in Gasperlmaiers Schreibtischsessel fallen. Der hoffte nur, dass sie nicht auch hinten auf dem Kostüm Blut hatte. Er selbst hatte die kümmerlichen Überreste seines Hemds wieder angezogen, obwohl ihm davor grauste. Aber immer noch besser, als weiterhin mit nacktem Oberkörper herumzustehen, dachte er sich. „Ich hol mir schnell mein Ersatzgewand aus dem Auto!" Die Manuela, so schien es, war von ihnen dreien am besten organisiert. „Ich hab keine Ersatzkleider bei der Hand." Die Frau Doktor wirkte ein wenig verzagt. „Schauen Sie sich nur einmal mein Kostüm an!" Fast meinte Gasperlmaier, in den Augenwinkeln der Frau Doktor ein Glitzern wahrzunehmen. Anscheinend war das ihr schwacher Punkt, dachte er bei sich, dass sie schwer damit zurechtkam, wenn Dinge Schaden nahmen, dir ihr lieb und teuer waren. „Ich muss jetzt zu mir nach Hause", entschied Gasperlmaier. „Ich muss mich waschen, und mein Ersatzzeug hab ich auch zu Hause." „Ich komm mit", entschied die Frau Doktor. „Deine Frau wird mir sicher ein T-Shirt und Jeans leihen, glaubst du nicht?" Gasperlmaier nickte, hatte aber kein gutes Gefühl dabei, wenn er daran dachte, dass er dazu die Frau Doktor an den Kleiderschrank der Christine lassen musste.

„Schon fertig!" Die Manuela strahlte sie an, frisch umgezogen. Wie und vor allem wo sie das so schnell geschafft hatte, war Gasperlmaier ein Rätsel. „Super!", sagte die Frau Doktor. „Dann halten Sie jetzt die Stellung, wir fahren uns umziehen."

6

„Hallo!“, rief Gasperlmaier ins leere Vorhaus hinein, denn zumindest die Mutter musste zu Hause sein. Die Christine, so dachte er, war wohl noch in der Schule, es war ja gerade erst zwölf. Doch nichts rührte sich. „Anscheinend niemand daheim!“ „Macht ja nichts“, sagte die Frau Doktor. „Ich muss jetzt zuerst einmal duschen. Zeigst du mir, wo?“ Gasperlmaier war verunsichert. Er allein mit der Frau Doktor im Haus, die Mutter unbekannten Ziels verschwunden, und sie wollte duschen. War im Bad überhaupt aufgeräumt? Er ging voraus. „Das wär dann da!“, wies er mit dem Finger auf die Tür. „Hast du vielleicht auch ein Handtuch für mich?“ Gasperlmaier öffnete und kramte im Badezimmerschrank. Da, ein hellgelbes, das würde wohl passen. Er sah sich um. Wirklich aufgeräumt war nicht, aber eine Katastrophe, wie man sie manchmal vorfand, nachdem die Katharina das Bad verwüstet hatte, war es auch nicht. Kam eben darauf an, was die Frau Doktor gewöhnt war. „Entschuldigung“, verwies er mit einer Geste auf die herumliegenden und -stehenden Utensilien. „Wir haben heute ja nicht mit Besuch ...“ Die Frau Doktor winkte ab. „Völlig egal. Glaubst du, ich hab jeden Tag Zeit zum Bad Putzen? Und jetzt wär's günstig, wenn du mich hier allein lassen würdest. Weil zu einer gemeinsamen Dusche hab ich jetzt gerade keine rechte Lust.“ Sie lächelte und begann, die Knöpfe ihrer Kostümjacke zu öffnen. Gasperlmaier machte, dass er davonkam.

Als er im Schlafzimmer seine verdreckten Kleider auszog, wurde ihm bewusst, dass er selbst nun mit dem kleinen Bad im Erdgeschoß vorliebnehmen musste. Da war zwar leider nur das seltsam riechende Duschbad, das der Christoph gern verwendete, aber es blieb ihm nun einmal nichts anderes übrig. Mit der Frau Doktor allein im Haus konnte er allerdings nicht einfach in der Unterhose herumspazieren, deshalb zog er in der Eile seinen Pyjama an und machte sich auf den Weg. Als er gerade an der Badezimmertür vorbeiwollte, öffnete sich die, und die Frau Doktor kam heraus. Sie hatte sich das gelbe Badetuch um den Körper geschlungen, aber es war ein wenig zu schmal, sodass ihre Beine fast in der gesamten Länge zu sehen waren. In der Hand hielt sie etwas, das verdächtig nach ihrer Unterwäsche aussah. Gasperlmaier starrte sie an. Er hatte keine Ahnung, ob von ihm erwartet wurde, etwas zu sagen. „Kannst du mir den Kleiderschrank deiner Frau zeigen?“, fragte sie ein wenig verschämt, und Gasperlmaier beeilte sich, seine Blicke von ihren nackten Schultern abzuwenden. „Da drin!“ Er deutete auf die Schlafzimmertür und entwich über die Stiege.

Als er unten ankam, öffnete sich gerade die Haustür, und die Mutter kam herein. „Um Gottes willen!“, rief sie. Gasperlmaier hatte keine Ahnung, worüber sie sich aufregte, bevor er sich daran erinnerte, dass die Mutter ja seine bloßen Unterarme und sein Gesicht sehen konnte, mit den Blutflecken von der Jessica. „Ja, Mama, wir haben einen kleineren Zwischenfall gehabt, bei einem Einsatz. Die Frau Doktor ist oben im Schlafzimmer.“ Der Mutter blieb der Mund offen stehen. Gasperlmaier fiel ein, dass die Situation unter Umständen etwas missverständlich war. Er im Pyjama, noch dazu blutverschmiert, die Frau Doktor oben im ehelichen Schlafzimmer. Der Mutter entfuhr nur noch ein entrüstetes „Also!“, bevor sie sich in die Küche zurückzog. Gasperlmaier seufzte und begab sich ins Bad, um endlich auch seine eigene Erscheinung in Ordnung zu bringen.

Wenige Minuten später saß er mit der Frau Doktor und der Mutter um den Küchentisch. Mühsam hatte sich Gasperlmaier selber ein neues Pflaster auf die Wunde am Hals kleben müssen. Das Duschbad hatte höllisch gebrannt. Die Frau Doktor trug nun ein weißes T-Shirt mit der Aufschrift „Swissair", das die Christine, so erinnerte sich Gasperlmaier, einmal von der ehemaligen Fluglinie bekommen hatte, als ihr Gepäck verspätet angeliefert worden war. Auch die Jeans saßen wie angegossen. Gasperlmaier hätte nicht gedacht, dass die Christine und die Frau Doktor so ähnlich gebaut waren, dass der einen die Kleider der anderen wie maßgeschneidert passten.

„Das hättest mir aber auch gleich sagen können!", meinte die Mutter gerade. „Du im Pyjama, und sie im Schlafzimmer!" Der vorwurfsvolle Ton, den die Mutter anschlug, obwohl sie genau über die Hintergründe der Situation informiert worden war, gefiel Gasperlmaier nicht. Statt einer Antwort entschloss er sich zu einem verständnisvollen Nicken. „Willst du was zu trinken? Oder vielleicht einen Schnaps?", fragte er die Frau Doktor. „Ihr seid per du?", mischte sich die Mutter interessiert, wieder aber mit skeptischem Blick ein. Wiederum nickte Gasperlmaier. „Ein Glas Wasser tut's auch!", antwortete die Frau Doktor. Gasperlmaier selber hätte sowohl Lust auf einen Schnaps als auch auf ein Bier gehabt. Hunger hatte er außerdem. Es war ein anstrengender Vormittag gewesen.

„Hallo!" Die Christine betrat, links und rechts je eine Einkaufstasche am Arm, die Küche. „Hier ist ja heute direkt etwas los! Was ist denn passiert?" Die Frau Doktor sprang auf. „Ich muss mich gleich bei Ihnen entschuldigen. Der Franz hat mir nämlich eine Hose und ein T-Shirt von Ihnen geborgt. Meine Sachen sind leider total voll Blut." Sie deutete auf einen Plastiksack, der auf der Küchenbank stand. „Blut?" Auf der Stirn der Christine erschien eine besorgte senkrechte Falte. „Eh nix!", beeilte sich Gasperlmaier zu versichern. „Wir haben nur die Grubauer-Tochter vernommen, und dabei hat sie ein Fenster eingeschlagen und sich ganz tief am Arm geschnitten. Und alles vollgeblutet." Die Christine zog schnell die richtigen Schlüsse. „Dann ist also euer Toter doch der Grubauer Matthias!" Gasperlmaier nickte, die Frau Doktor dagegen schüttelte den Kopf. „Das ist noch nicht gesichert", korrigierte sie Gasperlmaier. „Zuerst muss ein DNA-Abgleich gemacht werden, bis dahin handelt es sich lediglich um eine Vermutung."

„Ich hätt auch was Schnelles zum Essen für euch", sagte die Christine. Gasperlmaier atmete auf, und nicht einmal die Frau Doktor widersprach. Wenig später standen frisches Gebäck, Aufstriche, ein wenig Wurst und Käse auf dem Tisch, nebst einem Teller mit Paprika und Tomaten. Gasperlmaier hatte sich bereits ein Bier geöffnet und einen kräftigen Zug aus der Flasche getan. „Aber, er im Pyjama und sie in deinem Schlafzimmer!", flüsterte die Mutter noch einmal entrüstet, zur Christine gewandt. Die sah erstaunt zunächst die Mutter, dann Gasperlmaier und die Frau Doktor an. Gasperlmaier wusste nicht, wie er die Situation erklären sollte. „Der Franz hat mir erlaubt, was aus Ihrem Kleiderschrank zu nehmen!", beeilte sich die Frau Doktor, ihm zuvorzukommen. „Und ich hab", versuchte Gasperlmaier zu ergänzen, „nichts angehabt, wegen dem Blut, und ..." „Nichts angehabt?", fragte die Christine verblüfft nach. „Ja, weil doch die Renate, die war ja im Bad, und sie hat nur ein Handtuch ..." „Nur ein Handtuch?", wiederholte die Christine, noch etwas verblüffter. Gasperlmaier versuchte durch heftiges Wedeln seiner Hände alles zurückzunehmen, was bereits gesagt worden war. Die Christine aber war ein wenig verstimmt. „Weißt du was", sagte sie, „jetzt isst und trinkst du einmal, und am Abend, da erklärst du mir noch einmal in Ruhe, was eigentlich vorgefallen ist. Du reitest dich ja immer tiefer hinein!" Die Frau Doktor, so schien es Gasperlmaier, amüsierte sich fast über die Situation. „Jedenfalls absolut nichts, worüber Sie sich Sorgen machen müssten!", fügte sie noch hinzu. „Ich weiß nicht", antwortete die Christine. „Wenn ihr beide so blutverschmiert hier ankommt, dass ihr euch duschen und umziehen müsst, dann mach ich mir schon Sorgen. Es wäre ja nicht das erste Mal, dass der Franz nach einem Einsatz im Krankenhaus landet." Um die Stimmung zu retten, gab Gasperlmaier noch eine Erklärung ab. „Übrigens, ich bin jetzt Postenkommandant. Zumindest, solange der Friedrich noch im Krankenstand ist." Die Christine schien aber gar nicht begeistert. „Auch das noch!" Sie schüttelte den Kopf und steckte sich eine halbe Kirschtomate in den Mund. Irgendwie erschien sie Gasperlmaier ein wenig verschnupft. Er fragte sich, wieso.

Nur wenig später saß er bereits am Krankenbett seines ehemaligen Kommandanten, der mittlerweile ganz alleine in seinem Zimmer war. Er wollte sich gar nicht ausmalen, was mit dem Grauen aus dem anderen Bett geschehen war. „Was ist denn mit dir passiert?" Der Friedrich deutete auf das frische Pflaster an Gasperlmaiers Hals. Der nahm sich Zeit, dem Friedrich die ganze Geschichte mit der Jessica ausführlich, und vielleicht sogar ein wenig dramatischer, als sie sich wirklich zugetragen hatte, zu erzählen. Das erhoffte Mitleid blieb allerdings aus, denn der Friedrich begann seinerseits sofort über das Essen zu jammern, als Gasperlmaier geendet hatte. „Schau dir nur an, mit was sie mich hier füttern!“ Entrüstet deutete er auf den kleinen weißen Teller, der auf einem Tablett knapp über dem Bauch des Friedrich balancierte. Gasperlmaier musste zugestehen, dass die zwei dünnen Blätter Schinken und das bisschen welke Gemüse nicht dazu geeignet sein konnten, einen erwachsenen Hunger zu stillen. Er selbst wäre auch nicht begeistert über das Menü gewesen. „Vielleicht tut's dir gut, wenn du einmal ein paar Kilo verlierst“, versuchte Gasperlmaier ihn zu trösten. Der Friedrich schnaufte nur verächtlich. „Albträume kriegt man da, wenn man so halbverhungert dahindämmert! Ich kann ja nicht einmal schlafen in der Nacht! Ich träum ja dauernd! Sogar vom Kirtag und einem Grillhendl hab ich schon geträumt!“ Womöglich, so dachte Gasperlmaier bei sich, war das eine Art von Entzugserscheinungen, beim Friedrich. „Du kannst dir ja gar nicht vorstellen“, jammerte der Friedrich, „wie das ist! Da träumst du von einem ganzen Gestell voller Grillhendln, und einem ganzen Kübel Erdäpfelsalat, und einem Maßkrug frisches, kühles Bier. Der Magen knurrt dir schon, und du willst gerade zugreifen. Da wirst du munter, und du merkst, dass der Magen wirklich geknurrt hat, und dann stellen sie dir eine Scheibe vertrocknetes Brot und einen Viertelapfel hin! Das ist Folter, sag ich dir! Wenn wir auf der Polizei so mit den Leuten umgehen würden, die wir einsperren müssen, wenn wir sie hungern lassen würden, bis sie gestehen! Da wären wir gleich wieder auf der Titelseite von der Schillingzeitung!“

Der Friedrich hatte sich in Rage geredet, war ganz rot im Gesicht geworden und schnaufte heftig. Gasperlmaier bekam Angst, dass er gleich den nächsten Herzinfarkt erleiden würde, wenn er sich so aufregen musste. „Soll ich dir vielleicht was vom Buffet holen?“, fragte er deshalb, um den Friedrich zu beruhigen. „Hörst, Gasperlmaier, das ist eine phantastische Idee! Und nimmst dir selber auch gleich eine Leberkäsesemmel mit!“ Gasperlmaier bereute seine Idee sofort. Was, wenn er auf dem Weg zurück ins Zimmer von einer Schwester oder einem Arzt angehalten wurde? Was, wenn jemand den Friedrich beim Jausnen in seinem Krankenbett erwischte? Am Ende konnte man das Fett, das er zu sich nahm, gleich über einen Überwachungsmonitor im Schwesternzimmer sehen, und die Alarmglocken würden losgehen. Doch nun war es zu spät. Der Friedrich freute sich so über die bevorstehende Jause, dass er es nicht übers Herz brachte, ihn zu enttäuschen. Also machte er sich auf den Weg.

Sicherheitshalber ließ er sich beim Buffet drei Leberkäsesemmeln herrichten. Eine mit Käseleberkäse, eine mit scharfem und eine mit normalem. Gasperlmaier war überrascht, dass hier so viele Patienten in Pyjamas, Nachthemden und Bademänteln herumstanden und -saßen und alles Mögliche zu sich nahmen, das sicherlich ihrer Gesundheit nicht gerade zuträglich war. Etwas beruhigt ließ er sich deshalb noch zwei Dosen Leichtbier und eine zuckerfreie Limonade einpacken und machte sich zurück auf den Weg ins Krankenzimmer.

Verstohlen spähte er vor jeder Gangbiegung um die Ecke, ob sich dort nicht etwa Personal aufhielt. Zuerst ging alles gut, doch kurz vor der Tür zum Zimmer des Friedrich war seine Glückssträhne zu Ende. „Sie kenn ich doch!“ Eine hübsche blonde Schwester trat ihm in den Weg. „Sie waren doch bei mir wegen dem Röntgen, nach Ihrem Unfall, erinnern Sie sich nicht mehr?" Natürlich erinnerte sich Gasperlmaier. Schließlich begegnete man im Krankenhaus nicht jeden Tag einer Krankenschwester, die jede Misswahl im Vorübergehen gewinnen hätte können. Doch diesmal hatte er wenig Lust, sich für einen Plausch Zeit zu nehmen, da konnte die Schwester noch so schön sein. „Ja, ja!", gab er zurück und verbarg dabei das Sackerl mit der Jause des Friedrich verschämt hinter seinem Rücken. „Komisch", sagte die Krankenschwester. „Mir kommt vor, hier riecht's nach Leberkäse." „Kann ich mir nicht vorstellen!", gab Gasperlmaier zurück. „Ich muss zu einem Patienten! Besuch!" Im Rückwärtsgang entfernte er sich. Die Schwester sah ihm zwar ein wenig verwundert nach, verzichtete aber auf eine nähere Kontrolle.

Wenig später kaute der Friedrich mit einem geradezu entrückten Gesichtsausdruck schon an der zweiten Leberkäsesemmel. „Die mit Käseleberkäse kannst du haben!", nuschelte er mit vollem Mund. „Den mag ich nicht so. Und das Bier auch. Weil wenn die bei der Blutabnahme feststellen, dass da Alkohol drin ist, dann gute Nacht. Da schmeißen sie mich am Ende gleich hinaus." Gasperlmaier war unwohl. Im ganzen Zimmer roch es nach Leberkäse, wenn jemand kam, würde keine Ausrede helfen. „Heiß ist es!" Er öffnete das Fenster und zog seine Uniformjacke aus.

Danach setzte er den Friedrich über den Stand ihres Falles ins Bild. „Und die Manuela Reitmaier haben's mir geschickt, als Ersatz. Und dass ich den Postenkommandanten spielen soll, meinen sie." Der Friedrich seufzte. „Du hast es nicht leicht, Gasperlmaier. Ihr seid's jetzt eine reine Weiberwirtschaft. Da darfst du aufpassen, mein Lieber. Wenn du jetzt einen fahren lässt im Büro, dann ist der Teufel los. Aus mit der Gemütlichkeit." Gasperlmaier seufzte ebenso. „Was glaubst denn, wer den

Grubauer Matthias umgebracht haben könnt?“, fragte er noch. Vielleicht hatte der Friedrich eine Idee. Doch der zuckte nur mit den Schultern. „Vielleicht, dass er mit dem Gaisrucker wildern war. Zutrauen tät ich’s den beiden. Da müsst man einmal schauen, wer da bei den Forsten in Frage kommt. Welcher Jäger das sein könnte, der sie erwischt hat, mein ich.“ „Aber das sind ja Geschichten, das hat’s vor hundert Jahren vielleicht einmal gegeben, dass ein Jäger einen Wilderer erschießt. Und dann noch dazu zerlegt und in den See schmeißt!“ Gasperlmaier hatte wenig Lust, jetzt allen Jägern in der Gegend nachzuschnüffeln, ob sie den Grubauer zerschnetzelt hatten. Da würden sie sich wenig Freunde machen, fürchtete er.

Da es noch immer intensiv nach Leberkäse duftete, packte Gasperlmaier hastig die Einwickelpapiere zusammen, stopfte sie in den Papiersack vom Buffet und verabschiedete sich. Das sollte der Friedrich seinem Arzt selber erklären, fand er, warum er sich nicht an die hierorts geltenden Diätvorschriften hielt. „Die Frau Doktor vernimmt eh grad die Grubauerin und den Marcel. Vielleicht komm ich noch zurecht, sie werden mich eh schon suchen!“, entschuldigte er sich. „Pfüat di, Friedrich!“ Auf dem Gang kam ihm jetzt tatsächlich ein recht griesgrämig dreinschauender Arzt mit Glatze entgegen, im Schlepptau eine füllige Schwester, die ununterbrochen leise auf ihn einredete. Gasperlmaier murmelte einen Gruß, warf die Reste der Jause in einen Mülleimer und machte, dass er davonkam.

7

„Kurz und gut“, sagte die Frau Doktor. „Die Befragungen der Frau Grubauer und des Marcel Gaisrucker haben genau gar nichts ergeben. Beide kommen für die E-Mails anscheinend nicht in Frage, sie haben sich sehr wahrscheinlich nicht an den Orten aufgehalten, von wo die Mails abgeschickt worden sind. Das müssen wir zwar noch genauer überprüfen, aber ich hab wenig Hoffnung, dass dabei was herauskommt.“ Sie trat zum Fenster und sah ratlos in den immer noch ungetrübten Sonnenschein hinaus.

„Allerdings, ein bisschen was ist doch herausgekommen!“ Sie drehte sich wieder um, um ihn und die Manuela anzusehen. „Wir wissen jetzt zumindest, wann er das letzte Mal gesehen worden ist. Am Freitag, den 22. April.“ Zu Gasperlmaier gewandt fuhr sie fort: „Während Sie den Friedrich besucht haben, haben wir es aus der Frau Grubauer und dem Marcel Gaisrucker förmlich herauspressen müssen. War in beiden Fällen nicht einfach. Denen hat der Alkohol schon so das Gehirn zerfressen, dass sie sich an rein gar nichts erinnern können. Gut, im Fall Gaisrucker – der war ja nur ein Freund. Wenn man in diesen Kreisen von Freundschaft überhaupt reden kann.“ „Ich glaub, bei dem Gaisrucker, da ist es nicht nur der Alkohol. Er hat so komisch gerochen“, warf die Manuela ein. „Kann schon sein, dass er sich andere Substanzen auch zugeführt hat. Auf jeden Fall hat er den Matthias am fraglichen Tag nicht nur gesehen, sondern sie haben auch ein paar SMS ausgetauscht. Der Nachweis dieser SMS hat beim Marcel die Erinnerung ein wenig in Gang gesetzt. Vorher hat er ja mit dem Grubauer überhaupt nichts zu tun haben wollen.“ „Und, kommt er jetzt für den Mord in Frage?“ Die Frau Doktor schüttelte den Kopf. „Wahrscheinlich nicht. Zumindest haben wir bis jetzt nicht einmal die Spur eines Motivs bei ihm, und Gelegenheit? Offenbar hat er ein Alibi, auch wenn wir das noch überprüfen müssen. Was glaubst du, mit wem er an diesem Nachmittag angeblich zusammen war?“ Gasperlmaier zuckte mit den Schultern. Was man so hörte, wechselte der Marcel seine Partnerinnen häufiger als die Hemden oder die Unterhosen, je nachdem. Allerdings, so fiel ihm ein, bevorzugte der Marcel Damen, die tätowiert und über und über mit Blech geschmückt waren. „Die Jessica vielleicht?“, probierte er es deshalb. Die Frau Doktor war überrascht. „Wie bist du da jetzt draufgekommen?“ „Na ja“, meinte Gasperlmaier, „sie ist die Einzige, die mir gerade eingefallen ist, die so nach dem Geschmack des Marcel ...“ „Woher kennst du denn seinen Geschmack?“, mischte sich die Manuela interessiert ein.

Doch die Frau Doktor beendete die Diskussion. „Herrschaften! Wir müssen jetzt zügig weitermachen. Es ist doch völlig egal, warum der Franz gerade auf die Jessica gekommen ist. Jedenfalls wird sie vernommen. Und, ja: Über die Befragung der Frau Grubauer haben wir dir ja noch nichts erzählt. Die hat mit ihrem Sohn weder telefoniert noch SMS gewechselt, deswegen war es noch mühsamer, ihre Erinnerungen freizulegen. Schließlich hat es dann mit der Müllabfuhr geklappt.“ „Müllabfuhr?“, fragte Gasperlmaier erstaunt zurück. „Was haben denn die Grubauerischen mit der Müllabfuhr zu tun?“ Die Frau Doktor lächelte. „Die Frau Grubauer hat sich wenigstens an den letzten Streit mit dem Matthias erinnert. Sie wollte, dass er die Mülltonne rausstellt. Denn am nächsten Tag war die Müllabfuhr fällig, und der Mistkübel schon randvoll. Komisch, übrigens, dass bei den Armen der Mistkübel immer voller ist als bei denen, denen's gut geht. Aber das ist ein anderes Thema. Der Matthias vergisst natürlich darauf, und am nächsten Morgen steht der Mistkübel, unausgeleert, immer noch in der Garage. Die Grubauerin ist so wild geworden, dass sie den Matthias aus dem Bett geschmissen hat. Beide sind handgreiflich geworden, wie es aussieht. Jedenfalls hat die Grubauerin gesagt, sie sei sich ganz sicher, dass der Matthias am Nachmittag dieses Tages weggefahren ist. Und dann nicht mehr gekommen – nur die Mails. Ich hab sie natürlich noch einmal eingehend befragt – wie denn das möglich ist, dass sie nicht zur Polizei geht, nirgends nach dem Matthias fragt. Und ob sie nicht nachgeschaut hat, ob etwas von seinen Sachen fehlt. Und ob er den Reisepass mithat. Aber sie hat gemeint, dass der Matthias öfter einmal tagelang nicht nach Hause gekommen ist. Und einen Reisepass hat er gar nicht! Sie hat gemeint, dass man jetzt in Europa sowieso ohne Reisepass überallhin kommt, das habe sie im Fernsehen gehört, und deshalb hat sie sich darüber auch keine Gedanken gemacht." „Ganz schöne Zustände, bei denen zu Hause!" Die Manuela schüttelte den Kopf.

„Aber", Gasperlmaier hatte eine Idee, „wenn sie schon zugegeben hat, dass es einen Riesenstreit gegeben hat, wenn sie sogar schon handgreiflich geworden sind, könnte dann nicht doch die Grubauerin ...?" Die Frau Doktor zuckte mit den Schultern. „Stellen wir uns das Szenario doch einmal vor: Die Grubauerin erschlägt ihren Sohn. Packt ihn in den rostigen Golf und fährt ihn zum Toplitzsee. Zerhackt ihn dort. Schmeißt ihn in den See. Und das alles ohne Zeugen? Dann hätte sie auch noch das Moped beseitigen müssen. Alles, ohne dass die Jessica es merkt? Denn die hätte heute kaum so durchgedreht, wenn sie wüsste, dass ihre Mutter den Bruder umgebracht hat. Übrigens, da fällt mir ein, wir müssen sie auch noch fragen, warum sie den Marcel für den Mörder hält. Das würde mich doch sehr interessieren. Vielleicht ergibt sich bei ihr oder ihm doch noch ein Motiv."

„Und was machen wir jetzt?" Gasperlmaier sah auf die Uhr. Es war schon halb vier. Hoffentlich, so dachte er bei sich, hatte die Frau Doktor für heute kein allzu umfangreiches Programm mehr vorgesehen. Dann sah Gasperlmaier noch einmal auf seine Uhr und starrte unsicher die Datumsanzeige an. Irgendwie kam ihm das Datum bedeutsam vor. Der 26. Juni. War da nicht was, am 26. Juni?

Plötzlich überlief ihn ein siedend heißer Schauer. Der 26. Juni war tatsächlich ein ganz besonderer Tag. Es war der Geburtstag seiner Frau. Und er hatte weder ein Geschenk besorgt, noch hatte er ihr in der Früh zum Geburtstag gratuliert. Zu Mittag auch nicht. Deswegen wohl hatte sie zu Mittag so verschnupft reagiert. Es war gar nicht wegen der Frau Doktor gewesen! Vor lauter schlechtem Gewissen wusste Gasperlmaier gar nicht, was er zuerst tun sollte. Er musste auf der Stelle was einkaufen und sich etwas Gescheites einfallen lassen. Und eine gute Ausrede noch dazu.

„Kommst du jetzt endlich?" In seiner Verwirrung hatte er völlig überhört, was die Frau Doktor zuletzt zu ihm und der Manuela gesagt hatte. Geistesabwesend schlich er den beiden nach, krampfhaft überlegend, wie er dieses Dilemma lösen könnte. „Franz?", fragte die Frau Doktor, „Ist was?" Sie waren bereits auf dem Weg nach ... ja, wohin denn eigentlich? Gasperlmaier wagte nicht nachzufragen. „Wir müssen herausfinden, ob die Wirtsleute bei der Fischerhütte an diesem Nachmittag oder Abend irgendwas bemerkt haben. Es ist zwar nicht gesagt, dass der Matthias am gleichen Abend verschwunden ist, aber man kann ja einmal fragen, nicht?“ Auf dem Weg zur Fischerhütte also waren sie. Aber der ganze Fall, die Haxen des Grubauer und der Diabetes des Friedrich, das alles interessierte Gasperlmaier jetzt nur peripher.

Gerade fuhren sie bei der Post am See in Grundlsee vorbei, da zündete bei Gasperlmaier ein Gedankenblitz. „Bleib einmal ganz kurz stehen!“ Die Frau Doktor sah verwundert zu ihm herüber, fuhr aber an den Rand und hielt an. Ohne weitere Erklärungen hastete er zum Wirtshaus hinüber, riss die Tür auf und suchte nach dem Personal. Fast wäre er in seiner Hast über die Kellnerin gestolpert, die gerade mit einem Stapel leerem Geschirr aus der Gaststube kam. „Habt's ihr heute am Abend noch einen Tisch frei?“, hechelte er. „Ja, wart ein bissl! Du siehst ja ...“ In, wie Gasperlmaier vorkam, provokanter Langsamkeit stellte die Kellnerin zuerst ihr Geschirr in der Küche ab, schlich dann wieder heraus, nahm ein Buch zur Hand, brauchte wirklich unglaublich lange, um darin zu lesen. „Ja, du hast Glück. 2 Personen?“ Gasperlmaier nickte. „Wann kommt's denn?“ Gasperlmaier zögerte. Wer weiß, wie lange sich der Arbeitstag noch hinziehen mochte. „Um acht!“, sagte er deshalb und hastete aus der Tür.

„Jetzt bist du uns aber schon eine Erklärung schuldig!“, sagte die Frau Doktor, als sie wieder losfuhren. Lügen, so wusste Gasperlmaier, waren zwecklos. „Mein Frau, die hat heute Geburtstag ...“ Die Manuela kicherte. „Und du hast drauf vergessen!“ „Und jetzt bist du schnell da hinein zum Postwirt und hast einen Tisch reserviert. Respekt, Gasperlmaier. Zwei Hauben. Das wird nicht billig!“ Die Frau Doktor stimmte ins Gekicher ein. Gasperlmaier seufzte. Der Friedrich hatte recht gehabt. Weiberwirtschaft. Sie kamen einem auf alles drauf. Hoffentlich, so dachte er bei sich, auch auf den Mörder vom Grubauer Matthias.

„Am 22. April, sagt's ihr? Und ein Freitag soll das gewesen sein?" Gasperlmaier saß auf der Bank vor der Fischerhütte und blinzelte in die Sonne. „Da muss ich einmal nachschauen." Der Konrad erhob sich und verschwand im Lokal. „Wenn man da frei hätte!" Die Frau Doktor streckte sich auf der Bank neben Gasperlmaier. Vor ihnen breitete sich die tiefschwarze, spiegelglatte Fläche des Toplitzsees aus, dahinter der Wald, eine Bootshütte, Felsen. All das verdoppelt durch die Spiegelung im See, verziert durch gleißende Lichtreflexe. „Wie im Paradies!" Vor ihnen standen Saft und Mineralwasser. Gasperlmaier starrte missmutig in das Glas. Immer noch waren so viele Reporter hier unterwegs, dass es nicht angeraten schien, ein Bier zu bestellen. Vor allem nicht, wenn man, wie Gasperlmaier und die Manuela, in Uniform war. Mindestens drei oder vier Damen und Herren des schreibenden Gewerbes hatte er im Blickfeld, und alle hämmerten sie in die Tasten ihrer Laptops. Obwohl es rein gar nichts Neues zu sehen und zu hören gab. Die Frau Doktor hatte ihnen allen unmissverständlich klargemacht, dass sie sich bis zur morgigen Pressekonferenz gedulden würden müssen. Und die hatte die Frau Doktor in Liezen angesetzt, um die ganze Meute aus dem Ausseerland fortzulocken. Die Damen und Herren Reporter, stellte Gasperlmaier fest, nahmen es mit dem Alkohol während des Dienstes nicht so genau. Wenigstens war die Schablinger nicht da. Die hätte ihm gerade noch gefehlt.

Der Konrad tauchte wieder auf. „Ja, am 22., da war der Skiclub Altaussee bei uns. Saisonabschluss. Fischessen. Das müsstest du eigentlich wissen, Gasperlmaier. Du bist ja eh jedes Jahr dabei!“ Die Frau Doktor schlug mit der flachen Hand auf den Tisch, dass die Gläser zitterten. „Also wirklich, Franz! Du warst selber am Tag der Tat hier herinnen, direkt am Tatort, und lässt uns dumm sterben!“ „Aber ...“, begann Gasperlmaier. Jetzt hieß es scharf nachdenken. Er konnte sich überhaupt nicht erinnern, diesmal beim Saisonabschluss dabei gewesen zu sein. Natürlich hatte er schon oft an dieser traditionellen Feier teilgenommen, auch die Christine war schon mehrmals dabei gewesen. Aber heuer?

„Ich glaub nicht, dass ich da dabei war!“, verteidigte er sich trotzig. „Das müsstest du doch auch wissen, oder?“ Der Konrad zuckte mit den Schultern. „An was ich mich noch erinnern kann, ist, dass es einer der ersten schönen Tage war, ganz ungewöhnlich warm schon. Zuerst sind sie alle draußen gesessen, da drüben.“ Er deutete mit einer Hand auf einen der Tische am Geländer, von wo man freie Sicht zum Seeufer hatte. „Später ist es dann ein bisschen frisch geworden, da wollten sie alle hinein.“ „Können Sie sich an ihn erinnern?“, fragte die Frau Doktor, zu Gasperlmaier hinübernickend. Der Konrad zuckte erneut mit den Schultern. „Was weiß denn ich? Da waren zwanzig, dreißig Leute. Ich hab doch nicht die Gäste der letzten zwei Monate einfach so hier heroben abgespeichert!“ Er deutete an seine Stirn. „Vielleicht kann sich die Kathrin erinnern. Kathrin!“ Lautstark rief der Wirt nach seiner Kellnerin. „Was ist?“, brüllte die zurück, kam aber wenig später mit einem vollen Tablett aus dem Wirtshaus heraus. „Momenterl!“ Gasperlmaier sah neidvoll zu, wie die tippenden Reporter und ihre fotografierenden Assistenten mit frischem Bier und kühlen Gespritzten versorgt wurden.

„Sag, weißt du, ob beim Saisonabschluss von den Skifahrern der Gasperlmaier heuer dabei war?“ „Er da?“, fragte die Kathrin zurück. „Der hat Dienst gehabt. Ich weiß es noch, weil sich die anderen lustig gemacht haben. Heut hat eh nur der Gasperlmaier Dienst, haben sie gesagt, da können sie so viel trinken, wie sie wollen.“ Gasperlmaier fauchte ärgerlich. Als wenn man nicht genau wüsste, dass Polizisten bei nächtlichen Verkehrsüberwachungen niemals in ihrer Heimatgemeinde eingesetzt wurden. Die Manuela grinste. „Das wär dann allerdings geklärt. Gasperlmaier ist nicht unser Axtmörder.“ „Pst!“, zischte die Frau Doktor, doch einige der Reporter hatten schon die Köpfe gehoben und spitzten ihre Ohren. Das Stichwort „Axtmörder“ hatte sie anscheinend aufmerksam werden lassen. „Wir gehen hinein!“ Mit einem ärgerlichen Seitenblick auf die Manuela stand die Frau Doktor auf.

„Was wir jetzt brauchen, ist eine möglichst vollständige Liste der Teilnehmer an dieser Feier!“, sagte die Frau Doktor, nachdem sie sich an der Schank des Wirtshauses wieder versammelt hatten. Gasperlmaier war diese Entwicklung gar nicht recht. Das waren alle seine Bekannten, wenn nicht sogar Freunde. Die sollten in einen Mordfall verwickelt sein? Das konnte er sich nicht vorstellen. „Wichtig wäre auch, dass Sie versuchen, sich zu erinnern, wer nach Einbruch der Dunkelheit einmal länger draußen gewesen ist.“ Der Konrad seufzte und schüttelte den Kopf. „Das ist ein bissl viel verlangt. Ich hab ja was anderes auch noch zu tun, und die Sache ist doch mehr als zwei Monate her!“ „Tun Sie Ihr Möglichstes!“, insistierte die Frau Doktor und tippte dabei sogar mit dem Zeigefinger nachdrücklich gegen die Brust des Konrad. „War sonst noch Servierpersonal hier, oder haben Sie beide das zu zweit gemanagt?“, fragte sie. „Ich hätt schon gern noch wen gehabt!“, jammerte der Konrad. „Aber find einmal wen!“

Die Frau Doktor zog ein Foto des Matthias Grubauer aus ihrer Handtasche. „War der dabei?“ Gerade kam wieder die Kathrin vorbei, diesmal mit einem Tablett voll leerer Gläser. „Der? Natürlich war der dabei! Lästig war er! Und besoffen! Dem musst du dreimal auf die Griffel hauen, bevor er aufhört, dir auf den Hintern zu greifen. Ich hab ihm dann sogar mit einem Kochlöffel eins über die Pratzen gegeben! Daran müssten sich eigentlich alle erinnern!“ Die Frau Doktor atmete auf. „Na, da werden wir jetzt nicht mehr lange suchen müssen!“ Gasperlmaier sah sie fragend an. „Na, ist das nicht eindeutig? Am 22. April wird er hier zum letzten Mal gesehen, am 24. wird eine Mailadresse angelegt – offenbar um sein Verschwinden zu vertuschen! Da liegt ja auf der Hand, dass sein Verschwinden mit diesem Fischessen zusammenhängt. Wir grillen jetzt einfach jeden Einzelnen in dieser Gesellschaft, und dann wird sich schon herausstellen, wer das Opfer zerteilt hat. Sagen Sie, wissen Sie, ob der Grubauer mit dem Moped hier angekommen ist?“ Der Konrad schüttelte den Kopf.

Gasperlmaier wollte sich mit dieser Entwicklung der Dinge allerdings nicht einfach so abfinden. „Da waren doch sicher auch noch andere Gäste da!“, meinte er. Der Konrad aber schüttelte den Kopf. „Ein paar schon. Aber die waren fast alle schon wieder weg, wie der Skiclub gekommen ist. Die Ausflügler haben wir mehr untertags, wissen Sie. Wollen’S nicht vielleicht doch einen Saibling probieren?“ Er wandte sich an die Frau Doktor, die aber den Kopf schüttelte. Sie reichte dem Konrad ihre Visitenkarte. „Die Liste mit den Anwesenden an diesem Abend, bitte! Wenn’s geht, noch heute. Per Mail!“ Der Konrad besah sich die Karte, nickte und steckte sie in die Brusttasche seines Hemds. „Ich werd schauen, dass ich alle zusammenbringe."

Sie waren wieder vor das Haus getreten. Gerade legte der Kilian Köberl mit der Plätte an, die die Wanderer vom Kammersee abgeholt hatte und hier, am Beginn der Zufahrtsstraße zum Toplitzsee, wieder auslud. „Er", sagte der Konrad und deutete auf den Kilian, „war auf jeden Fall dabei. Und wie immer in charmanter Begleitung!" „Interessant!", meinte die Frau Doktor und steuerte auf den Kilian zu, der gerade seine Plätte vertäut hatte und nun den Passagieren behilflich war, vor allem den Damen. Unter ihnen eher den jüngeren, wie Gasperlmaier wenig überrascht feststellte. Gerade, als sie neben ihn hintraten, hatte er einer fülligen Blondine den Arm um die Taille gelegt, seine andere Hand umfasste die Linke der Dame. „So, Schatzerl, dass du mir nicht ins Wasser fallst!" Die Blondine kreischte, und bevor er sie losließ, tat der Kilian noch einen anerkennenden Blick in das Dekolleté ihres Dirndls.

Die Frau Doktor räusperte sich. „Sie haben sicher einen Moment Zeit für uns, Herr Köberl?" Der Kilian drehte sich zu ihnen um. Als er die Frau Doktor erblickte, knipste er abermals sein charmantestes Grinsen an. Das konnte er, das musste man ihm zugestehen. Der lächelte wie der Hansi Hinterseer. Da schmolzen die Frauen einfach so dahin. Sogar die Frau Doktor verzichtete auf ihren strengen Blick, selbst als der Kilian sagte: „Was kann ich für Sie tun, Schönste aller Frauen?" Normalerweise, so dachte Gasperlmaier bei sich, hätte sie jetzt schon die Augenbrauen hochgezogen und eine geharnischte Antwort in Vorbereitung. Beim Kilian allerdings verzichtete sie darauf. Gasperlmaier konnte sich nur an eine Situation erinnern, in der sie schon einmal ein Mann so hingerissen hatte, dass sie auf ihre übliche Strenge verzichtet hatte. Der war dann allerdings, so erinnerte er sich, auch ziemlich tief in eine Mordsache verstrickt gewesen.

„Sie erinnern sich an das Fischessen des Skiclubs Altaussee?", fragte die Frau Doktor in nahezu charmantem Ton. Der Kilian zog am Tau der Plätte, die abzutreiben drohte, und ließ dabei seinen Bizeps spielen. An beiden Armen. „Sicher!", lächelte er. „Würd ich nie verzichten darauf. Wissen Sie, die Saiblinge aus Wildfang hier, die können Sie nicht mit dem Zeug aus den Fischteichen und Kaltern vergleichen. Die sind schon ganz was anderes. Zergehen auf der Zunge." Der Kilian bildete zum Zeichen des Hochgenusses mit Daumen und Zeigefinger einen Ring vor seinen Lippen und hauchte einen Kuss hinein. „Können Sie sich an ein paar Leute erinnern, die dabei waren?" Der Kilian blickte über den dunkelblauen, spiegelglatten See hinaus. „Die Josefine Kniewasser, an die kann ich mich erinnern!", grinste er. „Und an ihren Mann." Kein Wunder, dachte Gasperlmaier bei sich, denn die Josefine Kniewasser war sicher jedem Altausseer schon einmal im Traum untergekommen. Nicht nur, dass sie ein großes und kräftiges Prachtweib war, sie war auch mit einem überaus üppigen Busen gesegnet, den sie in den verschiedensten Dirndln gerne und reichlich zur Schau stellte. Zudem verfügte sie über eine Mähne glänzenden schwarzen Haares, das ihr in der Regel offen über die Schultern floss. Noch aufregender war die Josefine allerdings, wenn sie sich das Haar zu zwei Zöpfen flocht, um besonders unschuldig auszusehen. Dazu hatte sie bei Bedarf so einen waidwunden Blick, ungefähr so wie diese bayerische Schauspielerin, die ihr auch sonst recht ähnlich war. Zumindest bevor diese viel zu viel abgenommen hatte und nun ein eingefallenes Gesicht ohne jeden Liebreiz zur Schau stellte. Mit der ehelichen Treue, munkelte man, nahm es die Josefine nicht so genau, und so waren tatsächliche oder vorgebliche Abenteuer unter ihrer Beteiligung recht häufige Gesprächsthemen an den verschiedensten Stammtischen. Schade, dachte Gasperlmaier bei sich, dass er beim diesjährigen Fischessen Dienst gehabt hatte. Die Josefine wäre sicherlich einen Blick wert gewesen. Die Christine allerdings, wie manche andere Ehefrauen, war von den schmachtenden Blicken, die sie anderen Männern zuzuwerfen pflegte, eher weniger begeistert.

Die Frau Doktor zog Fotos vom Grubauer Matthias und vom Gaisrucker Marcel aus ihrer Tasche. „Die beiden waren auch dabei?" Der Kilian nickte. „Viel schöner", lächelte er, „wäre es allerdings, wenn Sie und die Frau Polizistin uns einmal die Ehre geben würden. Sie fahren doch Ski?" Sowohl die Frau Doktor als auch die Manuela nickten eifrig. Gasperlmaier fand die beiden albern. „Woran können Sie sich denn an dem Abend noch erinnern?", fragte die Frau Doktor nun. „Ja, mei!", seufzte der Kilian, „Nicht an viel! Es kommt ja doch so einiges zusammen, nicht, an so einem Abend. Und der Konrad hat einen guten Wein. Und – Sie verzeihen mir vielleicht, ich bin ja Junggeselle – ich hab mich auch ein bissl um die Lissi kümmern müssen. Es war ja ein fast frühsommerlicher Abend ..." Der Kilian verstummte und blickte wieder über den See. Wahrscheinlich, so dachte Gasperlmaier bei sich, erinnerte er sich gerade an den feuchtfröhlichen Abend mit der Lissi.

Die Frau Doktor schien ein wenig abgekühlt, als sie fragte: „Lissi wie?" „Ja ... ist das nicht ein bissl indiskret?", fragte der Kilian zurück. Gasperlmaier fiel auf, dass er sich die Hemdärmel etwas hochschob und einmal umkrempelte, wohl damit man seine Muskeln besser sehen konnte. Ein ganz schön eingebildeter Affe, der Kilian. Aber trotz seiner Behinderung immer noch ein hervorragender Skifahrer, das musste ihm der Neid lassen. „Diskretion“, antwortete die Frau Doktor, „gibt es bei Mordfällen keine.“ „Vielleicht eine Fahrt zum Kammersee? Letzte Gelegenheit heute!“, rief der Kilian ein paar Wanderern zu, die dem Gastgarten der Fischerhütte zustrebten. Unschlüssig berieten sie sich untereinander, was dem Kilian Zeit gab, die Frage der Frau Doktor doch noch zu beantworten. „Die Lissi Bernegger. Aus Bad Aussee.“

Die Lissi? Gasperlmaier fragte sich, um wie viel jünger die war als der Kilian. Gasperlmaier selber hatte die Lissi ja einmal im Kinderskikurs gehabt. Die war doch höchstens ein paar Jahre älter als seine Katharina. Und der Kilian über dreißig! „Ist die Lissi nicht ein bissl zu jung für dich?“, fragte er deswegen. Der Kilian schmunzelte. Gleichzeitig half er einer älteren Dame aus der Wandergruppe, die sich nun doch zur Bootsfahrt entschlossen hatte, in die Plätte. „Die Liebe fragt nicht nach dem Alter, nicht wahr, gnädige Frau?“ Die weißhaarige Dame, die er immer noch an der Hand hielt, lächelte selig. „Natürlich nicht, junger Mann!“

Gasperlmaier schüttelte den Kopf und wandte sich ab. Die billigen Scherze des Kilian wurden ihm schön langsam zu viel. Der Frau Doktor anscheinend auch. „Wir würden Sie in den nächsten Tagen gern einmal auf dem Posten sprechen. Am besten gleich morgen Vormittag.“ „Ja, aber ich fang um halb zehn hier schon an!“, widersprach der Kilian. „Dann kommen'S eben schon um acht!“, gab die Frau Doktor zurück und wandte sich zum Gehen. „Der glaubt wohl, er kann jede um den Finger wickeln!“ Dennoch warf ihm die Frau Doktor noch einmal einen Blick zu, bevor sie endgültig die Anlegestelle verließen.

„Na ja", sagte sie, als sie die Räder ihres Audi auf der Schotterstraße durchdrehen ließ, „da haben wir ja auch ohne die Liste der Teilnehmer schon ein paar interessante Anhaltspunkte." Plötzlich musste sie scharf bremsen, denn drei Mountainbiker kamen ihr fast in der Mitte der Straße entgegen. Nur knapp konnte sie ausweichen, viel Platz blieb den Radfahrern nicht, um am Audi vorbeizuschießen. Doch die Biker winkten nur fröhlich. „Der Kilian, der ist mir ein wenig zu glatt, hinter der charmanten Fassade verbirgt sich da was!", meinte die Frau Doktor dann. „Echt?", fragte die Manuela vom Rücksitz. „Also ich find den einfach nur süß!" „Weißt du eigentlich, dass der eine Prothese hat?", fragte Gasperlmaier. Damit, so hoffte er, würde er die Begeisterung der Manuela ein wenig bremsen. „Echt?", fragte die. „Das klingt ja spannend! Und woher?" Gasperlmaier seufzte. Er hatte das Interesse der Damen eher angefacht als gedämpft, und so musste er auf der Rückfahrt nach Altaussee die ganze Geschichte des Kilian erzählen, wie der bei einem Skirennen am Loser gegen eine Liftstütze geprallt war, wie das Wetter zu schlecht gewesen war, als dass ein Rettungshubschrauber fliegen hätte können, wie dann der Kilian auf der Piste fast verblutet wäre, bis der Notarzt mit Auto und Pistengerät die Unfallstelle endlich erreicht hatte, und wie dann schließlich, als der Kilian im Krankenhaus eingetroffen war, sein Unterschenkel nicht mehr hatte gerettet werden können.

Der Audi hielt vor dem Polizeiposten. „Ich hab mich da was gefragt", murmelte die Manuela, bevor sie ausstieg. Die Frau Doktor blickte in den Rückspiegel. „So?" „Ja, ich meine, muss es denn sein, dass der Mord am

Matthias mit dem Fischessen zusammenhängt? Der könnte doch auch in einem ganz anderen Zusammenhang umgebracht worden sein. Der hat sicher eine ganze Menge unseriöser Freunde gehabt. Oder ein Einkommen aus irgendwas Illegalem." Die Frau Doktor stieg aus, und Gasperlmaier folgte. „Sie haben natürlich recht", gab die Frau Doktor zu und lehnte sich gegen die Seite ihres Audi. Sie fuhr sich mit der offenen Hand durch ihre orangeroten Strähnen. Ihr Haar leuchtete in der Sonne. Gasperlmaier wurde warm. „Aber wir müssen, zumindest für unsere Gruppe, vom wahrscheinlichsten Szenario ausgehen: am 22. April das Fischessen, am 24. das erste gefälschte Mail. Für mich ist die Sache eindeutig. Aber sicherheitshalber kümmere ich mich auch noch darum, dass die Beziehungen des Matthias außerhalb des Skiclubs überprüft werden."

Das kam Gasperlmaier durchaus gelegen. „Genau, der Matthias hat sicher Dreck am Stecken! Da sollten wir genauer nachforschen!" Ihm war jedes Mittel recht, um die Ermittlungen aus dem Kreis seiner Skiclubfreunde herauszuführen. Selbst wenn das bedeutete, sich in zwielichtige Gesellschaft zu begeben. Die Frau Doktor seufzte. „Ich muss jetzt zurück nach Liezen", sagte sie. „Mich würd's zwar viel mehr interessieren, heute noch mit den Leuten zu sprechen, die uns der Herr Köberl und der Wirt genannt haben, aber ich habe auch noch was anderes zu tun – Gerichtsmedizin, Besprechung mit der Tatortgruppe, Vorbereitung der Pressekonferenz. Schluss für heute." Gasperlmaier atmete auf. Es war gerade halb sechs, da blieb noch genügend Zeit vor dem Abendessen beim Postwirt, um eine Kleinigkeit für die Christine zu besorgen, sich zu duschen und umzuziehen. Vor allem Blumen mussten her.

„Heute früh hab ich schon gedacht, dass du auf meinen Geburtstag vergessen hast!“ Die Christine zog ein paar Falten auf der Stirn, aber Gasperlmaier spürte, dass sie dabei war, ihm zu vergeben. Er legte die Speisekarte weg, obwohl er sich noch nicht endgültig entschieden hatte, was er nehmen sollte. Lügen, das wusste er, war zwecklos. „Ich hab's auch tatsächlich vergessen“, gestand er, „aber das mit den ...“ Er erinnerte sich, dass er sich in einem Feinschmeckerlokal befand und rund um ihn die Gäste bereits aßen. Denen konnte man Details über die Auffindung der Teile des Matthias Grubauer wohl kaum zumuten. „Aber das, was eben gestern passiert ist“, begann er von Neuem, „das hat mich viel zu sehr beschäftigt. Und die ganze Hektik gestern Abend, mit dem Computer, und mit der Wunde am Hals ...“ Gasperlmaier tastete nach dem Pflaster. Die Wunde schmerzte kaum mehr. Hoffentlich kam jetzt keine Infektion dazu. Die Jessica hatte sicher dreckige Fingernägel gehabt. Aber vielleicht desinfizierten Teer und Nikotin ja auch.

„Hauptsache, du bist jetzt bei der Sache“, lächelte die Christine. „Aber die Blumen, die kannst du dir beim nächsten Mal sparen. Die waren ja wirklich erbärmlich.“ Gasperlmaier zuckte mit den Schultern. „Es war ja so eilig. Und außer im Supermarkt hab ich nirgends mehr ...“ „Ist ja schon gut!“, winkte die Christine ab. „Jetzt bestellen wir einmal.“

Nach der Vorspeise tupfte sich die Christine vorsichtig die Mundwinkel ab. „Gut, aber ein bissl scharf war's“, meinte sie. „Aber jetzt, mein lieber Franz, hab ich dir eine Neuigkeit zu verkünden. Eine Geburtstagsüberraschung, die ich mir sozusagen selber verdient hab!“ Gasperlmaier musterte die Christine skeptisch. Sie hatte sich selber ein Geburtstagsgeschenk verdient? „Prost!“, sagte sie. „Zuerst stoßen wir einmal an!“ Gasperlmaier tat, wie ihm geheißen, und nahm einen Schluck. Der Wein, fand er, war zwar teuer, dafür aber sauer. Ihm wäre ein Bier lieber gewesen, aber das war wohl zu wenig feierlich.

„Ich mach nämlich einen kleinen Karrieresprung!“, sagte die Christine. Gasperlmaier sah sie fragend an. „An der Pädagogischen Hochschule in Salzburg hat sich da nämlich eine Möglichkeit aufgetan!“ Gasperlmaier fiel aus allen Wolken. Plötzlich musste er husten. So heftig, dass es ihm das Wasser in die Augen trieb. „Was ist dann mit uns?“, flüsterte er nach einer Schrecksekunde. Die Christine konnte ihn doch nicht in Altaussee alleine lassen! „Wie, mit euch? Ich versteh dich nicht. Freust du dich denn nicht?“ „Zuerst will ich wissen, wie du dir das vorstellst!“ „Nicht so laut!“, zischte die Christine. „Es sind ja nur zwei Tage in der Woche! Da pendle ich entweder, oder ich übernachte bei einer Freundin. Das hab ich schon geregelt. Die nimmt mich gern auf, einmal in der Woche.“

Gasperlmaier hatte sich mittlerweile ein wenig beruhigt. Aber nur ein wenig. Dass die Christine vorhatte, einmal in der Woche in Salzburg zu übernachten, das war ihm nicht geheuer. Schließlich hatte sie ihm noch nie reinen Wein eingeschenkt, was ihre wilde Zeit während des Studiums in ihrer Salzburger WG betraf. Und die Mitbewohner, soweit er sie kennen gelernt hatte, erschienen ihm alles andere als vertrauenswürdig. Solchen Leuten sollte er seine Frau ausliefern? Das musste sie ihm aber schon noch ein bisschen genauer erklären.

„Ich verdien dann auch mehr! Und ich komme ein wenig herum, kann Seminare an allen möglichen Orten abhalten, zu Kongressen fahren, vielleicht sogar ins

Ausland!“ Viele Gründe mehr, dachte Gasperlmaier, um äußerst skeptisch zu sein. Wozu musste die Christine herumreisen, sogar ins Ausland? War ihr Altaussee nicht gut genug? War er ihr nicht gut genug? Gasperlmaier verging der Appetit auf die weiteren Gänge. So gut konnte das Essen hier gar nicht sein, dass es ihm heute noch schmecken würde.

Allerdings war der Rehrücken, der als Hauptspeise serviert wurde, so vorzüglich, dass Gasperlmaiers Wut zu verrauchen begann. Unglaublich zart, und fantastisch gewürzt war das Fleisch. Auch die Gemüsebeilage fand Gasperlmaiers ungeteilte Zustimmung, obwohl er sich sonst beim Gemüse eher zurückhielt. „Und was“, brach er schließlich das Schweigen, das zunehmend auf ihm lastete, „willst du da eigentlich genau machen, an der Pädagogischen Hochschule?“ „Leseförderung!“ Die Christine lächelte. Sie kannte ihn einfach zu gut. Wenn er wieder redete, war das Schlimmste schon vorbei. „Da gibt es spezielle Programme, weil die Kinder ja viel zu wenig lesen und viele auch Sprachschwierigkeiten haben, weil Deutsch ja nicht ihre Muttersprache ist.“ Gasperlmaier wischte den letzten Rest der Rehrückensoße mit einer Fisole auf. Ein Stück Brot wäre zwar praktischer gewesen, davon aber war nichts mehr da. Das Gebäck hatte eher Miniaturformat gehabt. „Und da müssen natürlich die Volksschullehrerinnen weitergebildet werden, damit sie die richtigen Werkzeuge an der Hand haben.“ Ob das mit dem Lesen nicht ein wenig überbewertet wurde, fragte sich Gasperlmaier schon. Schließlich hatte er nie viel gelesen, und war ihm etwas abgegangen?

„Und da brauchen sie ausgerechnet dich?“ Die Christine schmollte. „Was heißt ausgerechnet mich? Ist es nicht eine Auszeichnung, dass man mich für diese Aufgabe für geeignet hält? Du solltest stolz sein!“ Gasperlmaier wollte sich aber noch nicht geschlagen geben. „Da brauchst du ein eigenes Auto!“, meinte er, „Und da ist das Geld, das du dort verdienst, gleich wieder weg!“ „Lächerlich!“, gab die Christine zurück. „Die zwei Tage kannst du auf das Auto leicht verzichten. Du fährst doch eh nie irgendwohin. Im Gegenteil, du sitzt ja am liebsten zu Hause! Nicht einmal dein Fahrradl benützt du! Von daheim zum Posten, vom Posten zum Wirt, und vom Wirt nach Hause, da gehst du doch immer zu Fuß! Und das Auto ist eh die meiste Zeit in der Werkstatt. Da brauchen wir bald einmal sowieso ein neues, weißt du!“ Gasperlmaier musste ihr Recht geben. So wirklich mobil war er nicht gerade. Aber war es nicht gerade die schrankenlose Mobilität, die die Menschheit ins Unglück stürzte? Ökologisch gesehen war er geradezu ein Vorzeigepolizist, ein Aushängeschild!

Er entschloss sich, das Kriegsbeil zu begraben und sich der Nachspeise sowie dem Vogelbeerschnaps zu widmen, der gerade vor ihn hingestellt worden war. Schließlich war es der Geburtstag der Christine. Da musste man nicht unbedingt jede kleine Meinungsverschiedenheit zum ausufernden Streit hochzüchten. „Übrigens“, sagte die Christine, „der Maurer hat heute angerufen. Er hat keine Zeit gehabt, die Fensterbänke bei deiner Mutter einzumauern. Aber morgen kommt er ganz sicher!“ Gasperlmaier seufzte und leerte seinen Schnaps.

8

„Meine Herrschaften, wir haben heute ein dichtes Programm!“ Die Frau Doktor stand mit einem Stapel Fotos in der Hand vor der Pinnwand. Dort hingen schon Fotos von den beiden Beinen und der Hand des Matthias Grubauer. Daneben eines, das ihn im Porträt zeigte. Dämlich grinsend, mit einer Zigarette im Mundwinkel. Gasperlmaier wunderte sich, dass man kein ernsthafteres Foto hatte auftreiben können.

Die Frau Doktor trug heute ein sehr seriös wirkendes graues Kostüm. Natürlich mit dazu passenden grauen Stöckelschuhen. Die allerdings hatten verwegen neongrüne Sohlen. Ebenso verwegen erschien Gasperlmaier das neongrüne Blumenmuster auf den grauen Strümpfen.

„Erstens, Tatort und Kriminaltechnik. Tauchen eingestellt, wegen Aussichtslosigkeit. Ufer der umliegenden Seen abgesucht, Moped bisher nicht gefunden. Wir haben aber auch nicht viele Leute dafür. Vor allem – es kann weiß Gott wo in einem Wald auch liegen. Der Täter kann ja ein paar Kilometer damit gefahren sein und es in einen Graben geschmissen haben.“ „Und die DNA?“, fragte die Manuela. „Gleich. Das Labor hat uns Priorität eingeräumt und sogar eine Nachtschicht eingelegt. Der DNA-Abgleich ist definitiv positiv. Die Zahnbürste hat übrigens Heiterkeit erregt – sie würde den Zahnstatus des Opfers gerne kennen lernen, hat die Frau Doktor Wurm gemeint. Die Leichenteile gehören jedenfalls eindeutig zu Matthias Grubauer. Rest des Körpers bislang unauffindbar. Da wird uns nur mehr der Zufall – oder eben der Mörder, oder die Mörderin, weiterhelfen können.“ „Hoffentlich stolpern nicht irgendwo im Wald ein paar Kinder drüber!“, sorgte sich Gasperlmaier. „Ja, da können wir jetzt auch nichts machen. Also weiter!“ Die Frau Doktor heftete ein Foto der Jessica an die Pinnwand. „Sie ist immer noch im Krankenhaus. Franz, wir zwei fahren jetzt gleich hin.“ „Aber der Kilian Köberl ...“, warf die Manuela ein. „Den halten Sie hin, wenn er kommt. Der soll ruhig ein wenig dunsten“, sagte die Frau Doktor. „Wird Ihnen ja nicht schwerfallen!“ Die Manuela schwieg und senkte den Kopf, ein wenig verschämt, wie Gasperlmaier fand.

„Kilian Köberl, übrigens!“ Die Frau Doktor suchte sein Foto aus dem Stapel und heftete es neben das der Jessica, allerdings verkehrt, sodass man nur die weiße Rückseite sehen konnte. „Wenn er kommt, braucht er nicht gleich zu wissen, dass wir ihn wichtig nehmen. War anwesend, während des fatalen Fischessens. Hat sich angeblich der Lissi Bernegger gewidmet. Angeblich!“ Ein weiteres Foto landete an der Pinnwand, diesmal nicht umgedreht. Ein wirklich hübsches Kind war sie, die Lissi. Lange blonde Haare, volle Lippen. Wie geschaffen für eine Narzissenkönigin, fand Gasperlmaier. „Glotz nicht so, Franz!“ Der Frau Doktor war der versunkene Blick Gasperlmaiers natürlich aufgefallen. „Du kannst sie dir noch ausgiebig anschauen, wenn wir mit ihr reden. Dann die Josefine Kniewasser samt Gemahl.“ Mit einem satten Plopp landete die nächste Stecknadel im Kork. Das Foto schien anlässlich irgendeines Jubiläums aufgenommen worden zu sein, denn die beiden grinsten in ihrer schönsten Tracht einträchtig zum Fotografen hin. Das Dekolleté der Josefine kam eindrucksvoll zur Geltung, während beim Alfred, ihrem Mann, das äußerst schüttere Haar und die tiefen Furchen um die Mundwinkel herum auffielen. „Mit den beiden müssen wir natürlich auch sprechen.

Für mich hat es Gewicht, dass der Kilian Köberl zuerst sie genannt hat, als wir ihn nach den Teilnehmern am Fischessen gefragt haben.“ Die Frau Doktor klopfte energisch mit einem, wie Gasperlmaier erstaunt feststellte, grau lackierten Fingernagel gegen den Busen der Josefine Kniewasser.

„Dann natürlich auch noch der Marcel Gaisrucker. Von ihm möchten wir wissen, in welchem Verhältnis er zu den Geschwistern Grubauer stand, was er am Tag des Verschwindens mit dem Matthias zu tun hatte, und warum die Jessica glaubt, dass er ihren Bruder auf dem Gewissen hat. Genug Arbeit, zumindest für den Vormittag!“ Da würden sie sich aber beeilen müssen, dachte Gasperlmaier, wenn all diese Vernehmungen an einem einzigen Vormittag stattfinden sollten. Aber ihm sollte es recht sein. Auch, wenn der Tag sich anschickte, sonnig und recht warm zu werden. Vielleicht würde es sich ausgehen, dass er gegen Abend noch eine Runde im See schwimmen konnte.

Die Frau Doktor zog eine Kopie aus einer Mappe. „Die Liste der Anwesenden ist übrigens gekommen“, sagte sie und hielt Gasperlmaier das Blatt hin. „Der Wirt hat sich noch mit seiner Kellnerin abgesprochen, sagt er. Mehr fallen ihnen nicht ein. Sie haben sogar die angestrichen, die an dem Abend einmal länger weg waren. Da sind sie sich aber nicht sicher. Wenn du einmal einen Blick drauf wirfst, Franz?“ Der nahm das Blatt und wusste nicht recht, was er damit anfangen sollte. Natürlich waren ihm alle Namen darauf ein Begriff, aber sollten die jetzt auch alle abgeklappert werden? Das wäre ihm außerordentlich peinlich gewesen. Wer hatte schon Lust, in seinem Bekanntenkreis herumzuschnüffeln? Die Namen der Leute, deren Fotos an der Wand hingen, waren alle angestrichen. Bei ein paar anderen stand ein Fragezeichen dahinter. Das waren zehn, mindestens. Der Schratzenstaller Hermann, fiel ihm auf, war auch dabei. Das war der Obmann des Skiclubs, der Direktor der Raiffeisenkasse. Und noch ein Name fiel Gasperlmaier auf: der Beppo Leitenbichler. Der verkaufte Autos einer deutschen Nobelmarke. Im Übrigen war er ein unerträglicher Besserwisser, der wahrscheinlich, so dachte Gasperlmaier bei sich, auch nur zum Fischessen gekommen war, um der Josefine Kniewasser in den Ausschnitt zu glotzen.

„Die ganze Liste können wir allerdings nicht selber abarbeiten." Gasperlmaier atmete auf und war um eine Sorge ärmer. „Da setze ich zwei weitere Teams darauf an, wir konzentrieren uns auf unsere Klienten." Sie wies zur Tafel.

„Und dann wäre da noch die Schillingzeitung!" Die Manuela hielt ihnen die Schlagzeile entgegen. „Tödliches Nazi-Duell am Toplitzsee?" stand da in großen Lettern. Die Frau Doktor kniff die Augen zusammen und nahm der Manuela die Zeitung aus der Hand. „Was schreiben denn die wieder für einen Käse?", stöhnte sie. Nachdem sie den Artikel überflogen hatte, warf sie die Zeitung wütend Gasperlmaier in den Schoß. „So ein Schwachsinn! Da muss sich unsere Abteilung für Öffentlichkeitsarbeit damit beschäftigen! Ich hab für so was keine Zeit!" Gasperlmaier raffte die Zeitung an sich, um den Artikel während der Fahrt ins Krankenhaus zu lesen, auch wenn es bei der Fahrweise der Frau Doktor sicher schwierig werden würde.

Bereits gestern exklusiv vom „Schilling" berichtet: Im als geheimnisumwittert bekannten Toplitzsee im Ausseerland wurden Teile einer männlichen Leiche gefunden. Nun stellt sich heraus: Es handelt sich bei dem Toten höchstwahrscheinlich um das Opfer einer unglaublich brutalen Fehde unter Neonazis. Eines der geborgenen Beine trägt eine Hakenkreuz-Tätowierung. Auch wurde an der Leiche ein überaus wertvoller Ring gefunden – dem Vernehmen nach mit Nazisymbolen geschmückt.

Gasperlmaier übersprang den Rest und las nur noch das Ende des Artikels, in dem die Maggie Schablinger weitere wüste Spekulationen anstellte:

Hat der Tote etwas mit dem sagenhaften Nazigold im Toplitzsee zu tun? Seit Jahrzehnten wird fieberhaft danach gesucht. Die ganze Ausbeute zahlloser Tauchgänge: alte Flugzeugteile, vergammelte Banknoten und eine Kiste Kronenkorken. Haben die alten Netzwerke wieder zugeschlagen? Weiß man in rechten Kreisen mehr, als bekannt ist? Und was weiß die Polizei? Wie es scheint, wieder einmal zu wenig, um den Mord zügig aufklären zu können.

„Kann man gegen einen solchen Unsinn nicht einfach klagen?", ärgerte sich Gasperlmaier. „Wie kommt die auf Hakenkreuze, die Maggie?" „Die hat einfach drauflosgeschrieben. Die wirklich kritischen Behauptungen sind ja vorsichtig als Fragen formuliert. Klagen? Kostet, und bringt nichts. Ich werd sie allerdings bei der Pressekonferenz ein bisschen drannehmen, wenn sie da ist." Gasperlmaier seufzte.

Die Jessica, fand Gasperlmaier, sah noch blasser aus als am Vortag. Reglos lag sie im Bett, fast hätte man meinen können, sie wäre schon aufgebahrt. Dabei hatte ihnen der Doktor versichert, die Jessica habe nicht mehr als einen halben Liter Blut verloren, nicht einmal für ein Leichtgewicht wie sie sei das lebensbedrohend. Dafür, fand Gasperlmaier, hatte der halbe Liter Blut eine ganz schöne Sauerei verursacht. Und ihm nicht unerhebliche Unannehmlichkeiten. Zunächst hatte er ja gehofft, die Christine hätte über das vornehme

Geburtstagsessen die Handtuchaffäre vergessen. Dabei hatte sie nur gewartet, bis sie wieder zu Hause waren, um Klarheit einzufordern. Wie üblich hatte er sich allein schon aus Angst davor, sich in Widersprüche zu verwickeln, in Widersprüche verwickelt, doch zu guter Letzt hatte er doch den Eindruck gehabt, dass die Christine verstanden und verziehen hatte. Dennoch wollte er das Bild der Frau Doktor im knappen Badetuch nicht so ohne Weiteres aus seinem Gedächtnis streichen. Platz dafür war dort jedenfalls genug.

„Wie geht es Ihnen denn, Frau Grubauer?“ Die Frau Doktor beugte sich über das Bett und drückte der Jessica sanft die Hand, in der noch die Infusionsnadel steckte. Gasperlmaier bemühte sich wegzusehen. Nadeln, die im Fleisch steckten, das war nichts für ihn. Die Jessica machte große Augen. Wahrscheinlich, so dachte er bei sich, weil es ihr sicher selten passierte, dass sie jemand „Frau Grubauer“ nannte. „Geht so“, meinte die Jessica. „Ich darf hier nicht rauchen. Das ist voll scheiße.“ Verbal war sie ja schon wieder ganz die Alte.

Gasperlmaier blickte sich um. In den beiden anderen Betten lagen Gestalten, die der Jessica nicht unähnlich waren. Beide hager, beide mit fettigen, ungepflegten Haaren, die eine noch jung, die andere mit tiefen Furchen im grauen Gesicht. Gasperlmaier wäre gerne wieder gegangen. Oder zumindest zum Friedrich hinauf, der wohl auch noch in seinem Krankenbett lag.

Die Frau Doktor überging die Bemerkung der Jessica. „Warum glauben Sie eigentlich, dass der Marcel am Tod Ihres Bruders schuld ist?“, fragte sie, so sanft wie möglich. „Der Arsch!“, spuckte die Jessica. „Der hat ihn dauernd zu irgendwelchen Geschichten überredet! Der Matthias ist ja so blöd! Der hat sich von ihm immer wieder hineinreiten lassen!“ „Was für Geschichten meinen Sie denn?“ Die Frau Doktor blieb ganz ruhig. „Besoffen fahren, zum Beispiel. Wenn er zugekifft oder besoffen war, ist der Marcel nie selber gefahren. Da hat er immer den Matthias ans Steuer gelassen. Obwohl der ja gar keinen Führerschein hat.“ Abgründe, dachte Gasperlmaier, taten sich hier auf. Fahren ohne Führerschein in alkoholisiertem Zustand. Womöglich unter Drogen. „Und sonst?“, fragte die Frau Doktor nach. Die Jessica biss sich auf die Lippen und starrte vor sich hin. „Und andere linke Sachen halt. Sag ich nicht.“ In ihrem Gesicht aber arbeitete es, Lippen und Kinn bewegten sich krampfhaft, als müsse sie sich bemühen, nähere Einzelheiten zurückzuhalten.

„Wissen Sie was über den 22. April, als Ihr Bruder verschwunden ist? Nach dem Streit über die Mülltonne?“ Gasperlmaier war es, als würden die Augen der Jessica nass. Tatsächlich bildeten sich in ihren Augenwinkeln Tränen, die wenig später über ihre Wangen rannen. Die Frau Doktor reichte ihr ein Taschentuch, das sie wortlos entgegennahm und gegen ihre Wangen drückte. Sie schüttelte den Kopf. „Fällt Ihnen irgendein Grund ein, warum der Marcel den Matthias hätte umbringen sollen? Dass er ihn als Chauffeur missbraucht hat, ist ja wohl keiner?“ Die Jessica behielt das Taschentuch in ihrer linken Hand und ließ den Kopf auf den Polster sinken. Die Frau Doktor näherte sich ihrem Ohr und flüsterte „Haben Sie eine Beziehung mit dem Marcel unterhalten?“ Die Jessica starrte sie mit offenem Mund an. „Unterhalten?“, fragte sie nach. Sie hatte, mutmaßte Gasperlmaier, das Wort nicht verstanden. „Ob Sie mit ihm zusammen waren?“, präzisierte die Frau Doktor. Die Jessica schaute zum Fenster hinaus. „Was heißt zusammen? Wir haben schon gefickt, öfter.“ Gasperlmaier zuckte zusammen. Alle im Raum hatten hören können, was die Jessica gesagt hatte. Doch die Mitpatientinnen sahen nicht einmal zur Jessica hinüber. Die eine, stellte Gasperlmaier jetzt fest, die jüngere, hatte Stöpsel in den Ohren und zuckte rhythmisch nach der Musik. Die andere starrte nach wie vor teilnahmslos an die Wand. Es war wirklich deprimierend hier herinnen. Gasperlmaier sehnte sich nach dem Friedrich.

„Ja, Frau Grubauer!“, schloss die Frau Doktor. „Wenn Sie sich nicht entschließen können, nähere Einzelheiten darüber zu verraten, was Ihr Bruder und der Marcel zusammen unternommen haben, dann werden wir uns demnächst auf dem Posten wiedersehen!“ „Schleicht's euch!“, war alles, was der Jessica dazu einfiel.

Fragend blickte Gasperlmaier der Frau Doktor ins Gesicht, als sie die Tür hinter sich zufallen hatten lassen und auf dem Gang standen, der Gasperlmaier einfach viel zu stark nach Medizin roch. „Nicht sehr ergiebig“, seufzte die Frau Doktor. „Schlampige Verhältnisse, Kleinkriminalität. Die großen Gefühle oder die großen Geschäfte, die zu einem Mord führen, die sehe ich hier nicht.“ Gasperlmaier war anderer Meinung, wollte diese allerdings vorläufig für sich behalten. Der Marcel und der Matthias, die mochten wohl zum Skiclub gehören, aber wenn man sich ehrlich war, beschränkten sie ihre Einsätze im Dienste der Allgemeinheit so sorgfältig, dass es gerade dafür reichte, dass man ihnen alljährlich zu Weihnachten und zum Saisonabschluss ein Essen spendierte. Gasperlmaier konnte sich noch gut daran erinnern, wie der Marcel vor ein paar Jahren zuerst großspurig verkündet hatte, dass er beim Kinderskikurs als Betreuer mitmachen wollte, damit die Kinder endlich einmal etwas Vernünftiges lernten. Dann hatte er die Kleinen am ersten Tag durch

Waldwege und über Schanzen gehetzt, dass es gerade noch ohne schwere Verletzungen abgegangen war, und am zweiten Tag hatte er sich schon krankgemeldet, wahrscheinlich weil ihm die Arbeit mit den Kindern zu anstrengend geworden war. Mit dem Matthias Grubauer verhielt es sich ähnlich. Der war hauptsächlich als rücksichtslose Wildsau auf der Skipiste und als hinterhältiger Drängler beim Anstellen am Skilift aufgefallen. Wohingegen der Rest der Leute vom Skiclub honorige Herrschaften wie er selber waren, denen niemand etwas vorwerfen konnte. Kaum vorstellbar, dass einer von denen in die Mordgeschichte verwickelt war.

„Können wir noch schnell zum Friedrich ...", fragte Gasperlmaier vorsichtig an. „Wenn es sein muss. Ganz kurz! Du weißt, wir haben heute ein umfangreiches Programm!" Als sie das Zimmer betraten, hellte sich die Miene des Friedrich kurz auf. Vor allem, als sich die Frau Doktor über sein Bett beugte und ihm zwei Küsse auf die Wangen hauchte. Aber eigentlich sah er schlechter aus als gestern, fand Gasperlmaier. „Der Doktor hat den Leberkäse gerochen!", beschwerte sich der Friedrich. „Er hat ein fürchterliches Theater gemacht. Und das, obwohl ich mich doch nicht aufregen soll. Heute haben sie mir eine Ernährungsberaterin geschickt. Die hat mich überhaupt total fertiggemacht. Vom Schweinsbraten und von den Grammelknödeln, hat sie gemeint, da soll ich mich am besten gleich für immer verabschieden. Und dass ja eine Hühnerbrust mindestens genauso gut schmeckt, hat sie gesagt, wenn man sie ordentlich zubereitet. Und ob ich nicht einen Kochkurs machen möchte, wenn ich aus der Reha komme, damit ich das lerne. Die spinnen ja, da herinnen! Schau dir das an!" Der Friedrich zeigte auf einen Teller, den er auf dem Fensterbrett abgestellt hatte. Der Rest Hühnerbrust darauf sah tatsächlich etwas faserig und trocken und nicht sehr appetitanregend aus. Rund um das Fleisch lagen ein paar Röschen Broccoli. Gasperlmaier konnte den Friedrich gut verstehen. Nicht einmal die Christine hatte ihn davon überzeugen können, Broccoli zu essen. Das Zeug schmeckte ja nach gar nichts, und wenn, dann nur nach dem Kochwasser, in dem es zubereitet worden war. Wenn man dem Friedrich seine Lieblingsgerichte nahm, fand Gasperlmaier, dann nahm man ihm auch seine Lebensfreude, und ohne Lebensfreude würde er auch nicht gesund werden.

„Das dürfen Sie nicht so eng sehen, Herr Kahlß!", beruhigte die Frau Doktor. „Wenn Sie zum Beispiel statt drei Scheiben Schweinsbraten nur eine essen, schmeckt er ja genauso gut, oder? Oder wenn Sie hie und da die Vormittagsjause ausfallen lassen und stattdessen einen Apfel essen, dann schmeckt doch das Mittagessen gleich noch einmal so gut!" Der Friedrich brummte irgendwas in seinen Bart, was man durchaus als vorsichtige Zustimmung werten konnte. „Wie geht's euch denn mit dem Mord?", fragte er dann. „Gut!", antwortete die Frau Doktor so schnell, dass Gasperlmaier noch nicht einmal mit dem Einatmen fertig war. Eigentlich hatte er den Friedrich informieren wollen, doch nun ließ er die Luft wieder ab, denn die Frau Doktor redete in einem fort. „Wir haben da mit zwei so Randerscheinungen beim Skiclub Altaussee zu tun", sagte sie. Randerscheinungen, das war treffend, fand Gasperlmaier. „Der Gaisrucker und das Mordopfer, der Matthias Grubauer. Dazu noch die Schwester vom Grubauer, die Jessica. Die hat auch was mit dem Gaisrucker laufen. Allerdings finden wir in diesem Umfeld kein Motiv. Auch die Frau Grubauer senior scheint auszuscheiden." Der Friedrich winkte verächtlich ab.

„Der Gaisrucker? Kleinkrimineller. Aber was heißt da kriminell. Der ist doch zu simpel gestrickt, dass er irgendwas macht, das ihm auch was einbringt. Der treibt nur Blödsinn, mit dem er sich in Schwierigkeiten bringt. Saufen, kiffen, stänkern, besoffen fahren, und so weiter. Der bringt ja noch nicht einmal einen Einbruch zusammen. Geht's mir doch mit dem Gaisrucker!“ Ganz und gar nicht seine Meinung, dachte Gasperlmaier. Nun würde er es noch schwerer haben, die Frau Doktor zu überzeugen. Gescheiter wäre es gewesen, den Friedrich gar nicht erst mit einer Materie zu befassen, von der er nichts verstand.

„Dann gibt's da anscheinend noch das Ehepaar Kniewasser, und den Kilian Köberl.“ „Der Kilian!“, lächelte der Friedrich. „Der ist zwar hinter jedem Rockzipfel her, aber sonst ist der doch eine Seele von einem Menschen! Hast du ihr schon erzählt, Gasperlmaier, wie er sich nach seiner Amputation wieder in den Leistungssport zurückgekämpft hat? Das muss ihm erst einmal einer nachmachen!“ Gasperlmaier nickte. Auch er ließ über den Kilian nichts kommen. Da passte es ja ganz gut, dass anscheinend auch die Frau Doktor, und die Manuela sowieso, einen Narren an ihm gefressen hatten. „Und was ist mit der Josefine?“ Der Friedrich grinste und vollführte eine etwas unanständige Geste mit beiden Händen vor seinem Brustkasten. „Hat die vielleicht wen mit ihrem Busen erschlagen?“ Langsam, so fand Gasperlmaier, kehrten ein wenig Leben und Röte in die Wangen des Friedrich zurück. Wenn der bloße Gedanke an die Josefine das bewirken konnte, dann würde der Friedrich vermutlich doch noch einmal auf die Füße kommen.

„Na, na!“, zügelte die Frau Doktor die Phantasien des Friedrich. „Dass euch ein paar mit Fettgewebe gefüllte Hautlappen so das Hirn vernebeln können!" Unwillkürlich zog die Frau Doktor die Kostümjacke vor ihrer Brust zusammen. „Und in meiner Gegenwart!" Sie schien ein wenig entrüstet. „Ich hab's ja nicht so gemeint!" Der Friedrich kicherte kindisch. „Die Josefine, die geht vielleicht das eine oder andere Mal auf die Seite, aber doch nicht mit so einer Nullnummer wie dem Grubauer! Die hat Klasse!" „Sie haben da einschlägige Erfahrung?", fragte die Frau Doktor. Der Friedrich winkte entrüstet ab. „Meine einzige Leidenschaft, das kann Ihnen der Gasperlmaier bestätigen, das sind die Autozeitschriften! Hast du mir vielleicht eine mitgebracht?" Gasperlmaier fuhr hoch. Da hätte er allerdings dran denken müssen. Sicherlich gab es im Krankenhausbüffet welche zu kaufen. „Ich besorg dir gleich eine!"

In diesem Moment läutete Gasperlmaiers Handy, und unvorsichtigerweise nahm er den Anruf an, ohne vorher nachzusehen, wer ihn zu sprechen wünschte. „Sag einmal, was ist denn jetzt mit den Fensterbänken? Wann werden denn die endlich eingemauert? Wie lange soll denn das noch dauern? Glaubst du, ich will ewig bei euch in dem winzigen Zimmerchen hausen? Kümmerst du dich denn um gar nichts?" Das waren, so fand Gasperlmaier, etwas zu viele Fragen auf einmal. Die Mutter hatte überhaupt kein Gespür für den richtigen Zeitpunkt und nahm keinerlei Rücksicht auf seine dienstlichen Verpflichtungen. „Die meiste Zeit sitzt ihr doch eh nur herum und putzt euch den Dreck aus den Fingernägeln!", hatte sie ihm schon mehrmals vorgeworfen. „Mama, ich kann jetzt nicht. Einsatz!" Ohne eine Antwort abzuwarten, beendete er das Gespräch.

Der Friedrich seufzte. „Die Mutter, was? Du bist wirklich ein armer Teufel. Nicht nur, dass du jetzt dienstlich eine reine Weiberwirtschaft hast, zu Hause ist es ja auch nicht viel besser, seit der Christoph studiert." Die Frau Doktor stemmte die Hände in die Hüften und setzte zu einer Entgegnung an. „Ist ja wahr, Frau Doktor!", kam ihr der Friedrich zuvor. „Ich hab ja nichts gegen Frauen. Gar nichts. Aber ein Mann braucht halt auch einmal einen Mann um sich, damit er sich wohlfühlt. Sosehr der Gasperlmaier auch die Frauen gerne einmal anschaut, es fehlt ihm doch ein Mann, mit dem er reden kann!" Eigentlich, fand Gasperlmaier, übertrieb der Friedrich jetzt ein wenig. Außer, dass man auf dem Posten relativ gelassen furzen und rülpsen hatte können, solange er und der Friedrich allein gewesen waren, hatte es nicht so wahnsinnig viel private Unterhaltung gegeben. Entspannung halt, das ja. Bei den Frauen musste man ja schon aufpassen, wenn man ein bisschen in der Nase oder in den Ohren bohrte, um einen Juckreiz zu lindern oder verlegte Atemwege wieder frei zu bekommen.

„Ja, ja!", antwortete die Frau Doktor ein wenig geistesabwesend. „Und Sie schauen, dass Sie jetzt ganz schnell gesund werden. Und was den Gasperlmaier betrifft, der wird gleich männliche Gesellschaft bekommen, denn wir haben den Kilian Köberl auf den Posten gebeten, damit er ein wenig Licht in dieses fatale Fischessen bringt, das ja den Matthias Grubauer anscheinend das Leben gekostet hat." „Vielleicht ist er ja an einer Gräte erstickt!", witzelte der Friedrich. „Ja. Und dann ist er in seine Einzelteile zerfallen. Oder der Wirt hat ein so schlechtes Gewissen gehabt, dass er ihn zerstückelt und den Saiblingen zum Fraß vorgeworfen hat. Auf Wiedersehen, Herr Kahlß!" Wieder musste Gasperlmaier an die langstielige Holzhacke hinter der Fischerhütte denken. Die hätten sie längst genauer unter die Lupe nehmen sollen.

Als Gasperlmaier die Tür zum Posten aufstieß, fuhr die Manuela in die Höhe. Ihr Gesicht war gerötet, und sie nestelte heftig an einem der oberen Knöpfe ihrer Bluse, um ihn zuzubekommen. Der Kilian Köberl saß ihr gegenüber, mit dem Rücken zur Tür. Er drehte sich um und strahlte die Frau Doktor unschuldig an, während sich die Manuela hektisch durch die Haare fuhr. Ihre Augen irrten unstet herum und vermieden den Kontakt mit Gasperlmaier und der Frau Doktor. „Guten Morgen, Schönste aller Frauen!“, säuselte der Kilian und lächelte sein telegenstes Lächeln dazu.

„Was ist denn hier los?“, fragte die Frau Doktor unbeeindruckt, der die Verwirrung der Manuela nicht entgangen war. Die war ja förmlich der Inbegriff des Schuldbewusstseins, fand Gasperlmaier. „Nichts!“, antwortete die Manuela ebenso schnell wie an der Wahrheit vorbei. „Wir haben uns nur unterhalten.“ „So, so!“, meinte die Frau Doktor spöttisch. „Worüber denn?“ Der Kilian kam der Manuela zuvor. „Über die Schönheit. Über die Liebe. Über den Duft der Rosen!“ Jetzt, so fand Gasperlmaier, drehte der Kilian aber durch. Doch die Frau Doktor entspannte sich zu seiner völligen Überraschung, lächelte ebenfalls und nahm den Stuhl in Beschlag, auf dem vorhin noch die Manuela gesessen war.

„So, Herr Köberl!“, sagte sie und schlug die Beine übereinander. Gasperlmaier entging nicht, dass das neongrüne Blumenmuster auf den Strümpfen ebenso wie die neongrünen Sohlen der grauen Stöckelschuhe beim Kilian gewaltigen Eindruck hinterließen. „Sie erzählen uns jetzt bitte einmal alle Details über dieses Fischessen, an die Sie sich erinnern können.“ Der Kilian begann gleich mit einem Schulterzucken, was Gasperlmaier für keinen vielversprechenden Beginn hielt. „Ja, zuerst sind wir alle draußen gesessen. Weil es ja einer von den ersten schönen Tagen war." Die Frau Doktor hielt ihm die Liste hin. „Angeblich waren die auf der Liste alle mit dabei. Können Sie das bestätigen?" Der Kilian warf einen Blick auf den Zettel und zuckte wieder mit den Schultern. „Wissen Sie, das ist alles mehr als zwei Monate her. Und ich führ ja schließlich kein Klassenbuch, wenn ich ins Wirtshaus geh." Er reichte die Liste zurück. „Kann schon stimmen. Aber ob da alle drauf sind ..." Er ließ den Satz unbestimmt ausklingen.

„Wir interessieren uns vor allem für den späteren Abend, nach Einbruch der Dunkelheit", sagte die Frau Doktor. „Ist da jemand einmal weggegangen?" Der Kilian stieß hörbar Luft aus. „Ja, da geht doch dauernd alles aus und ein! Wegen dem Rauchen, drinnen darfst du ja nicht rauchen! Und ich bin auch mit der Lissi ..." Wieder klang ein Satz aus. „Ja?", fragte die Frau Doktor interessiert nach, während die Manuela den Kilian finster anstarrte. „Ich weiß doch nicht mehr, wann das war. Ich bin halt mit der Lissi hinaus ans Seeufer." „Ja?" Die Frau Doktor ließ nicht locker. „Und wir haben eben, ich meine, ich war da nicht so aufmerksam, betreffend das, was sonst so um uns herum vorgegangen ist." „Unterhalten Sie eine Beziehung mit der Lissi Bernegger?", fragte die Frau Doktor nun, während sich die Miene der Manuela, soweit das möglich war, noch weiter verdüsterte. „Was heißt Beziehung?", wich der Kilian aus. „Übrigens, ja, da ist mir schon was aufgefallen: Die Josefine ist beim Schratzenstaller Hermann gesessen, und ich bild mir ein, dass der seine Pfoten unter dem Tisch an ihrem Rock gehabt hat. Sie hat dauernd so kindisch gekichert und ihn weggeschoben." „Und der Mann, der Alfred Kniewasser, der war auch dabei?" „Ja, der!" Der Kilian machte eine wegwerfende Handbewegung. „Der hat die meiste Zeit ins Glasl geschaut oder draußen gepafft, glaub ich." „Waren die Kniewassers und der Schratzenstaller noch da, wie Sie mit der Lissi wieder zurückgekommen sind?", fragte die Frau Doktor. „Das weiß ich echt nicht mehr", antwortete der Kilian, als der Notruf schrillte.

Gasperlmaier nahm den Anruf an. Eine hysterische Frauenstimme keuchte mit norddeutschem Akzent in den Apparat: „Hören Sie, da ist eine Tote! Die hat jemand umgebracht!" Gasperlmaier deutete der Frau Doktor mit einem Finger vor den Lippen, still zu sein und zuzuhören. So ruhig wie möglich antwortete er: „Wo sind Sie denn genau?" „Bei der Ranftlmühle! Ich habe nur so meinen Morgenlauf gemacht, und da ..., nein, das ist so entsetzlich! Hören Sie, Sie müssen sofort kommen! Das ist ja so schlimm!" „Sind Sie noch vor Ort?", fragte Gasperlmaier. „Nein, was glauben Sie denn!" Die Frau wurde offenbar von Weinkrämpfen geschüttelt. „Ich bin natürlich gleich davongelaufen! Wenn der Mörder noch da wäre!" „Wo sind Sie jetzt?" „Bei den Toiletten, beim Badeplatz in Gössl!" „Wir kommen! Warten Sie dort!"

Er warf den Hörer auf die Gabel. „Schnell!", rief er. „Eine Joggerin hat eine Tote gefunden! Bei der Ranftlmühle!" „Sie können gehen!", rief die Frau Doktor dem Kilian zu, während sie ihre Kostümjacke packte. Die Manuela stand schon bei der Tür. „Arsch!", zischte sie dem Kilian noch zu, als Gasperlmaier hinter ihr aus der Tür drängte. Sekunden später röhrte der Motor des Audi auf.

9

„Wo ist denn eigentlich diese Ranftlmühle?“, fragte die Frau Doktor. „Nahe beim Toplitzsee, in Gössl“, antwortete Gasperlmaier. „Wieder da drinnen?“, fragte die Frau Doktor besorgt. „Das wird mir langsam unheimlich.“ Gasperlmaier fragte sich, ob es nicht gescheiter wäre, die gesamte kurvenreiche Strecke über bis Gössl die Augen geschlossen zu halten und auf das Beste zu hoffen. Die Frau Doktor gab ordentlich Gas, und der Motor heulte beständig in hohen Drehzahlen. Ein Mopedauto, das im Weg war, wurde mit wütendem Folgetonhorn von der Straße gescheucht, und nach nicht einmal einer Viertelstunde hielten sie vor der Toilettenanlage des Badeplatzes in Gössl am Grundlsee.

Vor der Tür zum Damenklo saß tatsächlich eine Frau in schwarzer Laufhose und rotem T-Shirt, die die Arme auf die Knie und den Kopf daraufgelegt hatte. Als sie anhielten, sah sie auf. Gasperlmaier sprang aus dem Auto. „Haben Sie angerufen?“ Die Frau nickte. Sie sah verheult aus und zitterte am ganzen Körper. „Kommen Sie, steigen Sie ein!“ „Muss ich noch einmal dahin?“, fragte sie ängstlich. Gasperlmaier nickte. „Muss leider sein!“ Er öffnete ihr die Beifahrertür, sodass sie neben der Frau Doktor sitzen konnte. Gasperlmaier setzte sich nach hinten. Verstohlen blickte er zur Manuela hinüber, die immer noch ein finsteres Gesicht zog und seit der Abfahrt vom Posten kein Wort geredet hatte.

„Wohin, Gasperlmaier?“ Die Frau Doktor, so fiel ihm ein, kannte sich hier ja nicht aus. Die Frau auf dem Beifahrersitz hatte ihr allerdings schon die Einfahrt zur Forststraße gezeigt, die nahe an der Mühle vorbei zum Toplitzsee führte. Reithweg hieß es hier. „Wie heißen Sie eigentlich?“, fragte die Frau Doktor. „Wuttke“, sagte die Frau. „Irina Wuttke. Ich bin aus der Gegend von Heidelberg. Wir campen hier. Wandern, Klettern und so." Sie sah, fand Gasperlmaier, auch sehr sportlich aus. Kein Gramm Fett, nur Muskeln.

„Da müssen wir stehen bleiben!" Gasperlmaier wies auf einen Holzstapel, der neben der Straße aufgetürmt lag. „Ich seh mir das aber nicht nochmal an!" Die Frau Wuttke schien Angst zu haben. Außerdem war ihr, das konnte Gasperlmaier sehen, kalt. Es war ja noch ziemlich früh, und sie war zu dünn angezogen für die kühle Luft im schattigen Wald. Gasperlmaier gab ihr seine Jacke. „Hängen Sie das um!" Die Frau Wuttke bedankte sich, folgte ihm und der Frau Doktor aber nur zögerlich. Dabei drehte sie sich immer wieder nach hinten um, wie um sich zu vergewissern, dass die Manuela noch hinter ihr war.

Wenige Minuten später waren sie an der Ranftlmühle, einem winzigen Holzbau, nicht größer als eine Jagdhütte, den man kürzlich restauriert und mit einem Wasserrad ausgestattet hatte. Gasperlmaier konnte zunächst nichts Ungewöhnliches bemerken und dachte schon, die Frau Wuttke sei Halluzinationen zum Opfer gefallen, als die Manuela schrie: „Da!" Sie stand auf der Brücke über den Bach und deutete flussabwärts. Gasperlmaier folgte ihrem Fingerzeig und schluckte: Auf einer Schotterbank wenige Meter unterhalb der Ranftlmühle lag eine Frauenleiche, das Dirndl bis über die Oberschenkel hochgerutscht. Die Frau Wuttke hatte also allen Grund für ihre Aufregung gehabt. Jetzt stand sie, trotz Gasperlmaiers Jacke, zitternd auf der Brücke und hatte ihre Blicke abgewandt, flussaufwärts zum Wasserfall.

„Wir müssen da hinüber, es hilft nichts!", hörten sie die etwas verzweifelte Stimme der Frau Doktor.

Sie stand unterhalb der Mühle, bereits am Bachufer. „Bleib du bei ihr!“, sagte Gasperlmaier zur Manuela und machte sich davon.

„Gasperlmaier, wie kommen wir da hinüber?“ „Waten!“, sagte er, nahm die Frau Doktor bei der Hand und zog sie Richtung Bachufer. „Wart!“ Sie zog zurück. „Ich kann nicht! Mit den Schuhen nicht, und barfuß trau ich mich nicht! Wegen der Steine! Du musst allein hinüber, ich telefonier inzwischen nach Verstärkung!“

Gasperlmaier seufzte und trat vorsichtig in die eiskalte Strömung. Nach mehreren Schritten reichte ihm das Wasser bereits bis an die Knie, aber viel tiefer schien es nicht zu werden. Beschäftigt damit, auf den Steinen nicht auszurutschen, kämpfte er sich an die Schotterbank heran und stand urplötzlich direkt vor der Leiche. Gasperlmaier wurde schlecht. Er drehte sich um und stürzte sich, alle Vorsicht außer Acht lassend, in den Bach, um möglichst schnell wieder ans sichere Ufer zu gelangen. Der Schreck musste ihm ins Gesicht geschrieben sein, als er wieder bei der Frau Doktor auftauchte, die immer noch ihr Handy am Ohr hatte.

„Was ist denn, Franz? Du siehst aus, als wäre dir der Leibhaftige begegnet!“ „Die Leiche!“, stammelte Gasperlmaier. „Sie hat keinen Kopf!“ Hier, vom Ufer aus, konnte man das nicht sehen, denn der Leichnam lag mit den Beinen zu ihnen, an denen schwarze Halbschuhe mit ziemlich hohen Absätzen steckten. „Um Gottes willen!“ Auch die Frau Doktor wurde blass. „Die Tatorttruppe kommt in einer Dreiviertelstunde. Schneller wird’s nicht gehen.“ „Der Täter“, fiel Gasperlmaier ein, „muss sie dort hinüber getragen haben. Mit den Schuhen kann sie nicht durch den Bach gewatet sein.“ „Gut beobachtet! Bitte sperr den Wanderweg ab, dass niemand hierherkommt.“

Die Frau Doktor setzte sich auf einen Stein nahe dem Eingang zur Mühle. Ihr teures Kostüm schien ihr jetzt egal zu sein. Sie stützte ihren Kopf auf die Arme, sodass die Hände ihr Gesicht verbargen. „So schrecklich!", flüsterte sie. „Ich weiß übrigens, wer sie ist." Die Frau Doktor sah erstaunt auf. „Ohne Kopf?" Gasperlmaier nickte. Er kannte nur eine Frau, die eine Rose auf die Innenseite des Unterarms tätowiert hatte. „Die Josefine Kniewasser." „Woran ..." Diesmal, zum ersten Mal, seit sie sich kannten, unterbrach Gasperlmaier die Frau Doktor. Er deutete auf seinen Unterarm. „Eine Rose. Hier." Die Frau Doktor stöhnte. „Ja. Wie auch immer. Absperren. Hol dir das Plastikband aus dem Audi. Und eine Decke hab ich da auch. Für die Frau Wuttke." Gasperlmaier sah auf die Brücke. Die Manuela hatte den Arm um die Schultern der Joggerin gelegt, die immer noch in den Wasserfall starrte.

Als Gasperlmaier mehrere Bänder um Bäume entlang des Weges geschlungen hatte, war immer noch nichts von der Tatortgruppe zu sehen oder zu hören. Er setzte sich neben die Frau Doktor, aber so, dass er nicht zur Leiche hinübersehen konnte. „Zwei Leichen!", flüsterte die Frau Doktor. „Eine ohne Kopf! Die andere in Einzelteilen! Nur wenige hundert Meter voneinander entfernt! Und beide waren sie beim Fischessen Ihres Skiclubs!" Gasperlmaier fühlte sich angegriffen. Konnte er etwas dafür, dass ein offenbar verrückter Mörder es auf die Mitglieder des Altausseer Skiclubs abgesehen hatte? Gott sei Dank war er nicht bei dem Fischessen gewesen, sonst hätte der Mörder womöglich ihn auch noch auf der Liste. „Was ist denn, verdammt nochmal, bei dieser Feier vorgefallen? Dass jetzt schon zwei Menschen deswegen ihr Leben verloren haben? Was weißt du denn über die

Josefine Kniewasser? Warum kennst du überhaupt ihre Tätowierung?“ Gasperlmaier schwieg. Wie sollte er der Frau Doktor denn erklären, dass er eigentlich ein genauer Beobachter war, weil er ja nicht ständig reden musste. So hatte er Zeit zum Schauen. Und wie sollte er der Frau Doktor erklären, dass er eben Frauen gerne genauer anschaute, wenn sie ihm gefielen? Er fand da nichts dabei. Sollte man lieber etwas Hässliches anschauen oder an die Wand starren, wenn es etwas so Schönes wie die Josefine Kniewasser gab? Zumindest solange sie ihren Kopf noch gehabt hatte? So beließ er es bei einem Seufzen.

Mit einem Mal wurde es hinter ihnen laut. Die Tatortleute waren eingetroffen. Wenige Minuten später wimmelte es an der Ranftlmühle von Menschen und allerlei Gerät. „Sauber!“, meinte ein groß gewachsener, beleibter Mann im Overall der Tatortleute, als er feststellte, dass man durch den Bach waten musste, um zu der Leiche zu gelangen. Dennoch zögerte er nicht lange. Zwei andere folgten ihm wortlos.

„Sag, Franz, ist das jetzt die Traun, hier? Die vom Toplitzsee kommt?“ Gasperlmaier schüttelte den Kopf. „Das ist der Stimitzbach. Der kommt von da herunter.“ Er deutete auf die Bergkette im Süden. „Servus!“ Endlich einer von den Tatortleuten, der auch grüßen konnte. „Servus, Erwin. Sag, habt ihr Schuhe im Auto? Größe 39? Ich kann da nicht hinüber!“ Der Erwin sah skeptisch auf die eher stadtfeinen Schuhe der Frau Doktor. „Wundert mich, dass du bis hierher gekommen bist. Schau einmal in unserem Auto, ist eh offen. Ich glaub schon, dass wir was Passendes dabeihaben.“ „Franz, du gehst mit hinüber und hast ein Auge auf unsere Leiche.“ Gasperlmaier hätte gerne irgendeine andere Aufgabe übernommen, andererseits übte die kopflose Leiche der Josefine Kniewasser aber auch eine seltsame Anziehungskraft auf ihn aus. Er wollte einfach nicht wahrhaben, dass die Josefine wirklich tot war. Nie wieder würde er ihren schmachtenden Blick erwidern können. Vorsichtig watete er wieder durch das Wasser, diesmal ein wenig sicherer, da er schon wusste, dass es nicht allzu tief wurde. In einiger Entfernung von den Spurensicherern bezog er Posten und wagte nur hin und wieder einen verstohlenen Blick auf die Leiche. Dabei hielt er sich stets so, dass nur deren unversehrter Teil in sein Blickfeld geriet. Auf den Rest hatte er wirklich keine Lust.

Kurze Zeit später tauchten am Ufer die Frau Doktor in ziemlich klobigen Bergschuhen und die Gerichtsmedizinerin, Frau Doktor Wurm, auf. Die war mit Gummistiefeln perfekt für den Tatort ausgerüstet. Ganz ohne Pannen allerdings verlief der Weg zum Fundort für die beiden Damen nicht: Die Frau Doktor raffte ihren Rock und bot Gasperlmaier dadurch reizende Ausblicke auf ihre grau und neongrün bestrumpften Beine. Die Frau Doktor Wurm schrie auf, als ihr das Wasser oben in die Gummistiefel hineinlief. Die wurden dadurch offenbar so schwer, dass sie nicht mehr weiterkonnte und gar nicht mehr zu kreischen aufhören wollte. „So hilf ihr doch, Franz!“ Die Frau Doktor war bereits auf der Schotterbank angelangt, hatte ihren Rock wieder fallen lassen und versetzte Gasperlmaier einen Stoß, dass er beinahe in den Stimitzbach gepurzelt wäre. Nach wenigen Schritten konnte er die Frau Doktor Wurm an der Hand nehmen und an Land ziehen. Sobald er sie auf die trockenen Steine geschoben hatte, rutschte er selbst allerdings aus und stürzte schmerzhaft auf die Knie. Als er sich hochgerappelt hatte, stellte er fest, dass seine Hose bis weit die Oberschenkel hinauf völlig durchnässt und am rechten Knie aufgerissen war. Wieder einmal eine Hose im Einsatz ruiniert.

Die Frau Doktor Wurm hatte inzwischen ihre Stiefel ausgezogen und ausgeleert. „So eine Scheiße!“, schimpfte sie. „Könnt ihr euren Mördern nicht beibringen, die Opfer bequemer abzulegen? Zum Beispiel auf einer Bank! Von denen stehen ja genug entlang der Spazierwege herum! Mitten im Bach!“ Niemand antwortete ihr. Immer noch vor sich hin schimpfend, trat sie zur Leiche hin und besah sich die Stelle, an der der Kopf abgetrennt worden war. Sie ging sogar in die Hocke, um genauer zu sehen. Gasperlmaier wandte sich ab und sah zur Brücke hin, wo immer noch die Manuela und die Frau Wuttke warteten.

„So!“ Die Frau Doktor trat neben ihn hin. Sie atmete mehrmals tief durch. „Ich hab genug gesehen. Mehr als genug. Den Rest erzählt uns die Frau Doktor Wurm. Zurück!“ Gasperlmaier fragte sich, warum sie wegen eines kurzen Blicks, bei dem ihr offensichtlich schlecht geworden war, die ganze Prozedur auf sich genommen hatte. „Wir reden jetzt mit der Frau Wuttke.“

„Ich tippe auf eine Axt!“, rief die Frau Doktor Wurm ihnen zu, als sie gerade mitten im Bach standen. Die Frau Doktor hatte ihren Arm auf Gasperlmaiers Schulter gelegt und drohte die Balance zu verlieren. So fasste Gasperlmaier sie um die Mitte und geleitete sie ans Ufer. „Danke!“ Die Frau Doktor schenkte ihm ein Lächeln, dass Gasperlmaier warm ums Herz wurde. „Du kannst jetzt allerdings wieder loslassen.“ Erschrocken stellte er fest, dass er immer noch seinen Arm um die Taille der Frau Doktor geschlungen hatte, und zog ihn rasch zurück.

„Und, wissen Sie schon mehr?“, rief die Frau Doktor ungeduldig über das Tosen des Bachs der Gerichtsmedizinerin zu. Die antwortete zwar, Gasperlmaier konnte aber kein Wort verstehen. Auch die Frau Doktor gab es auf, sich über den Bach hinweg mit der Frau Doktor Wurm zu verständigen. Gasperlmaier starrte zu Boden und bemühte sich, die kopflose Leiche nicht zu beachten. Aus seinen Gedanken konnte er sie ohnehin nicht verdrängen. Erst, als die Gerichtsmedizinerin erneut zu kreischen begann und die Frau Doktor ihn unsanft in die Rippen stieß, wagte er wieder einen Blick auf die Schotterbank hinüber. Nun bedurfte die Frau Doktor Wurm der Rettung aus den dahinschießenden Wassermassen, und Gasperlmaiers Hose war danach bis zum Gesäß hinauf völlig durchnässt. „Wie lange ist sie denn schon tot?", wollte die Frau Doktor wissen. Die Frau Doktor Wurm schüttelte zunächst, noch ganz außer Atem, den Kopf. „Geschätzt – zehn Stunden, vielleicht. Plus oder minus dreißig Prozent. Abtrennung übrigens vermutlich post mortem. Genaueres erfahrt ihr, sobald ich sie auf dem Tisch gehabt habe. Morgen, frühestens." Die Frau Doktor seufzte.

„So, Frau Wuttke! Gehen wir hier ein wenig weg, der Wasserfall ist zu laut." Sie gingen ans Ende der Brücke, an eine Stelle, an der die Leiche durch die Mühle ihren Blicken entzogen war. Gasperlmaier war es recht. „Wann genau sind Sie denn hier vorübergekommen?" Die Frau Wuttke schüttelte den Kopf. „Ich habe nicht einmal eine Ahnung, wie lange ich schon hier auf der Brücke stehe. Ungefähr um neun Uhr bin ich von unserem Camper losgelaufen. Und ungefähr vier Kilometer hatte ich schon." „Und unmittelbar nach dem Fund haben Sie den Notruf abgesetzt?" Die Frau Wuttke nickte. „Ich dachte zuerst, da wäre ein Unfall passiert. Dass die Frau ins Wasser gefallen ist, und ich wollte ihr helfen. Ich bin dann durch den Bach gewatet, genau, wo Sie hinüber sind. Und dann habe ich gesehen ..." Die Frau Wuttke brach ab, ein neuerlicher Weinkrampf schüttelte sie. Die Manuela legte ihr beruhigend den Arm um die Schultern. „Ja. Wir wissen schon, was Sie gesehen haben." „Und dann bin ich ganz hysterisch geworden. Ich wäre beinahe ins Wasser gefallen, und ich habe so gezittert, dass ich drei- oder viermal wieder von vorn beginnen musste, mit dem Notruf. Und den Rest wissen Sie ja." „Ist Ihnen irgendjemand begegnet, auf Ihrer Laufrunde heute?" Die Frau Wuttke schüttelte den Kopf. „Nur ein Auto hat mich überholt, Richtung Toplitzsee. Das war der Wirt von der Fischerhütte, der fährt jeden Tag um diese Zeit da lang." „Sonst niemand? Auch kein Geräusch? Nichts, was ungewöhnlich gewesen wäre?" Wieder schüttelte die Frau Wuttke den Kopf. „Oh, nein, doch!", korrigierte sie sich. „Da oben", sie deutete mit der Hand auf die Uferböschung am gegenüberliegenden Ufer, „da habe ich einen Blutfleck gesehen. Ich habe mir erst nichts dabei gedacht. Da liegen rutschige Steine, da oben, da kann man sich leicht ein Knie aufschlagen."

„Aha!" Die Frau Doktor entfernte sich ein paar Schritte von ihnen. „Ich brauch jemanden!", schrie sie zur Schotterbank hinüber. „Möglicherweise Tatort!" Wieder zurück, wandte sie sich nochmals an die Frau Wuttke. „Zeigen Sie mir die Stelle? Dann können Sie auch gleich weg hier. Ich lass Sie zu Ihrem Camper bringen. Kommen Sie allein zurecht, oder brauchen Sie Unterstützung? Wir haben Kriseninterventionsteams." Die Frau Wuttke schüttelte den Kopf. „Wenn ich wieder bei meinem Freund und meiner Tochter bin, geht es schon."

Die Frau Doktor ging voraus, die Frau Wuttke, Gasperlmaier und die Manuela hinterdrein. Sie stiegen ein paar Meter über die Uferböschung des Baches hinauf, und dort zeigte die Frau Wuttke auf einen Felsen, der feucht und mit Moos bewachsen war. Deutliche Blutspuren waren daran erkennbar. Sehr frisch schienen sie Gasperlmaier allerdings nicht zu sein. „Wir haben genug gesehen. Mir reicht's!", sagte die Frau Doktor. „Den Rest soll die Tatortgruppe machen."

Wenige Minuten später standen sie zu viert neben dem Audi der Frau Doktor. Sie selbst war gerade damit beschäftigt, die hässlichen Bergschuhe, die so gar nicht zu ihrem Kostüm gepasst hatten, in den Wagen der Tatortgruppe zurückzustellen. Gasperlmaiers nasse Hose klebte unangenehm an den Schenkeln. Die Frau Doktor sah sich um. „Scheint nicht so, als ob wir hier jemanden hätten, der Sie zurückfährt." Sie stieg ein. „Kommen Sie!" Als Gasperlmaier Anstalten machte, ebenfalls einzusteigen, schüttelte die Frau Doktor den Kopf. „Ihr bleibt hier. Ich bin ja gleich wieder zurück. Und du, Franz, trocknest dir inzwischen die Hose, damit du mir meine Sitzbezüge nicht versaust."

Plötzlich standen die Manuela und er allein da. Die Manuela grinste. „Also, Gasperlmaier! Hose runter! Weil, zuerst müssen wir das gute Stück einmal auswinden! Sonst kannst du zu Fuß nach Altaussee zurücktippeln! Oder mit dem Postbus fahren!" Gasperlmaier zischte verächtlich. Das fehlte gerade noch, dass er hier vor der Manuela die Hose hinunterließ. Er wusste nicht einmal, ob er heute eine der weniger zerschlissenen Unterhosen angezogen hatte.

Aber die Manuela hatte es ohnehin nicht so ernst gemeint. „Das war meine erste Leiche, weißt du!", flüsterte sie Gasperlmaier zu. „Und gleich ohne Kopf! Ich find das wahnsinnig aufregend! Vielleicht kommen wir sogar in die Zeitung! Oder ins Fernsehen!" Gasperlmaier konnte ob so unglaublicher Naivität nur den

Kopf schütteln. Er hätte der Manuela erklären können, dass es für Polizisten, und wohl auch Polizistinnen, das Gescheiteste war, auf keinen Fall in der Zeitung oder im Fernsehen vorzukommen. Verstohlen blickte er sich um, ob nicht etwa schon ein Reporter die Gegend unsicher machte. Oder am Ende sogar die unsägliche Maggie Schablinger.

„Ich geh jetzt noch einmal zurück!“, erklärte die Manuela. „Vielleicht gibt's noch was zu tun.“ Gasperlmaier nickte und schickte sie mit einer resignierten Armbewegung fort. Vielleicht war die Idee mit dem Auswinden der Hosenbeine doch keine gar so schlechte gewesen. Er blickte um sich, begab sich in die Deckung eines Fahrzeugs und zog seine Hose hinunter. Viel Wasser kam allerdings nicht aus dem Stoff, so kräftig er sie auch zusammendrehte. In die Sonne müsste man sie legen ... Gasperlmaier drapierte seine Hose auf der Kühlerhaube des weißen Kombis der Tatortgruppe, mit den Hosenbeinen nach oben.

Nicht mehr als drei Minuten war die Hose auf der warmen Kühlerhaube gelegen, als er Motorengeräusch wahrnahm und, so schnell er konnte, wieder in die nun feuchtwarme Hose hineinfuhr. Ein äußerst unangenehmes Gefühl. Er war gerade dabei, den Gürtel zu schließen, als er eine wohlbekannte Stimme vernahm. „Haben Sie sich ein wenig Erleichterung verschaffen müssen, Herr Inspektor? Ist Ihnen die Leiche nicht gut bekommen?“ So hatte es ja kommen müssen. Die Maggie Schablinger stand vor ihm und maß ihn mit abschätzigen Blicken, sodass er vor lauter Schreck vergaß, den Gürtel tatsächlich zu schließen. „Was soll ich mir denn dabei denken, wenn Sie mit quasi offener Hose vor mir herumstehen?“ So schnell es seine Finger zuließen, zog er den Gürtel durch die Schnalle und stopfte das Hemd in die Hose. Dabei musste er daran denken, welchen Unsinn die Maggie in der Schillingzeitung geschrieben hatte.

„Das mit dem Hakenkreuz, das war ein rechter Schwachsinn, wissen Sie!", sagte Gasperlmaier und bemühte sich, seiner Stimme einen vorwurfsvollen Unterton zu verleihen. Die Maggie allerdings zuckte nur mit den Schultern. „Waren halt die Informationen, die ich zu dem Zeitpunkt hatte. Und interessiert morgen sowieso niemanden mehr." Gasperlmaier war ob solcher Gewissenlosigkeit und Gleichgültigkeit sprachlos. „Sagen Sie mir, Gasperlmaier: Was ist denn mit der Leiche ohne Kopf von heute? Was gibt's darüber Neues?" Sie kam ihm näher, und er konnte ihr betörendes, süßes Parfum deutlich riechen. Wahrscheinlich wurde sein Duft durch die Wärme noch verstärkt. Gasperlmaier wurde ein wenig schwindlig. Die Maggie war ihm jetzt so nahe, dass er den Drang fühlte zurückzuweichen. Wer wusste, was sie vorhatte. Ihre Augen glitzerten.

„Sie haben sie schon eingesargt!" Die Manuela kam aus dem Wald gestapft, und sowohl Gasperlmaier als auch die Maggie taten je einen Schritt zurück. „Was ist denn hier los?" Die Manuela betrachtete die beiden erstaunt. „Nichts!", räusperte sich Gasperlmaier, während die Maggie schelmisch grinste. „Ich hab bloß probiert, dem Herrn Inspektor ein paar Informationen zu entlocken. Man muss es schließlich auch mit den Waffen einer Frau probieren, wenn jemand so verstockt ist wie der Herr Gasperlmaier!" Die Manuela sah irritiert zwischen Gasperlmaier und der Maggie hin und her. Die Rettung kam in Form des weißen Audi der Frau Doktor. „Rasch, Gasperlmaier! Sie auch, Frau Reitmair! Wir haben Befragungen zu erledigen!" Gasperlmaier konnte es sich nicht verkneifen, der sprachlos zurückbleibenden Maggie Schablinger noch einmal durchs offene Fenster zuzuwinken.

Etwa eine halbe Stunde später parkten sie vor der Höheren Lehranstalt in Hallstatt. Hier, so wusste Gasperlmaier, befasste man sich vor allem mit Holz- und Instrumentenbau. Der Ehemann der Josefine Kniewasser war nicht zu Hause gewesen, und eine kurze Umfrage bei Nachbarn hatte ergeben, dass er an dieser Schule als Werkstättenleiter arbeitete. „Den Herrn Kniewasser hätten wir gerne gesprochen", sagte die Frau Doktor im Sekretariat und hielt der Sekretärin ihren Dienstausweis unter die Nase. Nach der üblichen kurzen Schreckstarre griff die Dame zum Telefon und versprach nach einem kurzen Gespräch, der Herr Kniewasser sei zwar gerade im Unterricht, werde aber gleich kommen. „Wir brauchen einen Raum, in dem wir mit ihm alleine sind", fügte die Frau Doktor noch hinzu. Die Sekretärin zog zwar die Augenbrauen hoch, nickte aber dennoch. „Sie können mit ihm dann ins Elternsprechzimmer gehen."

Wenig später saßen sie zu viert in einem kahlen Raum ohne jede Atmosphäre, dafür aber mit einer höchst unangenehmen Akustik. Der Tisch, fand Gasperlmaier, war viel zu groß, der Raum zu klein und die Sessel zu unbequem. Hier ging man, dessen war er sich sicher, nach jedem Gespräch niedergeschlagen hinaus. Der Herr Kniewasser saß, in einen grauen Werkstattmantel gehüllt, heulend auf einem Sessel, hatte die Ellbogen auf den Tisch gestützt und sein Gesicht in den Händen verborgen. „Wie ist denn das möglich?", fragte er zum vielleicht zwanzigsten Mal. „Wie gibt's denn das?" Irgendetwas anderes war aus ihm bisher nicht herauszubringen gewesen. Dass seine Frau nicht nur ermordet worden war, sondern man ihr auch den Kopf abgeschlagen hatte, hatten sie vorläufig für sich behalten.

„Herr Kniewasser, es tut mir unendlich leid, aber wir sind in Eile. Um den Fall zu klären, brauchen wir, so schwer es Ihnen auch fällt, dringend Antworten auf ein paar Fragen. Möglicherweise sind noch andere Menschen gefährdet!“ „Wie ist denn das möglich?“, wiederholte der Herr Kniewasser wie ein Mantra. Im Raum stank es fürchterlich nach kaltem Rauch, fand Gasperlmaier. Ob das der Herr Kniewasser selber war? Der Kilian hatte ja behauptet, dass der Kniewasser bei dem Skiclubessen ziemlich oft vor dem Lokal geraucht hätte.

„Wann haben Sie denn Ihre Frau zuletzt gesehen?“ „Gestern früh“, antwortete er mit tränenerstickter Stimme. „Sie waren über Nacht nicht zu Hause?“ Der Herr Kniewasser schüttelte den Kopf. „Gestern war Elternabend. Ich hab hier ein Zimmer, wenn es spät wird.“ „Sie haben aber doch mit Ihrer Frau telefoniert?“ Er nickte. Anstatt ein Taschentuch zu benutzen, fuhr er sich mit dem nicht ganz sauberen Ärmel seines Arbeitsmantels über die Nase und zog den Rest des Rotzes auf. „Am Abend, nach dem Elternabend. Ich war mir ja vorher noch nicht ganz sicher, ob ich bleibe. Kann ich meine Frau noch einmal sehen?“

Die Frau Doktor warf Gasperlmaier und der Manuela warnende Blicke zu. Sanft, aber bestimmt sagte sie: „Das ist leider im Moment nicht möglich. Sie ist nach Graz in die Gerichtsmedizin überstellt worden.“ Der Herr Kniewasser schüttelte ungläubig den Kopf. „Woran ist sie denn, ich meine, wie ...?“ Die Frau Doktor schüttelte den Kopf. „Darüber kann ich im Moment nicht sprechen. Jedenfalls ist mit Sicherheit von Fremdverschulden auszugehen. Was haben Sie denn mit ihr gesprochen? Gab es irgendetwas Ungewöhnliches?" Der Herr Kniewasser schüttelte den Kopf. „Nur, dass ich halt dableibe. Ich hab sie gefragt, ob sie noch was vorhat. Sie hat gesagt, fernsehen. Sie ist müde, hat sie gemeint." „Ging sie oft abends aus? Hatte sie Freundinnen? Vereine?" Der Herr Kniewasser nickte. „Schon. Mit ihren Kolleginnen, vom Trachtengeschäft. Sie arbeitet auch ehrenamtlich, fürs Narzissenfest und so. Da muss sie auch oft abends fort. Ich bin da meistens nicht dabei. Ich bin nicht so fürs Fortgehen, ich bin lieber zu Hause."

Die Frau Doktor räusperte sich. „Herr Kniewasser, ich muss Sie das jetzt fragen – aber können Sie sich vorstellen, dass Ihre Frau auch Beziehungen, sozusagen, außerhalb der Ehe, unterhalten hat?" Gasperlmaier spürte, wie peinlich die Frage der Frau Doktor war. Er musste an die Christine denken. Am Ende würde er auch bald ein Gehörnter sein, den hinter seinem Rücken alle verlachten, weil sich seine Frau in Salzburg einen oder gleich mehrere Liebhaber hielt. Dass sie nach Salzburg gehen wollte, das allein war schon eine Form von Untreue, fand er.

Der Herr Kniewasser sah überrascht auf. „Sie wissen schon davon?" Jetzt war es an Gasperlmaier, überrascht zu sein. Der heulte sich fast die Seele aus dem Leib, und dabei hatte er die ganze Zeit gewusst, dass seine Frau fremdgegangen war. „Das ist mir jetzt peinlich, so vor Ihnen ..." Der Satz versickerte. „Alles, was in diesem Raum gesagt wird, bleibt in diesem Raum!", beruhigte ihn die Frau Doktor. „Ich hab gewusst, dass sie mit anderen Männern schläft. Und fragen Sie mich nicht, ob es weh getan hat – natürlich hat es das. Aber gleichzeitig war sie auch zu mir immer lieb, hat mich verwöhnt, auch ...", er warf nacheinander allen drei

Polizisten einen verlegenen Blick zu, „auch im Bett. Auf ihre Art war sie treu."

Die Frau Doktor atmete hörbar aus. „Sie ist offenbar gestern, spätnachts, zur Ranftlmühle gekommen. Oder dahin gebracht worden. Können Sie sich vorstellen, warum?" Der Herr Kniewasser hob zum Zeichen der Ahnungslosigkeit beide Arme und schüttelte den Kopf. Stimmte also doch, was man sich über die Josefine zugeraunt hatte, dachte Gasperlmaier bei sich. Ihm gegenüber hatte sie allerdings nie Avancen gezeigt. Fast war er darüber ein wenig beleidigt.

„Was können Sie uns über das Skiclubessen am 22. April erzählen, in der Fischerhütte? Sie waren doch dabei?" „Ich hab, ich bin ..." Der Herr Kniewasser verstummte. „Ja?" „Also, um ehrlich zu sein, ich war ziemlich betrunken. Es war ein Durcheinander, ich war oft draußen, rauchen. Viele sind rausgegangen, auch in den Wald, es war warm ..." „Ihre Frau auch?" „Kann sein, ich hab echt einen Filmriss gehabt. Ich kann mich nicht einmal erinnern, dass mich meine Frau nach Hause gefahren hat." Die Frau Doktor seufzte. Über diesen Abend war wohl vom Helmut Kniewasser nicht viel zu erfahren.

„Wo waren Sie gestern Nacht?", fragte die Frau Doktor noch. „Sie wissen, ich muss das fragen. Und sogar Beweise dafür vorlegen, das gehört zu einer sorgfältigen Ermittlung per Gesetz dazu." Der Frau Doktor, wusste Gasperlmaier, war diese Frage immer unangenehm, und so verwies sie gerne auf das Gesetz, das sie dazu verpflichtete, zu dokumentieren, wo sich Personen, die einem Mordopfer nahestanden, zum Zeitpunkt des Todes aufgehalten hatten. „In meinem Zimmer hier in der Schule. Im Bett." „Zeugen gibt's keine?" Der Kniewasser zuckte mit den Schultern. „Bis um halb neun schon, da war der Elternabend. Danach hab ich niemanden mehr getroffen.“ Gasperlmaier war so, als hätte er in den Augen des Helmut Kniewasser kurz ein unsicheres Flackern wahrgenommen. „Nicht so gut!“, sagte die Frau Doktor „Besser wäre es, sie hätten jemanden, der Ihre Anwesenheit hier bestätigen kann. Am besten bis spätnachts.“ Sie streckte dem Herrn Kniewasser die Hand hin. „Mein aufrichtiges Beileid.“ Gasperlmaier und die Manuela taten es ihr mit etwas betretenen Mienen gleich.

„Was ist denn das für ein Warmduscher!“, ereiferte sich die Manuela, als sie wieder im Auto saßen. „Die geht ihm fremd, und alles, was er tut, ist heulen! Der ist ja zum Vergessen, der Mann!“ „Was würden Sie an seiner Stelle tun?“, fragte die Frau Doktor lächelnd. Die Manuela schnaufte vor Entrüstung. „Der würde ich ordentlich die Meinung geigen, mit dem ganzen Küchengeschirr! Und im Notfall umbringen!“ Gasperlmaier zuckte zusammen. Vielleicht hatte ihnen der Kniewasser Helmut nur Theater vorgespielt? Wer weiß, vielleicht hatte er, anstatt den Eltern seiner Schüler beim Elternabend Rede und Antwort zu stehen, die Josefine zur Ranftlmühle gelockt und ihr dort den Kopf abgesäbelt? Er äußerte einen diesbezüglichen Verdacht. „Du hältst ihn für einen so guten Schauspieler? Du kennst ihn ja vom Skiclub?“ Gasperlmaier bemühte sich, sich zu distanzieren. „Was heißt kennen …“ „Also, mir ist der nicht geheuer“, mischte sich wieder die Manuela ein. „Er hat ein Zimmer da. Damit er selber fremdgehen kann, oder damit seine Frau sozusagen sturmfreie Bude hat?“

„Überlegt einmal“, meinte die Frau Doktor. „Wenn er sie telefonisch darüber informiert hat, dass er in Hallstatt bleibt, wieso ist sie dann zur Ranftlmühle?

Sie hätte ihren Liebhaber ja auch daheim empfangen können!" Gasperlmaier zischte durch die Zähne. „Denk an die Nachbarn! Die sind aufmerksam bei uns!" „Und vielleicht hat sie ja eine Vorliebe für die freie Natur gehabt. Warm genug war es ja, heute Nacht!" Die Frau Doktor sah ihre These davonschwimmen und schlug resigniert auf das Lenkrad. „Wie auch immer! Zwei Tote! Es muss was mit dem Skiclub zu tun haben, es muss Beziehungsebenen geben zwischen all den Beteiligten! Und wir kommen und kommen nicht vorwärts! Ich möchte nicht morgen den dritten Toten am Hals haben!"

„Wohin jetzt?", beeilte sich Gasperlmaier abzulenken. „Die Nächste auf der Liste ist die Lissi Bernegger", antwortete die Frau Doktor. Gasperlmaier war erleichtert. „Ich weiß, wo die arbeitet!" Er dirigierte die Frau Doktor zu einem Parkplatz in Bad Aussee, direkt am alten Kurmittelhaus. Die Lissi arbeitete in einem Trachtengeschäft gleich gegenüber.

„Servus, Gasperlmaier!" Die junge Frau an der Kasse begrüßte ihn fast überschwänglich. „Du kommst auch einmal zu uns? Hast dein letztes Trachtenhemd doch endlich durchgewetzt?" Es war die Lissi. Sie kannte Gasperlmaier seit Langem, über die Bekanntschaft mit dessen Tochter Katharina. Und sie wusste darum, wie unangenehm ihm das Probieren und Einkaufen neuer Kleidung war. „Ich bin nicht so zum Einkaufen aufgelegt", antwortete er meist, wenn seine Frau ihn dazu ermunterte, sich doch ein paar schicke Sachen zum Anziehen zu erstehen. Er konnte sich eigentlich gar nicht mehr daran erinnern, wann er zum letzten Mal zum Einkaufen aufgelegt gewesen war. Doch: Zu seinem Vierziger hatte er sich einen klassischen Ausseer Rock gekauft, auf den hatte er wirklich Lust gehabt und er trug ihn mit Stolz. Der Einkauf hatte allerdings Gott sei Dank nur knappe fünf Minuten gedauert.

„Braucht's neue Uniformen? Da haben wir leider nichts für euch!" Die Lissi war nicht nur äußerlich mehr als beachtenswert, sie hatte auch immer schon ein gut geöltes Mundwerk gehabt. Gasperlmaier erinnerte sich noch mit Schrecken daran, wie sie ihm beim Kinderskikurs den Bauch mit zahllosen Fragen gelöchert hatte, wenn er mit ihr auf dem Sessellift gesessen war.

„Wir möchten mit Ihnen sprechen, Frau Bernegger." Die Frau Doktor hatte Gasperlmaier aus seinen Erinnerungen gerissen. Schlagartig wurde die Miene der Lissi düster. „Es ist wegen der Josefine, nicht wahr?" „Wieso, davon wissen Sie schon?" Die Frau Doktor schien kurz verwirrt. Die Lissi nickte nur. Es hatte nur einen Moment gedauert und ihre Stimmung war umgeschlagen. Dicke Tränen quollen aus ihren blitzblauen Augen. Die erschienen dadurch nur umso größer. „Kommen Sie!", sagte sie und führte die drei Polizisten, vorbei an schier endlosen Gestellen mit Dirndln in den verschiedensten Farben, Größen und Längen, in einen sehr unaufgeräumten Personalraum. Kartons mit Pizzaresten verrieten einiges über die Ernährungsgewohnheiten der Trachtenverkäuferinnen, aber auch einen Obstkorb erspähte Gasperlmaier. Die Lissi bot ihnen Platz an.

„Eigentlich sind wir nicht wegen der Josefine Kniewasser da, sondern wegen dem 22. April." Die Lissi schaute erstaunt auf. „Aber die Josefine hat auch hier gearbeitet, das wissen Sie schon?" Jetzt war es an der Frau Doktor, erstaunt zu sein. Gasperlmaier bekam einen vorwurfsvollen Seitenblick ab. Was wohl heißen sollte, das hätte er wissen und ihr mitteilen müssen. Aber er hatte beim besten Willen keine Ahnung davon gehabt, wo die Josefine ihre Brötchen verdiente, und so oft, dass er sie bei der Arbeit treffen hätte können, so oft hielt er sich nun wirklich nicht in einem Trachtengeschäft auf.

„Egal. Zuerst zu Ihnen. Sie waren am 22. April in der Fischerhütte am Toplitzsee beim Saisonabschluss des Skiclubs?“ Es klang mehr wie eine Feststellung als eine Frage. Die Lissi nickte ein wenig zaghaft. „Schon.“ Das klang wiederum mehr wie eine Frage. „Und mit wem waren Sie da zusammen, an wen erinnern Sie sich noch?“ Die Lissi sah unsicher von der Frau Doktor zu Gasperlmaier und wieder zurück. „Die Josefine war jedenfalls auch da, und ihr Mann, und ...“ Sie zögerte. „Ja?“ „Ich glaub, der Kilian Köberl, an den erinnere ich mich auch noch. Und unser Obmann natürlich, der Schratzenstaller Hermann. Der hat ja eine Ansprache gehalten. Und meine Schwester.“ Für Gasperlmaier klang das so, als wollte sie jetzt durch die Nennung zahlreicher anderer Namen abschwächen, dass sie auch den Kilian genannt hatte. „Waren Sie mit irgendwem auch außerhalb des Lokals?“ „Außerhalb des Lokals?“, fragte die Lissi zurück. Sie hob ihre Dirndlschürze an und wischte sich die Augenwinkel damit trocken. Ihre langen blonden Haare fielen ihr übers Gesicht. Eine geborene Narzissenkönigin, dachte Gasperlmaier wieder. Er konnte sie schon auf der Kühlerhaube eines eleganten Cabriolets durch Aussee fahren und dem Publikum zuwinken sehen.

„Draußen!“, wiederholte die Frau Doktor, etwas ungeduldig. „Ob Sie vielleicht nach dem Essen mit jemandem rausgegangen sind!“ Die Lissi sah wiederum unsicher zwischen den drei Polizisten hin und her. „Muss ich das vor ihm sagen? Das ist mir peinlich!“ Sie deutete auf Gasperlmaier, dem plötzlich die Hitze ins

Gesicht schoss. Die Frau Doktor seufzte. „Geh bitte kurz hinaus!“ Sie deutete mit dem Kopf zur Tür. „Unter Frauen geht's halt einfacher!“, versuchte ihn die Manuela zu ermutigen, die rittlings mit gespreizten Beinen auf einem Stuhl Platz genommen und die Ellbogen auf der Stuhllehne verschränkt hatte. Gasperlmaier stand auf und fand sich Sekunden später im Verkaufsraum wieder. Der Friedrich hatte recht gehabt. Weiberwirtschaft. Jetzt wurde er sogar von Vernehmungen ausgeschlossen, bloß weil einem Fratzen wie der Lissi Bernegger irgendwas peinlich war. Im Wald mit dem Kilian herumzuknutschen war ihr anscheinend nicht so peinlich, wie Monate später darüber zu reden. Wo der doch viel zu alt für sie war.

Gasperlmaier wurde durch einen Rippenstoß aus seinen Gedanken gerissen. „Servus, Gasperlmaier!“ Neben ihm stand die Milli Loibichl. Die kannte er seit ihrer Kindheit, sie waren in der gleichen Nachbarschaft aufgewachsen. Die Milli war als Kind zaundürr gewesen, jetzt war sie rund, sogar sehr rund geworden, hatte sich aber ein frisches und gepflegtes Aussehen bewahrt. Festlich geschminkt war sie auch, wie Gasperlmaier feststellte. „Tz, tz!“, schüttelte sie den Kopf und betrachtete Gasperlmaier von oben bis unten. „Dass dich deine Frau so auf die Straße lässt! Die Hose ganz ausgebeult, und am Hintern schlottert sie!“ Die Milli war keine Schüchterne, und so fasste sie Gasperlmaiers Hosenboden und zog ihn von seinem Hintern weg, um zu zeigen, was sie meinte. Tatsächlich wurde Gasperlmaier ein wenig luftig um den Hintern herum. „Und die Ellbogen, ganz glatt gescheuert! Du verbringst wohl deine Tage damit, den Schreibtisch damit blankzupolieren!“ Gasperlmaier fühlte sich bloßgestellt, obwohl sich in der schmalen Gasse zwischen den dicht mit Dirndlkleidern behängten Ständern sonst niemand aufhielt. „Du solltest dir bei uns in der Herrenabteilung einmal was Neues aussuchen, Gasperlmaier! Und auch eine neue Uniform! Das wirkt bei den Frauen!“ Die Milli verabschiedete sich mit einem leichten Klaps auf Gasperlmaiers Po, drehte sich noch einmal um und schenkte ihm ein Lächeln, das er nicht einzuordnen wusste. War es kokett oder ironisch? Oder beides?

Wieder allein, kamen Gasperlmaier allerhand Gedanken. Was, wenn ihn die Christine auch nicht mehr attraktiv fand? Vielleicht ärgerte sie sich auch über seine manchmal verschlampte Kleidung, hatte aber bloß mehr Feingefühl als die Milli und sagte nichts, um ihn nicht zu verletzen? Hatte er der Christine als Mann noch genug zu bieten, pflegte er sich? Was, wenn ihr Drang nach Salzburg auch damit zu tun hatte, dass sie von einem langweiligen, ungepflegten Mann wegwollte? Gasperlmaier nahm seine Mütze ab und kratzte sich am Kopf. Wer konnte ihm diese Fragen beantworten? Er sah an sich hinunter. Konnte sein, dass die Hose tatsächlich schon etwas ausgebeult und an manchen Stellen fadenscheinig war. Aber, schließlich und endlich, man redete ja auch dauernd von Nachhaltigkeit, und das bedeutete wohl, dass man Sachen trug, solange sie nicht zerrissen oder völlig verdreckt waren.

Gasperlmaier beobachtete, wie eine sehr dicke Dame verschiedene Trachtenjacken von einem Ständer nahm, sie vor ihren Körper hielt und sich im Spiegel wand und drehte. „Was sachste, Erwin?“, fragte sie immer wieder ihren ratlos hinter ihr stehenden Mann. „Ob man so was auch bei uns zu Hause trachen kann?“ Erwin zuckte mit den Schultern und drehte den Ausseer Hut in seinen Händen, während Gasperlmaier bezweifelte, ob die Jacken der Leibesfülle der Dame überhaupt gewachsen waren.

Plötzlich öffnete sich die Tür in seinem Rücken, und nacheinander traten die Lissi, die Frau Doktor und die Manuela heraus. „Komm, Franz!“ Die Frau Doktor schritt zügig voraus, die Stiege hinunter, während die Lissi Gasperlmaier besorgte Blicke zuwarf. Was sie wohl den beiden da drinnen erzählt hatte? Er fürchtete, er würde davon nur eine Kurzfassung präsentiert bekommen.

„Hunger!“ Die Frau Doktor klopfte heftig auf das Lenkrad. So kannte Gasperlmaier sie noch gar nicht. Bisher hatte sie beharrlich Jausens- und andere Essenszeiten ignoriert und Gasperlmaier bestenfalls pikiert gemustert, wenn ihm nach mehr als einer Wurstsemmel aus dem Supermarkt war. „Ich brauch jetzt was Gescheites zum Essen! Wo fahren wir hin?“ Gasperlmaier war überrascht, aber mehr als einverstanden. Er überlegte. Letztendlich landete er selber doch immer wieder beim Schneiderwirt, kein anderes Gasthaus entsprach seinen persönlichen Bedürfnissen so gänzlich wie dieses, war es doch im Laufe der Jahre beinahe schon sein zweites Wohnzimmer geworden.

Gasperlmaiers Überraschung kannte kaum mehr Grenzen, als sich die Frau Doktor ein Gulasch bestellte, allerdings mit einem Mineralwasser dazu. Da, fand Gasperlmaier, verzichtete er lieber auf das Gulasch, als dass er es mit einem kratzigen Mineralwasser hätte hinunterspülen wollen. „Die Lissi“, erzählte die Frau Doktor, „hat uns noch einiges Interessantes erzählt, nachdem du weg warst.“ Gasperlmaier säbelte sorgsam an seinem Schnitzel herum. Zart war es, und die Panier schön vom Fleisch gelöst, wie es sich gehörte. „Natürlich war sie mit dem Kilian Köberl im Wald, und dort ist es auch“, die Frau Doktor begann zu flüstern, um nicht andere Gäste unnötig auf sie aufmerksam zu machen, „dort ist es dann auch zum GV gekommen.“ Gasperlmaier wusste natürlich, dass GV die polizei- und gerichtsinterne Abkürzung für Geschlechtsverkehr war. Kurz wurde Gasperlmaier übel, als er das Bild vor sich sah, wie der brünftige Kilian der Lissi den Dirndlrock hochhob und ...

Schnell hatte er sich aber wieder im Griff. „Das Interessanteste aber ...“, fuhr die Manuela fort, „Das darf auf jeden Fall ich dem Franz erzählen!“, mischte sich die Frau Doktor ein. Die Manuela sah ein bisschen eingeschnappt drein. „Das Interessanteste aber ist, dass sie sich fast sicher ist, im Wald noch jemanden gesehen zu haben: und zwar die Josefine Kniewasser und den Hermann Schratzenstaller, euren Skiclubobmann. Sie ist sich zwar nicht ganz sicher, aber den Stimmen und den Umrissen nach, so meint sie, müssten es die beiden gewesen sein.“ Bei der Josefine, so dachte Gasperlmaier bei sich, war das mit den Umrissen ja eine relativ klare Sache, die konnte man, zumindest im Profil, nicht so leicht mit jemand anderem verwechseln. Der Schratzenstaller allerdings sah recht durchschnittlich aus. Am Ende war es doch nur Josefines Ehemann gewesen. Gasperlmaier äußerte seine Vermutung, die Frau Doktor jedoch schüttelte den Kopf. „Nein. Sie hat nämlich den Alfred Kniewasser unmittelbar danach ganz woanders gesehen. In der Fischerhütte drinnen.“ Zustände waren das. Da ging man einfach einmal kurz in den Wald zum Vögeln, und dann setzte man sich wieder gemütlich in die Stube, so als ob nichts gewesen wäre. So, als ob man vielleicht bloß eine Zigarette geraucht hätte. Hoffentlich, so dachte Gasperlmaier, gingen seine Kinder mit ihrer erwachenden Sexualität nicht auch so wahl- und ziellos um wie die Lissi und der Kilian Köberl. Und die Josefine, und wer weiß wer noch alles. Das war ja wie Sodom und Gomorrha, und das in seinem Skiclub. Er würde sich überlegen, ob er da weiterhin dabeibleiben konnte.

„Und was die Lissi uns noch erzählt hat, das war auch äußerst interessant!“, fuhr die Frau Doktor fort. „Sie hat es blitzen gesehen. Und danach hat sie der Kilian hineingeschickt. Er wollte nachsehen, was da geblitzt hat.“ „Aha“, meinte Gasperlmaier, der mit der Information nichts Rechtes anzufangen wusste. „Geblitzt!“, wiederholte die Manuela. „Dabei war in der Nacht kein Wölkchen am Himmel. Das kann nur was bedeuten?“ Sie sah Gasperlmaier prüfend an. „Ein Blitz aus heiterem Himmel?“, antwortete der. Die Manuela schlug sich mit der Handfläche gegen die Stirn. „Ein Foto natürlich! Jemand hat mit Blitz ein Foto gemacht! Ein Foto von dem anderen Liebespaar! Da könnte Erpressung im Spiel sein! Und das Foto müssen wir jetzt finden!“ Die Manuela, dachte Gasperlmaier, hielt ihn offensichtlich für begriffsstutzig. So etwas kam doch vor, ein Blitz aus heiterem Himmel. Warum hätte es sonst überhaupt die Redensart geben sollen?

Das Handy der Frau Doktor läutete. Gasperlmaier widmete sich während des Gesprächs seinem eigenen Essen. Die Frau Doktor sagte nur hin und wieder „Aha!“, oder „Ja!“, doch er konnte nicht hören, worum es in dem Gespräch ging. Gegen Ende allerdings zog die Frau Doktor ihre Augenbrauen hoch und äußerte ein gedehntes „Jaaa? Interessant!“. Gasperlmaier schob die Reste der Schnitzelpanier und ein paar übrig gebliebene Reiskörner sorgfältig auf seine Gabel. „Unangenehme Neuigkeiten, meine Herrschaften: Die Jessica ist verschwunden. Ob alleine, wissen wir nicht, womit, wissen wir auch nicht. Sie sollte heute aus dem Krankenhaus entlassen werden, ihre Mutter wollte sie abholen – aber da war sie schon weg. Wir fahren jetzt gleich zur Mutter hin. Sie ist noch im Krankenhaus und hat anscheinend eine Art Zusammenbruch erlitten." „Na ja", sagte die Manuela, „ist ja auch schlimm. Das zweite Kind jetzt auch weg." „Sehr gekümmert um ihre Kinder hat sie sich aber anscheinend nicht!", meinte Gasperlmaier. „Ja, das ist ja jetzt egal. Wir wollten zwar als Nächstes den Schratzenstaller und den Marcel Gaisrucker interviewen, aber jetzt fahren wir zuerst ins Krankenhaus."

Man hatte die Grubauerin in eine Art Warteraum in der Ambulanz verfrachtet, wo sie sich hinlegen hatte können. Diesmal trug sie zwar ein gelbes T-Shirt, stellte Gasperlmaier fest, aber das war auch nicht viel sauberer als das weiße vom Vortag. Wie die das hinkriegte, immer ein wenig schmuddelig zu wirken, wunderte ihn schon.

Die Grubauerin war heftig mit Schneuzen und Wischen beschäftigt, als sie, von einer Schwester geführt, eintraten. „Bleiben Sie ruhig liegen!", sagte die Frau Doktor, als die Grubauerin Anstalten machte aufzustehen. Als sich die Frau Doktor ans Fußende der Liege setzte, schwang sie allerdings die Füße doch zu Boden und setzte sich aufrecht hin. Das Taschentuch, das sie in den Händen hielt, war völlig von Rotz durchnässt. Die Manuela holte ein paar Papierhandtücher aus einem Spender an der Wand und reichte sie ihr hin. „Frau Grubauer, wann haben Sie denn die Jessica zuletzt gesehen?" Die Stimme der Grubauerin war vor lauter Heulen fast nicht zu verstehen. „Gestern, in der Besuchszeit. Sie wollten sie noch eine Nacht hierbehalten. Die Jessica hätte eh lieber heim wollen." „Hat die Jessica irgendetwas gesagt, was ihr Verschwinden erklären könnte?“ Die Grubauerin schüttelte den Kopf. Gasperlmaier fragte sich, ob sie wohl demnächst die verstümmelte Leiche der Jessica irgendwo finden würden. Ihm graute bei dem Gedanken. Wer, so fragte er sich, hatte was gegen die Familie Grubauer? So verschlampt sie allesamt waren, so wenig konnte es doch einen Grund geben, dass jemand sie mit solchem Hass verfolgte. Und wer, so fragte er sich ebenso, konnte einen solchen Hass auf die Josefine Kniewasser haben, dass er sie unbedingt einen Kopf kürzer hatte machen müssen? Gasperlmaier fröstelte. Allerdings nicht nur wegen seiner Gedanken, sondern auch, weil man an die Wände des Warteraums Bilder von Eismeerlandschaften gehängt hatte. Eigentlich, so dachte er bei sich, wären fröhliche Frühlingsbilder, bei deren Anblick einem warm ums Herz wurde, besser geeignet gewesen für ein Krankenhaus. Narzissenwiesen, zum Beispiel.

„Worüber haben Sie denn mit ihr gesprochen?“, fragte die Frau Doktor. Die Grubauerin zuckte mit den Schultern. „Zuerst über den Marcel. Ich hab ihr das ausreden wollen, dass der Marcel den Matthias umgebracht hat. Das ist ja Blödsinn.“ „Warum, meinen Sie, ist das Blödsinn?“ „Der Marcel, das ist zwar ein Spinner, aber eigentlich völlig harmlos. Der drückt sich ja sogar vor jeder Bierzeltrauferei. Niemals bringt der wen um.“ „Haben Sie den Marcel gesehen, in den letzten Tagen?“ Die Grubauerin schüttelte den Kopf und nahm das letzte von den Papierhandtüchern zur Hand, um sich noch einmal kräftig hineinzuschnäuzen. Die Haare, fand Gasperlmaier, hätte sie sich schon waschen können, bevor sie ins Krankenhaus gefahren war. Die hingen fett und strähnig bis über den Hals.

„Worum ging's noch, bei dem Besuch gestern?“, bohrte die Frau Doktor nach. „Dann haben wir gestritten“, sagte die Grubauerin, „weil ich gemeint hab, dass sie sich jetzt vielleicht doch einmal um eine Arbeit umschaut. Es ist ja eh immer das gleiche Thema.“ Die Frau Doktor warf Gasperlmaier einen irritierten Blick zu und rollte die Augen. Ein Zeichen, dass sie fürchtete, nichts Vernünftiges mehr aus der Grubauerin herauszubringen. „Hören Sie, Frau Grubauer“, sagte sie, stand auf und strich ihren Rock glatt. „Wir können jetzt noch keine Fahndung einleiten. Die Jessica ist volljährig, und es liegt ja kein lebensbedrohlicher Zustand vor wegen dieser Schnittwunde. Sie sollten uns allerdings informieren, wenn sie sich meldet, auf welche Art auch immer. Haben Sie es schon auf ihrem Handy probiert?“ Die Grubauerin nickte. „Da meldet sie sich nicht.“

„Einen Moment, bitte!“ Gasperlmaier drehte sich um. Eine Krankenschwester kam, laut mit ihren Holzschlapfen auf dem glatten Boden klappernd, hinter ihnen hergerannt. „Sie sollten einmal mit der Zimmerkollegin von der Jessica reden!“, schnaufte sie. Sie war ein wenig füllig und anscheinend beim Laufen außer Atem geraten. Sonst aber fand Gasperlmaier sie recht ansehnlich. „Die weiß irgendwas. Ich hab's zufällig gehört, wie sie am Handy mit jemandem gesprochen hat. Ich bring Sie gleich hin.“ „Herzlichen Dank!“ Die Frau Doktor war überrascht. „Wissen Sie, es kommt so selten vor, dass jemand aktiv der Polizei hilft – die meisten sind froh, wenn wir einen großen Bogen um sie machen. „Keine Ursache!“

Das Gespräch mit der Zimmergenossin stellte sich allerdings als mühsam heraus. Es war die junge Hagere, die Gasperlmaier am Vortag schon gesehen hatte. Anstatt der alten Hageren lag nun ein dunkelhaariges Mädchen in deren Bett, vielleicht zwölf oder dreizehn Jahre alt. Ihr Gesicht war sehr blass, die Lippen zu rot. Schneewittchen, dachte Gasperlmaier bei sich. „Könnten Sie bitte den Stöpsel aus dem anderen Ohr auch rausnehmen? Ich möchte gern kurz mit Ihnen reden!“ Das hagere Mädchen setzte einen trotzigen Gesichtsausdruck auf. „Wir möchten gerne wissen, ob die Jessica, die hier neben Ihnen gelegen ist, irgendwas gesagt hat, das erklären könnte, warum sie von hier verschwunden ist.“ „Hat nichts gesagt!“ Schon war wieder ein Stöpsel im linken Ohr. Die Frau Doktor griff zu und riss ihn energisch heraus. „So, mein liebes Fräulein, und jetzt reden wir Klartext miteinander. Ich ermittle hier in einem Mordfall, und wenn du nicht vollständig und wahrheitsgemäß antwortest, dann werde ich dir ordentlich Feuer unterm Hintern machen! Dann werden wir uns deine Drogengeschichten von vorne bis hinten noch einmal ganz genau anschauen!“ Das, so vermutete Gasperlmaier, war wohl ein Schuss ins Blaue gewesen, doch die Hagere blickte jetzt eingeschüchtert zwischen den Anwesenden hin und her und wäre sicher noch blasser geworden, wenn das überhaupt möglich gewesen wäre. „Also!“, schoss die Frau Doktor nach. „Sie hat nur so gesagt, bevor sie die Nächste ist, haut sie lieber ab!“ „Was heißt die Nächste? Wobei die Nächste?“ Die Hagere zuckte mit den Schultern. „Worüber habt ihr vorher geredet, worum ging’s?“ „Na, um die Morde natürlich. Um ihren Bruder.“ „Und warum sie befürchtet, die Nächste zu sein, darüber hat sie nichts gesagt?“ Das Mädchen schüttelte den Kopf.

„Wollt ihr was voll Geiles sehen?“, meldete sich plötzlich Schneewittchen zu Wort. Sie hielt Gasperlmaier ihr Handy hin, auf dem ein Video lief. Unwillkürlich trat er näher und stellte zu seinem Entsetzen fest, dass es sich um einen Zusammenschnitt gewalttätiger Szenen handelte, in denen das Blut nur so herumspritzte. Er wandte sich vor Schreck ab, während die Frau Doktor auf das Mädchen zuging. Gasperlmaier wunderte sich, dass sie sich interessiert zeigte. „Woher hast du denn das?“, fragte sie zuckersüß. „Das schicken wir so herum, in der Klasse. Das finden alle geil.“ Gasperlmaier lief es kalt den Rücken hinunter. Wo sollte das enden, wenn Dreizehnjährige es cool fanden, wenn Menschen gleich reihenweise gefoltert und umgebracht wurden? Die Frau Doktor nahm das Handy in die Hand und gab sich interessiert. „Ich hab auch noch voll coole Türkenwitze drauf. Willst du sehen?“ Das Mädchen sah völlig unschuldig aus, fand Gasperlmaier. Wie war das nur möglich? Die Frau Doktor richtete sich wieder auf, ohne das Handy zurückzugeben. „Wollt ihr nicht wissen, wegen was ich hier bin?“, fragte das Mädchen. „Doch“, antwortete die Frau Doktor, „das interessiert mich sogar sehr!“ „Ich hab ADHS!“ Anscheinend war das auch eine voll coole Krankheit, denn das Mädchen grinste voll Stolz. Gasperlmaier schüttelte den Kopf, während die Manuela fast unhörbar murmelte: „Und einen gewaltigen Vogel, den hat sie auch!“ „Ich glaub, ich werd dein Handy einmal kurz mitnehmen. Du weißt ja, ich bin von der Polizei. Und wenn wir den erwischen, der solche Videos an Kinder schickt, dann staubt's ganz gewaltig!“ „Cool!“, antwortete das Mädchen. „Aber Sie dürfen mir das Handy nicht wegnehmen. Die Lehrer in der Schule dürfen's auch nicht!“ „Jaaa!“, antwortete die Frau Doktor gedehnt. „Da siehst du mal, dass es doch einen Unterschied gibt zwischen Lehrern und der Polizei. Ich darf dir sogar den Hintern versohlen, wenn du frech wirst! Wir gehen!“ Der letzte Satz war an Gasperlmaier und die Manuela gerichtet gewesen, die die Szene sprachlos verfolgt hatten. Hatte die Frau Doktor der Kleinen eben mit Prügeln gedroht? Wenn das nur keinen Ärger gab. Womöglich war der Vater von dem Fratzen Rechtsanwalt oder Landtagsabgeordneter. Man konnte ja nie wissen.

Im Schwesternzimmer übergab die Frau Doktor das Handy einer Krankenschwester, die gerade dabei war, Kaffee zu kochen. „Von Schneewittchen aus Zimmer 408!“, sagte sie. „Vielleicht wär's gut, wenn Kinder mit ADHS wenigstens im Krankenhaus keine Gewaltvideos schauen würden!“ Bevor die verblüffte Schwester noch reagieren konnte, hatte sie das Handy neben die Kaffeemaschine gelegt und war weitergegangen.

Noch im Auto schimpfte sie wie ein Rohrspatz. „Ein Wahnsinn! Ist das bei deinen Kindern auch so gewesen, Franz?“ Gasperlmaier war unsicher. Um derlei Dinge hatte sich meist die Christine gekümmert. „Türkenwitze und so was, das haben wir ihnen schon klargemacht, dass das nicht in Ordnung ist.“ Eigentlich aber konnte er sich gar nicht erinnern, dass seine Kinder irgendwann mit rassistischen Witzen dahergekommen wären. Nur an Filme, in denen es gelegentlich wild zuging, daran konnte er sich schon erinnern. Öfters hatte er schon den Kopf schütteln müssen, wenn er sah, was für DVDs sie sich für ein regnerisches Wochenende ausliehen. „Und so was Grausliches wie auf dem Handy, so was hab ich bei meinen Kindern eigentlich nie gesehen!“ Er war sich recht sicher, dass das auch zutraf.

„Jessicas Verschwinden beunruhigt mich mehr, als ich es der Frau Grubauer gegenüber zugegeben habe“, sagte die Frau Doktor. „Die Jessica ist nicht so schlau, dass sie wem entkommt, der es auf sie abgesehen hat. Und sie hat auch nicht viele Möglichkeiten, hier wegzukommen. Kein Auto, wenig Geld.“ Gasperlmaier überlegte, wie und wohin die Jessica verschwunden sein könnte. „Man müsste noch einmal beim Gaisrucker Marcel nachfragen. Immerhin – er ist der Einzige, von dem wir wissen, dass sie mit ihm zu tun hatte.“ Die Frau Doktor nickte. „Ganz sicher. Aber zuerst schauen wir uns einmal euren sauberen Obmann an. Manuela, wir laden Sie auf dem Posten aus, Sie kümmern sich um mögliche Freunde und Bekannte der Jessica. Wir fahren zum Herrn Raiffeisenbankdirektor.“

Gasperlmaier hatte wenig Freude mit der bevorstehenden Befragung. Immerhin war er ja mit dem Schratzenstaller persönlich bekannt. Wenn er ihn auch nicht mochte. Vor ein paar Jahren hatte der sogar versucht, ihn über den Tisch zu ziehen. Bei der Abwicklung von dem Sanierungskredit fürs Haus der Mutter. Er hatte ihnen eingeredet, dass es günstig sei, für die Abwicklung des Kredits ein eigenes Girokonto einzurichten. Und bei der ersten Jahresabrechnung hatte sich herausgestellt, dass er ihnen die monatlichen Kontoführungsgebühren dafür verschwiegen hatte. Dass sich diese sechs Euro im Laufe der 15 Jahre, die sie an diesem Kredit zahlen würden, auf fast 1000 Euro summieren würden, das hatte sogar Gasperlmaier ausrechnen können. Die Christine war dann einfach hingegangen und hatte das Konto am Schalter aufgelöst, ohne überhaupt noch einmal mit dem Schratzenstaller zu reden. Ein unangenehmer Mensch.

„Der Herr Direktor telefoniert gerade.“ Eine hübsche Sekretärin hielt er sich, der Schratzenstaller, das musste ihm der Neid lassen. Braungebrannt und mit gewinnendem Lächeln, trotz der Zahnspange. „Hoffentlich dauert’s nicht zu lange!“ Die Frau Doktor verschränkte die Arme, blieb vor dem Schreibtisch der Sekretärin stehen und tippte rhythmisch mit dem

Schuh auf den Boden. Es musste jedem klar sein, dass sie nicht vorhatte, lange zu warten.

Dennoch dauerte es fast fünf Minuten, bis der Herr Direktor Schratzenstaller aus seinem Büro kam. „Grüß Sie, Frau Doktor, Servus, Gasperlmaier!" Er nahm die Rechte der Frau Doktor in beide Hände und schüttelte kräftig, während er Gasperlmaier nur zunickte. Er roch stark nach einem billigen Rasierwasser. Gasperlmaier hasste diesen Geruch, er verwendete selber nie so etwas. Obwohl ihm die Christine schon öfters ein Duftwässerchen gekauft und ihn auch ermuntert hatte, es zu benutzen. Es sei nicht schlecht, meinte sie, wenn auch Männer gut riechen. Ihm hingegen genügten Wasser und Seife.

„Bitte!" Mit einer Handbewegung lud der Schratzenstaller sie in sein Büro ein. „Wenn Sie Platz nehmen möchten!" Er wies auf zwei Besucherstühle gegenüber seinem Schreibtisch. Die ganze Zeit über lächelte er süßlich, aber falsch, wie Gasperlmaier fand. Seine Augen, die ängstlich und kalt zuckten, verrieten ihn, ihm war gar nicht nach Lachen zumute. „Kaffee?" Die Frau Doktor verneinte. „Wir möchten Sie gar nicht lange aufhalten. Was wir wissen möchten, ist, wie Sie den Abend des 22. April erlebt haben – das Fischessen zum Saisonabschluss des Skiclubs Altaussee."

„Jaaa – lassen Sie mich überlegen." Der Schratzenstaller stellte die Ellbogen auf die Schreibtischplatte und verschränkte die Finger ineinander, dabei legte er beide Daumen an die Unterlippe. „Ich war, da muss ich nachdenken ..." „Waren Sie allein da?", kam ihm die Frau Doktor zuvor. „Oder mit Gattin?" Der Schratzenstaller, so kam es Gasperlmaier vor, zuckte ein wenig unruhig bei dieser Frage. „Äh, allein!", entschloss sich der Schratzenstaller endlich. „Meine Frau, äh, sie war, ihr war wohl ein wenig übel. Kopfschmerzen. Ja. Da musste ich also alleine hin."

Das Telefon summte, der Schratzenstaller hob ab. „Ja, grüß dich, Alfons! Nein, du störst überhaupt nicht!" Der Schratzenstaller lehnte sich zurück und begann, mit der freien Hand an einem Knopf seines Gilets zu drehen, während die Frau Doktor Gasperlmaier einen irritierten Blick zuwarf. Das kannte Gasperlmaier allerdings schon – der Schratzenstaller schreckte nicht davor zurück, in Anwesenheit von Kunden Privatgespräche zu führen, an denen die Anwesenden sogar teilhaben durften, während sie warten mussten. „Ja, wegen der Proben, da müssen wir noch einmal reden. Mit Kostümen, ja endlich. Da wird es aber auch Zeit." Anscheinend ging es um eine Laienspielgruppe, deren Aufführung bevorstand und in deren Rahmen dem Schratzenstaller eine wichtige Rolle zukam. Nach einiger Zeit versuchte die Frau Doktor, die Aufmerksamkeit des Direktors zu erringen, der das Gespräch nicht und nicht beenden wollte. „Herr Schratzenstaller!", mischte sie sich lautstark ein. Als der aber nur wegwerfend mit der Hand wedelte und weiter plauderte, beugte sich die Frau Doktor vor und drückte mit dem Zeigefinger auf die Gabel des Apparats. „Aber, aber …" Der Schratzenstaller war so verblüfft, dass er gar nichts mehr herausbrachte. Die Frau Doktor dafür umso schneller und umso mehr. „Herr Direktor, ich will nicht unhöflich sein, aber wenn Sie hier ausufernde Privatgespräche führen, während wir eine kriminalpolizeiliche Befragung durchführen, dann muss ich Sie schon an Ihre Bürgerpflichten erinnern. Und Ihr Arbeitgeber sieht das sicher genauso – denn mit Bankgeschäften hatte der Anruf ja wohl nichts zu tun!" Die Augenbrauen der Frau Doktor waren in lichte Höhen gewandert, während der Schratzenstaller zu schwitzen begann und nur „Das ist doch, da hört sich doch, das wird ..." herausbrachte. „Das wird ein Nachspiel haben, wollten Sie sagen. Was glauben Sie, wer mir schon alles ein Nachspiel angedroht hat. Meistens in völliger Verkennung der tatsächlichen Sachlage. Was also hat sich während des Fischessens abgespielt? Gasperlmaier, Sie informieren die Dame draußen, dass keine Gespräche mehr durchgestellt werden."

Gasperlmaier hatte sich so auf seine Rolle als Zuschauer in diesem kleinen Drama konzentriert, dass er nicht reagierte. Erst ein neuerliches „Gasperlmaier!" brachte ihn auf die Beine. Die Sekretärin schenkte ihm neuerlich ihr gewinnendes Lächeln, als er seinen Wunsch vortrug. „Schon klar!", nickte sie.

Als Gasperlmaier wieder Platz nahm, war der Schratzenstaller gerade dabei, seine Erinnerungen an den Abend hervorzukramen. „Ja, die, die Sie genannt haben, die waren alle dabei. Das Lokal war ja beinahe voll. Wissen Sie, es ist uns ein großes Anliegen, dass wir unseren Mitarbeiterinnen und Mitarbeitern, die ja den ganzen Winter ..." „Das ist nicht ganz das, was mich interessiert", unterbrach ihn die Frau Doktor ein wenig schärfer, als Gasperlmaier das für geboten hielt. „Sie haben sich mit Frau Kniewasser, die ja heute tot aufgefunden worden ist, länger unterhalten?" Der Schratzenstaller fauchte entrüstet. „Was heißt länger unterhalten! Ich habe mich mit allen unterhalten! Das gehört zu meinen Aufgaben als Obmann!" „Und Sie sind sich ganz sicher, dass Sie mit der Frau Kniewasser keine etwas privatere Unterhaltung geführt haben? Sie sind auch nicht mit ihr hinaus an die frische Luft?" Der Schratzenstaller schnappte nach Luft. Anscheinend hatte er Mühe, seine Stimme zu zügeln, als er die Frau Doktor anzischte „Was sind denn das überhaupt für Fragen? Sie werden mich doch nicht etwa verdächtigen? Das ist ja ein Skandal! Ich bitte Sie, sofort zu gehen! Das ist ja unglaublich!“ Gasperlmaier befürchtete, der Schratzenstaller würde einen Schlaganfall bekommen, so tiefrot war er angelaufen.

Die Frau Doktor blieb gelassen, lächelte und schlug die Beine übereinander. Sie schien gar nicht daran denken, die Befragung abzubrechen. Der Schratzenstaller richtete sich in seinem Bürostuhl auf und stützte sich auf die Armlehnen. „Das kannst du mir glauben, Gasperlmaier, beim Skiclub bekommst du keinen Fuß mehr auf den Boden, das sag ich dir! Und mit deinem Postenkommandanten, da werd ich ein Wörtchen reden, sobald ich dazu Gelegenheit habe!“ Nunmehr schrie der Schratzenstaller so, dass die Sekretärin draußen unter Garantie jedes einzelne Wort mitbekam. Die Frau Doktor lächelte noch breiter als zuvor. „Da können Sie gleich mit ihm selber reden, denn er ist nämlich jetzt der Postenkommandant. Herr Kahlß befindet sich im Krankenstand.“ Gasperlmaier war die ganze Szene so unangenehm, dass er am liebsten davongerannt wäre.

Der Schratzenstaller ließ sich heftig atmend wieder fallen. Anscheinend waren ihm jetzt Luft und Energie gleichzeitig ausgegangen. „Ich frage mich, Herr Direktor, warum ein paar einfache Fragen Sie dermaßen aus der Fassung bringen können?“ Die Frau Doktor war die Ruhe in Person, und dem Schratzenstaller wurde anscheinend erst jetzt bewusst, dass seine Strategie völlig danebengelegen war. Jetzt, so dachte sich Gasperlmaier, brauchte die Frau Doktor ihn nur noch zu pflücken wie eine reife Frucht. Allerdings stand sie nun auf, was ihn sehr verwunderte. Sie streckte dem Schratzenstaller die Hand hin. „Auf Wiedersehen!“, meinte sie fröhlich. „Und das meine ich wörtlich!“ Sie drehte auf dem Absatz um, Gasperlmaier folgte ihr wortlos. Er hätte auch nicht gewusst, was er sagen hätte können.

Vor der Bank entfuhren der Frau Doktor Laute, die Gasperlmaier am ehesten als ein tiefes Grollen bezeichnet hätte. „Das ist ja ein Schleimer von der übelsten Sorte! Wie könnt ihr denn den zum Obmann wählen?“ „Es ist ja nur wegen der Sponsorgelder, wir kriegen da die Torflaggen und einen Zuschuss ...“ Die Frau Doktor winkte ab. „Ist schon klar. Wer sonst als die Bank sollte den Sport fördern. Und dafür wird dann natürlich im Gegenzug der Direktor Obmann von dem einen oder anderen Verein, und wenn er ein bisschen ein besserer Direktor ist, dann sitzt er in dem einen oder anderen Aufsichtsrat, beaufsichtigt dort genau gar nichts, weil ihn nämlich nur die Sitzungshonorare interessieren, und wenn es dann knirscht im Gebälk von so einer Firma, dann hat niemand von irgendwas gewusst!“ Sie knallte wütend die Autotür ins Schloss. „Glaubst du, dass ...“ Gasperlmaier musste die Frage nicht zu Ende stellen. „Der? Dass der wen ermordet hat? Nie im Leben! Das ist ja ein Hosenscheißer, so wie der sich aufgeplustert hat. Der bringt es höchstens fertig, seiner Sekretärin oder der Josefine Kniewasser unter den Rock zu greifen, aber sonst ...“ Gasperlmaier musste an das nette Zahnspangenlächeln und die hübschen, gebräunten Oberarme der Sekretärin denken und wünschte ihr, dass der Schratzenstaller die Pfoten bei sich behielt, wenn er mit ihr zu tun hatte.

„Ist die Jessica schon wieder aufgetaucht?“ Die Frau Doktor war bereits wieder am Handy. Sie musste es zum Telefonieren nicht einmal aus der Handtasche holen, das übernahm ihr modern ausgestattetes Auto für sie. Bei dieser Gelegenheit fiel Gasperlmaier ein, dass er auch Überlegungen in punkto Autokauf anzustellen hatte. Es war ja nicht nur, dass sich die Kinder für den alten Opel Kadett schämten und ihn ständig bestürmten, für einen einigermaßen präsentablen fahrbaren Untersatz zu sorgen, es waren ja auch die ständigen Reparaturen, die ihn langsam, aber sicher um den Verstand brachten. Das Auto stand ja schon länger in der Werkstatt herum, als er überhaupt damit fuhr. Das war kein Zustand mehr. Sechzehn Jahre lang hatte er ihm ja immerhin treue Dienste geleistet.

„Gibt es schon Rufdaten vom Handy der Jessica Grubauer?“, fragte die Frau Doktor die Manuela, als sie auf dem Posten eintrafen. Die aber schüttelte den Kopf. „Nicht verwendet. Genau seit dem Zeitpunkt, als sie aus dem Krankenhaus verschwunden ist.“ „Und davor?“ Die Manuela hob ein bedrucktes Blatt von ihrem Schreibtisch. „Der Marcel Gaisrucker hat sie angerufen.“ Sie hob ein anderes Blatt auf. „Und in Bezug auf Beziehungen und Freunde, haben Sie da etwas herausbekommen?“ Die Manuela deutete auf die Liste in ihrer Hand. „Ich hab bisher aber nur ein paar Namen.“ „Versuchen Sie mehr über die Leute herauszufinden. Vor allem, ob jemand von denen momentan auch nicht erreichbar ist, und wer von ihnen ein Auto hat. Fragen Sie auch nach den Handynummern der Leute, und rufen Sie an. Und wir fahren jetzt zum Gaisrucker.“ Die Manuela versprach fröhlich, das alles schnellstens zu erledigen, das sei überhaupt kein Problem. Die Manuela würde ihn, das spürte Gasperlmaier, auch bald einmal überfordern in ihrer Hyperaktivität.

Auf ihr Läuten meldete sich in der Erdgeschoßwohnung des Marcel Gaisrucker niemand. „Läuten wir einmal oben, bei seiner Mutter“, schlug Gasperlmaier vor. Nach wenigen Sekunden öffnete sich ein Fenster im ersten Stock. „Frau Gaisrucker, wir hätten gern den Marcel gesprochen. Ist er zufällig da? Oder wissen Sie, wie wir ihn erreichen können?“ Die Alte schüttelte den Kopf. „I woaß nix!“ Schon flog das Fenster wieder zu. Gasperlmaier musste abermals läuten. Diesmal wesentlich ausdauernder als zuvor.

Als sich das Fenster wieder öffnete, übernahm gleich die Frau Doktor. „Frau Gaisrucker, wir hätten nur ein paar Fragen. Wenn Sie allerdings das Fenster gleich wieder zuschmeißen, dann muss ich Sie aufs Bezirkspolizeikommando nach Liezen zur Vernehmung vorladen.“ Diese Drohung verfehlte kaum jemals ihre Wirkung, und so bequemte sich auch die Frau Gaisrucker zu ihnen auf die Straße. Auf die Idee, sie hineinzubitten, war sie nicht gekommen. Dünn, verhärmt und verärgert sah sie aus.

„Wann haben Sie denn den Marcel das letzte Mal gesehen?“ Die Gaisruckerin zuckte mit den Schultern. „Heute nicht. Ist schon komisch. Sonst kommt er ja meistens um die Mittagszeit herauf, wenn er ausgeschlafen ist. Schauen, ob ich was im Kühlschrank habe.“ „Und gestern?“, fragte die Frau Doktor nach. „Gestern Mittag schon.“ Man musste ihr alles aus der Nase ziehen. „Und heute Nacht war er zu Hause?“ Die Frau Gaisrucker zuckte wieder mit den Schultern. „Ich glaub schon. Aber gesehen hab ich ihn nicht. Gehört auch nicht.“ „Ist vielleicht sein Auto heute vor der Tür gestanden?“ „Er stellt’s immer hinten hinein. Da schau ich nie hinaus.“ Das war ja klar, dachte Gasperlmaier bei sich. Wenn man wo hinausschaute, dann nach vorn, auf die Straße, denn da gab es was zu sehen. In den eigenen Hinterhof einen Blick zu werfen, das war ja völlig überflüssig. „Ja, dann schauen wir halt einmal hinter dem Haus nach, nicht? Zeigen Sie uns den Weg?“

Murmelnd und mit den Armen gestikulierend schlurfte die alte Gaisruckerin voraus. „Da wär's gestanden!" Sie deutete auf einen geschotterten Platz hinter dem Haus, der durch einen großen Ölfleck deutlich als der zu erkennen war, wo üblicherweise ein Auto stand. „Ist aber nicht da", setzte sie überflüssigerweise hinzu. „Ja. Das sehen wir selber. Die Autonummer?" Die Gaisruckerin zuckte mit den Schultern, während die Frau Doktor schon ihr Handy aus der Tasche fischte und die Anordnung gab, das Auto zur Fahndung auszuschreiben. „Haben Sie eine Ahnung, wo der Marcel sein könnte?" Die Frau Gaisrucker breitete die Arme weit aus, um ihre Ahnungslosigkeit zu demonstrieren. „Was weiß denn ich, wo sich der Falott herumtreibt!", keifte sie nur. „Seine Handynummer?" „Da muss ich oben nachschauen!", sagte die Frau Gaisrucker und deutete auf ihr Fenster. „Tun Sie das, bitte. Und zwar möglichst schnell. Wir haben's ein bisschen eilig." Dennoch dauerte es Minuten, bis die Frau Gaisrucker oben im Fenster erschien und die Nummer, Ziffer für Ziffer, zu ihnen hinunterschrie. „Ja, das war's dann, Frau Gaisrucker. Wir müssen weiter."

„Ruf einmal an!", wies die Frau Doktor Gasperlmaier an, als sie wieder im Auto saßen. Sie reichte ihm den Zettel, auf dem sie die Nummer des Marcel notiert hatte. Er wählte, erhielt aber lediglich die Auskunft, dass der Teilnehmer nicht erreichbar sei. „Nicht erreichbar!", informierte er die Frau Doktor. „Besonders interessiert hat sie sich ja nicht dafür, wo ihr Sohn abgeblieben ist!", meinte die. Gasperlmaier überlegte, ob jetzt am Ende der Marcel auch noch Gefahr lief, in die Hände des Mörders, oder der Mörderin, zu fallen. Unmöglich schien es ihm nicht.

„Ich fühl mich bei der ganzen Geschichte nicht wohl. Lieber wär's mir, wenn wir die zwei ganz schnell finden würden, oder wenn sich alles als Nebensache herausstellt." Die Frau Doktor schlug den Weg zurück zum Posten ein. „Ich muss mich jetzt um die Handyauswertungen der Beteiligten kümmern", sagte sie, „das wird eine Weile dauern. Ich möchte schließlich auch die Genehmigung, das Handy des Direktor Schratzenstaller zu überprüfen. Und dann müssen wir herausfinden, wo der Marcel und sein Auto sind. Für eine Vermisstenfahndung ist es zu früh, aber wir können ja einmal alle Streifen in der Gegend auffordern, die Augen offen zu halten." „Ob die zwei auch in Gefahr sind?", fragte Gasperlmaier. Die Frau Doktor zuckte mit den Schultern. „Dass die Jessica weg ist, deutet für mich darauf hin, dass sie etwas weiß, was wir noch nicht wissen. Und genau davor hat sie Angst. Ob der Gaisrucker überhaupt verschwunden ist, wird sich erst in den nächsten Stunden klären. Wenn ein junger Mann einmal einen halben Tag lang nicht auffindbar ist, muss man ja nicht gleich an ein Verbrechen denken."

„Grüß euch!" Die Manuela hielt der Frau Doktor eine Liste entgegen. „Die Frau Grubauer hat mir nur vier Namen sagen können, von Freundinnen oder Bekannten der Jessica. Drei davon hab ich erreicht, nur die Sabrina Lerchbauer, die ist nicht ans Handy gegangen. Ich versuch's aber weiter." Die Frau Doktor ließ sich in einen Schreibtischstuhl fallen. Hier herinnen war es angenehm kühl, während es draußen schon ein wenig schwül geworden war. Gasperlmaiers zwischendurch getrocknete Uniformhose klebte nun an den schwitzenden Beinen, und er sehnte sich nach seiner Lederhose. Die temperierte den Körper immer angenehm, war es kalt, wärmte sie, war es heiß, kühlte sie, sozusagen eine Art tragbarer Klimaanlage. Der Frau Doktor, mutmaßte Gasperlmaier, musste es in ihren grau und neongrün gemusterten Strümpfen auch schon ziemlich warm geworden sein, denn sie hatte einen Schnellhefter vom Schreibtisch genommen und fächelte sich damit Luft zu.

„Die erste ist die Conny Hansel. Die hat die Jessica seit Wochen nicht gesehen, und es hat auch so geklungen, als wäre sie nicht sonderlich interessiert daran, sie jemals wiederzusehen. Kein Auto." Die Frau Doktor ließ hörbar Luft ab, bevor die Manuela fortfuhr. „Dann ist da die Isabella Eder. Die hat ein Auto, es steht aber, so behauptet sie, vor dem Haus ihrer Eltern, weil sie in der Arbeit im Friseursalon ist und es nicht braucht. Die Jessica hat sie in den letzten Tagen nicht gesehen. Und die dritte ist ..." „Gibt die was her?", fragte die Frau Doktor dazwischen. „Denn wenn nicht, können Sie sich die Details sparen." „Gibt nichts her!" Die Manuela schüttelte den Kopf.

„Du kannst auch etwas tun, damit wir den Marcel vielleicht schneller finden", sprach die Frau Doktor Gasperlmaier direkt an. „Du könntest dir eine Feuerwehrplätte ausleihen und das Seeufer absuchen. Wir wissen ja, dass unser Herr Gaisrucker sich an heißen Tagen gerne am Seeufer abkühlt." Gasperlmaier erinnerte sich daran, wie sie vor Jahren in einem anderen Fall auf der Suche nach dem Gaisrucker am Seeufer auf ihn getroffen waren. Ihm war der Fall vor allem deswegen in Erinnerung geblieben, weil er von einem halbnackten Mädchen in der Gesellschaft des Marcel damals arg provoziert worden war. Sie hatte eine Rose auf den Hintern tätowiert gehabt, glaubte er sich zu erinnern. Auch, dass jener Hintern prall und wohlgeformt gewesen war.

„Ich fahr jetzt nach Liezen, die haben die Pressekonferenz eh schon verschieben müssen. Mir nur recht, dann schreiben sie ihren Blödsinn erst in der Ausgabe von übermorgen. Die Manuela begleitet dich!“, riss ihn die Frau Doktor aus seinen Träumereien. Gasperlmaier nickte. Er hatte zwar kein Problem damit, das Seeufer nach dem Marcel abzusuchen, lieber allerdings wäre es ihm gewesen, wenn er vorher seine Badehose hätte holen können. Eine Runde im kühlen Wasser des Altausseer Sees zu schwimmen, danach sehnte er sich jetzt mehr als nach allem anderen. Die Manuela allerdings stand schon, voll adjustiert mit Waffe und Ausrüstung, bei der Tür.

Wenig später fuhren Gasperlmaier und die Manuela mit dem fast lautlosen Elektromotor gegen die Seeklause hin. Auf den Badeplätzen herrschte nur mäßiger Betrieb. Die Hochsaison hatte noch nicht begonnen, und der See war so kalt, dass es wirklich nur geübte und geeichte Einheimische zum Schwimmen ins Wasser zog. „Übernimm du das Steuer!“, ordnete Gasperlmaier an. „Ich schau durchs Fernglas. Du hast den Gaisrucker ja nur einmal gesehen, ich erkenn ihn sicher eher.“ „Ich hab aber so ein Schiff noch nie gesteuert!“, jammerte die Manuela. „Dann lernst es halt. Schau: Du drückst nach rechts, und die Plätte fährt nach links. Und umgekehrt. Da stellst du den Motor aus, da auf Rückwärtsgang. Ganz einfach!“ Die Manuela setzte sich nach hinten ans Steuer, und Gasperlmaier nahm das Fernglas zur Hand. Ein bisschen seltsam kam er sich schon vor, als er da seinen stark vergrößerten Blick über die gut geölten, weitgehend entkleideten Körper der Badenden schweifen ließ. Hoffentlich kam niemand auf die Idee, dass er sich hier voyeuristisch betätigte – aber die Polizeiuniformen an Bord der Plätte mussten wohl derartige Zweifel zerstreuen.

„Du kannst jetzt abdrehen!“, sagte Gasperlmaier kurz vor der Seevilla. „Da hinten, wo du die weißen

Schotterstreifen siehst, da sind die nächsten Badeplätze!" In einem eleganten Bogen drehte die Manuela die Plätte um fast 180 Grad. Für jemanden, der noch nie so ein Boot gesteuert hatte, machte sie das erstaunlich gut. „Puh!", seufzte sie. „Mir ist heiß! Da kriegt man Lust aufs Baden!" Sie zog die Uniformjacke aus und schmiss die Dienstmütze auf den Boden der Plätte. Aus den Augenwinkeln sah Gasperlmaier, wie sie zwei Knöpfe ihrer Uniformbluse öffnete. Er brauchte kein Fernglas, um den Anblick zu genießen. Dennoch setzte er es wieder an, obwohl es an dieser Stelle auf dem Uferweg – außer malerischen Häuschen – wirklich nichts zu sehen gab. Er setzte das Fernglas wieder ab und wandte sich der Manuela zu. „Wie gefällt's dir denn eigentlich bei uns in Altaussee?" Sie lachte hell auf. „Viel hab ich ja noch nicht gesehen. Und wenn ich heute noch eine Runde schwimmen kann, dann wird's mir sicher ganz ausgezeichnet gefallen!" Gasperlmaier überlegte, ob es statthaft wäre, der Manuela anzubieten, sie zu einer abendlichen Schwimmrunde am Kahlseneck, einem beliebten öffentlichen Badeplatz, einzuladen. Die Manuela war sicher auch im Badeanzug sehenswert.

Endlich hatten sie die erste größere Schotterbank erreicht, die sich längs des Seeufers hinzog. Gasperlmaier blickte erneut durchs Fernglas und ließ die Linsen über die am Ufer liegenden und sitzenden Körper gleiten. Schwimmer konnte er keine ausnehmen. „Langsamer!", kommandierte er, als er ein Pärchen im Fokus hatte, das sich einer innigen Umarmung hingab. Der Bursch konnte ja schließlich der Marcel Gaisrucker sein. Allerdings sah er sein Gesicht nicht, das war von seiner dunkelhaarigen Begleiterin verdeckt, die es offenbar mit lang andauernden Küssen bedeckte.

Irgendwie kam das Mädchen Gasperlmaier bekannt vor. Obwohl die Manuela den Motor gedrosselt hatte, trieben sie zu schnell vorbei. „Rückwärts!", kommandierte Gasperlmaier, und nach wenigen Sekunden kam die Plätte zum Stillstand. „Stopp!", sagte er, doch nun begannen sie sich zu drehen, was es noch schwieriger machte, das Pärchen im Auge zu behalten. Plötzlich aber deutete der Bursch mit ausgestreckter Hand direkt auf Gasperlmaier, und auch das Mädchen drehte sich um. Der Mann war zwar nicht der Marcel, das Mädchen aber, so erkannte Gasperlmaier, war niemand anderer als die Andrea, die nun schon langjährige Gefährtin seines Sohnes Christoph. Bloß dass der, auf dessen Schoß sie sich räkelte, da war sich Gasperlmaier sicher, keinesfalls der Christoph sein konnte, denn der trug sein helles Haar lang und meist zu einem Pferdeschwanz gebunden, während der Mann, der immer noch mit dem Finger auf ihn zeigte, nahezu kahlgeschoren war. Gasperlmaier setzte das Fernglas ab und wandte sich ab. Das würde eine schreckliche Nachricht für den Christoph sein, der vor seinen Ferien noch einmal nach Wien hatte fahren müssen, um an der Uni eine Prüfung abzulegen. Es würde ihm das Herz brechen, fürchtete Gasperlmaier, wenn er davon erfuhr, dass sich seine Andrea die Wartezeit mit Glatzköpfen vertrieb. Oder hatte er selber wieder einmal etwas verpasst, was alle anderen schon längst wussten?

„Was schaust du denn so erschrocken?", fragte die Manuela, die nun selber die Augen mit ihrer Handfläche beschattete und das Ufer absuchte. „Nichts!", antwortete Gasperlmaier. „Mir ist nur ein bisschen schwindlig geworden. Von dem Geschaukel. Fahren wir weiter!" Der Manuela, so dachte er bei sich, musste er ja nicht gleich alle Familienprobleme brühwarm erzählen. Dabei fiel ihm sein eigenes Problem wieder ein, das er schon fast hatte verdrängen können. Dass die Christine an die Pädagogische Hochschule nach Salzburg und dort Karriere machen wollte. Wer weiß, aus den zwei Tagen würden drei werden, zum Schluss die ganze Woche, und dann würde sie vor lauter Stress auch am Wochenende in der Großstadt bleiben, weil es sich ja gar nicht auszahlte, zu ihrem Mann und den zwei erwachsenen, ohnehin meist abwesenden Kindern zurückzukehren. Er würde allein zurückbleiben und sich Gesellschaft und Ansprache beim Servierpersonal der verschiedenen Wirtshäuser suchen müssen.

Mit deutlich weniger Motivation setzte Gasperlmaier seine Beobachtungen fort, während die Manuela immer geschickter steuerte, aber auch immer öfter die Hitze beklagte. Ganz schlimm wurde es, als sie an der sonnenbestrahlten Loserwand vorbei zurück nach Altaussee fuhren. „Da wäre dann der Badeplatz!", erklärte Gasperlmaier, als sie am Kahlseneck vorüberfuhren. „Ich glaub, der sieht mich heute noch einmal!" Die Manuela fächelte sich mit der Dienstmütze frische Luft zu, und ihre Uniformbluse hatte sie schon einigermaßen durchgeschwitzt, sodass sie nahezu durchsichtig war. Verschämt wandte Gasperlmaier seine Blicke ab.

„Außer Spesen nichts gewesen!", meinte die Manuela, als sie im Bootshaus wieder aus der Plätte stieg, während Gasperlmaier sie vertäute. „Hoffentlich können wir jetzt Feierabend machen!" Sie sah auf ihre Uhr. „Immerhin ist es schon halb sechs. Ich will ins Wasser. Und Hunger hab ich auch. Und ein Seiterl Bier, das wäre doch auch fesch, oder?" Sie zwinkerte Gasperlmaier zu. Der war mit allem einverstanden, was die Manuela gesagt hatte, nur mit den Seiterln, da hatte er es nicht so. Die 0,3 Liter waren im Vergleich zur Halben mit

0,5 Liter meist überteuert. Bloß, weil das Glas ein bisschen eleganter ausschaute. Gasperlmaier fragte sich nur, wie er es der Christine erklären sollte, dass er mit der Manuela noch eine Runde schwimmen gehen wollte. Und vor allem, wie er ihr die Sache mit der Andrea beibringen sollte. Und ob sie es dem Christoph berichten sollten, dass die Andrea mit einem fremden Burschen am Strand herumgeschmust hatte.

10

„Hast heute wenigstens schon einmal auf der Baustelle vorbeigeschaut? Ich mein, wie lang wird denn das noch dauern mit den Fensterbänken? Und bevor die nicht drin sind, können wir ja die Böden nicht verlegen lassen! Und dann kann erst der Maler kommen!“ Seit er nach Hause gekommen war, hatte die Mutter nicht aufgehört zu jammern. Einerseits, so musste sich Gasperlmaier eingestehen, war es ihm ja recht, dass sie so schnell wie möglich in ihr eigenes Haus zurückwollte. Andererseits hatte er jetzt keine Lust, noch zum Haus der Mutter hinüberzufahren, wo wahrscheinlich ohnehin wieder kein Arbeiter war. „Schaust halt schnell nach!“, meinte die Christine, „Bis zum Essen dauert's sowieso noch.“ Was sollte er da machen? Missmutig schlüpfte Gasperlmaier aus seiner Uniform, warf sie über einen Sessel und stieg in seine Lederhose. In die rechte Hosentasche stopfte er eine Badehose – noch hatte er ein Bad im See mit der Manuela nicht abgeschrieben. Sie wollte jedenfalls, so hatte sie erklärt, direkt nach dem Dienst zum Badeplatz.

Vor dem Haus der Mutter stand tatsächlich ein Auto, und ein Arbeiter bereitete gerade in einem Kunststoffbottich Mörtel zu. „Servus!“, sagte Gasperlmaier. Als sich der Arbeiter aufrichtete, sah Gasperlmaier, dass es der Köberl Kilian war. „Was machst denn du da?“ Gasperlmaier war erstaunt. „Der Rieger Erwin, der hat nicht können. Da hat er mich angerufen, ob ich vielleicht die Fensterbankln da einmauern kann. Und ich hab gerade Zeit gehabt.“ Der Kilian grinste Gasperlmaier an. In einem Mundwinkel hing ein Zahnstocher, auf dem er herumkaute. „Wo hast denn deine saubere Kollegin gelassen? Die würd ich mir gern noch einmal näher anschauen! Wo wohnt sie denn?“ Gasperlmaier winkte ärgerlich ab. „Wirst heute noch fertig?“, fragte er. „Wenn’st mir hilfst!“, grinste der Kilian. So hatte Gasperlmaier sich das nicht vorgestellt.

Während er die Fensterbänke mit Schraubzwingen in der richtigen Position fixierte, begann der Kilian, die freigestemmten Nischen mit Mörtel zu füllen. „Wie weit seid’s denn mit euren Morden? Jammerschad ist’s um die Josefin! Da hättet’s ihr schon früher aufstehen sollen, damit uns die nicht umgebracht wird! Einen solchen Busen werden wir nicht mehr so schnell finden!“ „Red nicht so blöd daher!“ Gasperlmaier war ärgerlich, erstens, weil er lieber bei der Manuela am Badeplatz gewesen wäre als hier zu schwitzen, und zweitens, weil das Fensterbankl immer wieder zu verrutschen schien, nachdem er die Schraubzwingen festgezogen hatte. Jedenfalls war die Luftblase in der Wasserwaage nie dort, wo sie eigentlich sein sollte. Und drittens, weil er nicht wusste, was er dem Kilian sagen konnte, und was er besser für sich behalten sollte. „Wir werten gerade alle Spuren aus!“, sagte er schließlich. „Und alle, die dabei waren, am 22. April, die werden überprüft. So wie du.“ „Seid’s ihr bei dem Schratzenstaller auch schon gewesen, bei dem geilen Bock?“, fragte der Kilian. Gasperlmaier brummte nur anstatt einer Antwort.

Als er das dritte und letzte Fensterbankl in halbwegs waagrechte Position gebracht und verschraubt hatte, hatte er genug. „Pfüat di, ich hab noch einen dringenden Termin!“ Gasperlmaier schwang sich auf sein altes Fahrrad und hoffte, dass den Reifen nicht bis zum Kahlseneck endgültig die Luft ausgehen würde. Wie er der Christine erklären würde, dass er viel zu spät zum Essen kam, das wollte er auf später verschieben.

Tatsächlich saß die Manuela beim Buffet und hatte ein Seidel Bier vor sich stehen, als er am Badeplatz ankam. „Willst nicht zuerst schwimmen gehen?", fragte sie, als er sich ihr gegenüber niederließ. „Kann ich später auch noch!", meinte er mit einer wegwerfenden Handbewegung. „Kann ich auch ein Bier haben?" Die Bedienung nickte. Aufregend sah die Manuela aus in dem einteiligen grauen Badeanzug, der knapp saß, hohe Ausschnitte an den Beinen und tiefe an Brust und Rücken hatte. Die Rundungen, stellte Gasperlmaier fest, saßen genau dort, wo sie auch hingehörten.

„Eins weiß ich schon: Euer See ist saukalt! Ich hab nicht mehr als 200 Tempos geschafft, dann hab ich meine Hände und Füße nicht mehr gespürt!" Gasperlmaier lächelte und nahm einen Schluck von dem Bier, das die Bedienung vor ihn hingestellt hatte. Plötzlich wurde ihm bewusst, dass es ihm an Gesprächsstoff fehlte. Er wusste nicht recht, wie er die Manuela unterhalten sollte. Zu seinem Glück fing sie selber an. „Hast du schon eine Theorie, wer die zwei umgebracht hat? Glaubst du, dass der Mörder mitten unter uns ist?" Gasperlmaier zuckte mit den Schultern und ließ die Gesichter Revue passieren, die ihnen in diesem Fall schon untergekommen waren. Keinen von denen konnte er sich bei so grausamen Bluttaten vorstellen. Entweder waren sie zu harmlos, zu blöd oder zu schwach, um so etwas anzustellen. „Ich glaub", sagte er schließlich, „dass wir dem Mörder noch nicht begegnet sind." „Weißt du, ich hab überhaupt noch nie einen Mörder gesehen. Außer im Fernsehen. Ich bin echt schon gespannt, wer es ist. Und wie er aussieht. Glaubst du, dass ich dann einmal mit ihm reden kann, wenn wir ihn haben?" Die Manuela hatte sich vorgebeugt, was Gasperlmaier einen tiefen Blick in ihren Ausschnitt erlaubte. Den aber konnte er nur sehr bedingt genießen, weil er immer öfter daran denken musste, dass die Christine zu Hause mit dem Essen wartete. „Ich hab schon mit ein paar gesprochen, die einen umgebracht haben“, meinte er, „und die haben auch nicht anders ausgeschaut oder geredet als wie jeder andere auch.“ Tatsächlich waren ihm alle Verbrecher, denen er bisher begegnet war, nicht als besonders hinterhältige oder gewalttätige Menschen erschienen.

Er entschloss sich, das Baden bleiben zu lassen und wieder nach Hause zurückzufahren. Er hatte sowieso sein Handtuch vergessen. „Ich muss!“, sagte er, nachdem er das leere Glas auf den Tisch gestellt hatte. „Aber du warst doch noch gar nicht schwimmen!“ „Meine Frau wartet mit dem Essen!“, gab Gasperlmaier zu und stieg den kurzen Weg zur Forststraße hinauf, an der er sein Rad abgestellt hatte. „Himmelfix!“, fluchte er, als er feststellte, dass im Vorderreifen keine Luft mehr war.

„Du kannst dir dein Essen aufwärmen!“, rief ihm die Christine zu, als er, sein Rad schiebend, vor der Garage ankam. Gasperlmaier aber hatte ohnehin keinen Hunger. Sie war gerade dabei, die Blumen im Vorgarten zu gießen. „Wo bist denn überhaupt so lange gewesen?“ „Ich hab helfen müssen, die Fensterbankln einzumauern“, jammerte Gasperlmaier, „weil der Maurer wieder nicht gekommen ist und den Kilian geschickt hat.“ Er hoffte, dass seine kleine Notlüge nicht aufgedeckt werden würde. Trotzdem plagte ihn das schlechte Gewissen, obwohl, genau betrachtet, überhaupt nichts Verbotenes vorgefallen war – mit dem Friedrich war er ja schließlich auch hie und da nach dem Dienst auf ein Bier gegangen. Nur hatte er das zu Hause nicht verschweigen müssen.

Nach dem Abendessen musste aber doch noch etwas heraus, das ihn belastete. Gasperlmaier trat hinter die Christine, die an ihrem Schreibtisch saß, und legte ihr die Hände auf die Schultern. „Ich hab heute die Andrea gesehen!", fing er an. Die Christine drehte sich um. „Und?" „Mit einem anderen Mann!", platzte er heraus und erzählte dann die ganze Geschichte, etwas verworren offenbar, denn die Christine musste mehrmals nachfragen, um ein genaues Bild des Vorfalls zu bekommen.

„Ob wir ihm das sagen müssen?", fragte er schließlich und erlebte die Christine ratlos, was selten passierte. „Einerseits", sagte sie, „sollten wir uns nicht in sein Leben einmischen, und die beiden sollten alles untereinander regeln, was ihre Beziehung betrifft." „Also sagen wir nichts!", schloss Gasperlmaier. „Andererseits", fuhr die Christine fort, „ist es auch unfair von uns, wenn wir ihm eine so wesentliche Information vorenthalten und nicht ehrlich mit ihm sind." „Dann warten wir halt noch ein paar Tage, bis er wieder da ist und sich einmal mit ihr getroffen hat", schloss Gasperlmaier. Die Christine legte einen Finger an den Mund. „Hm. Glaubst du, dass die Andrea dich erkannt hat?" Daran hatte er noch gar nicht gedacht. „Ihr wart zu zweit, und in Uniform?", fragte die Christine nach. Gasperlmaier nickte. „Da braucht es nicht viel, dass sie die richtigen Schlüsse zieht, auch wenn sie dein Gesicht nicht erkannt hat! Vielleicht sollte ich einmal mit ihr unter vier Augen reden." Gasperlmaier nickte. Das erschien ihm der ideale nächste Schritt, vor allem, weil er damit nichts zu tun hatte. Bei Beziehungsgeschichten, so fand er, war es ohnehin am gescheitesten, wenn sich die Frauen untereinander darüber unterhielten. Die verstanden einfach mehr davon.

„Und wenn wir schon dabei sind, und du hörst mir ausnahmsweise einmal zu, dann sollten wir gleich auch noch über die Sache mit Salzburg reden." Einerseits war Gasperlmaier froh, dass sein verspätetes Erscheinen nicht zum Gesprächsthema wurde, andererseits war ihm das Thema Salzburg auch durchaus unangenehm. „Schau, Franz, mir ist es einfach wichtig, dass ich auch noch einmal was anderes mach in meinem Leben, als nur den Altausseer Kindern Schreiben und Lesen beizubringen. Nicht, dass ich das als sinnlos empfinden würde, aber eine neue Herausforderung anzunehmen, das gibt doch dem Leben wieder Schwung!" Seiner Meinung nach hatte das Leben der Christine genug Schwung, aber das behielt er lieber für sich. Die Christine redete und redete, und um nicht antworten zu müssen, nickte er dann und wann verständnisvoll. Es war ja eigentlich auch alles gut und richtig, was sie sagte. Nur so recht wohlfühlen tat er sich bei der Vorstellung einfach nicht, dass sie sich irgendwie von ihm zu entfernen schien. Nur, die richtigen Worte dafür zu finden, das war schwierig.

„Sag, Franz, hörst du mir überhaupt zu?" Wieder nickte er. „Ja, ja. Ich denk nur nach." „Worüber denn?" „Was ich darauf sagen soll!", antwortete er wahrheitsgemäß. Am Ende, so dachte er bei sich, war es doch das Gescheiteste, der Christine ihren Willen zu lassen. Alles andere würde letztendlich hauptsächlich ihm selber schaden, er würde dann ihren Missmut auszubaden haben. „Wahrscheinlich", so sagte er deshalb, ein wenig zögerlich, „hast du eh recht." Er versuchte ein zaghaftes Lächeln. Die Christine strahlte und fuhr ihm durch die Haare.

Die Mutter hielt den Kopf bei der Türe herein. „Was habt ihr denn so Geheimes zu besprechen, dass ich nicht mithören darf? Kommt's ihr nicht noch ein bisserl hinaus, auf die Terrasse? Ist so schön sitzen! Wer weiß, wie lange das Wetter anhält! Wir haben einmal ein Jahr gehabt, da hat der Vater noch gelebt, da haben wir uns im ganzen Sommer dreimal vors Haus setzen können! Dreimal!" Gasperlmaier nickte, allein schon deswegen, damit sie vielleicht einmal zu reden aufhörte. Er würde wirklich darauf schauen müssen, dass das Haus der Mutter wieder bewohnbar wurde. Sie zerrte schon arg an seinen Nerven. „Ich hab noch ein bissl zu tun! Ich komm dann gleich!" Leise fügte die Christine hinzu: „Tu ihr halt den Gefallen! Nimm dir ein Bier und setz dich hinaus!" Gasperlmaier seufzte.

Es war wirklich ein schöner, lauer Abend. Die Vögel zwitscherten, eine leichte Brise bewegte die Bäume, gerade so, dass die heiße Luft von der Terrasse verblasen wurde und es angenehm zu sitzen war. Gasperlmaier nahm die Bierflasche zur Hand und tat einen kräftigen Zug. Die Mutter seufzte. „Ohne ein Bier kann man sich anscheinend nicht auf die Terrasse setzen? Wegen dem hätt ich dich jetzt nicht gebraucht!" Gasperlmaier versuchte es mit Argumenten. „Mama, ein Bier hie und da, das hat noch keinem geschadet. Wenigstens enthält es keinen Zucker und kein Fett. Und wegen dem bissel Alkohol!" Zunächst schwieg die Mutter, allerdings mit grimmigem Gesicht, und bearbeitete ihr Strickzeug, als hätten die Nadeln sie persönlich beleidigt. „Was strickst denn?", gab sich Gasperlmaier versöhnlich. „Interessierst dich eh nicht wirklich dafür!" „Doch!", verteidigte sich Gasperlmaier. Als dann allerdings ein mehr als erschöpfender Vortrag über ein Sozialprojekt für arme Kinder in Afrika folgte, bereute er, überhaupt gefragt zu haben. Schließlich ließ er sich dazu hinreißen, den Monolog der Mutter zu unterbrechen. „Da unten ist's doch eh die meiste Zeit so heiß, brauchen die denn überhaupt was Wollenes?“ Die Mutter legte die Stricknadeln in den Schoß. „Das glaub ich schon, dass dir dein Bier wichtiger ist als die armen Kinder in Afrika. So einem Alkoholiker ist ja schließlich irgendwann einmal alles egal. Hauptsache, er kriegt was zu trinken.“

Gasperlmaier schwieg beleidigt, und plötzlich war der Abend alles andere als schön. Das Gezwitscher der Vögel wurde zu einem lästigen Kreischen, die Holzbank drückte im Kreuz, und ein plötzlicher Windstoß ließ ihn frösteln. Wie um seinem Standpunkt Nachdruck zu verleihen, nahm er neuerlich einen großen Schluck. Zu seinem Glück kam die Christine mit zwei Gläsern in der Hand auf die Terrasse. „Magst einen Hugo, Oma?“ Nach einem kurzen Seitenblick zu Gasperlmaier hinüber nickte die Oma, nahm ihr Getränk entgegen, saugte einmal kurz am Strohhalm und ließ ihre Blicke durch den Garten schweifen. „Alkoholiker!“, murmelte Gasperlmaier noch einmal, möglichst leise, damit niemand es hören konnte.

11

„O Gott, o Gott, o Gott!" Wieder und wieder wiederholte die Frau Doktor ihre Anrufung des Herrn, zu mehr schien sie im Moment nicht in der Lage zu sein. „O Gott, o Gott, o Gott!" Sie standen vor der Altausseer Gradieranlage, einer offenen Halle, in der über hohe Gestelle Tannenreisig gebreitet war. Über das Reisig lief Salzwasser aus dem Salzbergwerk, das durch das Tannenreisig zerstäubt und mit ätherischen Ölen angereichert wurde. Ein Labsal für verschleimte oder sonstwie beschädigte Atemwege. Vor allem, wenn das Wetter zu schlecht für größere Wanderungen war, drehten die Kurgäste gerne ihre Runden in der Anlage.

Obwohl, den beiden da drinnen konnte die salzhaltige Luft nicht mehr helfen. Die hatten nämlich das Atmen schon vor einiger Zeit endgültig eingestellt. Ihretwegen war Altaussee wieder einmal Schauplatz eines Großeinsatzes. Rund um Gasperlmaier zuckten Blaulichter, drinnen in der Gradieranlage waren schon die Tatortleute zugange, und man wartete nur noch auf die Gerichtsmedizinerin. „O Gott, o Gott, o Gott!" So fassungslos hatte Gasperlmaier die Frau Doktor noch nie erlebt. Er selbst war fast ein wenig stolz auf sich, weil er den Anblick ertragen hatte, ohne dass ihm der Mageninhalt hochgekommen wäre. Gut, er hatte bescheiden gefrühstückt, bloß ein wenig Obst mit Müesli und Joghurt. Die Knopflöcher am Bund seiner Hosen seien schon ein bisschen arg gedehnt, hatte die Christine gemeint, da würde bald einmal ein Knopf abreißen, wenn er weiter so unmäßig esse. Jetzt allerdings war ihm der Appetit ohnehin gründlich vergangen. Allein der Geruch hatte genügt, um ihn aus der Gradieranlage zu vertreiben, zerstäubte Salzluft hin oder her.

Das Positive an der Sache war, dass jetzt wenigstens die Josefine Kniewasser vollständig war, und vom Matthias Grubauer fehlten nur mehr der Rumpf und ein Arm, wenn Gasperlmaier sich recht erinnerte. Drinnen in der Gradieranlage hingen nämlich die Köpfe von den beiden. Hoch droben hatte der Mörder die beiden aufgehängt – den der Josefine an den Haaren, um die er anscheinend eine Schnur geknüpft hatte, so genau hatte er dann doch nicht hingeschaut. Und der des Matthias steckte in einem durchsichtigen Müllsack, da hatte der Mörder anscheinend nicht recht gewusst, wo er eine Schnur hätte befestigen sollen. Gasperlmaier hatte sich so schnell abgewandt, dass er kaum Einzelheiten wahrgenommen hatte.

„Wann kommt denn jetzt endlich wer von der Gemeinde, der das verdammte Wasser abdreht!" Einer der Tatortmenschen trat auf die Frau Doktor zu, die versuchte, mit tiefen Atemzügen die Kontrolle über sich zurückzugewinnen. „Ich hab eh schon angerufen!", verteidigte sich Gasperlmaier. Dass das aber wirklich so lange dauern musste. Einstweilen konnte die Tatortgruppe wenig ausrichten, denn das Salzwasser tröpfelte immer noch über die aufgehängten Schädel. Es hatte wohl auch alle Spuren längst zerstört, dachte Gasperlmaier bei sich. Der Kopf des Matthias, so viel hatte er erkannt, war schon stark verwest. Ob ihn der Täter aus dem Wasser geholt hatte? Wohl kaum. Wie hätte er ihn dort finden sollen? Er musste ihn anderswo versteckt haben, vielleicht vergraben. Der Kopf der Josefine war dagegen noch deutlich als der ihre zu erkennen gewesen.

Gasperlmaier bemühte sich, jeden Gedanken an den Anblick da drinnen zu vertreiben. Er musste an etwas Schönes denken. Die Frau Doktor hatte zwar heute leider Jeans und eine Bluse an, doch auch so war sie ein erfreulicher Anblick. Die Tatsache allerdings, dass sie sich die ganze Zeit die Hand vor den Mund hielt und würgte, das wiederum half Gasperlmaier wenig. Er trat ein paar Schritte nach vor, atmete vorsichtig, danach tief ein und merkte, dass vom Gestank hier heraußen nichts mehr zu merken war. Er wandte sich dem See zu. Der Blick auf die Wasserfläche beruhigte ihn ein wenig.

„Servus, Gasperlmaier!“ Der Aschauer Otto wedelte mit einem Schlüssel vor seiner Nase herum. „Ich glaub, ich soll da das Wasser abdrehen! Wo denn eigentlich?“ Gasperlmaier nahm ihn am Arm und zog ihn zu der Tür, hinter der sich die Schaltzentrale der Gradieranlage verbarg. „Warum hat denn das so lang gedauert? Und was machst du überhaupt da? Du bist doch beim Leichenbestatter sonst?“ Der Otto legte beim Aufschließen der Metalltür keine übertriebene Eile an den Tag. „Teilzeit nur. Und bei der Gemeinde auch, Teilzeit. Ich muss eben für zwei arbeiten.“ Etwas ratlos stand der Otto vor den Armaturen und kratzte sich am Kopf. Gott sei Dank entdeckte Gasperlmaier den Hauptschalter für die Wasserleitung selber und legte kurz entschlossen den Hebel um. Das Geplätscher in der Gradieranlage erstarb langsam. „Endlich!“, hörte er draußen die Tatortmenschen. Gasperlmaier drehte sich um. Aus den Augenwinkeln erspähte er, wie einer der weißgekleideten Männer eine Leiter hochstieg, um die Köpfe zu bergen. Rasch wandte er sich wieder ab.

„Was macht’s ihr denn eigentlich da? Habt’s schon wieder einen Toten gefunden? Ha?“ Gasperlmaier wusste nicht recht, ob er den Otto ins Vertrauen ziehen durfte, und zuckte mit den Schultern. „Ich darf jetzt noch nichts sagen.“ „Dann halt nicht. In einer halben Stunde weiß es sowieso jede Kellnerin." Das leuchtete Gasperlmaier ein. „Die Köpfe. Die haben sie da drin gefunden. Aufgehängt." Der Otto pfiff durch die Zähne. „Von der Kniewasserin? Und dem Grubauer? Sauber!" Er zog den Flachmann aus der Innentasche seiner Jacke. „Magst einen Schnaps?", fragte er. Gasperlmaier schüttelte den Kopf. Den Selbstgebrannten vom Otto, den kannte er, und er hatte schon einmal miterleben müssen, wie sich das Gesöff wie flüssiges Feuer in seine Eingeweide gefressen hatte. Der Otto nahm selber einen tiefen Schluck, der ihn anscheinend kaum zu erschüttern vermochte, und zog eine Schillingzeitung hervor. Er grinste und zeigte Gasperlmaier die Schlagzeile auf der Titelseite. „Nazi-Morde im Ausseerland: 4 Opfer?" Gasperlmaier entriss das Blatt seinen Händen. Wie kam die dämliche Schablinger auf vier Opfer? Und wieso blieb sie bei dem Unsinn von den Nazis, obwohl sie doch wissen musste, dass es keine Hakenkreuz-Tätowierungen gab? Wenig später wusste er, dass die Schablinger die Jessica und den Marcel Gaisrucker gleich zu den Mordopfern dazugezählt hatte. Wie hatte sie nur herausbekommen können, dass man nach den beiden suchte? Fein säuberlich hatte sie alle ihre wüsten Spekulationen mit Fragezeichen beendet, sodass man ihr nicht einmal vorwerfen konnte, gelogen zu haben.

„Ich hoff, du glaubst den Scheißdreck nicht!" Zornig warf Gasperlmaier die Zeitung dem Otto gegen die Brust. „Na, na! Ich will schließlich noch das Sudoku lösen!", ereiferte sich der. „Du und ein Sudoku!", schimpfte Gasperlmaier. „Was glaubst, Gasperlmaier, sollen wir die zwei Sauschädel da abholen? Und dürfen die zusammen in einen Sarg, weil's doch ein Mandl und ein Weiberl sind?" Der Otto lachte glucksend. Gasperlmaier mochte sich mit so einem Unsinn gar nicht auseinandersetzen. „Wenn'st jetzt vielleicht wieder zusperrst? Oder gib mir gleich den Schlüssel, dass ich nachher wieder aufdreh, wenn die fertig sind." Er deutete mit dem Daumen über seine Schulter zum Tatort hin. Der Otto aber ließ sich nicht aus der Ruhe bringen und zog den Schlüssel vor Gasperlmaiers Zugriff weg. „Da darf nur eine Amtsperson aufsperren, und zusperren! Da müsst's ihr einfach wieder anrufen, wenn ihr so weit seid! Da kann ich euch nicht einfach an die Anlage lassen!" Gasperlmaier fauchte durch die Zähne, ließ den Otto dann aber mit einer wegwerfenden Handbewegung stehen. Sollte der doch machen, was er wollte. Was kümmerte es ihn, ob Salzwasser floss oder nicht?

„Guten Morgen, Gasperlmaier!" Die Frau Doktor Wurm, die zuständige Gerichtsmedizinerin, kam ihm mit ihrem Koffer entgegen. Wenn sie früher gekommen wäre, so dachte Gasperlmaier, hätte sie sich wenigstens nicht bücken müssen, um an ihre Untersuchungsgegenstände heranzukommen. Wo sie doch immer so wegen ihrem Kreuz jammerte.

Er beneidete sie nicht um ihre Aufgabe. „Kein schöner Anblick!", warnte er sie, bevor sie in der Anlage verschwand. Er trat wieder auf die Frau Doktor zu. „Wir haben nichts!", jammerte sie, „Nichts! Keine Spur von einem Beweis gegen den Schratzenstaller, die Jessica und der Marcel verschwunden. Ich weiß überhaupt nicht, wo ich weitermachen soll! Und bis wir hier mit den Befragungen durch sind, ob jemand wen gesehen hat, der in der Nacht an der Gradieranlage gewesen ist, das dauert!" Ein schöner Morgen wäre es gewesen, ohne die neuerlichen Leichenfunde. Wobei ja eigentlich gar keine neue Leiche hinzugekommen war. Also auch keine wirklich neuen Ermittlungsansätze.

Gasperlmaier fiel ein, dass sich die Frau Doktor um die Handydaten der Beteiligten hatte kümmern wollen. „Gibt's was Neues, wegen der Handys?“ Die Frau Doktor hob den Zeigefinger. „Allerdings! Darauf hab ich in der Hektik völlig vergessen.“ Sie kramte in ihrer unergründlichen Handtasche. „Wo hab ich denn ... ah, da!“ Sie zog ein Bündel zusammengehefteter Blätter heraus. „Der Marcel und die Jessica haben keine Daten geliefert, seit gestern. Die haben abgeschaltet. Wahrscheinlich wissen sie, dass wir sie orten können, wenn die Handys im Netz sind. Übrigens ein Indiz dafür, dass sie tatsächlich untergetaucht sind.“ Oder dass sie schon tot sind, dachte Gasperlmaier. Handy tot, Besitzer tot. Die jungen Leute, die waren doch so abhängig von ihren Handys, dass das Gerät seinen Besitzer in der Regel wohl um ein paar Tage überlebte. Gasperlmaier gruselte. „Bei der Josefine Kniewasser allerdings, da gibt es was Interessantes. Da sind mehrere Anrufe von einem Zahnarzt in Bad Goisern drauf. Am Tag vor ihrem Tod.“ Gasperlmaier zuckte mit den Schultern. „Sie wird sich halt einen Termin geben haben lassen. Oder der Arzt hat den Termin abgesagt.“ Die Frau Doktor schüttelte den Kopf. Gasperlmaier überkam gerade ein schauderhafter Gedanke – er sah den abgetrennten Kopf der Frau Doktor in der Gradieranlage hängen, ebenso wie den der beiden Mordopfer. Er strich sich mit den Fingern über die Augen und schüttelte den Kopf, um die schrecklichen Bilder zu vertreiben. „Ist was?“, fragte die Frau Doktor ein wenig irritiert. Er schüttelte den Kopf. „Passt schon!“ „Ja. Also, das sind mir zu viele Anrufe. Er dreimal bei ihr, sie einmal zurück. Und das nach sieben Uhr abends. Ich bitte dich! Wegen einem Termin! Da werden wir uns den Herrn Doktor Gamsjäger einmal näher anschauen müssen!“

Die Frau Doktor Wurm kam wieder aus der Gradieranlage. Sogar sie war ein wenig weiß im Gesicht. „Da muss man sich schon sehr anstrengen, dass man professionell bleibt!“, seufzte sie. Sie nahm ein Taschentuch aus der Tasche ihres Arztkittels und tupfte sich den Mund damit ab. „Wahrscheinlich mit einer Axt abgetrennt. Mit einer scharfen. Der eine Schädel war vermutlich vergraben, so etwas wollen Sie nicht aus der Nähe sehen, glauben Sie mir.“ Gasperlmaier versuchte erneut, seine Gedanken angenehmeren Dingen zuzuwenden, und blickte zum Himmel. Leider fiel ihm dabei, warum auch immer, wieder der glatzköpfige Bursche ein, der mit der Freundin seines Sohnes herumgeturtelt hatte. Und die Holzhacke von der Fischerhütte. Vielleicht sollten sie doch einmal nachschauen, ob die noch dort war, und sie untersuchen lassen. Jetzt schien ihm der Zeitpunkt aber ungünstig, die Frau Doktor darauf aufmerksam zu machen.

„Wir können natürlich inzwischen nur annehmen, dass der Kopf vom ersten Mordopfer stammt, Gewissheit haben wir erst nach der gerichtsmedizinischen Untersuchung.“ „Lässt der Schädel auch Aufschlüsse zu über den Ort, wo er sich davor befunden hat?“, fragte die Frau Doktor. Die Frau Doktor Wurm nickte. „Da gibt es Anhaftungen, so viel sieht man mit freiem Auge. Pflanzenreste, vielleicht auch mineralisches Material. Wir werden euch schon ein paar Tipps geben können, wo er vergraben war.“ Die Frau Doktor atmete tief durch. „Manchmal überkommt mich direkt die Sehnsucht nach einem sauberen, schönen Mord. Erwürgen aus Eifersucht, oder so was. Das sind ja grauenhafte Sachen, mit denen wir hier zu tun haben!“

„Was für eine Art Mörder suchen wir eigentlich?“ Gasperlmaier musste endlich das Schweigen brechen, das sie umgab, seit sie von Altaussee nach Bad Goisern aufgebrochen waren, um dort den Herrn Doktor Gamsjäger aufzusuchen. „Gute Frage!“, antwortete die Frau Doktor. Der Nebeneffekt eines Gesprächs war meistens, so wusste Gasperlmaier, dass sie den Fuß wenigstens ein bisschen vom Gas lüpfte. „Wir suchen jemanden, der ein ziemliches Problem mit seinem Ego hat. Er will protzen, angeben, Macht demonstrieren. Uns zeigen, dass wir ihm unterlegen sind. Kennen Sie so jemanden bei Ihrem Skiclub?“ Gasperlmaier war wie elektrisiert. Natürlich kannte er so jemanden. Der Beppo Leitenbichler war genau der Typ, den die Frau Doktor beschrieben hatte. Autoverkäufer war der, und wieso er sich Beppo nennen ließ, das war Gasperlmaier ebenso egal wie schleierhaft. Wenn hier einer Josef getauft worden war, dann rief man ihn in der Regel Sepp, allenfalls Pepperl. Der Beppo, das war so ein Typ, der einen ständig beiseitenahm und anbot, einem die Welt zu erklären. „Komm einmal her da!“, pflegte er zu sagen. „Horch einmal zu! Das muss ich dir jetzt erklären!“ Normalerweise folgten dann Banalitäten, die man jeden Tag in der Schillingzeitung nachlesen konnte, wenn man Lust dazu verspürte. Der Beppo wusste alles besser als die Politiker, die Wissenschaftler, der Wetterbericht, die Fußballkommentatoren, die Lehrer seiner Kinder, und, natürlich, die Polizei. Er hielt sich sozusagen für den Nabel der Welt und war deswegen ein unbeliebter Gesprächspartner, der aber selber davon gar nichts merkte. Dazu war er nämlich viel zu blöd, glaubte Gasperlmaier. Geld hatte er allerdings genug, denn es schien ihm immer wieder zu gelingen, einfältigen Kunden Autos seiner Luxusmarke aufzuschwatzen, ohne ihnen den Rabatt zuzugestehen, den jeder halbwegs sattelfeste Autokäufer in wenigstens einer halben Stunde herausgehandelt hätte. Er erschien ihm immer mehr als plausibler Verdächtiger. Schließlich war er auch am 22. April beim Fischessen gewesen. Dennoch beschloss Gasperlmaier, zuerst den Besuch beim Zahnarzt abzuwarten, bevor er den Namen Leitenbichler der Frau Doktor gegenüber fallen ließ.

„Ich mag mir gar nicht vorstellen, was die Schablinger morgen schreibt." Erst jetzt fiel Gasperlmaier ein, dass es am Vorabend in Liezen noch eine Pressekonferenz gegeben hatte. „Wie ist denn eigentlich die Pressekonferenz gelaufen, gestern?" Die Frau Doktor zuckte nur mit den Schultern. „Die ganzen Sensationsreporter sind gar nicht hingekommen, die interessieren sich nicht so für Fakten. Außer der Schablinger, der habe ich aber ganz ordentlich den Kopf gewaschen, wegen ihrem Unsinn mit den Neonazis." Gasperlmaier fragte sich, ob das wirklich klug gewesen war. Wenn die Schablinger verärgert war, dann ging sie meist frontal auf die Polizei los. Man musste sie, so dachte er, bei Laune halten. Gleichzeitig aber gestand er sich ein, dass er selber das auch noch nicht zustande gebracht hatte. „Natürlich sind auch von anderer Seite Fragen nach Zusammenhängen mit den im Toplitzsee vermuteten Schätzen gekommen, aber dazu konnte ich ja nichts anderes sagen, als dass es nicht den geringsten Hinweis auf einen Zusammenhang damit gibt. Den Damen und Herren von der Presse muss man das ja drei- oder viermal erklären, bis sie es erstens verstehen und, zweitens, einem wirklich glauben."

In der Ordination empfing sie eine gleichermaßen blonde wie junge und freundliche, allerdings zu stark geschminkte Dame. Besser hätte sie in eine Schönheitsklinik gepasst, fand Gasperlmaier, der bereits beim Eintreten in die Ordination Zahnschmerzen verspürte. Allein dieser Geruch nach Zahnarzt verursachte ihm Beschwerden aller Art. Als auch noch das Singen des Bohrers hinzutrat, begann sich auch Gasperlmaiers Magen bemerkbar zu machen. Die Josefine Kniewasser, dachte er bei sich, die brauchte jetzt jedenfalls keinen Zahnarzt mehr, nicht einmal den Doktor Gamsjäger, der mit ihr vielleicht ganz was anderes vorgehabt hatte als ihre Zähne wieder strahlend weiß glänzen zu lassen.

„Der Herr Doktor ist aber sehr beschäftigt!" Die stark Geschminkte zog die Mundwinkel nach unten. Fast hatte Gasperlmaier den Eindruck, als bröckelte dabei an den Mundwinkeln ein wenig von dem dick aufgetragenen Make-up ab. „Wir auch!", sagte die Frau Doktor. „Mordfall!" „Um Himmels willen!" Die Geschminkte legte die Hand vor den Mund, stand auf und öffnete eine Tür hinter sich. „Herr Doktor, die Polizei wär da!" Drinnen erstarb das Geräusch des Bohrers, und Gasperlmaier konnte nur noch das Röcheln des Geräts hören, das den Speichel des Patienten absaugte. Oder war es der Patient selber, der röchelte?

„Tag!" Der Herr Doktor zog die Schutzmaske von seinem Gesicht und lächelte die Frau Doktor an. Die lächelte zurück, denn der Herr Doktor war ein nicht unattraktiver Enddreißiger mit kantigen Gesichtszügen. Gebräunte Haut, Lachfalten in den Augenwinkeln, sehr kurz geschnittene Haare. Typ Ausdauersportler, dachte Gasperlmaier bei sich.

„Wird's lange dauern?", fragte der Arzt, schritt zügig auf eine weitere Tür im Vorraum zu und öffnete sie. „Bitte!" Auf der Tür stand „Prophylaxe". Im Moment konnte Gasperlmaier mit dem Wort nichts Konkretes verbinden, beäugte aber dennoch skeptisch den Zahnarztstuhl, der mit seinen Nebenanlagen den Großteil des Raumes einnahm. „Sie kennen eine Josefine Kniewasser?“, eröffnete die Frau Doktor das Gespräch. Der Zahnarzt zuckte mit den Schultern. „Nie gehört, den Namen!“ Die Frau Doktor hob die Augenbrauen. „Sie haben vorgestern mehrmals mit ihr telefoniert. Sie haben dreimal angerufen und sind von ihr zurückgerufen worden.“ Der Doktor Gamsjäger schlug sich mit der Hand auf die Stirn. „Verdammt! Ich hab ja mein Handy verloren!“ Die Augenbrauen der Frau Doktor wanderten noch ein wenig höher. Viel fehlte nicht mehr bis zum Anschlag. „Eine bessere Rechtfertigung fällt Ihnen nicht ein? Die Frau Kniewasser ist nämlich tot aufgefunden worden. Am Morgen, nachdem Sie mit ihr telefoniert haben.“ „Ist das die, die ... da am Grundlsee gefunden worden ist? Die Ermordete? Ich hab im Fernsehen davon gehört.“ Die Frau Doktor tippte mit den Schuhspitzen auf den Boden. „Sie stehlen mir meine Zeit, Herr Doktor. Das glaubt Ihnen doch kein Mensch! Sie telefonieren mit einem Mordopfer kurz vor dessen Tod! Und dann wollen Sie Ihr Handy verloren haben! Wo soll denn das passiert sein? Und wann? Und warum haben Sie es nicht sperren lassen?“ „Mein Gott!“, antwortete der, „Ich hab ja noch eins, es war nur das Outdoor-Handy, das ich immer zum Joggen oder zum Golfspielen mitnehme. Mein privates Zweitgerät sozusagen, ein Wertkartenhandy, wo nur wenige die Nummer kennen. Und in der Ordination hab ich natürlich gedacht, es ist zu Hause, und dann hab ich einfach drauf vergessen.“

Gasperlmaier stützte sich am Gestell des Behandlungssessels ab, das aber nachgab, weil der Sessel ein Drehgelenk besaß. Fast wäre Gasperlmaier gestürzt, er konnte sich gerade noch aufrappeln. Die Frau Doktor wandte sich ihm zu, Augenbrauen noch immer am

Anschlag. „Wenn Sie uns sehr genau sagen können, wo Sie sich am Dienstag aufgehalten haben, als Ihr Handy verschwunden ist, dann kann ich vorläufig darauf verzichten, Sie vorzuladen." Die Stimme der Frau Doktor klang frostig. Wenn nicht tiefgekühlt. Der Doktor probierte es mit einem unsicheren Lächeln. „Entschuldigung, es ist doch nicht verboten, sein Handy zu verlieren, oder? Ich geh jetzt wieder zu meinen Patienten. Die kann ich nicht so lange warten lassen." Er griff nach der Türschnalle, die Frau Doktor aber trat ihm in den Weg, sodass er fast mit ihr zusammenstieß. Für einen Moment funkelten sie einander aus nächster Nähe an, und Gasperlmaier war sich nicht sicher, ob da in den Augen der beiden nicht noch etwas anderes mitflackerte. Das hätte ihm gerade noch gefehlt, dass die beiden hier im Behandlungsraum übereinander herfielen, mit ihm als Zeugen und fünftes Rad am Wagen, sozusagen.

Doch sie hatten sich schnell wieder unter Kontrolle, der Doktor Gamsjäger wich zurück. „Also, wenn es unbedingt sein muss. Ich lege aber Wert darauf, dass ich hier nicht als Verdächtiger aussage." „So was gibt's bei uns nicht – Sie werden entweder als Zeuge oder aber als Beschuldigter geführt. Vorläufig sind wir noch beim Zeugen. Vorläufig!", drohte die Frau Doktor. „Also?" Der Doktor sah zum Fenster hinaus und biss sich auf die Lippen. „Haben Sie vielleicht auch eine Liste mit den Anrufen von früher? Dann würde ich mich vielleicht erinnern, wo ich das Telefon verloren habe." Die Frau Doktor holte ihre Liste mit den Anrufdaten des Outdoorhandys heraus. „Vorgestern. Vor den Anrufen bei Frau Kniewasser. Nichts." Sie blätterte um. „Am Montag, 16:25, Golfclub Mondsee?" Der Doktor nickte unsicher und griff sich mit dem Zeigefinger ans Kinn.

„Davor: Sonja Rebhandl?" „Äh ..." Dem Doktor Gamsjäger schoss jetzt ein wenig Röte ins Gesicht. „Da, als ich beim Golfclub angerufen hab, da hab ich's noch gehabt!" „Und jetzt denken Sie einmal ganz flott nach, wo Sie danach noch überall gewesen sind, wo Ihnen das Handy abhandengekommen sein könnte. Sonst muss ich Sie mitnehmen!"

Der Doktor Gamsjäger druckste herum und schien einigermaßen verwirrt. „Ist das auch, ich meine ..." Er blickte unstet zwischen der Frau Doktor und Gasperlmaier hin und her. „Ist das auch vertraulich? Es ist nämlich so, das ist ... mehr privat!" Die Frau Doktor benutzte ihren Stehsatz für solche Fälle. „In einer Mordermittlung ist nichts privat!" „Himmeldonnerwetter noch einmal!", fluchte der Doktor jetzt. Danach allerdings fuhr er im Flüsterton fort. „Also: Da draußen im Vorzimmer, das ist die Sonja Rebhandl. Und vorgestern, da war ich für meine Frau auf einer Ärztetagung in München. Und in Wirklichkeit war ich mit der Sonja im Hotel an der Autobahnraststätte Mondsee. Tagsüber. Ab zehn, zirka. Können Sie überprüfen! Die Rezeptionistin dort hat uns ja gesehen. Obwohl es mir lieber gewesen wäre, sie hätte es nicht." „Und wozu waren Sie mit Ihrer Vorzimmerdame im Hotel in Mondsee?" Die Frau Doktor, so mutmaßte Gasperlmaier, hatte es darauf abgesehen, den Herrn Doktor zu quälen. „Ja, Halma haben wir nicht gespielt!", zischte der jetzt. „Im Golfclub haben Sie von wo aus angerufen?" „Ja, von hier! Aber ich weiß nicht einmal, ob ich das Handy am Dienstag in Mondsee dabeigehabt hab." „Wenn Sie es wirklich verloren haben, wohl nicht. Denn es ist hier in Bad Goisern verwendet worden. Wenn also die Frau Rebhandl Ihre Geschichte mit Mondsee bestätigen würde, wären Sie aus dem Schneider!" Der Arzt seufzte.

„Wo waren Sie sonst noch, zwischen dem Anruf bei der Frau Rebhandl und dem ersten bei der Frau Kniewasser? Wieso haben Sie die Frau Rebhandl überhaupt angerufen? Sie sitzt doch eh in Ihrem Vorzimmer!" Die Frau Doktor deutete auf die entsprechenden Zeiten auf ihrer Liste. „Ich habe Ihre Frau Kniewasser nicht angerufen! Und die Frau Rebhandl hat am Montag frei gehabt! Sie hat immer am Montag frei! Teilzeit!", stöhnte der Zahnarzt entnervt. „Nachdenken!", befahl die Frau Doktor. „Zu Hause war ich. Und beim Spar. Und in der Konditorei, ein Eis kaufen. Sonst fällt mir nichts ein." „Gut!", sagte die Frau Doktor. „Sehr gut!" Und jetzt brauchen wir noch die genauen Uhrzeiten – wann Sie wo waren." Die Frau Doktor notierte sich die umständlich vorgebrachten Angaben des Herrn Doktor genau. Acht Stunden hatten die Frau Rebhandl und der Herr Doktor nach seinen Angaben im Hotelzimmer verbracht.

„So. Und jetzt noch zu Ihrem Alibi. Die Frau Josefine Kniewasser ist vorgestern Abend, zwischen neunzehn und dreiundzwanzig Uhr, getötet worden. Wo haben Sie sich da aufgehalten? Zeugen?" Der Herr Doktor stöhnte und zog seine Stirn mit den Fingern der rechten Hand in Falten. „Ich hab die Frau Rebhandl nach Hause gebracht. Um sieben, ungefähr. Dann war ich noch im Fitnessstudio, in Ischl." Gasperlmaier hatte recht gehabt – ein Sportler. Aber dass er nach den acht Stunden noch Bedarf nach einem Fitnessstudio gehabt hatte? Womöglich, so dachte Gasperlmaier bei sich, hat er den Großteil verschlafen. Und die Sonja hatte Talkshows im Privatfernsehen angeschaut. „Dann bin ich noch was trinken gegangen, mit ein paar Freunden vom Studio." „Wenn Sie uns bitte deren Namen und Adressen aufschreiben?" Der Herr Doktor stöhnte, als ihm die Frau Doktor einen Zettel zuschob. „Das ist ja wie bei der Inquisition!“, brauste er auf. „Sie haben eben Pech gehabt. Wenn man ein Handy verliert, das später bei einem Mordfall eine Rolle spielt, dann gehen die Dinge ihren Lauf. Sie können’s ja später Ihren Kumpels als Anekdote erzählen. Wenn Sie nicht lügen!“ Der spöttische Unterton in der Stimme der Frau Doktor entging Gasperlmaier nicht. „Und dann?“, fragte sie weiter. „Um zehn, halb elf war ich zu Hause. Meine Frau war noch auf. Wollen Sie wissen, was sie sich im Fernsehen angeschaut hat? Und wollen Sie wissen, was mir passiert, wenn Sie zu ihr gehen und sie nach meinem Alibi fragen? Sie kennen meine Frau nicht!“ Die Frau Doktor zuckte mit den Schultern. „Mein Mitleid hält sich in engen Grenzen. Gasperlmaier, wir gehen!“ „Ja, aber die Frau Rebhandl ...“, warf Gasperlmaier ein. „Ja, stimmt. Auf die haben wir ganz vergessen. Holen Sie sie herein?“, fragte die Frau Doktor, an den Arzt gewandt. „Muss das sein?“ Die Frau Doktor nickte. „Wollen Sie’s lieber komplizierter? Mit Aussagen auf dem Posten?“

Der Doktor Gamsjäger stöhnte und verschwand, um wenige Sekunden später mit der Frau Rebhandl zurückzukehren. Die hatte den Kopf gesenkt. Einen schlechten Geschmack, so dachte Gasperlmaier bei sich, konnte man dem Doktor nicht unterstellen. Obwohl, die viele Schminke, die war sicher im Weg, beim Küssen und so. „Können Sie bestätigen, dass Sie sich mit dem Herrn Doktor Gamsjäger am Dienstag in Mondsee aufgehalten haben?“ Als die Frau Rebhandl den Kopf hob, sah Gasperlmaier, dass ihr Gesicht rot angelaufen war. Das erkannte man allerdings nur an den wenigen Stellen, wo das Make-up so dünn aufgetragen worden war, dass die Haut durchschien. Augenblicklich empfand er Sympathie und Mitleid für sie. Ihm erging es ja immer wieder ähnlich. Die Frau Rebhandl nickte nur, und ihre Augen wurden plötzlich feucht. Das würde eine Sauerei geben, wenn sie ein Taschentuch benutzen musste. „Und von wann bis wann genau?“ Die Frau Rebhandl suchte Augenkontakt zum Doktor Gamsjäger, der ihr kaum merklich zunickte. „Von zehn vielleicht.“ Sie sprach so leise, dass sie kaum zu verstehen war. „Ja?“, fragte die Frau Doktor nun ungeduldig. „Um sieben waren wir, war ich, wieder zu Hause.“ Wieder ein Blickkontakt mit dem Doktor. Ihr Makeup war nun so verschmiert, dass ihr der Doktor eine halbe Stunde würde frei geben müssen, damit sie sich wieder restaurieren konnte. „Genügt das?“, fragte der Arzt. Auch die Frau Doktor nickte. „Einstweilen schon!“

Als sie die Praxis wieder verließen, fragte sich Gasperlmaier, was sich die wartenden Patienten jetzt so denken würden, nachdem sie alle vier im Prophylaxe-Raum verschwunden waren.

„Vielleicht finden wir heraus, wo er sein Handy verloren hat. Wenn er es wirklich verloren hat. Die Konditorei und den Spar-Markt machen wir selber, sicherheitshalber soll sich die Manuela im Hotel und im Golfclub erkundigen“, sagte die Frau Doktor, als sie wieder im Auto saßen. „Da können wir gleich wieder aussteigen“, meinte Gasperlmaier, „die Konditorei ist da drüben.“ Er zeigte mit dem Finger auf ein großes, gelbes Gebäude mit einem angebauten Wintergarten. „Geh du!“, sagte die Frau Doktor. „Ich telefonier inzwischen mit der Manuela.“ Seufzend stieg Gasperlmaier aus dem Audi. Er begann schon wieder zu schwitzen, es war warm. Außerdem meldete sich sein Magen, trotz des grauenhaften Fundes von heute Morgen.

„Grüß Gott“, sagte er. Drinnen stand ein rothaariges Fräulein, das fast so groß wie Gasperlmaier, aber zierlich gebaut war. Nur eine ziemlich große Nase hatte sie. Gerade das aber fand Gasperlmaier charmant. „Was darf's denn sein?“ „Nix! Leider!“, antwortete Gasperlmaier mürrisch, dem beim Anblick der Torten und Schnitten in der Vitrine das Wasser im Munde zusammenlief. „Ich möchte nur fragen, ob hier am Montag jemand ein Handy liegen lassen hat. Ein schwarzes Outdoorhandy, Marke Casio.“ „Ein was?“ Die Verkäuferin konnte offenbar mit dem Begriff nichts anfangen. „So ein wasserdichtes Handy, mit Gummi drum rum!“ Das Mädchen zuckte mit den Schultern. „Da muss ich die Frau Chefin fragen!“

Wenige Minuten später verließ Gasperlmaier das Geschäft ohne Torten oder Ergebnisse. Auch die Frau Chefin hatte sich nicht an ein vergessenes Handy erinnern können, weder ein Outdoorhandy noch sonst eines. Den Herrn Doktor Gamsjäger allerdings, den kannten sie, denn beide waren seine Patientinnen. Ob er jedoch am Montag da gewesen war, das konnten sie nicht mit Sicherheit sagen. Vielleicht ja, vielleicht nein. Gasperlmaier war sauer.

Im Spar-Markt ernteten sie auf ihre Frage nach einem vergessenen Handy nur Kopfschütteln. Allerdings hatte Gasperlmaier auch den Eindruck, dass man sich nicht besonders bemühte, der eigenen Erinnerung auf die Sprünge zu helfen. Es war schon fast Mittag, als sie wieder auf den Posten zurückkehrten. Die Manuela hielt so einen kleinen Tablet-PC in der Hand und berichtete ihnen, was sie herausbekommen hatte. Ihre Notizen hatte sie anscheinend auf dem Gerät festgehalten. Es war Gasperlmaier gar nicht recht, dass sie hier so neumodische Methoden einführte. Schließlich war er der Postenkommandant. Und er konnte sich doch nicht von seiner Untergebenen überflügeln lassen, was die Kenntnis moderner Verfahren in der Ermittlung betraf.

„Die Rezeptionistin hat sich noch genau an den Doktor Gamsjäger erinnern können. Erstens am Gesichtsausdruck, hat sie gesagt, weil sie sofort erkennt, wenn zwei zum Seitensprung bei ihnen im Hotel auftauchen. Zweitens, weil der Herr Doktor und die Sonja Rebhandl dort Stammkunden sind. Ein Handy allerdings ist nicht liegen geblieben. Weder im Hotel noch im Shop oder im Restaurant. Ich hab mich sogar mit der Klofrau verbinden lassen, die allerdings ein Klomann ist." „Was wissen wir sonst noch über diesen Zahnarzt?" „Verheiratet", sagte die Manuela, „und zwei Kinder hat er auch." Die Frau Doktor schüttelte den Kopf. „Kinder", flüsterte sie. Dabei starrte sie zu Boden, und fast hatte Gasperlmaier den Eindruck, eine gewisse Resignation lege sich über ihr Gesicht. Vielleicht hätte sie auch gern welche gehabt, und es fehlte der geeignete Mann dazu. „Beim Golfclub hat er tatsächlich selber angerufen, da hatte er das Handy also noch", fuhr die Manuela fort.

Die Frau Doktor ging zur Tafel, auf der sie die Fotos aller am Fall Beteiligten angeheftet hatte. „Matthias Grubauer, tot. Seine Schwester Jessica, abgängig. Die Mutter – ich weiß nicht. Wir haben schon geklärt, dass sie für den Mord an ihrem Sohn kaum in Frage kommt, obwohl ein belastbares Alibi fehlt. Das Gleiche gilt für die Jessica." „Glauben Sie, dass auch ..." Die Frau Doktor schüttelte den Kopf. „Für's Glauben bin ich nicht zuständig. Dann schauen wir einmal alle an, die sich am 22. April am Toplitzsee nachts im Freien aufgehalten haben. Da wäre die Josefine Kniewasser – tot. Da wären weiters ihr Mann – der soll ja immer zum Rauchen rausgegangen sein – und der Herr Bankdirektor Schratzenstaller. Da wären die Lissi Bernegger und der Kilian Köberl. Und zuletzt womöglich der Marcel Gaisrucker. Vermisst. Wir müssen uns diese Personen noch einmal zur Brust nehmen, und zwar verschärft." „Den Kilian auch?", fragte die Manuela nach. Gasperlmaier kam sie ein wenig nervös vor. Allerdings, sie hatte natürlich recht. Der Kilian und die Lissi, die kamen als Mörder wohl kaum in Frage. Was hätten sie auch für einen Grund gehabt? „Ich hab mir natürlich auch die Berichte der anderen Teams angeschaut, die bei den Skiclubmitgliedern unterwegs waren." Da würde er einiges zu hören kriegen, fürchtete Gasperlmaier. Wenn er sich überhaupt jemals wieder zum Skiclub hintraute. „Aber wirklich Aufsehenerregendes habe ich da nicht gelesen. Immer wieder die gleichen Namen. Oder gar keine. Weil man sich ja nicht mehr erinnert. Oder erinnern will." Die Frau Doktor klopfte energisch mit den Handknöcheln auf ihren Schreibtisch. Das aber, fürchtete Gasperlmaier, würde wohl das Erinnerungsvermögen der Skiclubmitglieder auch nicht befördern.

„Wie schaut's mit dem Motiv aus?", fragte er. Die Frau Doktor deutete auf die Fotos der Kniewassers und von Hermann Schratzenstaller. „Vielleicht eine Dreiecksgeschichte. Wäre nicht das erste Mal, dass es da zu Mord und Totschlag kommt." „Aber der Grubauer – was hat der damit zu tun?", gab die Manuela zu bedenken. Die Frau Doktor zuckte mit den Schultern. „Vielleicht hat er jemanden erpresst. Mit Fotos zum Beispiel. Das werden wir schon noch herausfinden, wenn wir zügig weiterarbeiten. Aber jetzt hab ich erst einmal Hunger!" „Und was ist jetzt mit dem Doktor Gamsjäger?" Die Manuela, fand Gasperlmaier, störte oft gerade im ungeeignetsten Moment. Es war ja nicht so, dass die Frau Doktor immer Rücksicht auf Mittagspausen und Nahrungsaufnahme nahm, wenn ein Fall ein kritisches Stadium erreicht hatte. Da durfte man sie, fand er, nicht ablenken.

Und natürlich ging die Frau Doktor auch noch bereitwillig auf den Einwurf ein. „Richtig. Der Doktor Gamsjäger. Also ich glaube nicht, dass er da mit drinhängt, ich nehme ihm seine Geschichte ab. Überlegt doch einmal: Er fährt am Dienstag statt der Arbeit mit der Sonja Rebhandl in ihr Liebesnest am Mondsee. Und da soll er sich am gleichen Abend mit der Josefine Kniewasser verabreden, um ihr bei der Ranftlmühle den Kopf abzusäbeln? Das passt für mich nicht. Wir sollten aber dennoch klären, ob es nicht doch eine Verbindung zwischen den beiden gibt, von der wir nichts wissen. Ich werde veranlassen, dass jemand in Goisern mit dem Foto der Josefine von Haus zu Haus geht, vielleicht finden wir so heraus, ob sie sich gelegentlich im Umfeld des Doktor Gamsjäger aufgehalten hat."

Davor aber beschloss sie, doch noch einmal zum Ehemann der Josefine Kniewasser nach Hallstatt zu fahren. Gasperlmaier sah die Chancen auf ein einigermaßen vernünftiges Mittagessen dahinschwinden. Obwohl die Frau Doktor ja selber gerade gesagt hatte, sie habe Hunger. „Ich glaube ihm seine Geschichte nicht – wegen der paar Kilometer bleibt er nach einem Elternabend nicht in einem deprimierenden Internatszimmer – und das, ohne dass er gesoffen hat!" Das, so dachte Gasperlmaier bei sich, hätten sie einfacher haben können, wenn sie gleich von Goisern aus nach Hallstatt gefahren wären. Jetzt kamen sie dafür direkt am Gasthaus Koppenrast vorbei. Es lag idyllisch im Wald, direkt an der Traun, und der Gastgarten war ideal für warme Tage wie heute. „Du wolltest was essen!", erinnerte er deswegen die Frau Doktor, als sie die steile

Rampe des Koppenpasses hinunter nach Obertraun in Angriff nahmen. „Da drüben gibt es ein ausgezeichnetes Gasthaus!“, beeilte er sich hinzuzufügen, bevor sie daran vorbeigeschossen waren. „Ausgezeichnet! Wie gesagt: Hunger!“ Irgendeine Veränderung war mit der Frau Doktor vorgegangen. Dass sie – und das zum zweiten Mal in Folge – so bereitwillig für eine Mittagspause anhielt, war Gasperlmaier schon fast unheimlich. „Aber schnell muss es gehen!“ Da hatte er allerdings seine Zweifel. Die Christine hatte ihm gerade erst vor ein paar Tagen vorgelesen, dass das Gasthaus in den Slow-Food-Führer aufgenommen worden war. Und das, so wusste sogar Gasperlmaier, hieß so viel wie „Langsames Essen“.

Die Bäume beschatteten die Tische so, dass kleine Flecken durchscheinenden Sonnenlichts hübsche bewegte Muster auf den karierten Tischdecken bildeten. Die Traun rauschte kristallklar gleich neben dem Gastgarten über die blankpolierten Felsen, und Gasperlmaier fand sich einmal mehr in seiner Ansicht bestätigt, dass es völlig unsinnig war, auf Urlaub zu fahren, wenn man in dieser Gegend wohnte.

Der Backhendlsalat war zu Gasperlmaiers Überraschung nach weniger als zehn Minuten auf dem Tisch. Und, so stellte er befriedigt fest, es war ein ordentlicher Backhendlsalat, mit ganzen Hühnerteilen, mit Knochen drin, goldbraun gebacken, und viel Erdäpfelsalat mit Mayonnaise. Das war halt doch was anderes als Putenstreifen aus der Tiefkühltruhe und Erdäpfelsalat aus dem Zehn-Liter-Kübel. Die Lokale, fand Gasperlmaier, die den Geschmackssinn ihrer Gäste mit dem ewig gleichen Salat mit Hühnerstreifen beleidigten, die sollten mit einer Strafsteuer belegt werden, und die Köche sollte man noch einmal in die Berufsschule schicken, damit sie lernten, wie man ein ordentliches Backhendl zubereitete.

„Der Kniewasser", nuschelte die Frau Doktor mit halbvollem Mund, „der hat uns zwar eine recht tränenreiche Szene hingelegt, als wir ihn das erste Mal befragt haben. Aber ein Alibi, das hat er nicht. Im Bett will er gewesen sein, in seinem Zimmer, und zwar allein. Wer sagt uns denn, dass er nicht in einem Anfall rasender Eifersucht nach Altaussee gefahren ist, um nachzusehen, mit wem seine Göttergattin die Nacht verbringt? Und da hat er sie mit einem ihrer Verehrer erwischt, ihr eins über die Rübe gegeben, sie ins Auto gepackt, ist zur Ranftlmühle gefahren und hat sie dort einen Kopf kürzer gemacht. Danach wieder zurück nach Hallstatt, und ins Bett. Könnte doch so gewesen sein, oder?" „Wo ist dann aber der Liebhaber geblieben?", fragte Gasperlmaier. Die Frau Doktor hielt kurz mit einem Stück Huhn auf der Gabel inne. „War ja nur ein Beispiel. Vielleicht gab's auch Streit, ohne dass jemand Dritter dabei war."

Gasperlmaier nahm einen Schluck Bier. Die Schablinger-Gefahr hielt sich hier wohl in Grenzen, sodass er sich dazu entschlossen hatte, dem Backhendl eine würdige Getränkebegleitung zukommen zu lassen. „Aber was ist dann mit dem Matthias Grubauer?" Die Frau Doktor wiegte den Kopf. „Vielleicht hat er ja auch was mit der Kniewasser gehabt?" Gasperlmaier schüttelte energisch den Kopf. Das ging für sein Gefühl zu weit. Die Josefine Kniewasser hatte ja immerhin Geschmack gehabt. „Der Kniewasser hat auch so verständnisvoll getan!", fiel Gasperlmaier ein. „Dass er überhaupt nicht eifersüchtig sei und so. Das könnte ja auch vorgespielt gewesen sein." Die Frau Doktor nickte. „Daran habe ich auch schon gedacht. Pass auf, Gasperlmaier: Den grillen wir uns nach allen Regeln der Kunst!"

Gasperlmaiers Handy fiepte, um den Eingang eines SMS anzuzeigen. Zunächst hatte er vor, es zu ignorieren, doch die Frau Doktor deutete mit ihrer Gabel auf die Jackentasche, in der das Handy verborgen war. „Vielleicht was Wichtiges!" Er wischte sich die fettigen Hände an seiner Serviette ab und holte das Handy heraus. Eine unbekannte Nummer. Gasperlmaier machte große Augen, als er die Nachricht entziffert hatte, was ohne Lesebrille mühsam für ihn war. Er hielt der Frau Doktor das Display hin. „Ihr kriegt mich nicht, ihr Trottel!", stand da. Dahinter war sogar ein Smiley zu sehen. „Die Nummer, die Nummer!", rief die Frau Doktor aufgeregt und ließ ihr Besteck auf den Teller klirren. Gasperlmaier zuckte mit den Schultern, während die Frau Doktor in ihrer Handtasche nach den Listen mit den Handyauswertungen kramte. Nach kurzem Vergleich klopfte sie energisch mit den Fingern auf den Tisch. „Der Doktor Gamsjäger. Beziehungsweise sein Handy! Rufen Sie sofort zurück, Gasperlmaier!" Der tat, wie ihm geheißen, allerdings erhielt er bloß die Nachricht, dass der Teilnehmer im Moment nicht erreichbar sei.

Die Frau Doktor war schon wieder am Telefon. „Ihr müsst mir ein Handy orten. Ja, ganz dringend! Wahrscheinlich unser Mörder!" Sie hatte so laut gesprochen, dass die Gäste an den umliegenden Tischen innehielten und zu ihnen herübersahen. Gasperlmaier blickte nach links in das Gesicht eines etwa zwölfjährigen, recht feisten Buben, der zu kauen aufgehört hatte, obwohl er offenbar noch einen großen Brocken seines Schnitzels in einer Backe barg. Gasperlmaier legte den Zeigefinger vor den Mund, um die Frau Doktor dazu zu bringen, leiser zu sprechen. Sie stand auf und ging zum Traunufer, um ihr Gespräch zu Ende zu führen.

Der Vater des Buben vom Nebentisch, ein rotblonder Hüne, erhob sich und kam auf Gasperlmaier zu. „Läuft hier etwa irgendwo ein Mörder herum? Warum werden wir nicht gewarnt oder in Sicherheit gebracht? Wozu ist denn die Polizei da?" Norddeutscher Akzent. Gasperlmaier wusste, dass die Gäste aus dem Norden alles, aber auch wirklich alles sofort, präzise und umfassend geregelt haben wollten. Mit einem gemütlichen „Schauen wir einmal, dann sehen wir schon!", mit dem man Österreicher tage-, wenn nicht wochenlang, hinhalten konnte, war es hier nicht getan. Gasperlmaier stand auf, zog seinen Uniformrock zurecht und bemühte sich um Schriftsprache. „Keine Gefahr hier! Wir haben alles im Griff! Nur auf dem Weg zu einer Befragung!" Er hatte die Erfahrung gemacht, dass knappe, stoßweise hervorgepresste Sätze in der Regel eine beruhigende Wirkung auf die Urlaubsgäste aus dem Nachbarland hatten. „Das will ich aber auch hoffen!", unterstrich der Rotblonde und hob warnend den Zeigefinger. Gasperlmaier fiel nicht mehr ein als ein geschmettertes „Jawoll!", das den Mann offenbar zufrieden stellte, denn er setzte sich wieder hin. Der Bub nahm das Kauen wieder auf. Gasperlmaier tat es ihm gleich, widmete sich den Resten seines Backhendls und merkte, dass er zu schwitzen begonnen hatte.

Die Frau Doktor hatte mittlerweile ihr Gespräch beendet und ließ sich wieder auf ihren Stuhl plumpsen. Der Appetit schien ihr nicht vergangen zu sein, denn sie wischte sorgfältig auch noch den letzten Rest des Erdäpfelsalats auf. „Jetzt können wir nur warten. Den Zahnarzt hab ich auch angerufen. Er ist zwar nicht selber drangegangen, aber seine Sonja hat mir versichert, dass er gerade am Bohren ist. Man hat's auch gehört." „Ja", sagte Gasperlmaier, nachdem er sich einen Rest Bierschaum von der Lippe gewischt hatte, „und wenn wir auch diesmal das Handy woanders orten können, dann braucht er sich keine Sorgen mehr zu machen." Die Frau Doktor nickte. „Eigentlich haben wir's jetzt leicht: Wir müssen nur herauskriegen, wer sein Handy gestohlen – oder gefunden – hat, dann haben wir den Mörder." Gasperlmaier hatte seine Zweifel, ob ihnen das gelingen würde. Da gab es ja nicht nur die Konditorei oder den Spar-Markt, das Handy konnte dem Herrn Doktor ja auch auf den Wegen dazwischen irgendwo aus der Hosentasche oder dem Sakko gefallen sein. Wenn die Frau Doktor da nur nicht zu optimistisch war.

Gasperlmaier war gespannt, wie es die Frau Doktor schaffen wollte, mehr aus dem Herrn Kniewasser herauszukitzeln, als sie bei der ersten Befragung erfahren hatten. Er selbst konnte sich nicht vorstellen, dass er ihnen etwas vorgespielt hatte. Für so begabt hielt er den Helmut nicht, eher für ein bisschen einfältig. Vor allem, dass er sich die Eskapaden seiner Frau so lange gutmütig gefallen hatte lassen – da wäre bei ihm daheim aber ordentlich was los, wenn sich seine Frau so aufführen würde, dachte er. Allerdings fiel ihm gleich wieder ein, dass ihn die Christine ja ab Herbst für zwei Tage in der Woche verlassen würde, und dann würde es im Ort wahrscheinlich nicht wenige geben, die sich hinterrücks über ihn lustig machten, weil ihm seine Frau in der Großstadt Hörner aufsetzte.

Über diesen Überlegungen waren sie schon vor dem Schulgebäude angekommen, und die Frau Doktor musste ihr Auto in der Einfahrt abstellen, weil kein Parkplatz mehr frei war. Am Mast der Schule flatterte lustlos eine schwarze Fahne. „Hoffentlich wegen der Josefine, da wird doch nicht noch jemand gestorben sein?", äußerte Gasperlmaier seine Bedenken. „Wird sich gleich herausstellen."

„Wollen'S schon wieder was vom Helmut? Dem geht's doch eh so schlecht!", sorgte sich die Sekretärin, als sie ihr Begehren vortrugen. „Tut mir leid. Aber es ist dringend." Die Sekretärin seufzte und nahm ihren Telefonhörer zur Hand. „Ja? Der Helmut? In der Werkstatt? OK!" Mit weit ausholenden Armbewegungen zeigte ihnen die Sekretärin die Richtung. „Zuerst da ganz nach hinten, dann links. Dann hören Sie eh schon die Maschinen. Sie kennen den Helmut ja."

Als die Frau Doktor und Gasperlmaier die Werkstatt betraten, starrte die Frau Doktor zu Boden. „Das ruiniert mir ja die Schuhe, das ganze Sägemehl! Und der Staub!" Es war halt ein bisschen ein Kreuz mit ihr, dass sie immer so unpassende Schuhe trug, dachte Gasperlmaier bei sich. Inzwischen hatte sie sich mehrere Paar Stöckelschuhe ruiniert und hätte wissen müssen, dass man im Salzkammergut gerne einmal etwas robusteres Schuhwerk brauchte. Heute trug sie blütenweiße Turnschuhe, die so sauber waren, dass man denken musste, sie kämen direkt aus dem Seidenpapier in der Schuhschachtel.

Er hielt indessen Ausschau nach dem Helmut Kniewasser, konnte ihn aber nirgends entdecken. „Der Herr Kniewasser, wo finden wir den?", brüllte er einer Schülerin ins Ohr, die in einer blauen Latzhose vor einer Drechselmaschine stand, die einen Höllenlärm produzierte. Das Mädchen machte durch ihre Grimasse deutlich, dass sie kein Wort verstanden hatte, und nahm ihren Gehörschutz ab. „Hä?" „Der Kniewasser!", entschloss sich Gasperlmaier zu einer Kurzversion. Das Mädchen deutete vage nach hinten, weiter in die Werkstatt hinein. Nach wenigen Schritten erblickte Gasperlmaier den Helmut Kniewasser, der sich gerade über einen Arbeitstisch beugte. Als er aufsah und Gasperlmaier erblickte, zögerte er nur einen Sekundenbruchteil, schoss auf ein Fenster zu, öffnete es und sprang hinaus. Gasperlmaier schrie „Halt! Stehen bleiben!“ und blieb dann mit offenem Mund stehen. Niemand hatte seinen Schrei gehört, die Frau Doktor allerdings stürmte blitzschnell an ihm vorbei zum Fenster, durch das der Kniewasser verschwunden war. Als sich Gasperlmaier gefasst hatte, hechtete die Frau Doktor schon hinaus, und Gasperlmaier schickte ein Stoßgebet zum Himmel, dass es draußen nicht allzu tief hinunterging.

Endlich fasste er sich. Der Lärm ringsherum erstarb, denn die Schüler hatten alle ihre Maschinen abgestellt und beobachteten sprachlos die Szene, die sich hier abspielte. Wenige Sekunden später fand sich auch Gasperlmaier außerhalb des Fensters wieder. Gelandet war er in einem weichen Blumenbeet, das kürzlich gegossen worden war. Die schwarze Erde schmatzte, als er darin landete. So viel zu den schneeweißen Turnschuhen der Frau Doktor. Die sprintete dem Kniewasser hinterher, der schon seine Autotür aufriss. Gasperlmaier nahm all seine Kraft zusammen, um ihn zu erreichen, bevor er losfahren konnte. Die Frau Doktor, so nahm er aus den Augenwinkeln wahr, steuerte mit dem Schlüssel in der Hand auf ihr eigenes Auto zu. Vielleicht konnte er den Kniewasser so lange aufhalten, bis sie ihr Auto in der Einfahrt quergestellt hatte, sodass der Fluchtweg versperrt war.

Das Auto des Helmut heulte auf, während sich Gasperlmaier ihm mit ausgebreiteten Armen in den Weg stellte. Nur Sekunden später begriff er, dass der Kniewasser gar keine Anstalten machte, auf ihn Rücksicht zu nehmen, und nur mit einem gewagten Sprung konnte sich Gasperlmaier in Sicherheit bringen. Dabei knickte er um, und ein scharfer Schmerz durchzuckte seinen Knöchel. „Schnell!", schrie die Frau Doktor, die ihm schon die Tür auf der Beifahrerseite geöffnet hatte. So schnell er konnte, humpelte Gasperlmaier die wenigen Schritte und ließ sich in den Beifahrersitz fallen. Noch bevor die Tür ins Schloss gefallen war, gab die Frau Doktor Gas, dass die Reifen quietschten. Hektisch angelte er nach dem Sicherheitsgurt, während er hilflos von einer Seite zur anderen geschleudert wurde. „Alles, nur keine Verfolgungsjagd!", dachte er, und im gleichen Moment bremste die Frau Doktor so abrupt ab, dass er heftig mit dem Kopf gegen die Windschutzscheibe stieß. Er meinte, die Engel singen zu hören. Verschwommen nahm er wahr, dass die Frau Doktor aus dem Auto gesprungen war, ihre Waffe gezogen hatte und durch die Windschutzscheibe auf den Helmut Kniewasser zielte. Der, so merkte er jetzt, hatte wegen einer Gruppe von Pensionisten, die gerade den Zebrastreifen überquerten, anhalten müssen. So verzweifelt war er dann doch nicht, dachte Gasperlmaier, dass er die alten Leutchen über den Haufen gefahren hätte.

Eine Frau, die einen Rollator vor sich her schob, begann hysterisch zu kreischen, als Gasperlmaier nun auch aus dem Auto ausstieg. „Aussteigen! Hände hoch! Hände aufs Dach legen!", schrie die Frau Doktor, bevor die Frau mit dem Rollator hinter ihr zusammensackte und auf dem Zebrastreifen liegen blieb. Als Erstes, fand Gasperlmaier, würde er jetzt einmal das Rote Kreuz rufen, denn wahrscheinlich würden hier mehrere der alten Leute Hilfe brauchen, weil sie sich über den Polizeieinsatz so aufregten.

Während Gasperlmaier, sein Mobiltelefon noch am Ohr, auf die Frau Doktor zueilte, bemerkte er einen älteren Mann, der sich von hinten auf die Frau Doktor zubewegte und seinen Gehstock mit beiden Armen am Griff hinter den Kopf hielt, so, als hole er mit einem Golfschläger zum Abschlag aus. Anscheinend hatte er die Situation falsch eingeschätzt und hielt den Einsatz für einen Überfall. Bevor der Stock noch auf den Hinterkopf der Frau Doktor niedersausen konnte, versuchte Gasperlmaier, sich dazwischenzuwerfen, der verstauchte Knöchel aber gab nach, sodass er hinter der Frau Doktor hinstürzte. Der Stock sauste, statt die Frau Doktor zu treffen, auf seinen Rücken nieder. „Gehen Sie weiter! Polizei!", schrie er den Mann an, sobald er sich aufgerappelt hatte. Der hatte die Arme gesenkt und stand schwer atmend vor ihm. Anscheinend hatte er seine ganze Kraft in den Schlag gelegt. Gasperlmaier konnte es spüren, jeder Atemzug schmerzte. Wenn da nicht eine oder zwei Rippen gebrochen waren ...

Inzwischen war der Helmut Kniewasser aus dem Auto gestiegen und hatte brav seine Hände auf das Dach gelegt, während die Frau Doktor ihn nach Waffen absuchte. Gleich darauf riss sie ihm die Arme hinter den Rücken und ließ es klicken. Von ferne konnte Gasperlmaier schon das Folgetonhorn des Rettungswagens hören. Er ging auf die am Boden liegende Frau zu und stieß ein paar ältere Herren grob beiseite, die offenbar versuchten, ihr zusammengeknüllte Jacken als Polster unter den Kopf zu schieben. Das, so wusste Gasperlmaier aus Erfahrung, konnte der Todesstoß für Bewusstlose oder Verletzte mit einer Wirbelverletzung sein. Gott sei Dank war die Frau bei Bewusstsein, es handelte sich wohl doch nur um eine vorübergehende Kreislaufschwäche.

Als der Rettungswagen neben Gasperlmaier hielt, konnte er sich endlich wieder der Frau Doktor und dem Helmut Kniewasser widmen. „Was hätte denn das werden sollen?“, fauchte die Frau Doktor und drückte dem Helmut die Arme hinter dem Rücken in die Höhe, sodass der vor Schmerzen aufschrie. Sonst allerdings zog er es vor, zu schweigen. „Helfen Sie mir, dass ich ihn ins Auto hineinbringe!“ Gasperlmaier fasste den Helmut am rechten Oberarm, die Frau Doktor am linken. Gemeinsam schoben sie ihn auf den Rücksitz des Audi, ohne dass der Helmut viel Widerstand leistete.

Unterdessen war auch ein Fahrzeug mit uniformierten Polizisten eingetroffen. „Was ist dann da los?“, wollte einer der beiden wissen. „Was machen denn die steirischen Kollegen bei uns da für einen Wirbel?“ Die Frau Doktor hielt ihnen ihren Ausweis entgegen. „Chefinspektorin Kohlross, Bezirkspolizeikommando Liezen. Wir sind zu einer Befragung nach Hallstatt gekommen. Im Mordfall Grubauer bzw. Kniewasser. Dürfte Ihnen bekannt sein. Der Ehemann des zweiten Mordopfers ist geflüchtet und dringend tatverdächtig. Den hätte ich jetzt gern mitgenommen.“ „Darf sie das?“, wandte sich der eine Beamte an seinen Kollegen. Der aber zuckte nur mit den Schultern. „Willst jetzt einen Aufstand machen? Dass wir den am Schluss nach Gmunden bringen müssen und die dort nicht wissen, was sie mit ihm machen sollen?“ Er vollführte eine wegwerfende Handbewegung und kehrte zu seinem Dienstwagen zurück. „Danke! Wenn Sie bitte das Fahrzeug des Festgenommenen sichern? Ich lass es dann von der Spurensicherung abholen. Gasperlmaier, zum Festgenommenen auf den Rücksitz.“ Gasperlmaier war es peinlich, neben dem gefesselten Helmut auf dem Rücksitz Platz nehmen zu müssen. Immerhin kannten sie einander seit Jahren vom Skiclub, wenn Gasperlmaier den Helmut auch nicht unbedingt als Freund eingestuft hatte. Dazu hatten sie zu wenige Gemeinsamkeiten.

Die Frau Doktor startete den Wagen, während die beiden Uniformierten die Menschenansammlung auf dem Zebrastreifen aufzulösen versuchten und die Sanitäter zunächst die Frau und dann ihren Rollator in den Rettungswagen luden. Jetzt erst merkte Gasperlmaier, dass sich in beiden Richtungen bereits ein ansehnlicher Stau gebildet hatte – auf der einen Seite reichte er zumindest bis zum Portal des Umfahrungstunnels, und auf der anderen konnte er das Ende des Staus gar nicht mehr ausmachen.

Die Frau Doktor pappte ihr Blaulicht auf das Dach und fuhr wieder in Richtung Koppenpass. „Was ist los jetzt? Haben wir uns beruhigt, oder muss ich Sie unter Begleitung in den Arrest ins Bezirkspolizeikommando bringen lassen?" „Ich war's aber nicht!", maulte der Kniewasser, „Ich hab sie nicht umgebracht! Warum hätte ich sie umbringen sollen? Ich war ja gar nicht in Aussee!" Der Helmut wollte danach gar nicht mehr aufhören zu jammern.

„Gasperlmaier", sagte die Frau Doktor, „das halte ich nicht aus. Ich kann nicht mit dem auf dem Rücksitz bis nach Altaussee fahren. Da müssen wir zunächst einiges klären." Sie lenkte das Auto nach rechts und brachte es abrupt in einer Parkbucht zum Stehen. Gasperlmaier wurde abermals nach vorne geschleudert und schmerzlich daran erinnert, dass ihm vom Aufprall an der Scheibe vorhin noch der Schädel brummte. „Wir setzen uns auf die Bank da vorne!" „Lasst's mich doch in Ruhe!", jammerte der Kniewasser, als sie ihn wieder aus dem Auto zerrten und auf die Parkbank setzten. Die Frau Doktor nahm rechts von ihm Platz, Gasperlmaier links. Zwischen seinen Füßen lagen eine

Bierdose und ein rot-gelber Pappbecher mit dem Aufdruck einer Fast-Food-Kette. Warum diese Idioten ihre Becher von Ischl bis hierher schleppen und dann im Freien wegwerfen mussten, fragte Gasperlmaier sich. Sein Kopf tat weh, und auch der Knöchel schmerzte noch immer. Er zog sein Hosenbein hoch und rieb vorsichtig daran. Geschwollen war nichts.

„So!", begann die Frau Doktor. „Warum die Flucht?" Der Kniewasser zuckte mit den Schultern. „So halt!", antwortete er nach einer Denkpause. „Wenn die Polizei kommt, das ist immer eine schlechte Nachricht." „So nicht! Gasperlmaier, verfrachten wir ihn wieder ins Auto, ab nach Liezen, Arrest. Vielleicht wird er da gesprächiger. Ich lass mich doch nicht verschaukeln!" „Nein!", schrie jetzt der Kniewasser und schüttelte Gasperlmaiers Hand, die ihn wieder am Oberarm fasste, energisch ab. „Ich hab sie nicht umgebracht. Aber ich war doch in Altaussee, an dem Abend. Ich hab kein Alibi." Die Frau Doktor hob die Augenbrauen. „Interessant! Und jetzt werden Sie uns gleich ein neues Märchen erzählen, während Sie in Wirklichkeit Ihre Frau umgebracht und zur Ranftlmühle gebracht haben!" „Nein!", schrie der Kniewasser wieder. „Dann hätte ich bitte jetzt gerne eine genaue Darstellung Ihres Aufenthalts in Altaussee in der Mordnacht. Minutiös, bitte!"

Der Helmut begann schon wieder zu weinen. Gasperlmaier war das unangenehm. Was sollten die Leute in den vorbeifahrenden Autos denken? Ein weinender Mann in Handschellen neben einem Polizisten und einer Frau? Ihm wäre lieber gewesen, man hätte die ganze Szene auf den Posten verlagert, aber die Frau Doktor konnte ja mit dem jammernden Kniewasser im Auto anscheinend keinen Kilometer mehr fahren. „Also?" „Um acht war der Elternabend aus. Ich bin so um neun, ja, nach dem Krimi, da hab ich's nicht mehr ausgehalten." „Was nicht mehr ausgehalten?" Der Helmut wischte sich mit dem Ärmel den Rotz weg. „Dass ich nicht weiß, ob sie es mit einem anderen treibt!" „Sie haben uns doch erzählt, dass sie so eine Art offene Beziehung geführt haben?" Der Helmut zuckte mit den Schultern. „Erzählt schon." „Aber?", fragte die Frau Doktor nach. „Ich wollt's halt doch wissen. Und wie ich nach Hause gekommen bin, war sie gar nicht da." „Und warum sollte ich Ihnen das glauben?" Der Helmut zuckte mit den Schultern. „Weil's die Wahrheit ist!"

Gasperlmaier fragte sich, warum der Mord an der Ranftlmühle hätte stattfinden sollen, wenn der Helmut die Josefine und ihren Liebhaber zu Hause erwischt hatte. Und wenn sie tatsächlich nicht zu Hause gewesen war, wie war er dann auf die Ranftlmühle gekommen? Das waren ja immerhin fünfzehn Kilometer von daheim entfernt. Es hing eben alles davon ab, ob sie im Auto des Kniewasser Spuren fanden. Oder bei ihm zu Hause. Die Frau Doktor schien seine Meinung aber nicht zu teilen, denn sie bohrte weiter. „Und dann? Wie sie nicht zu Hause war?" „Dann hab ich gewartet. Ob sie kommt. „Und dann sind Sie einfach so wieder nach Hallstatt zurückgefahren? Sie hätten ja auch gleich zu Hause übernachten können. Dann hätten Sie Ihre Frau konfrontieren können, wenn sie nach Hause gekommen wäre." Der Helmut nickte. „Ja, das hätte ich können. Aber ich bin dann doch zurückgefahren. Ich weiß nicht, warum. Ich wollt halt nicht zugeben müssen, dass ich ihr nachspioniere." „Und gesehen hat Sie während Ihres Ausflugs niemand? Damit wir die Zeiten verifizieren könnten, die Sie uns noch genau angeben werden?" Der Kniewasser schüttelte den Kopf. „Ich war so durcheinander, ich hab gar nicht darauf geachtet, ob mir wer Bekanntes begegnet. Getrunken hab ich ja auch!“ Die Frau Doktor hob die Augenbrauen. „Trunkenheit am Steuer auch noch? Ich werde Sie jetzt doch die 24 Stunden festhalten und morgen noch einmal befragen. Ihre Geschichte ist mir einfach zu dünn, und Sie sind dringend tatverdächtig. Außerdem haben wir bis morgen auch die Resultate bezüglich der Spuren in Ihrem Auto.“ „Nein! Nicht verhaften!“, schrie der Kniewasser und bäumte sich auf. „Was glauben Sie denn, was mir in der Schule blüht, wenn das die Runde macht, dass ich im Häfen gesessen bin! Das ist unmöglich!“ Er zerrte an den Handschellen, und Gasperlmaier musste seine ganze Kraft aufwenden, um ihn auf der Bank festzuhalten. „Mach keinen Blödsinn!“, ächzte er. Doch der Widerstand des Helmut Kniewasser hielt ohnehin nicht lange an, und er sank mut- und willenlos wieder auf die Bank hinunter. „Ist eh alles wurst!“, jammerte er, „Ohne die Josefine ist eh alles wurst!“ „Ich ruf jetzt einen Streifenwagen, die sollen ihn nach Liezen bringen.“ Die Frau Doktor zückte ihr Handy.

Wenig später wurde der Kniewasser tatsächlich von zwei Uniformierten abgeholt, und die Frau Doktor und Gasperlmaier blieben allein zurück. „Ich möchte jetzt, verdammt noch einmal, endlich wissen, was mit diesem blöden Handy ist!“ Da Gasperlmaier sie fragend anblickte, schob sie noch eine Erklärung nach. „Na, das gestohlene! Das, mit dem SMS an dich: 'Ihr findet mich nicht, ihr Trottel!'“ Jetzt erst konnte sich Gasperlmaier darüber ärgern, dass das SMS ausgerechnet an ihn gegangen war. Wer hielt ihn da für den größten Trottel bei der Polizei?

Das Handy der Frau Doktor dudelte, und sie fluchte, weil sie es in den Tiefen ihrer Tasche nicht gleich fand.

Schließlich hatte sie es doch am Ohr. „Warum rufen Sie mich da nicht gleich an?“, hörte Gasperlmaier. Die Frau Doktor schien verärgert. „Ja, natürlich ist das dringend! Sie müssen schon darauf achten, dass der Informationsfluss richtig funktioniert! Das kann die Ermittlungen ernsthaft behindern!“ Gasperlmaier konnte mithören, wie sich die Manuela, etwas verschnupft, entschuldigte. „Also, jetzt die Details, bitte!“ Wenig später wusste auch Gasperlmaier, dass das Handy in der Nähe des Grundlsees geortet worden war, es seit dem bewussten SMS aber keine Signale mehr gesendet hatte. „Da der Herr Doktor zum Zeitpunkt des SMS in seiner Praxis war, dürfen wir jetzt wohl endgültig davon ausgehen, dass er uns die Wahrheit erzählt hat, was den Diebstahl betrifft.“ „Er könnte aber auch jemand anderen mit seinem Handy zum Grundlsee geschickt haben!“, gab Gasperlmaier zu bedenken. Die Frau Doktor stöhnte. „Nun mach's aber nicht überkompliziert! Welchen Komplizen sollte er denn dazu angestellt haben? Und warum?“ Gasperlmaier gab sich trotzig. „Wenn er ein Mörder ist, dann hat er allen Grund, die Geschichte kompliziert zu machen und sich reinzuwaschen, indem er ...“ „Schluss!“, kommandierte die Frau Doktor. „Wir arbeiten jetzt mit dem weiter, was wir haben!“

Gasperlmaier hingegen nahm sich vor, den Doktor Gamsjäger noch keinesfalls aus seinem Gedächtnis zu streichen, was diesen Fall betraf. Schließlich wäre der ein brauchbarer Täter gewesen – ganz weit von Gasperlmaiers Freunden und Bekannten beim Skiclub entfernt.

12

„Ihr habt's doch noch ein bisschen Zeit?" Die Manuela strahlte sie an, als sie auf dem Posten eintrafen. Gasperlmaiers Schreibtisch war mit einer weißen Tischdecke bedeckt, auf der nur drei Sektgläser und eine Platte mit Brötchen standen. Gasperlmaier konnte Lachs und Roastbeef ausnehmen. Und welche mit Rohschinken waren auch dabei, auf denen irgendeine grüne Soße verteilt war. Ihm lief das Wasser im Mund zusammen, doch die Frau Doktor zog die Stirn in Falten und legte Daumen und Zeigefinger an die Nase. „Zu meinem Einstand! Ihr habt doch Hunger und Durst?" Gasperlmaier beeilte sich, eilfertig zu nicken. Er war froh, dass er sich niedersetzen konnte. Die Kopfschmerzen waren zwar verflogen, aber beim Treppensteigen hatte der Knöchel wieder ordentlich geschmerzt. „Sicher!"

„Zuerst bleiben wir bitte noch beim Dienst!", ermahnte die Frau Doktor sie. „Ein Round-up des heutigen Tages darf noch sein." Sie ließ sich in den Sessel fallen, der einst dem Friedrich gehört hatte. Gasperlmaier ertappte sich dabei, dass er den ganzen Tag nicht an ihn gedacht hatte. Er war kein treuer Freund, nein, ganz und gar nicht. Noch heute musste er im Krankenhaus anrufen, und morgen musste er noch vor dem Dienst beim Friedrich vorbeischauen.

Die Frau Doktor schritt zur Pinnwand und drehte das Foto des Doktor Gamsjäger um. Ebenso das der Sonja Rebhandl. „Woher ...?", begann Gasperlmaier, denn er hatte die Fotos noch gar nicht bemerkt. „Hab ich organisiert!", grinste die Manuela. Zu flott und zu perfekt war sie ihm. Das konnte lustig werden, wenn die ihm hier das Heft aus der Hand nahm und alles schneller und präziser erledigte, als er das seit Jahr und Tag gewohnt war. „Die beiden sind für mich draußen, auch wenn Kollege Gasperlmaier da noch eine Verschwörungstheorie im Köcher hat. Willst du sie darstellen?“ Mit einem Seitenblick auf die Brötchen winkte Gasperlmaier ab. „Also. Von der Jessica und dem Marcel weiterhin keine Spur. Wir sind dran, aber wir haben dafür kein extra Personal. Ich kann sie ja meinen Vorgesetzten schwer als unmittelbar bedroht verkaufen, wenn ich ihnen nicht erklären kann, warum.“ Sie tippte energisch mit dem Finger auf das Foto des Helmut Kniewasser, der immer noch in trauter Zweisamkeit neben seiner tief dekolletierten Josefine von der Pinnwand grinste. „Eine Nacht im Arrest wird ihm guttun. Selbst wenn er nicht gesteht – er wird uns noch die eine oder andere interessante Einzelheit erzählen können.“ „Das Auto ...“, warf die Manuela ein. Die Frau Doktor nickte. „Ist schon auf dem Weg in die Kriminaltechnik. Oberflächlich am Ort der Auffindung geprüft, keine Spuren. Will aber nichts sagen. Da wissen wir morgen mehr. Das Handy, von dem aus die Kniewasser angerufen wurde, ist dem Zahnarzt abhandengekommen und dem Täter in die Hände gefallen. Heute Mittag ein SMS an den Franz aus der Gegend um den Grundlsee, seither keine Signale mehr.“ „Der Schratzenstaller?“, fragte die Manuela. „Genau. Der ist für mich momentan am heißesten. Aber den können wir auf kleiner Flamme dunsten lassen. Ein Bankdirektor sucht höchstens das Weite, wenn er selber den Tresor geplündert hat. Außerdem halte ich den für so eingebildet, dass er sich sicher ist, dass wir ihm nicht auf die Schliche kommen.“

Die Manuela nestelte schon an der Alufolie am Hals der Sektflasche, um klarzumachen, dass sich die Frau Doktor kurzfassen sollte. Gasperlmaier fragte sich, ob er jetzt den Beppo Leitenbichler ins Gespräch einfließen lassen sollte, aber als der Korken knallte, entschloss er sich, das lieber auf den nächsten Tag zu verschieben. Wer konnte wissen, was der Frau Doktor noch einfallen würde, sollte er sie jetzt auf eine neue Fährte setzen. Womöglich würde sie ihn dann zwingen, gleich zur Befragung des Beppo aufzubrechen. Da war es doch gescheiter, sich den Brötchen der Manuela zu widmen. Wenn die Platte auch nicht allzu groß ausgefallen war. Fünfzehn Brötchen zählte Gasperlmaier.

Irgendwie musste die Manuela seine Blicke richtig gedeutet haben, denn sie beruhigte ihn. „Es ist noch genug von allem da! Prosecco, Brot, Lachs und so weiter. Ich hab's nur im Kühlschrank. Das Buffet ist eröffnet!" Die Frau Doktor quittierte den hastigen Übergang zum gemütlichen Teil des Abends mit einem Seufzen, rückte ihren Stuhl dann aber doch an Gasperlmaiers Schreibtisch heran. „Also, Prost, alle!" Die Manuela hatte die drei Gläser schon vollgeschenkt. Gasperlmaier achtete darauf, nichts zu verschütten, als er sein Glas gegen die der anderen stieß. „In die Augen schauen!", befahl die Manuela. „Du weißt eh, was sonst passiert!" „Äh, was?", fragte er unschuldig. „Sieben Jahre schlechter Sex!", kicherte die Manuela. Gasperlmaier erinnerte sich – ein alter Witz, auf den er nicht zum ersten Mal hereingefallen war. „Besser schlechter als gar keiner!" Die Frau Doktor stürzte ein halbes Glas Prosecco in einem Zug hinunter und griff nach dem ersten Brötchen. Gasperlmaier wunderte sich. Hatte sie eben etwas über ihr Privatleben verraten?

Das Roastbeefbrötchen schmeckte ausgezeichnet. Die Manuela hatte irgendeine scharfe Soße drunter- und ein Stückchen Tomate und eine Blüte draufgetan. „Kann man die essen?", fragte er. Die Manuela nickte.

„Wir haben noch gar nicht offiziell Brüderschaft getrunken!“, mahnte sie, zog Gasperlmaier zu sich hin und hakte ihren Arm in seinen. Bevor er wusste, wie ihm geschah, hatte er zwei dicke Küsse auf seinen Wangen. „Manuela!“, sagte sie, „Franz!“, antwortete er, „aber lieber Gasperlmaier.“ „Wir können gerne auch per du sein“, meinte die Frau Doktor zur Manuela. Während Gasperlmaier ein Lachsbrötchen verkostete, küssten sich die beiden Frauen.

„Bei euch geht's ja lustig zu! Und das bei zwei zerstückelten Leichen! Darf man mittun?“ Gasperlmaier glaubte, nicht recht zu sehen. „Bist du nicht im Krankenhaus?“, fragte er den Friedrich, der in der Lederhose in der Tür stand. Es war ein enormes Exemplar, da hatten sicherlich mehrere Hirsche dran glauben müssen. Für ihn und seinen Sohn, so dachte Gasperlmaier bei sich, hätte man aus dem Prachtstück des Friedrich je eine eigene Lederhose schneidern können. „Na, Gasperlmaier, wenn ich im Krankenhaus wär, dann hättest du jetzt einen Geist vor dir. Man hat mich als geheilt entlassen. Austherapiert. Und Reha gibt's erst in drei Wochen.“ „Setz dich halt her!“ Gasperlmaier freute sich ehrlich, dass er jetzt nicht mehr alleine mit den beiden Frauen war, sosehr er ihre Gesellschaft sonst auch genoss. „Wie ich sehe“, sagte der Friedrich, „habt ihr hier extra Schonkost für mich angeschafft!“ Ein Lachsbrötchen verschwand in seinem Mund, ohne dass er sich die Mühe machte, zuvor abzubeißen.

Gasperlmaier war erst beim dritten Brötchen angelangt, es war jenes mit Rohschinken und der grünen Paste, als die Manuela schon die zweite Sektflasche öffnen musste. „Das ist ein selber gemachtes Pesto!“, informierte sie ihn. Er selbst hatte sein Glas schon zweimal geleert, um seinen Durst zu löschen. Für den Friedrich war ein Sektglas ohnehin ein Witz. „Dass ich keinen Sekt trinken darf, hat niemand gesagt. Nur, dass ich meine Gewohnheiten ändern muss. Ich trink eh kein Bier mehr“, hatte er kommentiert, nachdem er ein Glas, das in seiner Hand aussah wie ein Spielzeug aus der Puppenküche, in einem Zug hinuntergestürzt hatte. Die Frau Doktor warf ihnen skeptische Blicke zu und nippte nur an ihrem Glas. Die Brötchen allerdings schienen ihr auch zu schmecken. „So ein Prosecco hat ja viel weniger Kalorien als ein Bier!“, ermunterte ihn die Manuela und schenkte nach.

Als der dritte Korken knallte, brachte die Frau Doktor das Gespräch noch einmal auf den aktuellen Fall. „Ich hab, beim Round-up vorhin, völlig auf zwei wesentliche Personen vergessen: Was ist mit der Lissi Bernegger und dem Kilian Köberl? Ob die uns alles gesagt haben, was sie wissen?“ Der Friedrich tat ihre Wortmeldung mit einer abschätzigen Geste ab. „Der Kilian? Der tut doch keiner Fliege was zuleide. Vor allem haben Sie eins vergessen: Wenn der seine Griffel unter einem Rock oder in einer Bluse hat, dann hört und sieht er nichts mehr. Der geht doch nach einem leidenschaftlichen Erlebnis mit der Lissi Bernegger nicht hin und schlachtet einen ab, und zerstückelt ihn.“ Gasperlmaier verspürte den Drang, dem Friedrich beizupflichten. „Und er hätte ja auch gar keinen Grund gehabt, dem Matthias was zu tun. Und bei der Josefine, da, da ...“ Er hatte nicht den Mut auszusprechen, was er sich dachte: Ein solcher Busen wie der der Josefine, der war dem Kilian ein Heiligtum, und der hätte sich eher den zweiten Haxen abgeschnitten, als der Josefine etwas anzutun.

Die Frau Doktor nickte. „Ja, ja. Ich weiß schon, Gasperlmaier. Du bist fixiert: Du kannst dir nicht vorstellen, dass jemand einer Frau mit schönen Brüsten überhaupt etwas antun kann. Da könnt ich dir aber Fotos zeigen, da würdest du dich ein Leben lang nicht mehr erholen davon, wenn du sehen würdest, was Männer schönen Frauen alles antun!" „Es ist überhaupt schrecklich!", mischte sich die Manuela ein. „Dauernd schlagen Männer ihre Frauen zusammen oder erstechen sie, nur, um sie nicht zu verlieren! Weil sie angeblich von Eifersucht zerfressen sind! Was ist denn das für eine Logik, dass man jemanden umbringt, weil man Angst hat, ihn zu verlieren!" Gasperlmaier schielte nach dem Ausschnitt der Manuela, als sie ihm nachschenkte. Sie hatte einen Knopf zu viel offen, und er war sich sicher, dass er der Manuela niemals etwas antun könnte. Der Frau Doktor und seiner Christine schon gar nicht. Obwohl, wenn er an ihre Salzburg-Pläne dachte, spürte er da Stiche irgendwo im Inneren, und ein gewisser Zorn mochte sich trotz der Aussprache gestern schon in ihm ausbreiten.

Er leerte sein Glas, um es gleich darauf von der Manuela wieder vollgeschenkt zu bekommen. Die betrachtete skeptisch die Geschwindigkeit, in der vor allem Gasperlmaier und der Friedrich die Brote vertilgten. „Wisst ihr was, ich stell' jetzt einfach alles auf den Tisch!" Es war wirklich genug da. Lachs, Senf, Mayonnaise, Schinken, und sogar noch ein paar Gams- und Hirschwürstel hatte die Manuela in Reserve gehabt. Mitsamt dem dazu passenden Brot. „Ich muss einmal meine Füße ein bisschen ..." Die Frau Doktor rutschte in ihrem Sessel nach vor und streckte ihre Füße Gasperlmaier entgegen. Die blütenweißen Turnschuhe hatten den Ausflug ins Blumenbeet bei der Fachschule in Hallstatt nicht ohne Spuren überstanden und trugen neben ein paar hässlichen schwarzen Bremsspuren auch allgemein Grauschleier. Nicht nur er spürte langsam den Sekt, sondern auch die Frau Doktor hatte, wie er feststellte, einen schon etwas glasigen Blick.

„Ich an eurer Stelle würd mir den Schratzenstaller einmal ein bisschen genauer anschauen. Das ist so ein verschlagener Typ, der war mir nie sympathisch. Und es gibt ja auch Gerüchte, dass er seinen Freunderln faule Kredite hinübergeschoben hat." Der Friedrich führte die Unterhaltung wieder zum Fall zurück. Die Frau Doktor strich sich eine Haarsträhne hinter ihr Ohr zurück und richtete sich auf. Gasperlmaier fiel auf, dass sie überaus reizvolle bunte Ohrgehänge trug, die ihm bislang noch gar nicht aufgefallen waren. Passend zur Bluse. „Jetzt fehlt nur noch, dass es im Zusammenhang mit den Grubauers und den Kniewassers auch irgendwelche Kreditgeschäfte gegeben hat." Gasperlmaier versuchte gerade herauszufinden, ob auch die Manuela Ohrgehänge trug, deren Ohren waren aber von dichten Haarsträhnen fast vollständig verdeckt.

„Gasperlmaier!" Die Frau Doktor musste ihn zur Ordnung rufen. Fast hätte er sich an dem Stück Hirschwurst, das er gerade mit einer Messerspitze aufgepickt hatte, verschluckt. Und sich mit dem Messer ins Gesicht gestochen. „Ja, die vom Skiclub, glaub ich, die haben alle ihre Kredite bei der Raiffeisenbank laufen!" „Und warum haben wir uns das alles noch nicht genauer angeschaut?" Die Frau Doktor genehmigte sich einen kräftigen Schluck Prosecco und schenkte sich gleich selber nach. Schön langsam kam die Feier in Fahrt. „Kennt ihr den?", fragte der Friedrich. „Was ist der Unterschied zwischen einem Polizeikapperl und ..." „Warum wir die Bankgeschäfte der Skiclubmitglieder noch nicht durchleuchtet haben, will ich wissen!" Die

Frau Doktor klang ungehalten. „Es war echt noch nicht so viel Zeit, ich bin dauernd am Telefon und im Netz ..." Die Manuela schien gekränkt. „Tschuldigung, ist schon gut. War ein harter Tag." Die Frau Doktor rutschte im Sessel wieder nach unten. Gasperlmaier war sich nicht sicher, ob es klug war, sie heute noch nach Hause fahren zu lassen.

Plötzlich läutete sein Telefon, und ohne hinzusehen wusste er, dass es nur die Christine sein konnte. „Ich warte mit dem Essen. Wo bist du denn? Wann kommst du?" Gasperlmaier wusste, jeder Versuch zu tarnen und zu täuschen war von vornherein zum Scheitern verurteilt. Er war der Christine schon nüchtern verbal nicht gewachsen, und jetzt spürte er deutlich die Wirkung des Alkohols. Am Ende war im Prosecco doch mehr davon drin als im Bier. Er musste das bei Gelegenheit überprüfen. „Es dauert noch ein bissl. Die Manuela hat zum Einstand, zu ihrem Einstand da bei uns eine kleine Jause ..." „Du lallst", konterte die Christine trocken. „Ich lalle doch nicht!", gab Gasperlmaier zurück, während er deutlich spürte, dass ihm seine Zunge nicht mehr ganz so gehorchte, wie es zu einwandfreier Artikulation notwendig gewesen wäre. Die Manuela kicherte. „Wie dem auch ist. Ich darf also nicht mehr mit dir zum Essen rechnen?" Er schüttelte den Kopf, um sich gleich darauf zu besinnen, dass sie das ja nicht sehen konnte. „Es wird schon noch ein Weilchen dauern. Es wär ja unhöflich, dass ich jetzt mitten ..." Er ließ den Satz unbeendet. „Dass du mir halt gesund nach Hause kommst! Gell, morgen ist auch ein Arbeitstag!" Die Christine legte auf. Wenn Gasperlmaier ihre Stimmlage richtig interpretierte, war sie nur leicht bis mäßig verärgert. Wenn er sich ab jetzt beherrschte, dann ...

„Ich hab dir gleich noch einmal nachgeschenkt!“ Die Manuela hatte die vierte Flasche Prosecco geöffnet, während der Friedrich gelassen eine weitere Hirschwurst in feine Scheiben säbelte. „Ich muss mir jetzt die Schuhe ausziehen.“ Die Frau Doktor beugte sich hinunter, um die Schuhbänder zu öffnen, wobei sie einen nicht mehr ganz bewegungssicheren Eindruck machte. Als sie die Schuhe von ihren Füßen schleuderte, sah Gasperlmaier, dass ihre Zehennägel immer noch, so wie gestern, lila bemalt waren. Oder sagte man lackiert? Nein, es war nicht lila, es war neongrün gewesen. Er erinnerte sich an die grauen und neongrünen Strümpfe vom Vortag. „Ich hoffe nur“, sagte die Manuela, die sich noch ganz gut hielt, soweit er das feststellen konnte, „dass sie uns den Schratzenstaller nicht auch noch zerschnetzeln, bevor wir ihn eingehend befragen können.“ Das „Zerschnetzeln“ allerdings hatte jetzt auch schon etwas undeutlich geklungen, fand Gasperlmaier. War ja auch ein schwieriges Wort. Die Frau Doktor kicherte. „Geschnetzelter Schratzenstaller. Klingt gut, für die Speisekarte.“ Die Manuela kicherte mit, und auch Gasperlmaier wurde von dem recht unmotivierten Heiterkeitsausbruch mitgerissen und gluckste vor sich hin. „Ja, und am Schluss müssen wir alle zusammensetzen. Damit nicht die falschen Haxen mit dem richtigen Kopf begraben werden!“ Die Damen konnten sich vor Lachen gar nicht mehr beruhigen.

„Wisst ihr übrigens“, fiel Gasperlmaier plötzlich ein, „dass meine Frau Karriere macht? Ab nächstem Jahr unterrichtet sie in Salzburg, an der Pädagogischen Hochschule!“ Er hatte keine Ahnung, warum er gerade jetzt seine größte Sorge zum Gesprächsthema machen musste. „Du lässt sie ganz allein in die Großstadt? Wenn das nur gut geht!“ Die Manuela hatte treffsicher seinen schwachen Punkt erwischt, und es dauerte keine fünf Minuten, bis Gasperlmaier sein Herz ausgeschüttet und alle Sorgen, die er sich rund um die Karriere seiner Frau machte, vor den Kollegen ausgebreitet hatte.

„Du musst dich für sie wieder interessant machen!", kicherte die Frau Doktor. „Du musst ihr zeigen, dass mehr in dir steckt als Polizei, Feuerwehr und Lederhose! Du musst dich umstylen!" Die Manuela stimmte in die allgemeine Heiterkeit mit ein. „Ja! Sie braucht einen neuen Mann! Damit sie sieht, dass du hinter den Salzburgern nicht nachhinkst!" Gasperlmaier war es nicht recht, dass seine Sorge nun Gegenstand der Unterhaltung geworden war, und er blickte sich hilfesuchend zum Friedrich um. Der aber nickte. „Die beiden haben schon recht. Du hast dich gehen lassen. Bei mir ist das wurst, ich lebe ja allein. Aber wenn ich auf der Suche wäre ..." Die Frau Doktor legte Gasperlmaier den Arm um die Schultern und strich ihm über eine Wange. „Ich wollte mich nicht lustig machen über dich. Das hat zwar witzig geklungen, aber ich mein's ernst. Wir gehen einmal mit dir einkaufen, und du wirst sehen, wenn du einmal gut angezogen bist, das hat dann auch Auswirkungen auf dein Selbstbewusstsein!" „Ja, und ich sag's dir", fiel die Manuela ein, „deine Kinder würde ein neuer Stil auch ganz schön beeindrucken!"

Gasperlmaier suchte krampfhaft nach einem anderen Thema, mit dem er die Aufmerksamkeit von seinen Sorgen ablenken konnte, doch das war gar nicht nötig. Auf das Stichwort „Kinder" reagierte sie völlig unerwartet. „Kinder!", wiederholte die Frau Doktor, und plötzlich rannen ihr dicke Tränen über die Wangen. Sie suchte in ihrer Handtasche nach einem Taschentuch und verschmierte sich das ganze Gesicht damit. Sowohl die Manuela als auch er und der Friedrich waren ganz still geworden und wussten mit dem plötzlichen Stimmungsumschwung nicht recht umzugehen. Die Frau Doktor wurde mittlerweile richtiggehend geschüttelt und heulte in ihr Taschentuch. Die Manuela legte ihr den Arm um die Schultern. „Was ist denn? Der Stress?“ Die Frau Doktor schüttelte den Kopf. „Ärger mit dem Chef?“ Doch auch das war es nicht. Die Frau Doktor murmelte irgendwas in ihr Taschentuch hinein. Gasperlmaier musste sich verhört haben. Es klang wie „schwanger“. Das konnte ja nicht möglich sein. Dennoch: Er hatte recht gehört, denn die Manuela wiederholte es. „Schwanger!“ „Ja, wie gibt's denn das?“, entfuhr es Gasperlmaier, worauf ihn die Manuela anfuhr. „Halt den Mund, du Depp!“

Der Friedrich rettete die Situation, indem er sein Glas hob. „Das ist ein Grund zum Feiern, nicht zum Weinen! Stoßen wir an!“ Die Frau Doktor nahm verblüfft ihr Taschentuch vom Gesicht. Sie sah, fand Gasperlmaier, ein paar Jahre älter aus. Schließlich hatte er sie bisher nur perfekt geschminkt zu Gesicht bekommen. „Meinen Sie?“, fragte sie skeptisch. „Aber ja! Gibt der Herr ein Haserl, gibt er auch ein Graserl! Es wird sich alles finden! Glaubt's mir!“ Der Frau Doktor huschte ein ganz kleines Lächeln über das Gesicht. „Wisst ihr, der Vater ist nicht als Vater zu gebrauchen. Und ich will auch gar nichts mehr mit ihm zu tun haben.“

Gasperlmaier war ratlos. In einer solchen Situation hatte er sich noch nie befunden, das waren für ihn Frauengespräche, die da geführt wurden, da fehlte ihm das rechte Repertoire für einen Beitrag in dieser Debatte. So locker wie der Friedrich konnte er sich da nicht aus der Affäre ziehen. „Ja, Gasperlmaier. Willst du immer noch wissen, wie es das gibt?“ „Entschuldigung“, murmelte er kleinlaut. „Das ist mir so rausgerutscht, weil ...“ „Weil was?“, fragte die Frau Doktor streng. „Weil du dir nicht vorstellen kannst, dass ich ein Kind bekomme? Von einem Mann?“ „Nein, nein. Es freut mich genau so wie den Friedrich!“ Damit, hoffte er, hatte er die Kurve genommen, denn die Frau Doktor schwieg und nahm noch einen Schluck Prosecco. „Du solltest allerdings keinen Alkohol ...“, mahnte die Manuela. „Ja“, sagte die Frau Doktor, „ab morgen!“

„Und wann?“ Die Manuela hatte sich neugierig vorgebeugt. Der Frau Doktor gelang ein etwas zögerliches Lächeln. „Zu Weihnachten. Die Ärztin hat als Geburtstermin genau den 24. Dezember eingetragen.“ „Ein Christkind!“, strahlte die Manuela. Gasperlmaier fand das eher unpraktisch, aus der Sicht des Kindes. Da würde der Geburtstag neben dem ganzen Weihnachtsrummel immer die zweite Geige spielen müssen.

„Ja, ich werd mich dann auf die Socken machen!“ Der Friedrich erhob sich, langsam und mit viel Ächzen und Stöhnen. Der Tisch war bis auf den letzten Rest Hirschwurst blankgeputzt. Gedankenverloren pickte Gasperlmaier ein paar Krümel und Kerne auf, die vom Brot heruntergefallen waren. „Ich, als Junggeselle, kann die Frau Doktor ja nicht mit zu mir nach Hause nehmen ...“ Er zwinkerte Gasperlmaier zu. „Nein, nein!“, sagte die Frau Doktor. „Ich nehm mir wo ein Zimmer. Ist ja noch nicht Hochsaison, ich werd schon was kriegen.“ „Also, ich halt das für keine gute Idee.“ Der Friedrich stützte sich auf die Sessellehne, sodass Gasperlmaier angst und bange wurde, der Stuhl könnte unter seinem Gewicht nachgeben. „Wenn Sie da um diese Zeit beschwipst in einem Hotel auftauchen, das gibt ein ganz schönes Gerede morgen. Das möchte ich Ihnen nicht wünschen!“

„Ich kann dich schon mitnehmen, der Christoph ist eh nicht zu Hause, da ist ein Zimmer frei!“ Ganz wohl war Gasperlmaier bei diesem Angebot allerdings nicht. Was würde die Christine sagen? „Und ich bleib da auf dem Posten, am Bereitschaftssofa!“ Auf die Manuela hatte Gasperlmaier ganz vergessen, die konnte ja auch nicht zu Fuß nach Hause. Er wusste nicht einmal, wo sie wohnte. „Na dann!“ Der Friedrich streckte noch kurz die Hand zum Gruß in die Höhe, danach hörte man nur mehr seine schweren Schritte auf den Stufen. Auch die Frau Doktor erhob sich. „Hoffentlich hat deine Frau ...“ Gasperlmaier winkte ab. „Nein, nein!“

Draußen, an der frischen Luft, wurde Gasperlmaier erst so richtig bewusst, dass er den Prosecco ordentlich spürte. Ganz sicher war sein Gang nicht mehr, obwohl er sich sehr bemühte, gerade zu gehen. Gelegentlich passierte ihm doch ein kleiner Schlenker zur Seite, und einmal verfehlte er tatsächlich den Randstein, stolperte unversehens auf die Straße und konnte sich erst in deren Mitte wieder so richtig erfangen. Gott sei Dank war weit und breit kein Fahrzeug in Sicht. Die Frau Doktor kicherte hinter vorgehaltener Hand, was Gasperlmaier dazu bewog, ein leises „Psst!“ durch seine Zähne zu zischen. Das kam aber viel lauter heraus, als er sich das vorgestellt hatte. Wenigstens, so dachte er, waren keine Fußgänger unterwegs, die ihn hätten hören können.

Im Wohnzimmer war noch Licht, als er das Haus betrat. Jetzt galt es diplomatisch zu sein. Vorsichtig öffnete er den Türspalt weiter. Die Christine lag auf dem Sofa vor dem Fernseher. „Hallo!“, eröffnete Gasperlmaier die Unterhaltung wenig einfallsreich. „Geht's dir eh noch gut?“, erkundigte sich die Christine. „Weil wenn dir schlecht ist, dann geh lieber gleich aufs Klo.“

„Guten Abend, Frau Gasperlmaier. Und bitte um Entschuldigung!“ Ohne dass er es bemerkt hatte, war die Frau Doktor hinter ihm ins Wohnzimmer getreten. „Ich sollte heute nicht mehr fahren. Und der Franz war so freundlich, mir anzubieten, hier die Nacht zu verbringen.“ Unglaublich, dachte Gasperlmaier, dass die Frau Doktor nach dem vielen Prosecco noch solche Sätze zustande brachte. Und noch dazu ganz ohne Lallen. Vielleicht hatte sie doch nicht so viel getrunken, wie es zunächst den Anschein gehabt hatte.

Die Christine war aufgestanden und strich sich den Rock glatt. „Das ist nett von ihm, wird aber schwierig werden. Der Christoph ist heute Abend zurückgekommen. Setzt's euch erst einmal her!“ Sie bot der Frau Doktor einen Platz neben sich auf dem Sofa an, Gasperlmaier setzte sich auf das andere. „Da werde ich die Frau Doktor ins Schlafzimmer mitnehmen, und du wirst es dir hier herunten auf dem Sofa bequem machen. Ich geh schnell das Bett frisch überziehen.“ Schon war sie verschwunden und Gasperlmaier hörte noch, wie sie die Treppe hinaufstieg. „Das ist mir jetzt peinlich!“, sagte die Frau Doktor. „Ich glaub, ich geh wieder. Oder, ich könnte ja herunten auf dem Sofa …?“ Gasperlmaier winkte ab. Er fühlte sich plötzlich unglaublich müde und konnte nur mehr an eins denken: seinen Kopf auf irgendeinen Polster sinken lassen und die Füße hochlegen. „Wenn sich meine Frau einmal für etwas entschieden hat, hat es sowieso keinen Sinn, dagegenzureden.“ „Du musst es ja wissen. Aber peinlich ist es mir schon. Jetzt hab ich schon euer Schlafzimmer nach den Sachen deiner Frau durchwühlt, und jetzt soll ich auch noch in deinem Bett schlafen. Das war ein Blödsinn, das mit dem Trinken heute.“ Gasperlmaier fielen schon die Augen zu. Im Grunde war er einer Meinung mit der Frau Doktor. Wenn er nur an sein bequemes Bett dachte! Das Sofa war so kurz, dass er nur mit angezogenen Beinen darauf schlafen konnte. Und außerdem bekam er neuerdings sowieso Kreuzweh, wenn er länger darauf lag.

„So! Alles erledigt! Aber jetzt muss ich, Sie entschuldigen, den Franz noch darüber informieren, was heute bei uns los gewesen ist." Gasperlmaier schreckte hoch. Er war schon fast weggedämmert gewesen. „Der Christoph ist nämlich in einem ganz schlechten Zustand. Seine Freundin hat mit ihm Schluss gemacht. Per Facebook." Die Frau Doktor zog die Augenbrauen hoch. „Facebook?", fragte Gasperlmaier, ohne wirklich zu verstehen. „Die jungen Leute geben heute oft bei Facebook an, ob sie in einer Beziehung sind, und sogar mit wem." Die Christine, fand Gasperlmaier, kannte sich da ganz schön gut aus. Ob sie am Ende selber gar auch bei dem Facebook dabei war? Und ob sie da vielleicht klammheimlich Nachrichten mit ihren Freunden aus der WG während der Studienzeit austauschte? Das ganze Computerzeug war für gar nichts gut, außer dafür, Unruhe zu stiften, befand er.

„Und die Andrea, das ist – war – die Freundin von unserem Christoph", fuhr die Christine zur Frau Doktor gewandt fort, „hat ihren Beziehungsstatus auf ‚Single' geändert. Ohne dass sie mit dem Christoph ein Wort gewechselt hat." Die Christine klang jetzt ehrlich entrüstet. Die Andrea hätte ihr in dieser Laune nicht über den Weg laufen dürfen, die hätte sich eine wortgewaltige Predigt anhören dürfen. „Und heute Nachmittag ist der Christoph heimgekommen, in sein Zimmer gegangen, hat die Musik laut aufgedreht und sich nicht mehr blicken lassen." Die Christine seufzte. „Man müsste reden mit dem Buben. Aber das geht halt jetzt nicht. Die Musik hat er erst abgeschaltet, als die Oma narrisch geworden ist und gegen die Tür gedonnert hat. Und die Katharina meint, dass der Christoph eine Flasche Wodka in seinem Zimmer hat. Ich mach mir echt Sorgen."

Die Frau Doktor sah jetzt ziemlich nüchtern aus. „Und da komm jetzt noch ich und ..." Die Christine lächelte und winkte ab. „Ach Gott – wenn man wegen solchen kleinen Krisen gleich die Nerven wegschmeißen würde! Das gibt sich schon. Nur, wenn wir jetzt wenigstens noch einmal nachschauen könnten, wie es ihm geht ..." Sie blickte fragend zu Gasperlmaier. „Ich?" Er bezweifelte, dass er der Richtige für die Aufgabe war, vor der geschlossenen Tür des Christoph vorzusprechen. Doch die Frau Doktor kam ihm zuvor. „Gehen wir hinauf!"

Sie schnappte ihre Handtasche. Die Christine ging voraus, und so schnell, dass Gasperlmaier kaum folgen konnte, waren die beiden im oberen Stock verschwunden. Als Gasperlmaier atemlos oben ankam, hatte die Christine schon das Ohr an die Zimmertür vom Christoph gelegt. „Ich hör nichts!", flüsterte sie und schüttelte den Kopf. Vorsichtig probierte sie die Türschnalle. Abgesperrt. Die Frau Doktor kramte wortlos in ihrer Handtasche und hielt der Christine schließlich fragend einen Bund Dietriche hin. Die nickte. Gasperlmaier war nicht wohl bei der Aktion – war das nicht ein Vertrauensbruch, ins Zimmer des eigenen Sohnes einzubrechen?

Die Frau Doktor hatte nur Sekunden gebraucht, um die Zimmertür, die nur ein ganz einfaches Schloss hatte, zu öffnen. Gasperlmaier hatte gar keine Zeit gehabt, seinen Bedenken Ausdruck zu verleihen. Nun folgte er den beiden Frauen aber doch ins Zimmer, aus dem ihm als Erstes ein ziemlich muffiger Geruch entgegenwehte. Die Christine stieß mit dem Fuß gegen einen herumliegenden Rucksack, als sie versuchte, sich vorsichtig dem Bett zu nähern. Soweit Gasperlmaier das beurteilen konnte, atmete der Christoph regelmäßig. Die Christine nahm seinen Arm, der schlapp aus dem Bett hing, und fühlte ihm den Puls. Zufrieden nickte sie. Gasperlmaier zog sich vorsichtig aus dem Zimmer zurück, als er über etwas stolperte. Es klang wie eine Flasche. So rasch es eben ging, bückte er sich, fand mit der linken Hand Halt am Kleiderschrank und hielt gleich darauf eine halbleere Flasche Wodka in der rechten.

Als sie die Tür wieder ins Schloss gezogen hatten, zeigte er den beiden Frauen die Flasche. Die Christine zog die Stirn in Falten. „Ob wir den Notarzt brauchen?" Die Frau Doktor schüttelte den Kopf und winkte ab. „Das hält so ein Bursch schon aus. Weiß ich aus Erfahrung." Plötzlich kicherten beide Frauen. „Du holst dir jetzt am besten deinen Pyjama und die Zahnbürste und begibst dich wieder nach unten!", kommandierte die Christine, immer noch im Flüsterton. „Und Sie kommen mit mir!" Sie zeigte auf die Schlafzimmertür.

Nachdem Gasperlmaier es sich auf dem Sofa so bequem wie möglich eingerichtet hatte, hörte er die beiden Frauen im Zimmer oberhalb kichern. Was es da zu lachen gab? Das war ihm gar nicht recht. Wer weiß, welche Geheimnisse über ihn da oben ausgetauscht wurden. So müde er gerade vorhin noch gewesen war, jetzt konnte er nicht einschlafen. Alles Mögliche ging ihm durch den Kopf. Die aufgehängten Köpfe, der fehlende Körper des Matthias Grubauer, der Schratzenstaller, die Prothese vom Kilian. Alle nacheinander zogen sie vor seinem inneren Auge vorbei.

13

Gasperlmaier blinzelte. Sobald er sich nur ein wenig bewegte, plagten ihn fürchterliche Rückenschmerzen. Vom Genick bis hinunter zu den Lendenwirbeln. Die Decke war ihm im Lauf der Nacht hinuntergefallen, und seine Oberschenkel waren eiskalt. Die Füße auch. Vielleicht deswegen dieser Traum, wo er in der Badehose Ski fahren gegangen war. Die Skischuhe hatte er auch nicht gefunden, deswegen hatte er mit ... ja, mit welchen Schuhen war er denn eigentlich Ski fahren gewesen?

In der Küche hörte er bereits das Blubbern der Kaffeemaschine. Da musste schon jemand auf sein. Schlaftrunken wälzte er sich vom Sofa und hatte Mühe, in eine halbwegs aufrechte Position zu finden. Er humpelte zur Küchentüre. Der Knöchel war auch nicht besser geworden, jeder Schritt versetzte ihm einen Stich ins Gelenk.

„Guten Morgen!" Er schreckte erst auf, als er merkte, dass es nicht die Christine war, die ihn ansprach. „Guten Morgen, Franz!", wiederholte sie, da er schwieg. Da stand sie vor ihm, wie aus dem Ei gepellt. Frisch frisiert, mit einem sauberen T-Shirt und offenbar völlig wach und gut aufgelegt. Das hatte gerade noch gefehlt, dass er ihr in diesem Zustand begegnen musste. Das war ihm einfach zu intim, in Pyjama und mit struppigen Haaren durften ihn bestenfalls seine Frau und seine Kinder zu sehen bekommen.

Noch bevor er die Tür wieder zuwerfen konnte, kamen die Christine und die Mutter aus dem Vorzimmer in die Küche. Die Mutter schüttelte gleich den Kopf. „Tz, tz! Dass du dich nicht schämst, in diesem Aufzug vor deine Chefin zu treten! Und der ganze Krawall heute Nacht! Man kann ja kein Auge zutun!" Die Christine lächelte schweigend und gestikulierte hinter dem Rücken der Mutter. Das sollte wohl bedeuten, dass er sie nicht so ernst nehmen solle. Wortlos warf er die Tür wieder zu und merkte im gleichen Moment, dass das ziemlich unhöflich gewesen war. Er öffnete die Tür noch einmal einen kleinen Spalt und nuschelte ein „Entschuldigung!" durch. „Tu dir keinen Zwang an, Franz! Ist ja schließlich dein Haus!" So viel gute Laune so früh am Morgen war kaum zu verkraften. Gasperlmaier schleppte sich ins Bad.

Da die Frau Doktor nur Obst, Müesli und Kaffee zum Frühstück zu sich nahm, wollte Gasperlmaier nicht zurückstehen, indem er Ungesundes wie Marmelade, Käse oder Butter aß. Natürlich musste sich die Mutter gleich wieder einmischen. „Warum isst denn keine Marmelad, Franzl? Die ist doch gut! Von meinem eigenen Baum, daheim! Die isst du doch sonst auch immer!" Gasperlmaier seufzte und blickte unsicher über den Tisch. Ein paar Wochen noch, dann würde die Mutter wieder in ihr eigenes Haus zurückkehren. Die Frau Doktor hatte nicht einmal Zucker in den Kaffee getan, denn es stand keiner da. Dafür genehmigte er sich ein paar kräftige Spritzer Süßstoff über seine Pfirsiche mit Banane. „Der Süßstoff, der ist aber gar nicht gesund! Du solltest es einmal ungesüßt probieren. Man gewöhnt sich dran!" Gasperlmaier hatte keine Ahnung, was er darauf antworten sollte. Früh am Morgen funktionierte das mit dem zusammenhängend Reden noch viel weniger als sonst. Er nickte.

„Ein bisschen freundlicher könntest du schon sein, wenn wir einen Gast haben!" Auch die Christine konnte keine Ruhe geben. Er verspürte ein dumpfes, verstecktes Kopfweh irgendwo hinten rechts. Gescheiter wäre es gewesen, so dachte er bei sich, wenn die Manuela eine Kiste Bier hingestellt hätte, da wäre wenigstens das Kopfweh ausgeblieben. Dafür, so musste er sich eingestehen, hätten ihn nach ein paar Flaschen Bier heute Morgen die Blähungen geplagt. Den drei Frauen war er in seinem Zustand einfach nicht gewachsen. Und anstatt des Christoph, der ihn vielleicht ein wenig hätte unterstützen können, kam jetzt auch noch die Katharina herunter. Der Zorn blitzte ihr aus den Augen. „Wenn ich einmal nur eine Kleinigkeit, nur eine Kleinigkeit ...", sie zeigte mit Daumen und Zeigefinger, wie klein die Kleinigkeit war, und hielt dabei den Kopf schräg, sodass ihre Haare vor ihr rechtes Auge rutschten, „... trinke, dann macht ihr so ein Theater!" Dabei zeigte sie mit weit ausgebreiteten Armen, wie groß das Theater war. „Und er? Er kann machen, was er will!" Sie deutete mit ausgestrecktem Zeigefinger an die Decke. Als die Mutter sich zu beschweren begann, dass die Katharina vor einer Fremden Familienangelegenheiten diskutierte, entschloss sich Gasperlmaier, Zähne putzen zu gehen.

Die Frau Doktor hatte weder die kleine Feier gestern Abend noch ihre Schwangerschaft noch einmal erwähnt, und so hatte sich auch Gasperlmaier entschlossen, darüber zu schweigen. Es war erst kurz nach neun, als sie die Filiale der Raiffeisenkasse betraten. Nur zwei Angestellte waren anwesend, eine junge, dunkelhaarige Frau im Dirndl und ein ebenso junger Mann im dunklen Anzug, aber mit offenem Hemdkragen.

„Griaß di, Gasperlmaier!" Die junge Frau lächelte. Er konnte sich nicht erinnern, sie jemals gesehen zu haben, aber das war bei ihm nichts Besonderes. Er hatte ein fürchterlich schlechtes Gedächtnis für Namen und Gesichter. Das der jungen Frau allerdings hätte es verdient gehabt, in Erinnerung behalten zu werden. Schmal, eingerahmt von schulterlangen Haaren, die sich an ihrem langen Hals nach innen drehten, mit einer frechen Nase und großen, erstaunt blickenden Augen war sie ein sehr erfreulicher Anblick. „Erinnerst dich nicht mehr? Wie's mich mit dem Radl zusammeng'führt haben?" Gasperlmaier schlug sich gegen die Stirn. Die Anna Lechleitner musste das sein, und er konnte sich auch genau an ihren Unfall erinnern. Bergab nach Aussee hinunter war sie mit ihrem Radl unterwegs gewesen, als ihr ein Autofahrer den Vorrang genommen hatte. Sie war mit dem Kopf gegen die Dachkante geknallt und bewusstlos liegen geblieben. Er war der Erste am Unfallort gewesen und hatte sie vorsichtig in die stabile Seitenlage gebracht, während der Autofahrer tatenlos danebengestanden war und es vor lauter Zittern nicht einmal geschafft hatte, sich eine Zigarette anzuzünden. Er hatte damals große Sorge gehabt, dass die Anna sterben würde. Blut war ihr aus Ohren und Nase getropft.

„Geht's dir wieder gut?", fragte er, denn als er sie kurz nach dem Unfall im Krankenhaus besucht hatte, war es ihr sehr schlecht gegangen. Die Anna nickte. „Nur einen Tinnitus hab ich jetzt. Ist aber nicht so schlimm. Er hat mir das Leben gerettet!", fuhr sie, zur Frau Doktor gewandt, fort. Gasperlmaier winkte ab. „War nicht so aufregend!"

„Wir sind allerdings wegen dem Herrn Direktor Schratzenstaller da. Ist er schon im Büro?" Die Anna schüttelte den Kopf. „Der ist noch nicht da!" „Sollte er schon da sein?" Die Anna zuckte verlegen mit den Schultern. „Er kommt oft ein bisschen später. Manchmal auch ...", sie zögerte, „ ... sehr spät. Er hat noch viele andere Sachen zu tun." „Dann warten wir!", entschied die Frau Doktor.

„Wie ist er denn so, als Chef?“, fragte sie nach einer kurzen Pause. Die Anna wandte sich unsicher nach ihrem Kollegen um, der aber anscheinend völlig in die Arbeit an seinem Computer vertieft war. „Bleibt das unter uns?“, fragte die Anna im Flüsterton, während sie sich über den Schalter beugte. Die Frau Doktor nickte. „Ich mag ihn nicht! Das Einzige, was er kann, ist uns Vorwürfe zu machen, wenn etwas nicht hundertprozentig klappt. Immer gleich auf hundertfünfzig, wegen jeder Kleinigkeit! Nicht ein einziges Mal lobt er einen, wenn man über seine Pflichten hinaus was tut, oder länger bleibt, oder für die Extras, beim Weltspartag und so. Eine richtige Lästwanzen!“ Die Frau Doktor hob die Augenbrauen und blickte Gasperlmaier an. Der zuckte nur mit den Schultern. Er konnte da nicht viel hinzufügen – so gut kannte er den Schratzenstaller nicht, aber besonders sympathisch war er ihm nie gewesen. Und Obmann beim Skiclub war er ja schließlich nur wegen der Sponsorgelder. Gasperlmaier erinnerte sich ungern an das Theater, das er immer gemacht hatte, wenn die Kinder mit den neuen Anoraks posieren mussten, auf denen das Raiffeisen-Logo prangte. Das Foto hing dann immer im Schaukasten des Skiclubs, und der Schratzenstaller hatte es sich jedes Mal persönlich vorbehalten, eines auszusuchen, auf dem er seiner Meinung nach gut getroffen war. Wenn da aber die Hälfte der Kinder gerade die Augen zuhatte oder die Zunge herausstreckte, das war dann egal.

Die Frau Doktor sah sich um. „Kann man den Herrn Direktor telefonisch erreichen, um herauszufinden, wann er kommt?“ Die Anna nickte und stellte sich ans Telefon. „Am Festnetz meldet er sich nicht!“, sagte sie nach geduldigem Warten. „Probieren wir's am Handy.“ Auch da hob der Schratzenstaller nicht ab. „Ist das normal“, fragte die Frau Doktor, „dass der Bankdirektor während der Öffnungszeiten weder da noch erreichbar ist?“ Die Anna nickte. Offenbar, so dachte Gasperlmaier, konnte der Herr Bankdirektor hier schalten und walten, wie es ihm beliebte. „Oft gibt es halt Vereinsangelegenheiten – die Laienspielgruppe oder der Skiclub, und da gibt es auch noch ein paar andere Vereine. Und oft hat er auch Termine, von denen er uns nichts erzählt. Geschäftlich.“ Das letzte Wort hatte die Anna ein wenig verächtlich hingeworfen. „Hat er Familie?“ Die Anna zögerte. „Ich weiß nicht, ob ich das jetzt sagen soll?“ „Sagen Sie's ruhig!“, ermunterte sie die Frau Doktor, „Bei uns ist es in guten Händen, nicht wahr, Gasperlmaier?“ Der beeilte sich zu nicken. Die Anna beugte sich nochmals über den Schalter. Ein wenig Röte war ihr, so meinte Gasperlmaier, ins Gesicht gestiegen. „Angeblich hat ihn seine Frau verlassen. Er selber hat ja nie etwas gesagt, aber die Leute ...“ Sie senkte den Kopf, als hätte sie schon viel zu viel verraten.

„Danke, Frau Lechleitner. Gasperlmaier, wir verplempern hier unsere Zeit. Wir fahren jetzt zu dem Herrn Schratzenstaller nach Hause. Wenn Sie uns bitte seine Handy- und Festnetznummer geben wollen?“ „Wenn ich das darf?“, fragte die Anna zurück. „Wenn die Polizei danach fragt, dürfen Sie alles!“ Die Frau Doktor nahm den Zettel, den ihr die Anna reichte, und machte sich auf den Weg zum Ausgang. „Komm zum Weltspartag vorbei!“, rief die Anna Gasperlmaier noch hinterher. „Es gibt wieder Most und Speckbrote! Und auch Musik!“ Gasperlmaier lächelte, winkte ihr kurz zu und eilte der Frau Doktor hinterher.

Das Haus des Hermann Schratzenstaller war ein recht beachtlicher Ansitz. Es war außen gänzlich mit Holz verkleidet, das nur an den Stellen schon ergraut war, die dem Regen besonders ausgesetzt waren. Der Rest glänzte noch hellbraun wie frisch aus dem Sägewerk. Das Haus hatte den für die hiesige Bauweise typischen Holzvorbau, einem Erker ähnlich. Die Frau Doktor pfiff durch die Zähne. „Dass man sich als kleiner Bankdirektor so ein Haus leisten kann? Alle Achtung!“ Gasperlmaier wusste natürlich, was ein Grund hier heroben, mit direktem Blick auf den See und die Trisselwand, kostete. Aber vielleicht hatte der Schratzenstaller ihn ja geerbt. Oder seine Frau.

Die Frau Doktor drückte auf den Klingelknopf, doch nichts rührte sich. „Ist uns der Vogel am Ende doch ausgeflogen?“ Sie drückte nochmals und anhaltend. Drinnen erklang eine sanfte Melodie. „Wir schauen einmal rundherum“, entschied die Frau Doktor dann.

Im offenen Carport des Hauses stand ein weißer BMW. „Wir hätten fragen sollen, welches Auto er fährt“, kommentierte die Frau Doktor. Neben dem Carport führten ein paar Stufen auf die andere Seite des Hauses hinab, und sie gelangten auf eine Terrasse. „Sag einmal, Gasperlmaier, muss man für so einen Ausblick extra bezahlen?“ Vor ihnen lag eine abschüssige Wiese, dahinter das Ortszentrum von Altaussee, und wiederum dahinter breitete sich der tiefblaue See aus, von der Trisselwand überragt. „So würd ich auch gern wohnen. Da müsste ich allerdings Justizministerin werden, glaube ich.“ „Die war letztes Jahr da, beim Narzissenfest“, erinnerte sich Gasperlmaier. „Aber ob sie ein Haus hat, das weiß ich nicht.“

Die Frau Doktor drehte sich um und versuchte, durch die Scheiben der zur Terrasse führenden Tür nach innen zu sehen. „Das spiegelt zu stark. Da kann man gar nichts erkennen.“ Seltsam ruhig war es, fand Gasperlmaier. Zu ruhig. Auf der Straße kam ein kleiner Lieferwagen mit der Aufschrift „Essen auf Rädern" den Hügel herauf, fuhr hinter dem Haus vorbei und verschwand hinter einer Kurve. Die Frau Doktor trat zurück und versuchte, einen Blick auf die Fenster im oberen Stockwerk zu werfen. Einige davon waren gekippt. „Herr Schratzenstaller!", rief die Frau Doktor. „Wir sind von der Polizei! Bitte machen Sie auf!" Weiter blieb alles ruhig.

„Ruf die beiden Nummern einmal an!" Sie drückte Gasperlmaier den Zettel mit den Nummern des Schratzenstaller in die Hand. Kurz nachdem er gewählt hatte, hörte man aus dem Inneren des Hauses ein Telefon dudeln. „Festnetz!", erklärte Gasperlmaier. Sie warteten, bis es zehnmal geläutet hatte, doch niemand hob ab. Er tippte die Handynummer ein. Kurz darauf hörte man aus einem Zimmer im oberen Stock die Melodie von „We are the Champions". Die Frau Doktor schürzte die Lippen. „Am Selbstbewusstsein fehlt's nicht! Gasperlmaier, wir müssen da hinein!"

Sie drückte gegen die Terrassentür, die sofort nachgab. Sie war nur angelehnt gewesen. Die Frau Doktor hob die Augenbrauen, legte den Zeigefinger vor den Mund, reichte Gasperlmaier ein Paar Latexhandschuhe und zog selbst auch welche an. „Waffe!", flüsterte sie und holte ihre Glock aus der Handtasche. Während Gasperlmaier seine eigene Waffe zog, fragte er sich, ob es den Regeln für das Tragen von Dienstwaffen entsprach, sie in der Handtasche mitzuführen.

Vorsichtig stieß die Frau Doktor die Tür weiter auf, sicherte den Raum und bedeutete Gasperlmaier, ihr zu folgen. Das Wohnzimmer, fand er, war recht exquisit ausgestattet. Ledersofas und ein riesiger Flachbildschirm, teure Teppiche. Der Esstisch und die Sessel drum herum machten einen eher antiken Eindruck.

Vom Wohn- und Esszimmer konnte man direkt in die Küche sehen. Viel Weiß und Silber, glänzend polierte Oberflächen. In der Mitte eine Kochinsel, über der eine mächtige Abzugshaube thronte. Kostspielig, fand Gasperlmaier. Nichts regte sich.

Die Frau Doktor näherte sich der ihr nächstliegenden Tür, die aus dem Wohnzimmer führte. Sie deutete Gasperlmaier voranzugehen. Was man über die Sicherung eines Innenraumes in der Polizeischule gelernt hatte, das war bei ihm fünfundzwanzig Jahre her. Also machte er es so, wie er es vom Fernsehen kannte: sich an die Wand stellen, rasch nach links und rechts blicken, den Blicken mit der Waffe folgen. Außer einer unangenehm summenden Fliege war aber weder etwas zu sehen noch zu hören. Ebenso erging es ihnen in einem Raum zur Rechten: offenbar ein Arbeitszimmer, mit Schreibtisch, PC, Regalen. Alles peinlich aufgeräumt und staubfrei. Hier gab es garantiert eine Putzfrau.

Blieb nur noch der erste Stock. Und natürlich der Keller. Gasperlmaier trat wieder ins Vorzimmer und wandte sich der Stiege zu, unsicher, ob er vorausgehen sollte. „Hallo? Ist da oben jemand?“, versuchte er es zunächst einmal. „Na los, Gasperlmaier! Nur keine Angst!“ Die Frau Doktor unterstützte ihre Anweisung mit auffordernden Handbewegungen. So schlich er, vorsichtig einen Fuß nach dem anderen auf die fliesenbedeckten Stufen setzend, die Stiege hinauf, darauf bedacht, möglichst kein Geräusch zu verursachen. Die Treppe ging zweimal ums Eck, und nach der zweiten Biegung sah Gasperlmaier geradeaus eine offen stehende Tür. Seine Waffe, die er immer noch vor sich ausstreckte, wurde ihm schwer in den Händen. Auf den letzten Stufen trat die Frau Doktor neben ihn, rundherum mit ihrer Waffe sichernd. Vier weitere Türen, alle aus hellem Fichtenholz, waren geschlossen. Durch ein Dachfenster fiel Sonnenlicht in den Raum.

Die Frau Doktor deutete auf die offen stehende Tür. „Zuerst da!“ Diesmal ging sie voraus. Der Raum musste ein Kinderzimmer sein, wahrscheinlich das eines Buben. In den Regalen stapelten sich unordentlich Comics, Bücher, einige Automodelle, DVDs und Computerspiele. Das Bett war bezogen und gemacht, der Boden aufgeräumt. Die Frau Doktor winkte ihn weiter zum nächsten Zimmer. Diesmal musste Gasperlmaier vorausgehen, er drückte vorsichtig die Türschnalle hinunter und stieß die Tür sanft mit dem Fuß auf. Links ein Schrank, vor ihm eine weitere Tür, die auf einen Balkon führte. Diese war gekippt, Fliegen summten im Raum.

Nachdem Gasperlmaier zwei Schritte in den Raum getan hatte, prallte er zurück. An der Wand, die dem Schrank gegenüberlag, hing der Schratzenstaller Hermann an einer Krawatte. Die Frau Doktor reagierte rasch, stieß Gasperlmaier zur Seite, riss ein Taschenmesser aus ihrer Handtasche und schnitt die Krawatte durch. Der Körper plumpste zu Boden, und Gasperlmaier sah, woran sich der Schratzenstaller erhängt hatte. Hinter ihm stand ein Bild an die Wand gelehnt, das an zwei Schrauben aufgehängt gewesen war. An einer davon hing der Krawattenrest. Das Bild hatte einen in die Wand eingelassenen Safe verdeckt und zeigte den Loser in seiner ganzen Pracht. Die Loserwand glänzte im rötlichen Licht der untergehenden Sonne.

„Schnell!“, schrie die Frau Doktor, „Ruf den Notarzt an! Vielleicht kann man noch was machen!“ Gasperlmaier fummelte an seiner Hosentasche herum, und wie immer, wenn es ganz schnell gehen musste, gaben sich seine Finger sperrig und ungeschickt, sodass es eine Weile dauerte, bis er es in der Hand und 144 gewählt hatte. Mittlerweile hatte die Frau Doktor die Krawatte ganz entfernt und den Schratzenstaller auf den Rücken gelegt, was schwierig war, denn der Raum zwischen Bett und Wand war nicht breit genug, dass man neben dem leblosen Körper bequem stehen hätte können. „Keine Atmung!“, keuchte sie. „Kein Herzschlag!“ Gasperlmaier genügte ein Blick in die Augen des Schratzenstaller, um zu wissen, dass der so tot war, wie man toter gar nicht mehr sein konnte. Er hoffte nur, dass die Frau Doktor ihn nicht dazu zwingen würde, eine Mund-zu-Mund-Beatmung durchzuführen, denn davor verspürte er lähmende Angst. Doch davon schien auch die Frau Doktor nicht viel zu halten. „Ich glaube, er ist schon ausgekühlt!“, sagte sie schwer atmend und trat vom Körper des Schratzenstaller zurück.

„Kann man sich denn so überhaupt aufhängen?“ Gasperlmaier wies auf die Schraube, die nicht allzu hoch oben aus der Wand ragte. „Er hätte ja noch stehen können, ohne dass ihm die Schlinge den Hals zudrückte.“ Die Frau Doktor wies auf eine tiefe Furche am Hals des Toten hin. „Du könntest dich sogar an einer Türschnalle erhängen, wenn du es richtig machst. Du musst nur das Körpergewicht dazu benutzen, den Strang zuzuziehen.“ Während Gasperlmaier der kalte Schweiß den Rücken hinunterrann, schien die Frau Doktor völlig professionell. „Wenn das Opfer, also der sich Erhängende, nicht frei hängt, dann finden wir die Spur des Knotens in der Regel auf der Seite, manchmal sogar am Kehlkopf vorne.“ Sie deutete auf eine Stelle am Hals des Schratzenstaller, die Gasperlmaier gar nicht sehen wollte.

Die Frau Doktor wandte sich von dem Toten ab, strich sich die Haare zurück und stellte sich vor den

Spiegel, um ihr T-Shirt zurechtzuzupfen. „Ja, Gasperlmaier“, sagte sie, „damit ist unser Fall wohl am Ende. Der Schratzenstaller hat die beiden umgebracht. Die Josefine war wahrscheinlich eine Beziehungstat, und der Matthias Grubauer, der hat es wohl ein bisschen mit Erpressung versucht. Würde ja genau zusammenpassen: Der Matthias beobachtet die beiden beim, beim ...“, sie rang nach Worten, „Liebesspiel, wenn wir es einmal so bezeichnen wollen, und erpresst den Schratzenstaller. Oder beide. Das bezahlt er mit dem Leben. Die Josefine kriegt es mit der Angst zu tun, als die Leiche gefunden wird, und droht ihm, die Sache auffliegen zu lassen. Natürlich wird sie ihn belasten und nicht sich selbst. Und schon ist sie um einen Kopf kürzer.“

Von Weitem konnte Gasperlmaier das Folgetonhorn eines Rettungsautos hören. „Sollten wir nicht hinuntergehen?“, fragte er deswegen. Die Frau Doktor nickte. „Wir müssen dann noch nach Beweismaterial suchen“, meinte sie. „Vielleicht ein Abschiedsbrief, Fotos, Mails, was weiß ich. Außerdem Reisebewegungen – wir müssen schließlich nachweisen, dass er sich an den Orten aufgehalten hat, von denen die Mails gekommen sind.“

Gasperlmaier schloss die Haustür mit dem Schlüssel auf, der innen steckte. Draußen atmete er tief durch und zog die Latexhandschuhe aus. Er hoffte, er würde sie nicht mehr brauchen. Der Notarztwagen kam den Berg heraufgeschossen, und Gasperlmaier trat auf die Straße, um ihm anzuzeigen, wo er halten sollte. „Im ersten Stock“, beeilte er sich der Ärztin zuzurufen, die aus dem Wagen stürzte, bevor der noch richtig zum Stehen gekommen war. „Aber er ist wahrscheinlich schon tot“, fügte er, etwas leiser, hinzu. Die Ärztin hatte es wahrscheinlich gar nicht mehr hören können. „Schönes Haus!“ Der Fahrer des Notarztwagens stellte sich neben ihn und fischte eine Zigarette aus der Brusttasche. „Ich glaub, wir sind zu spät gekommen“, sagte Gasperlmaier.

„Kommst du bitte?“ Die Frage der Frau Doktor, die an der Haustür aufgetaucht war, klang mehr wie eine Anordnung. Der Fahrer grinste und zuckte mit den Schultern. Die Frau Doktor führte Gasperlmaier wieder ins Arbeitszimmer ins Erdgeschoß, wo ein jetzt eingeschalteter Laptop stand. „Das Gerät war nur im Standby-Modus“, erklärte sie, während sie mit einem behandschuhten Finger auf der kleinen Fläche vor der Tastatur herumfuhr, die als Mausersatz diente. „Die Maus habe ich schon eingepackt.“ Sie hielt ein Plastiksäckchen hoch und ließ es in ihre Handtasche fallen. „Wegen der Spuren. Lies!“, forderte sie Gasperlmaier auf. Gasperlmaier angelte nach seiner Lesebrille, was eine Zeitlang dauerte, und las den Text, der auf dem Bildschirm zu sehen war. „Ich gestehe alles!“, stand da in großen Lettern. Danach ging es in normaler Schrift weiter. „Ich habe die Josefine töten müssen, weil sie mich verraten wollte. Sie hat es sich einfach nicht ausreden lassen und wollte zur Polizei. Und der Grubauer hat uns erpresst. Das war ein Unfall. Ich wollte ihm nur einen Denkzettel verpassen, aber dann hat er nur mehr geröchelt. Ich hätte nicht gewusst, wo ich ihn verstecken soll, also hab ich ihn in den See geschmissen. Und jetzt hab ich es nicht mehr ausgehalten. Es tut mir leid.“ Gasperlmaier sah zur Frau Doktor hoch. „Warum er der Josefine den Kopf abgeschlagen hat, das steht da nicht. Und auch nicht, wo der Rest vom Matthias Grubauer ist, und dessen Moped.“ Die Frau Doktor zog die Stirn in Falten und strich sich mit Daumen und Zeigefinger über die Nasenwurzel. „Vielleicht gibt’s noch mehr auf seinem Rechner. Da lass ich zuerst einmal die Kriminaltechnik drüber. Ich hoffe, da finden sich nähere Erklärungen. Glauben wir jetzt einmal vorsichtig daran, dass es wirklich Selbstmord war und dass jetzt Ruhe ist. Obwohl ...", die Frau Doktor legte zwei Finger ans Kinn. „Klingt dieser Text nach Bankdirektor? Und ein so simpler Abschiedsbrief, am Computer?" Gasperlmaier hatte den Schratzenstaller niemals für eine Geistesgröße gehalten und war mit dem Inhalt des Abschiedsbriefs zufrieden. Außerdem, fand er, war es Zeit, dass Ruhe einkehrte. Deswegen nickte er beruhigend. „Kann ich mir schon vorstellen, dass dem nicht mehr eingefallen ist", fügte er noch hinzu. Die Frau Doktor seufzte.

Die Notärztin kam die Stiege herunter. „Ein Fall für den Bestatter!", sagte sie, wie Gasperlmaier fand, völlig ungerührt. Dabei war sie noch so jung, dachte er bei sich, die konnte noch nicht viele Leichen gesehen haben. Ihr blonder Pferdeschwanz tanzte munter hinter ihrem Kopf, während sie, von heftigen Kopfbewegungen begleitet, sprach. „Tod durch Ersticken, typische Merkmale, wie zum Beispiel Einblutungen in den Augen. Mehr kann ich euch nicht sagen, ich bin ja schließlich keine Gerichtsmedizinerin." „Wann ist er denn gestorben?", wollte die Frau Doktor wissen. „Heute, in den frühen Morgenstunden. So viel dürfte sicher sein, wenn ich mich auf meine Temperaturmessung verlassen kann. Braucht's ihr mich noch?" Die Frau Doktor schüttelte den Kopf. „Sie haben sicher was Wichtigeres zu tun." Die Ärztin lachte. „Das können Sie mir glauben! Heute haben wir ein Oldtimer-Rennen und ein paar Zeltfeste, da gibt's immer genug Arbeit!" Gerade in dem Moment dudelte das Funkgerät, das sie um die Brust geschnallt hatte. „B320, Stainach, Unfall mit mehreren beteiligten Fahrzeugen", hörte Gasperlmaier. „Könnt's ihr?" Die Ärztin nickte. „Sowieso!", antwortete sie, mit einem Akzent, der endgültig die Oststeirerin verriet, sprintete zum Wagen und rief ihrem Fahrer zu „Blaulicht, Vollgas!" Das Auto röhrte die Straße hinunter.

„Ja, Gasperlmaier", sagte die Frau Doktor. „Jetzt holen wir uns noch die Tatortgruppe und einen Gerichtsmediziner, und natürlich die Leichenbestattung. Und dann haben wir vorerst einmal frei." Gasperlmaier atmete auf. Ob er allerdings dem Skiclub weiter die Treue halten konnte, dessen war er sich noch nicht sicher. „Aber warum die Tatortgruppe?", fiel ihm ein. „Wir müssen ausschließen", antwortete die Frau Doktor, während sie ihr Handy aus der Tasche holte, „dass Fremdeinwirkung vorliegt. Es wäre ja immerhin denkbar, dass jemand anderer den Schratzenstaller erwürgt und ihn dort hingehängt hat. Den Safe müssen wir auch durchsuchen, denn es könnte ja auch ein Verbrechen vorliegen, das mit unseren Mordfällen gar nichts zu tun hat. Und den Kniewasser müssen wir dann später auch noch befreien." Die Frau Doktor wandte sich von ihm ab und begann, in ihr Handy zu sprechen. Gasperlmaier hielt das alles für recht weit hergeholt. Warum sollte denn ausgerechnet heute einer den Schratzenstaller umbringen, der mit der ganzen Angelegenheit überhaupt nichts zu tun hatte? Er merkte, dass er Hunger hatte.

Es dauerte nur etwa eine halbe Stunde, bis der Platz vor dem Haus des Schratzenstaller zu eng für die eingetroffenen Fahrzeuge war. Die Tatortgruppe, ein Streifenwagen, der Leichenwagen, das Auto der Gerichtsmedizinerin – und jetzt auch noch einige Fahrzeuge der Presse, die mittlerweile Wind von der Sache bekommen hatte. Gasperlmaier hasste das, wofür er nun zuständig war – er musste mit den anderen Uniformierten dafür sorgen, dass der Zugang zum Tatort für die Einsatzkräfte frei blieb, und gleichzeitig Unbefugte daran hindern, den Einsatz zu stören. Das aber schien mittlerweile unmöglich. Nicht nur aus den umliegenden Häusern, sondern aus dem ganzen Ort hatten sich Scharen Schaulustiger dazu aufgemacht, das Schratzenstaller'sche Anwesen zu belagern. Unter ihnen entdeckte Gasperlmaier, als er auf eine Gruppe zutrat, um sie zurückzuscheuchen, auch den Wirt der Fischerhütte am Toplitzsee, den Konrad.

„Habt's jetzt den Mörder?", fragte der Konrad. „Das ist doch dem Schratzenstaller sein Haus, oder? Hat er die Josefine umgebracht, die Drecksau?" Er klang ungewöhnlich aggressiv. Gasperlmaier überlegte, ob er antworten sollte, schließlich zuckte er aber nur mit den Schultern und entschied sich für eine Ausflucht. „Das Einzige, was ich dir sagen kann, ist, dass das da sein Haus ist." Er wies mit dem Daumen hinter sich. „Ist eh gescheiter, dass er tot ist! So jemand gehört aufgehängt, der einem so was antut!", ereiferte sich der Konrad, und Gasperlmaier wurde hellhörig. Schon die Idee der Frau Doktor mit dem Fremdverschulden hatte Zweifel in ihm geweckt. Hoffentlich würde sich der Tod tatsächlich als Selbstmord herausstellen.

„Was ist da los?" Eine ziemlich große, grellblonde Frau mit stark gebräuntem Gesicht drängte sich neben dem Konrad an die Absperrung. „Polizeieinsatz!", antwortete Gasperlmaier. Der Konrad ließ seine Blicke prüfend an der Frau auf- und abwandern und kratzte sich am Kopf. Gasperlmaier kam die Frau vage bekannt vor. „Sie müssen mir sagen, was da los ist! Ich wohn da! Das ist unser Haus!" Jetzt fiel es ihm wieder ein. Das war die Marion Schratzenstaller, die Frau des Verstorbenen.

Er hob das Plastikband an. „Kommen'S herein!" „Sagen Sie mir endlich, was los ist?" Gasperlmaier wand sich. Durfte er sie vom Tod ihres Mannes unterrichten? Es blieb ihm wohl kaum was anderes übrig. „Frau Schratzenstaller, Ihr Mann, wir haben ihn, ... er ist oben!" Gasperlmaier musste tief durchatmen, irgendwie fehlte ihm die Luft zum Weiterreden. „Er ist tot!", stieß er schließlich hervor. „Tot?" Die Frau Schratzenstaller schlug die Hand vor den Mund. „Tot? Und warum ist alles voller Polizei?" Gasperlmaier räusperte sich. „Er hat sich das Leben genommen!" Das, fand er, war ihm gut gelungen. Pietätvoll. Die Reaktion der Marion Schratzenstaller war allerdings völlig unerwartet, denn sie fing an zu kichern. „Der Hermann? Selbstmord? Das glauben Sie ja selber nicht!" „Doch!", konterte Gasperlmaier, den das Verhalten der Ehefrau irritierte. „Er hat sich im Schlafzimmer erhängt!" „Das glaub ich erst, wenn ich es selber sehe! Der Hermann! Niemals auch nur den geringsten Anflug von Selbstzweifel! Vollkommen von seiner Großartigkeit überzeugt!"

Sie schritt entschlossen auf die Haustür zu, und Gasperlmaier beeilte sich, ihr zu folgen. Die Marion Schratzenstaller trug einen recht kurzen Rock für eine Frau ihres Alters, fand er. Und ihre Waden waren tiefbraun und für eine Frau allzu sehnig und muskulös. Dennoch aber schlank. Wahrscheinlich eine Sportlerin, schloss Gasperlmaier. Die lange, blonde Mähne der Marion wippte im Takt ihrer Schritte. „Warten Sie! Sie können da nicht so einfach hinein!" „Tss! Das ist mein Haus!" Sie drehte sich nicht einmal mehr um, rannte aber fast gegen die Frau Doktor, die gerade zur Haustür herauskam. Sie war, stellte Gasperlmaier fest, fast einen Kopf größer als seine Chefin. Noch dazu hatte die heute ihre flachen, immer noch dreckigen Turnschuhe an, während die Frau Schratzenstaller weiße Schuhe mit hohen Absätzen trug. „Das ist die Ehefrau!“, bemühte sich Gasperlmaier, die Situation zu klären. Die Frau Doktor musterte sie von oben bis unten. „Kommen Sie bitte mit!“

„Können wir uns kurz hierhersetzen?“ Im Wohnzimmer deutete die Frau Doktor auf die Ledergarnitur. Die Marion Schratzenstaller nickte. Der Rock rutschte ziemlich weit die Oberschenkel hinauf, als sie sich in die Polster fallen ließ und die Beine übereinanderschlug. Die Knie, fand Gasperlmaier, waren irgendwie auch ziemlich eckig und unweiblich. An den Oberschenkeln ging es hingegen. Jetzt erinnerte sich Gasperlmaier, dass er die Marion ja früher fast wöchentlich getroffen hatte: beim Konditionstraining des Skiclubs, als sie noch keine Kinder gehabt hatte. So dünn war sie damals allerdings nicht gewesen. Einen lila Turnanzug hatte sie oft getragen, und so blau-lila geringelte Leggings dazu. War damals modern gewesen. Gasperlmaier war bei der ganzen Hüpferei im Konditionstraining nicht ungern hinter ihr gestanden. Gab es wenigstens was zu sehen, wenn man sich schon schinden musste.

„Können Sie uns ein paar Fragen beantworten?“, fragte die Frau Doktor. Die Marion nickte. „Sie wissen schon, dass sich Ihr Ehemann vermutlich das Leben genommen hat?“ Ein neuerliches Nicken. „Glaub ich aber nicht!“, fügte sie hinzu. Die Frau Doktor zog die Augenbrauen hoch. „Wie kommen Sie darauf?“ „Ich hab’s ihm schon gesagt!“ Sie deutete mit dem Daumen nachlässig auf Gasperlmaier. Sie hatte ihn anscheinend nicht erkannt, dachte er bei sich, sonst hätte sie ihn vielleicht mit dem Namen angesprochen. Er war ihr anscheinend beim Konditionstraining nicht aufgefallen. Dabei war sie zweimal danach im Wirtshaus neben ihm gesessen, und sie hatten sogar etwas miteinander geredet. „Der Hermann hat ein unerschütterliches Selbstbewusstsein gehabt! Niemals auch nur ein Anflug von Zweifel an seiner eigenen Größe, niemals auch nur ein Spürchen von Depression, ein unsäglicher Besserwisser!“ Die Frau Doktor zog ihre Augenbrauen noch höher. Die Marion beugte sich vor. „Nicht, dass Sie glauben, ich würde wahnsinnig trauern. Ich bin nämlich schon ausgezogen. Ich wollte nur noch einmal meinen Koffer anfüllen, ich hab noch Sachen hier. Die Kinder auch, aber die sind in der Schule.“ „Wenn ich fragen darf, warum sind Sie ausgezogen?“ „Hab ich das nicht schon gesagt? Dazu kommt noch, dass er ständig hinter anderen Frauen her war. Sogar in der Raiffeisenkasse. Nicht einmal vor den ganz jungen ist er zurückgeschreckt. Und eine Zeitlang hat er nur welche mit Riesenbusen eingestellt, da waren ihm alle anderen Qualifikationen offenbar egal.“ Die Marion unterstrich ihre Aussage durch eine entsprechende Geste vor ihrer eigenen Brust. „Das hab ich ihm aber ziemlich schnell abgestellt.“ Die Frau Doktor warf Gasperlmaier einen fragenden Blick zu. „Ich bin bei der Volksbank!“, beeilte sich der, um jedwedem Vorwurf zuvorzukommen. Das entsprach sogar der Wahrheit. Allerdings ärgerte es ihn nun, dass er zu jener Zeit nicht doch hin und wieder einen Blick in die Raiffeisenkasse geworfen hatte.

„Na ja!“ Die Marion warf ihre blonde Mähne zurück. „Krieg ich wenigstens eine Witwenrente und muss mich mit ihm nicht um den Unterhalt streiten.“ So kalt, mutmaßte Gasperlmaier, konnte man wirklich nur sein, wenn die Gefühle dem Ehepartner gegenüber schon völlig eingefroren waren. „Frau Schratzenstaller, ich muss Ihnen noch etwas Wichtiges mitteilen.“

Die Stimme der Frau Doktor war eine Oktave tiefer gerutscht. „Es besteht der dringende Verdacht, dass Ihr Mann zwei Menschen ermordet hat." Die Marion lachte schrill auf. „Das trau ich ihm schon eher zu!" Gasperlmaier fragte sich, was es da zu lachen gab. Sie war anscheinend wirklich ein recht gefühlloser Mensch. „Nämlich", fuhr die Frau Doktor fort, „die Josefine Kniewasser, und wahrscheinlich auch den Matthias Grubauer, von dem wir kürzlich Leichenteile aus dem Toplitzsee geborgen haben." „Der Josefine ist er ja ständig hinterher gewesen!", kam es nun ein wenig giftig. „Wie übrigens alle Männer hier in Altaussee!" Sie warf Gasperlmaier einen Blick zu, der ihn offenbar in die Gruppe dieser Männer einschließen wollte. Er fühlte sich völlig zu Unrecht verdächtigt und hob abwehrend die Hände. Schauen, so dachte er bei sich, durfte man wohl noch. Immerhin verhüllten sich die Altausseerinnen noch nicht. Inständig hoffte er, dass es nicht einmal so weit kommen würde. Tendenzen, immer größere Teile des Körpers mit Stoff zu verdecken, waren ja nicht zu übersehen. Sogar bei den Männerbadehosen. Gasperlmaier hatte einmal versucht, mit solchen Badeshorts ins Wasser zu gehen, nur, damit sich seine Kinder nicht für seine Altherrenbadehose schämen mussten. Beim Hineingehen hatte sie ekelhaft an den Oberschenkeln geklebt, und beim Herauskommen noch viel mehr. Nicht mit ihm.

„Wissen Sie irgendetwas über den 22. April?", wollte die Frau Doktor wissen. „In dieser Nacht ist nämlich der Matthias Grubauer ermordet worden, am Toplitzsee." Die Marion fauchte verächtlich. „Keine Ahnung! Er hat mir ja nie gesagt, wo er hingeht. ‚Interessiert dich eh nicht!', hat er immer gemeint, wenn ich nachgefragt habe. Und da hat er ausnahmsweise einmal recht gehabt: Ich hab mich wirklich schon lange nicht mehr dafür interessiert, obwohl ich damals noch da gewohnt habe." „Er war damals mit den Leuten vom Skiclub unterwegs, da war er ja Obmann", half die Frau Doktor nach. „Der depperte Skiclub hat mich überhaupt nie interessiert!" Gasperlmaier rümpfte die Nase. Wenn sie mit ihrem Mann Probleme hatte, dann musste sie das ja nicht am Skiclub auslassen.

„Und über eine nähere Beziehung zur Josefine Kniewasser wissen Sie auch nichts?" Die Marion schüttelte den Kopf, dass die blonden Locken nur so flogen. „Hat mich auch nicht mehr interessiert. Sagen Sie, kann ich jetzt das Haus haben? Ich mein, kann ich gleich hierbleiben? Es hat uns ja schließlich miteinander gehört. Ich erbe doch?" Die Frau Doktor zog wieder ihre Augenbrauen hoch. Ihre Antwort fiel ziemlich kühl aus. „Ich würde Sie bitten, heute noch der Spurensicherung das Feld zu überlassen. Morgen können Sie dann über das Haus verfügen, wie es Ihnen beliebt. Vorausgesetzt, Sie haben Ihren Mann nicht ermordet." „Manchmal war ich schon fast so weit, das können Sie mir glauben!" Die Marion stand auf, die Frau Doktor tat es ihr gleich.

„Darf ich Sie vielleicht noch fragen, wo sie in der Nacht von Dienstag auf Mittwoch waren? Und die vergangene Nacht auch?" „Wieso?" „Am Mittwoch Früh wurde die Josefine Kniewasser tot aufgefunden." Die Marion starrte die Frau Doktor an. „Also, Sie spinnen echt! Was glauben Sie denn, dass ich eine Hackenmörderin bin?" Die Frau Doktor starrte ungerührt zurück. „Beantworten Sie bitte meine Frage. Ich bin verpflichtet, Ihr Alibi zu überprüfen. Schon allein aufgrund meiner Dienstvorschriften." „Das ist wieder einmal typisch Beamte!", ereiferte sich die Marion. „Vorschrift, Vorschrift! Am Mittwoch Früh war ich bei einem Bekannten, in der Nähe von Bad Aussee. So wie heute Morgen." „Zum Frühstück?", fragte die Frau Doktor zurück, ein wenig hämisch, wie Gasperlmaier fand. „Die ganze Nacht, jeweils!", zischte die Frau Schratzenstaller. „Name und Adresse?" „Sie können mich mal!", schrie sie. „Kann ich jetzt was mitnehmen oder nicht?" „Wenn Sie sich bis morgen gedulden würden ...", antwortete die Frau Doktor. „Wieder einmal ein Weg umsonst!", fauchte die Marion und stöckelte grußlos zur Tür hinaus.

Gasperlmaier starrte ihr sprachlos nach. „Die ist kalt wie ein Fisch, was, Franz?" Die Frau Doktor schüttelte den Kopf. „Der würde ich liebend gern einen Mord nachweisen. Vielleicht hat sie ja ihre Nebenbuhlerin umgebracht? Als Trittbrettfahrerin, nach dem ersten Mord vielleicht? Hast du ihre Muskeln gesehen? Die hätte kein Problem mit der Holzhacke gehabt, das kannst du mir glauben!" „Na ja", Gasperlmaier zögerte, „vielleicht war ja der Schratzenstaller wirklich so ein unmöglicher Mensch. Wenn es stimmt, was sie über ihn erzählt ..." „Willst du sie am Ende verteidigen?" „Nein, nein!" Nichts lag ihm ferner. Die Frau war ihm ebenso unsympathisch wie der Frau Doktor.

„Sauber erdrosselt!" Die Frau Doktor Wurm kam die Stiege herunter. Wie immer stützte sie eine Hand gegen ihre Wirbelsäule und fügte hinzu: „Das Kreuz!" „Können Sie uns schon was Genaueres sagen?" „Höchstens die Todeszeit. Er ist zwischen drei und sechs Stunden tot, also heute am frühen Morgen, schätze ich." „Fremdeinwirkung?", fragte die Frau Doktor. Die Frau Doktor Wurm schüttelte den Kopf. „Sieht nicht danach aus. Details aber erst, nachdem ich ihn auf dem Tisch gehabt habe. Pfüat euch!" Sie hob ihre Tasche an und schritt etwas steif auf ihr Auto zu.

„Ja, Franz!" Die Frau Doktor atmete hörbar auf. „Wir schauen uns jetzt noch ein bisschen um, und dann überlassen wir den Rest der Spurensicherung. Und dann!" Sie lächelte Gasperlmaier an. „Erinnerst du dich noch, worüber wir gestern gesprochen haben? Wir, die Manuela und ich, wir werden dich heute neu ausstatten. Damit deine Frau sieht, was sie an dir hat. Einen richtigen Sir machen wir aus dir!" Gasperlmaier stieg die Hitze ins Gesicht. Er hatte gehofft, dass die Frau Doktor schon längst auf das Gerede von gestern vergessen hatte. Was musste er auch wie ein Tratschweib persönliche Dinge ausplaudern, die niemanden etwas angingen. Das tat er doch sonst nicht. Daran war nur der blöde Prosecco schuld. Früher hatte es auf dem Posten immer nur Bier gegeben, und Intimitäten waren niemals ausgetauscht worden.

„Du brauchst doch nicht rot zu werden!" Die Frau Doktor legte ihm sanft die Hand auf den Oberarm. „Jetzt kennen wir uns doch schon so lange! Da ist doch nichts Peinliches daran! Und jetzt komm!" Sie ging voraus ins Arbeitszimmer der Schratzenstallers. Gearbeitet, so stellte Gasperlmaier fest, war hier offenbar recht selten worden. Auf den Bücherregalen war jede Menge Platz frei, kein Staubkörnchen trübte die Perfektion. Einige Regale trugen Aktenordner, manche ein paar Bücher. Gasperlmaier drehte den Kopf, um die Titel auf den Buchrücken lesen zu können. „Derivate: Anwenden, Verstehen und Beraten", stand auf einem. Daneben folgten „Professionelle Wertpapieranalyse und Portfoliobildung" und „Kapitalmarktrecht". Gasperlmaier pfiff durch die Zähne. „Schau dir das an! Der Herr Schratzenstaller wollte offenbar hoch hinaus! Vielleicht hat er sich auch verspekuliert!" Die Frau Doktor trat an seine Seite und studierte die Buchtitel. Sie nahm ein paar Bücher in die Hand und ließ die Seiten durch die Finger gleiten. „Sieht nicht so aus, als ob er die gelesen hätte“, meinte sie. „Aber wir werden auf jeden Fall alle Konten überprüfen lassen, auf die er Zugriff hatte. Da fällt mir ein: Wir müssen herausfinden, was er getragen hat, bei diesem ominösen Fischessen. Vielleicht finden wir die Sachen hier und können Sie noch analysieren lassen.“ Gasperlmaier grinste. „Da brauchst du nicht lange überlegen!“, meinte er. „Da hat jeder die Lederhose an!“ „Ach ja! Da seid ihr hier herinnen ja relativ phantasielos, was die Kleidung betrifft. Praktisch immer in Uniform.“ Gasperlmaier fühlte sich ein wenig angegriffen. Was gab es gegen die Lederhose einzuwenden? „Such einen Sack, wo wir die Sachen hineinstecken können. Ich schau mich inzwischen nach der Tracht vom Herrn Schratzenstaller um.“

Gasperlmaier war nicht wohl dabei, als er im Badezimmer und einem Abstellraum die Regale durchwühlte, doch zu seiner Überraschung hielt er wenige Minuten später einen Altkleidersack in der Hand. Fein säuberlich waren sie im Abstellraum unter alten Skianzügen und Bademänteln auf einem Regalbrett gelegen. „Ich hätt da jetzt einen Sack“, meldete er sich im Schlafzimmer der Schratzenstallers zurück. „Ist das komplett?“, fragte die Frau Doktor zurück. Sie hielt eine – teure und offenbar noch fast neue – Lederhose in die Höhe, dazu ein Paar grüne Stutzen und ein weiß-blau kariertes Hemd. Gasperlmaier hielt den Sack auf und sie ließ die Sachen hineinfallen. „Das Gilet fehlt noch“, erläuterte er. „Und die Schuhe, und der Rock.“ „Schau selber nach, du kennst dich da besser aus!“ Gasperlmaier öffnete eine Schranktür, dahinter aber hing Frauenkleidung. „Dort drüben!“, deutete ihm die Frau Doktor. Tatsächlich fand Gasperlmaier im anderen Schrank zwei teure Gilets mit seidener Brust, da kostete eines, so schätzte er, mindestens zweihundert Euro. Gleich daneben hing ein Ausseer Rock mit grünem Kragen und Hirschhornknöpfen, der sah aus wie frisch aus dem Geschäft. Entweder hatte ihn der Schratzenstaller nur selten getragen, oder er hatte ihn regelmäßig in die Reinigung gebracht. Was, wie Gasperlmaier fand, einem solchen Kleidungsstück gar nicht bekam. Es sollte gar nicht neu und ladenfrisch, sondern eingetragen aussehen, fand er. Es durfte sogar an den Ärmeln ausgebeult und oberhalb der aufgesetzten Taschen ein wenig speckig sein, dass man sich in ihm zu Hause fühlte.

Widerstrebend warf er die Sachen zu den anderen Kleidungsstücken in den Sack, den ihm die Frau Doktor hinhielt. Er behandelte solche Stücke nicht gern wie Abfall. „Die kriegen sie doch zurück, oder?", fragte er, mit den Gedanken beim Sohn des Schratzenstaller, dessen Zimmer er vor wenigen Minuten inspiziert hatte. Die Frau Doktor aber zuckte nur mit den Schultern. „Werden wir sehen."

„Können wir ihn uns jetzt holen?" In der Tür standen der Fredl, der Leichenbestatter, und sein Gehilfe, der Aschauer Otto. Der hatte, wie meist, eine glosende Zigarette im Mundwinkel. „Gehen Sie hinauf und fragen Sie den Chef der Tatortgruppe!", antwortete die Frau Doktor. „Aber geben Sie vorher auf jeden Fall Ihre Zigarette weg! Und auf keinen Fall auf dem Grundstück! Gehen Sie hinaus, dann auf die andere Straßenseite, und dämpfen Sie sie dort aus! Damit Sie uns hier nichts versauen!" Der Otto schüttelte den Kopf, während der Fredl ihm mit einer Kopfbewegung bedeutete, der Anordnung Folge zu leisten. „Das ist ja eine ganz Scharfe!", murmelte er Gasperlmaier im Vorbeigehen noch zu, bevor er wieder verschwand.

14

„Zu teuer sollte es nicht sein!“, warnte Gasperlmaier die Frau Doktor, als sie das Modehaus betraten. Gerade eben hatten sie den Kniewasser heimgeschickt, nachdem ihn die Frau Doktor zuvor noch eingehend nach seinen Reisebewegungen gefragt hatte. Danach war klar: Die E-Mails konnte der Kniewasser nicht versandt haben, er hatte glaubwürdig versichern können, nicht zur fraglichen Zeit an den Orten gewesen zu sein, von denen sie verschickt worden waren.

In diesem Geschäft war Gasperlmaier noch nie gewesen, und er fühlte sich auf der Stelle eingesperrt und verzagt. Überhaupt kam er selten nach Liezen. Was hätte er hier sollen? Die Einwohner selber sagten, dass es eine der hässlichsten Städte der ganzen Steiermark, wenn nicht Österreichs war. Und außerdem war man auf die Liezener sowieso schlecht zu sprechen, weil hier die Bezirkshauptmannschaft lag, die auch für das Ausseerland zuständig war. Man verzieh es den Liezenern nicht, dass sie sich, aus Sicht der Ausseer, ständig in deren ureigenste Angelegenheiten einmischten und glaubten, den Ausseern erklären zu müssen, was zu tun oder zu lassen war. Der Gipfelpunkt der Unverschämtheit war nun vor kurzer Zeit gewesen, dass man die Expositur der Bezirkshauptmannschaft in Bad Aussee geschlossen und den Ausseern sogar ihr eigenes Autokennzeichen weggenommen hatte. Seither mehrten sich die Stimmen im Ausseerland, die am liebsten gemeinsam mit den entsprechenden Gegenden in Salzburg und Oberösterreich ein eigenes Bundesland „Salzkammergut“ gründen wollten, oder die sich gleich ganz selbständig machen wollten. Liezen galt daher, sozusagen, als eine Art Feindesland. Andererseits, so sagte sich Gasperlmaier, würde er hier wohl kaum einen Bekannten treffen, der sich darüber Gedanken machen würde, warum Gasperlmaier hier in Begleitung einer fremden Frau Kleidung einkaufte.

„Ja, guten Tag, Frau Doktor! Dass Sie auch wieder einmal zu uns finden! Und sogar mit dem Herrn Gemahl!“ Die Frau Doktor war also hier bekannt, konstatierte Gasperlmaier. Das konnte ja unterhaltsam werden. „Kein Gemahl“, korrigierte die Frau Doktor, durch eine Geste des Zeigefingers unterstützt. „Ein Kollege. Der einen neuen Stil braucht.“ Die Verkäuferin maß Gasperlmaier mit abschätzigen Blicken. Sie war ein eher dürres als schlankes Mädchen um die zwanzig, trug ein schwarzes Minikleid, in allen Regenbogenfarben geringelte Strümpfe und eine Art Lederweste. Dazu so viel Modeschmuck, dass sie schon Ähnlichkeit mit einem Marktstand hatte, fand Gasperlmaier. Die, dessen war er sich sicher, würde nicht den richtigen Geschmack haben, um ihn beraten zu können.

Das Fräulein schien zur gleichen Schlussfolgerung gekommen zu sein, denn sie meinte, nachdem sie Gasperlmaier, der ja noch immer in seiner Uniform steckte, ausgiebig geprüft hatte: „Ich schick Ihnen die Frau Grasberger!“ Die Frau Doktor nickte, und nur wenig später tauchte eine sehr gepflegte, aber auch äußerst rundliche Dame auf, die Gasperlmaier freundlich zulächelte. „Das kriegen wir schon hin!“, strahlte sie, nachdem sie ihn von oben bis unten mit Blicken gemessen hatte. „Da steckt ja eine brauchbare Figur darunter!“ Gasperlmaier begann, sich etwas zu entspannen, vor allem, weil er meinte, im Dialekt der Frau Grasberger ein paar ausseerische Anklänge herauszuhören. Hier in Liezen begannen sie ja schon, so steirisch zu bellen. Sie mochte aus Bad Mitterndorf sein, die Frau Grasberger, oder vielleicht aus Pürgg.

„Was steht ihm denn?“, fragte die Frau Doktor und legte das Kinn in ihre Hand. Beide Frauen betrachteten ihn mit prüfenden Blicken. Gasperlmaier fühlte sich zum Schauobjekt erniedrigt. Fast wie eine Kuh, vor die sich die Bauersleute hinstellten und überlegten, ob sie schon schlachtreif wäre. „Dunkel ist er“, stellte die Frau Grasberger schließlich fest. „Da probieren wir es einmal mit Grau- und Rosttönen. Die kommen im Herbst ganz stark.“ Er fragte sich, woher man jetzt schon wissen konnte, was im Herbst kommen würde. Und ob es, angesichts der Jahreszeit, nicht gescheiter wäre, vielleicht eine Badehose einzukaufen. Oder ein paar Ruderleibchen.

Die Frau Grasberger jedoch schleppte ein ganzes Warenlager herbei: zwei Hosen, drei Hemden, und noch zwei Sakkos. Gasperlmaier wurde in eine Umkleidekabine verfrachtet und mit dem Stapel allein gelassen. Was er womit zu kombinieren hatte, darüber hatte man ihn nicht aufgeklärt. Gerade, als er in der Unterhose dastand, schob jemand ein Paar glänzende braune Halbschuhe unter der Schwingtür durch. „Die würden auch dazu passen!“, hörte er die Stimme der Frau Grasberger. Gasperlmaier hielt sich verschämt eine der neuen Hosen vor den Körper, für den Fall, dass eine der Damen auf die Idee kommen sollte, ihm beim Umziehen zusehen zu wollen.

Schließlich stand er in einer dunkelgrauen Hose, einem gelben Hemd und einem Sakko, dessen Farbe er nicht einmal benennen konnte, vor der Kabine und war wiederum ihren Blicken ausgesetzt. „Na ja!“, meinte die Frau Doktor. „Das schaut ja schon ganz manierlich aus!“ Die Frau Grasberger aber schüttelte den Kopf. „Das Hemd ist zu gelb.“ Plötzlich zupfte sie an Gasperlmaiers Hosenboden. „Und die Hose zu weit. Das schlägt ja Falten, das sieht gar nicht gut aus. Mindestens eine Nummer kleiner.“ Gasperlmaier wurde wieder in die Kabine geschickt, um sich umzuziehen. Schwungvoll landete eine neue Hose auf der Schwingtür, als er gerade die Knöpfe des dunkelroten Hemds schloss. Er hatte Hunger. Und Durst. Hoffentlich würde er diesem Fegefeuer bald entkommen.

Die nächste Begutachtung fiel etwas positiver aus. Die Frau Grasberger machte sich zwar ungebeten an seinem Hosenbund zu schaffen und strich ihm sogar über den Hintern, das schien ihm aber eher eine professionelle Beurteilung der Passform zu sein als eine persönlich gemeinte Geste. „Gleich ist es vorbei. Es dauert nicht mehr lang!“, tröstete sie ihn. Offenbar hatte er einen so verzweifelten Eindruck hinterlassen, dass Trost nötig schien. „Wissen Sie was“, mischte sich die Frau Doktor ein. „Der Hemdkragen steht irgendwie so hoch am Hals hinauf, das sieht gar nicht gut aus. Warum probieren wir's nicht einmal mit einem T-Shirt und einem Pullover?“ Der Kleiderstapel in der Kabine wuchs, und Gasperlmaier wurde warm. Schließlich war es Sommerbeginn, und eine Klimaanlage hatte das Modehaus anscheinend nicht.

Endlich stand er in hellgrauen Jeans, einem weißen T-Shirt, einem noch hellgraueren Pullover und einem rostroten Sakko vor den Damen, die anerkennend nickten. „Die Schuhe noch, Franz!“, mahnte die Frau Doktor. Gasperlmaier fühlte, wie ihm am ganzen Körper der Schweiß ausbrach. Hoffentlich waren vor ihm nicht auch noch andere Herren in den Sachen gesteckt. Wer wusste, was man sich alles holen konnte.

„Respekt!“, nickte die Frau Grasberger anerkennend. „Da sieht man erst, was in einem Mann so steckt, wenn man sich ein bisschen bemüht! Die Uniform hat aber auch wirklich keinen guten Schnitt. Was jetzt natürlich noch fehlt, ist ein pfiffiger Haarschnitt!“, schüttelte sie den Kopf. Gasperlmaier fragte sich, ob man hier auch gleich die Haare passend zur Kleidung geschnitten bekam. Dazu hatte er nämlich noch weniger Lust als zum Kleiderkaufen. „Ja, Franz! Das nehmen wir! Deine Frau wird Augen machen!“ Die Frau Doktor schien von dem Outfit ebenfalls überzeugt. Dennoch war Gasperlmaier froh, als er wieder in seiner schlecht geschnittenen Uniform steckte und einen riesigen Papiersack in der Hand hielt, der die neuerstandene Kleidung enthielt. Eine nicht unbeträchtliche Summe hatte ihn die Marotte der Frau Doktor gekostet, und ob sich die Ausgabe, in Hinblick auf die Christine, tatsächlich rentieren würde, das war abzuwarten. Wer weiß, was die sagen würde, wenn er in diesen Kleidern vor ihr stand. In Altaussee, sagte er sich, konnte man so etwas sowieso nicht anziehen. Die Leute würden sich nach ihm umdrehen, und seine Freunde würden ihn fragen, ob er übergeschnappt sei.

Gerade, als Gasperlmaier seinen Papiersack im Kofferraum des Audi verstaute, meldete sich das Handy der Frau Doktor. „Tatsächlich also!“, hörte Gasperlmaier. Das mochte etwas mit den gefälschten E-Mails zu tun haben. Schließlich aber verfiel das Gesicht der Frau Doktor regelrecht. „Das ist nicht wahr!“, brachte sie hervor. Am Ende des Gesprächs war sie kreidebleich im Gesicht. „Es ist noch nicht vorbei, Gasperlmaier“, flüsterte sie mit belegter Stimme. „Der Schratzenstaller ist auch ermordet worden. Aber er war der, der die E-Mails verschickt hat.“

Während der ziemlich flotten Fahrt nach Aussee wurde sie ausführlicher. „Der Schratzenstaller ist post mortem aufgehängt worden“, erklärte sie. Mittlerweile wusste selbst Gasperlmaier, dass das „nach dem Tod“ hieß. „Vorher hat man ihn erwürgt. Mit der Krawatte, mit der er dann auch aufgehängt worden ist. Das hat die Frau Doktor Wurm relativ schnell feststellen können. Eigentlich versteh ich nicht, dass sie uns das nicht schon am Tatort hat sagen können.“ Die Frau Doktor schlug auf das Lenkrad. „Eine so schöne Lösung wäre das gewesen! Und dann das! Wo sollen wir denn jetzt unseren Mörder suchen? Noch dazu, wo völlig ungewiss ist, ob die Morde überhaupt zusammenhängen! Eine völlig andere Vorgangsweise diesmal!“

Ausnahmsweise ließ sich Gasperlmaier dazu hinreißen, seine eigenen Gedanken vorschnell zu äußern. „Vielleicht war es ja doch der Schratzenstaller. Und er selber ist von seiner Frau umgebracht worden. Wär ja möglich, oder?“ „Sei doch nicht so naiv, Franz! Sie hat ja sofort behauptet, ihr Mann könne sich unmöglich selbst erhängt haben! Wenn sie die Mörderin wäre, hätte sie schön brav den Mund gehalten oder uns erzählt, dass er eh schon eine Zeitlang so depressiv gewesen ist.“ Das, so dachte Gasperlmaier bei sich, könnte ja auch geschickte Tarnung gewesen sein. Damit die Frau Doktor genau das glauben sollte, was sie eben gesagt hatte. Und an die blonde Marion als Mörderin überhaupt nicht mehr dachte. Und die, so überlegte er weiter, die war auch sportlich und muskulös. Die konnte auch den Grubauer und die Josefine Kniewasser auf dem Gewissen haben. Grund genug hätte sie ja gehabt, ihre Nebenbuhlerin aus dem Weg zu schaffen.

„Ich steig da nicht mehr durch!“ Die Manuela fuhr sich mit beiden Händen durch die Haare. „Der

Schratzenstaller schickt gefälschte E-Mails an die Frau Grubauer. Damit die glaubt, der Sohn lebt noch. Und warum, bitte, wenn er selbst nicht der Mörder ist?" Die Frau Doktor saugte am Strohhalm ihres Joghurt-Drinks. Die Phase der mittäglichen Einkehr in vernünftigen Gasthäusern schien schon wieder vorbei zu sein. Womöglich wegen ihrer Schwangerschaft. Gasperlmaier blickte versonnen auf den kleinen Rest seiner Leberkäsesemmel.

„Auf jeden Fall hat er ein Interesse daran gehabt, dass das Verschwinden des Matthias nicht auffliegt. Er muss also irgendwie in dessen Tod verwickelt sein." Gasperlmaier hatte hinuntergeschluckt. „Wahrscheinlich hat er es mit irgendjemandem zusammen getan", warf er ein, weil er seine Theorie mit der Marion Schratzenstaller als Täterin noch nicht ganz beiseitegeschoben wissen wollte. „Und dann hat es in diesem mörderischen Duo Streit gegeben", fügte er hinzu, „und der hat den Schratzenstaller das Leben gekostet." Die Frau Doktor schüttelte den Kopf. „Du willst doch bloß wieder auf seine Frau hinaus. Ich finde eher, wir sollten auf deinen Spezl, den Köberl Kilian, nicht ganz vergessen. Der war schließlich dabei, als der Grubauer verschwunden ist." Gasperlmaier schnaufte entrüstet. „Warum sollte denn der Kilian einen von denen umbringen? Der hat es doch auf die Lissi abgesehen gehabt!" Die Manuela war auffällig still, und Gasperlmaier bemerkte, dass sie ein wenig rot geworden war und unsicher mit dem Zeigefinger an der Nase entlangfuhr. Am Ende hatte sich zwischen ihr und dem Kilian etwas entwickelt, von dem sie nichts wussten. Da war es natürlich klar, dass sie den Namen Lissi Bernegger nicht allzu gern hörte.

Das Handy der Frau Doktor piepte. „Aha!", sagte sie, nachdem sie kurz darauf herumgewischt und offenbar eine Nachricht gelesen hatte. „Wir haben jetzt wenigstens die Todesursachen beim Matthias Grubauer und der Josefine Kniewasser. Beide haben tödliche Kopfverletzungen, aber nicht durch den gleichen Gegenstand verursacht. Bei der Kniewasser könnte es die Rückseite eines Beils gewesen sein, mit dem sie niedergeschlagen worden ist. Beim Grubauer, schreibt die Frau Doktor, ist es so, dass er schon am Boden gelegen sein muss, dem Winkel nach, in dem getroffen wurde. Und der Gegenstand war stumpfer, ein Stein möglicherweise. Die Josefine Kniewasser dagegen wurde von einer Person, die vermutlich größer war, im Stehen getroffen. Der Tatort dürfte die Stelle nahe der Mühle sein, an der wir Blut gefunden haben."

„Die Hacke!", entfuhr es Gasperlmaier. Warum nur hatte er so lange gezögert, endlich darauf zu sprechen zu kommen? „Welche Hacke?" Die Frau Doktor sah irritiert zu ihm herüber. „In dem Holzstadel hinter der Fischerhütte, da gibt es Brennholz, und einen Hackstock. Der Stadel ist offen, da sieht man hinein. Und die Hacke, die steckt im Hackstock drinnen!", erklärte er, etwas atemlos. „Also, wenn da eine Hacke ist, dann haben wir die sicher schon überprüft." Mit etwas besorgter Miene nahm die Frau Doktor ihr Telefon zur Hand, während Gasperlmaier es vorzog, sich aufs Klo zurückzuziehen, damit er weiteren Debatten über seine Nachlässigkeit, die Hacke betreffend, auswich. Als er zurückkam, schien die Frau Doktor beruhigt. „Tja, Gasperlmaier – die war schon im Labor. Sauber. Kommt als Tatwaffe nicht in Frage." Er war einerseits erleichtert, andererseits aber brachte sie das auch nicht weiter – die Tatwaffe war nach wie vor verschwunden.

„Was machen wir jetzt?", fragte die Manuela. „Jetzt müssen wir wohl oder übel die Frau Schratzenstaller aufsuchen, um ihr mitzuteilen, dass ihr Mann ermordet worden ist“, seufzte die Frau Doktor. Gasperlmaier war gespannt, ob die Frau Doktor auch genauer nachfragen würde, um herauszufinden, ob die Marion nicht doch für den Mord an ihrem Mann in Frage kam.

Leider hatten sie beim Elternhaus der Marion, wo die angeblich vorübergehend wohnte, wenig Glück. „Die ist nicht da!“, erklärte die Mutter, die sie im Garten beim Rasenmähen angetroffen hatten. „Die ist bei ihrem Beppo“, fügte sie hinzu, nachdem sie den Rasenmäher abgestellt hatte. Gasperlmaier durchzuckte es. Beppo? Beppo Leitenbichler? An den hatte er doch kürzlich denken müssen, als ihm die Frau Doktor ihr Täterprofil unterbreitet hatte. Konnte er seine Vermutungen jetzt noch für sich behalten? Gasperlmaier schwankte. Den Mund zu halten war halt immer leichter, als etwas zu spät einzugestehen. Außerdem, nach der Panne mit der Hacke konnte er sich jetzt nicht erlauben, gleich noch einmal einzugestehen, dass er einen möglicherweise wesentlichen Gedanken allzu lange für sich behalten hatte.

Der Beppo wohnte in Lerchenreith, gleich in der Nähe des Golfclubs und des großen Wellnesshotels, das vor ein paar Jahren aus einem etwas abgewirtschafteten Traditionshotel hervorgegangen war. Gleich in der Nähe entstand momentan die neue Ausseer Therme, auf deren Fertigstellung man schon gespannt wartete. Wahrscheinlich, so dachte Gasperlmaier bei sich, ging der Beppo sowohl Golf spielen als auch in Thermen.

Jetzt musste aber die Sache mit dem Beppo doch noch ganz schnell aus ihm heraus, bevor sie ankamen. „Du erinnerst dich doch daran, als du mir vor ein paar Tagen so ein Täterprofil ...“ Gasperlmaier musste sich räuspern. „Also, wie du mir das erklärt hast ...“ Das „du“

kam ihm immer noch ungewohnt über die Lippen. „Ja?" Die Frau Doktor nickte. „Was ist damit?" „Also, da habe ich, wie du den Täter beschrieben hast, da habe ich an den Beppo Leitenbichler denken müssen, wo wir jetzt hinfahren." Er legte eine Pause ein, während der die Frau Doktor ziemlich abrupt in einer Haltebucht für Autobusse abbremste. Gasperlmaier machte sich auf etwas gefasst. „Und er ist auch auf der Liste von dem Fischessen", fügte er noch schnell hinzu, damit gleich die ganze Wahrheit ans Tageslicht kam. Die Augenbrauen der Frau Doktor stiegen in lichte Höhen. „Soll das heißen, dass du seit mindestens gestern einen Verdacht mit dir herumschleppst und mich blöd sterben lässt? Soll es das heißen?" Auf Fragen, die in einem solchen Ton vorgebracht wurden, fiel Gasperlmaier selten eine Antwort ein. Deswegen zuckte er nur mit den Schultern, entschlossen, das Donnerwetter einfach auszusitzen, das nun gleich über ihn hereinbrechen würde.

„Nicht mindestens!", verteidigte er sich dann doch. „Es war gestern. Als wir zum Zahnarzt gefahren sind." Die Frau Doktor seufzte. „Du hättest es gleich sagen sollen. Aber es ist eh meine Schuld. Oder, besser gesagt, die Schuld der Umstände. Wir haben einfach nicht genug Leute, um alle Namen auf der Liste in so kurzer Zeit genau zu überprüfen. Vielleicht war ja auch schon jemand beim Leitenbichler." Gasperlmaier entspannte sich ein wenig. Die befürchtete Kopfwäsche war ausgeblieben.

Die Frau Doktor zückte ihr Handy. Gasperlmaier sah aus dem Fenster. Draußen mühten sich ein Mann und zwei Frauen mit ihren Golfschlägern ab. Dass es ihnen nicht zu heiß war, zum Golfspielen. Sport war das für ihn keiner. Jede Viertelstunde haute man einmal auf den Ball drauf, verrenkte sich dabei wahrscheinlich jedes Mal das Kreuz, und dann kroch man im Gebüsch umher, um eine kleine weiße Kugel zu suchen. Nicht mit ihm. Die drei schienen auch schon im Pensionsalter zu sein. Einen Kreislaufkollaps würden sie noch kriegen, wenn sie hier in der prallen Nachmittagssonne herumstanden.

„Gasperlmaier?" Er war so in Gedanken versunken gewesen, dass er die Frau Doktor gar nicht gehört hatte. „Hörst du mir überhaupt zu?" Die Golfspieler warfen ihre Schläger in die tonnenartigen Taschen und zogen weiter. „Ja, ja!", beeilte sich Gasperlmaier zu versichern. „Er ist schon befragt worden", sagte die Frau Doktor. „Und soweit wir wissen, war er zwar bei dem Fischessen anwesend, hat sich aber nicht unter denen befunden, die sich im Freien aufgehalten haben. Sogar ein längeres Gespräch mit dem Wirt hat er geführt. Der, so sagt mir mein Mitarbeiter, darüber gar nicht begeistert war. Der Herr Leitenbichler scheint ein bisschen eine Nervensäge zu sein." Gasperlmaier nickte zustimmend. „Das kann man wohl sagen!"

Mittlerweile verkündete das Navi, dass man an der richtigen Adresse angekommen war. Die Gegend war zwar eine der besseren, sogar mit Dachsteinblick, und ruhig, doch das Haus des Beppo war nicht gerade eine Villa, sondern ein einfaches Einfamilienhaus im Stil der siebziger Jahre, und auch nicht gerade frisch renoviert. Es hatte so gar nichts Typisches für die Gegend an sich. Damals hatte man eben so gebaut. Die Frau Doktor beschritt zielstrebig den gepflasterten Weg zur Haustür, während Gasperlmaier die beiden Autos inspizierte, die nebeneinander vor der Doppelgarage zu seiner Rechten standen. Da war einmal der Luxuskombi, der nur dem Beppo gehören konnte, denn er war von der Marke, die er selber vertrieb. Und daneben stand ein Mini Cabrio mit offenem Dach. Das konnte nur das Auto der Marion Schratzenstaller sein.

Nichts rührte sich. Die Frau Doktor probierte die Haustür, doch die war verschlossen. Gasperlmaier deutete auf die beiden Autos. „Schaut aber so aus, als ob sie da wären. Freitagnachmittag. Da haben viele frei!" Inständig hoffte er, dass das auch bald auf ihn zutreffen würde. Immerhin hatte er diese Woche bereits genügend Überstunden angesammelt, und bei dem Wetter, da wäre es vielleicht auch schön gewesen, sich einmal Zeitausgleich zu nehmen und an den See baden zu gehen, oder zu wandern. Er seufzte.

„Wir gehen hinten herum. Ich bilde mir ein, ich habe da etwas gehört." Als sie im weichen Rasen um die Hausecke bogen, hörte es auch Gasperlmaier: ein sanftes Plätschern, und da kicherte jemand! Wenige Meter später, hinter dem Haus, sahen sie den Pool, und darin zwei Personen. Das konnten ja wohl nur der Beppo und die Marion Schratzenstaller sein. Sie standen eng aneinandergedrückt im Wasser und schienen intensiv miteinander beschäftigt. Gasperlmaier konnte nur die Glatze des Beppo und seinen behaarten Rücken sehen. Rechts und links davon, waren das nicht die Beine der Marion? Mit in die Höhe gereckten Zehen? Der Beppo grunzte und war so beschäftigt, dass er sie offenbar nicht wahrnahm, doch die Marion kreischte laut, als sie Gasperlmaiers ansichtig wurde, stieß sich heftig vom Beppo ab und legte die Arme vor die Brust.

„Guten Tag!", sagte die Frau Doktor fröhlich. Sie hatte, das war Gasperlmaier schon aufgefallen, oft eine recht diebische Freude daran, wenn sie Leute gerade zum ungünstigsten Zeitpunkt antraf. Der Überraschungseffekt schien ihr dazu geeignet, den Menschen Dinge herauszulocken, die sie sonst vielleicht nicht erfahren hätte. Die Frau Doktor stand schon am Beckenrand, als der Beppo herumfuhr. „Was glauben Sie denn eigentlich, wer Sie ...!", brauste er auf. „Das glaube ich nicht, das weiß ich ganz gut! Chefinspektorin Kohlross vom Bezirkspolizeikommando Liezen." „Aber Sie können doch nicht einfach ...", begann der Beppo wieder, doch auch diesmal schnitt ihm die Frau Doktor das Wort ab. „Doch, ich kann! Sie haben auf unser Läuten nicht geöffnet. Ich führe Ermittlungen in drei Mordfällen, und da kann ich es mir nicht leisten, einfach wieder wegzufahren, wenn ich eine Befragung vorhabe und annehmen muss, dass die zu Befragenden anwesend sind, aber nicht öffnen."

Erst jetzt erkannte Gasperlmaier, dass der Beppo und die Marion splitternackt waren. Die Marion hatte die wesentlichen Stellen mit ihren Armen und Händen bedeckt, dem Beppo allerdings schien es völlig egal zu sein, dass er sein bestes Stück direkt der Frau Doktor zuwandte, wenn es auch von etwa einem halben Meter Wasser bedeckt war. „Drei Mordfälle?", flüsterte die Marion. „Heißt das etwa, dass ..." Sie schlug eine Hand vor den Mund, was Gasperlmaier einen nicht gänzlich uninteressanten Blick auf ihre gebräunten Brüste erlaubte.

„Wenn Sie bitte aus dem Wasser kommen und sich anziehen würden", schlug die Frau Doktor vor. „Franz, drehst du dich vielleicht einmal um, damit sich die Dame ..." Er gehorchte und betrachtete die etwas vertrockneten Balkonblumen. Die Frau Doktor machte anscheinend keine Anstalten, sich umzudrehen. Gasperlmaier hörte hinter sich Geräusche, die darauf schließen ließen, dass die beiden aus dem Wasser kamen und ihre Badekleidung überstreiften.

„Sagen Sie mir bitte, ist mein Mann auch umgebracht worden?" Gasperlmaier riskierte einen Blick und sah, dass die Frau Schratzenstaller bereits in einen rosaroten Bademantel gehüllt war. Er drehte sich wieder zum Schauplatz des Geschehens um. Der Beppo trug im Schottenkaro gehaltene Badeshorts, die ihm weit über die Knie reichten und ihn, der etwas kleiner, dafür aber dicker war als Gasperlmaier, recht unvorteilhaft aussehen ließen. Was die Marion, die ihn um mindestens zehn Zentimeter überragte, an dem wohl fand? Wahrscheinlich war es das Geld. An mehreren Fingern der beiden blitzten Gold und edle Steine.

Der Beppo zog nun auch einen Bademantel über, der zuvor auf der Lehne eines, wie Gasperlmaier fand, ziemlich protzigen Holzlehnstuhls gelegen war. „Mir wäre es angenehm, wenn wir drinnen sprechen könnten." Mit verkniffenem Gesicht, aber eleganter Geste verwies der Beppo auf die offen stehende Terrassentür. Gasperlmaier folgte als Letzter. Die Marion hinterließ auf den Steinplatten nasse Fußabdrücke. Ihre Zehennägel waren dunkelrosa lackiert.

Drinnen bot ihnen der Beppo Platz auf zwei weißen Ledersofas an. Auch das Wohnzimmer war protzig ausgestattet. Zwischen den Sofas stand ein Tisch mit dicker Glasplatte. Gasperlmaier konnte zunächst nicht erkennen, worauf die ruhte, bei näherer Betrachtung sah er dann aber zwei geschwungene Stahlbögen, die schlanke Beine bildeten. Weiters fielen ihm ein riesiger Fernseher, mehrere sehr abstrakte Gemälde und ein, wie er fand, abgrundhässlicher schwarzbrauner Schrank auf, der aber sehr teuer aussah.

„Ihr Mann, Frau Schratzenstaller, ist tatsächlich ermordet worden. Unsere Gerichtsmediziner konnten eindeutig Fremdverschulden feststellen. Er wurde zunächst im Stehen von hinten mit der Krawatte erwürgt und erst danach am Bilderhaken aufgehängt." Mit weit aufgerissenen Augen schlug sich die Marion beide Hände vor den Mund. Gasperlmaier konnte erkennen, dass auch die Fingernägel dunkelrosa lackiert waren. „Um Gottes willen!" Die Frau Doktor schlug ihre Beine übereinander. „Das überrascht mich jetzt – Sie haben doch als Erste behauptet, dass es sich um keinen Selbstmord handeln kann!" „Ja, aber, aber ..." Die Marion nahm die Hände wieder herunter. „Ich hätte doch nie gedacht, dass ..." „Ja? Was?"

Da mischte sich der Beppo ein. „Sehen Sie denn nicht, dass sie völlig mit den Nerven herunter ist? Da ist etwas, das ich Ihnen erklären muss ..." Die Frau Doktor winkte ab, und Gasperlmaier fand sich in seiner Meinung bestätigt: Der Beppo musste ständig anderen Leuten die Welt erklären. „Wo waren Sie denn heute Morgen? Sagen wir, von drei Uhr früh an bis so zirka um neun?" Die Frau Doktor wippte mit den Schuhspitzen. „Haben Sie mich das nicht schon heute Vormittag gefragt?" Die Marion schnappte sich eine Packung Zigaretten, die auf dem Glastisch lag, holte eine heraus und steckte sie sich zwischen die Lippen. „Ich frage Sie noch einmal. Die Situation hat sich ja grundlegend verändert, nicht?" „Ich war hier!" Die Marion vollführte eine große, das ganze Haus umfassende Geste. „Der Beppo kann das bestätigen." „Nach dem, was wir im Pool gesehen haben, ist das Alibi Ihres Beppo leider nicht viel wert!", konterte die Frau Doktor. Die Marion zündete sich die Zigarette mit einem Glasfeuerzeug an.

„Also, ich muss doch sehr bitten!", mischte sich der Beppo ein. „Ich muss Ihnen da einmal was erklären, Frau Chefinspektor, Gasperlmaier. Ihr versteht das nicht. Oder besser gesagt, ihr versteht alles falsch.

Das Ganze ist ein großes Missverständnis!" „Wo waren Sie, Herr Leitenbichler?", entgegnete die Frau Doktor, anstatt ihm zuzuhören. „Ja, was?", gab der verdattert zurück. „Natürlich auch hier! Mit ihr!" Er deutete mit ausgestrecktem Zeigefinger auf die Marion.

„Sie haben doch Kinder, Frau Schratzenstaller. Lassen Sie die eigentlich jede Nacht allein? Wer kümmert sich um sie?" Die Marion atmete so heftig aus, dass der Rauch heftig aus ihren Nasenlöchern stob. Sie erinnerte Gasperlmaier an einen Drachen. „Die sind bei meinen Eltern gut aufgehoben! Und ich bin immer für sie da!", fauchte sie der Frau Doktor ins Gesicht, die ein bisschen theatralisch vor ihrem Gesicht herumwedelte, wohl, um der Frau Schratzenstaller zu verdeutlichen, wie sehr sie der Zigarettenrauch störte.

„Gut!", sagte die Frau Doktor. „Dann gehen wir weiter zurück. Wo waren Sie beide am 22. April, genauer gesagt in der Nacht vom 22. auf den 23. April, in der vermutlich der Matthias Grubauer umgebracht wurde?" Die Marion kicherte schrill und unangenehm, wie Gasperlmaier fand. „Das find ich lustig! Das ist mehr als zwei Monate her!" „Darf ich Ihnen einmal was erklären?" Der Beppo unterstrich seine Frage, die nicht als solche gemeint war, mit erhobenem Zeigefinger. „Ja, nämlich wo Sie sich zu der Zeit aufgehalten haben, nach der ich gefragt habe!" Die Frau Doktor hatte die Stimme erhoben und mit großem Nachdruck gesprochen. Selten genug kam das bei ihr vor. Ein Zeichen, dass ihre Geduld nicht mehr allzu lange strapaziert werden sollte. „Sie als Geschäftsmann werden ja wohl einen Terminkalender haben!" „Ich war beim Fischessen des Skiclubs am Toplitzsee, wie Sie ja bereits wissen", erklärte der Beppo, nicht ohne wieder den erhobenen Zeigefinger zu schwingen. „Und ich bin von dort etwa um halb zwölf weggefahren. Weil ich am nächsten Morgen sehr früh nach Wien musste. Zur Präsentation eines neuen Modells. Wir arbeiten ja auch am Wochenende, wissen Sie, im Gegensatz zu euch Beamten." Die Frau Doktor grinste amüsiert. „Wenn Sie beide jetzt gestehen, dann hab ich das Wochenende tatsächlich frei. Wenn nicht, Herr Leitenbichler, dann teile ich Ihr grausames Schicksal." Gasperlmaier sah sein eigenes Wochenende ebenfalls den Bach hinuntergehen. Wenn er dann das Wochenende darauf frei haben würde, würde es garantiert wieder in Strömen und ununterbrochen regnen, das war ja immer so.

Die Frau Doktor wandte sich wieder der Marion zu. „Haben Sie damals, an diesem Wochenende, auch schon hier logiert?" „Nein!", antwortete die kratzbürstig. „Sie können sich aber noch daran erinnern, dass Ihr Mann zu diesem Skiclub-Essen gegangen ist? Hat er Sie gefragt, ob Sie mitkommen wollen?" Die Marion drückte ihre Zigarette in einem, wie Gasperlmaier fand, äußerst geschmacklosen Aschenbecher fast gewalttätig aus, sodass ihre Finger danach von Asche geschwärzt waren. Das Ding ähnelte einem überdimensionalen Kronenkorken. „Ich kann mich an gar nichts erinnern!" kam es, äußerst aggressiv, von der Marion zurück. „Schade!", grinste die Frau Doktor. „Wenn Sie sich nämlich auch nicht erinnern können, wo Sie Mittwoch Früh und in der Nacht davor waren, und wenn es Ihnen nicht gelingt, jemanden aufzutreiben, der bestätigen kann, dass Sie die vergangene Nacht hier gewesen sind, dann schaut es schlecht für Sie aus. Kein Alibi, dafür aber Motiv und Gelegenheit!"

Die Marion war aufgestanden. Sie zitterte vor Wut und fauchte wie der Kater von Gasperlmaiers Mutter, wenn man ihn zu sehr reizte. Gasperlmaier hatte Angst, dass es die Marion vor Wut gleich zerreißen würde, so geladen sah die aus. Tatsächlich sprang sie auf, griff nach dem Aschenbecher und schleuderte ihn gegen die Terrassentür. Gasperlmaier zuckte zusammen, als es einen lauten Knall tat und der Aschenbecher in tausend Scherben zersprang. Die Glasscheibe, so stellte er zu seiner Überraschung fest, war ganz geblieben.

Die Marion stürzte auf die Terrasse hinaus, barfuß und ohne auf die Scherben auf dem Boden zu achten. Die Frau Doktor folgte ihr, was Gasperlmaier dazu veranlasste, ebenfalls aufzustehen und den beiden Frauen auf die Terrasse zu folgen. Die Marion zitterte so sehr, dass sie Mühe hatte, ihre Zigarette zum Mund zu führen. „Sie hätten Grund genug gehabt, zuerst Ihre Nebenbuhlerin zu ermorden, und dann auch noch Ihren Mann. Dass Sie zu spontanen Wutausbrüchen neigen, haben wir ja gerade gesehen. Der Matthias Grubauer war vermutlich ein Kollateralschaden, wahrscheinlich hat er Ihren Mann erpresst." „Ich habe niemanden umgebracht!", brüllte die Marion. „Ich habe meinen Mann gehasst, bin weggegangen und habe mir einen anderen genommen. Das ist alles!" Die Marion, so fand Gasperlmaier, war mit ihren Nerven am Ende. Ob er das, was sie sagte, allerdings für Lügen oder die Wahrheit halten sollte, das war ihm selber nicht ganz klar. Regte sie sich über die falsche Anschuldigung so auf, oder war sie nahe daran, zu gestehen?

„Wenn wir uns jetzt hineinsetzen, und Sie erzählen uns einfach noch einmal genau, wie das alles gekommen ist?" Die Frau Doktor redete ganz sanft auf die Marion ein. Das bedeutete wohl, dass sie annahm, es würde gleich ein Geständnis geben. Die Marion starrte über den Pool hinweg ins Leere. „Und vielleicht können Sie uns auch noch sagen, was mit der Jessica Grubauer passiert ist, der Schwester des ersten Opfers, und mit dem Marcel Gaisrucker. Die beiden vermissen wir nämlich schon seit geraumer Zeit." „Was?" Die Marion drehte sich mit fragendem Gesichtsausdruck um. „Wer? Die soll ich vielleicht auch noch umgebracht haben? Ihr spinnt ja alle komplett. Komplett!", schrie sie, warf die Zigarette auf die Steinplatten, ihren Bademantel hinterher und lief splitternackt zum Pool, um mit einem Kopfsprung darin einzutauchen.

„Gasperlmaier, Mund zu!", ordnete die Frau Doktor an, und er leistete ihrer Anweisung Folge. Dennoch wollte er jetzt zumindest sehen, wie die Marion wieder auftauchte. Er konnte sie ja schließlich nicht im Pool ersaufen lassen. „Gasperlmaier, hier gibt's nichts mehr zu sehen!", mahnte die Frau Doktor nochmals und zog ihn am Ellbogen zurück ins Wohnzimmer des Beppo Leitenbichler. Der stand mit Schaufel und Besen hinter der Tür und war damit beschäftigt, die Scherben aufzukehren. „Ein Erinnerungsstück!", jammerte er. „Den hab ich in Havanna in einer Bar mitgenommen! Der war ganz was Besonderes!" „Ewig schade!", pflichtete ihm die Frau Doktor zu Gasperlmaiers Erstaunen bei. Erstens war das Ding furchtbar hässlich gewesen, und zweitens waren die Kubaner, wie er wusste, unglaublich arm. Da war es doch eine Sauerei, denen auch noch die Aschenbecher zu klauen. Dass die Frau Doktor das einfach so durchgehen ließ, wunderte ihn.

„Sehr impulsiv. Temperamentvoll, nicht?" Die Frau Doktor lächelte dem Beppo zu. „Da ist noch ein Scherben." Sie bückte sich sogar und legte eine schwarze Scherbe auf die Schaufel. Jetzt verstand Gasperlmaier. Sie spielte guter Bulle und böser Bulle. Diesmal war sie beides in einer Person, und während sie die Marion bis aufs Blut gereizt hatte, kam sie dem Beppo jetzt auf die charmante Tour.

„Wo haben Sie die Frau Schratzenstaller denn kennen gelernt?“ Die Frau Doktor setzte sich wieder und schlug die Beine übereinander. Gasperlmaier hingegen blieb in der Tür stehen. Er überlegte, ob er der Marion den Bademantel an den Beckenrand bringen sollte, entschied sich aber dagegen. Es wäre allzu indiskret gewesen. „Sie hat überlegt, ein Auto bei mir zu kaufen. Schließlich ist es aber dann eine andere Marke geworden. Sie haben es ja selber gesehen, vor der Garage.“ „Und wann war das?“ „Dabei, das muss ich Ihnen schon noch erklären, hätte sie bei mir einen viel besseren Kauf gemacht. Diese Minis sind ja völlig überteuert, und technisch nicht einmal auf dem letzten Stand.“ Gasperlmaier war gespannt, wie die Frau Doktor den Beppo auf die sanfte Tour dorthin steuern würde, wo sie ihn haben wollte. Oder ob sie jetzt die Vorzüge der Marke ausgebreitet bekam, die der Beppo vertrieb.

„Und wann hat es dann, sozusagen, gefunkt?“ Die Frau Doktor tat so, als hätte sie überhaupt nicht gehört, was der Benno ihr erzählte. Sie lächelte und warf die Haare hinter die Ohren zurück, was die Wirkung beim Beppo nicht verfehlte. „Das war ein wenig später, im Winter. Wir sind uns beim Skifahren begegnet, genauer gesagt beim Einkehren auf der Loserhütte. Und da sind wir dann auch ins Gespräch gekommen, zunächst wegen des Autos.“ „Und ins Bett“, fügte die Frau Doktor mit verschwörerischer Stimme hinzu. Der Beppo nickte. „Ich muss Ihnen da was erklären!“ Diesmal ließ die Frau Doktor ihn gewähren. „Die Marion, das ist eine ganz wunderbare Frau. Und der Hermann, der hat sie ja überhaupt nicht verstanden. Und obwohl sie die Schönste überhaupt ist, ist er dauernd anderen Frauen hinterhergerannt. Die war richtig arm, die Marion." „Haben Sie sie an dem Tag gesehen, an dem das Fischessen stattgefunden hat? Wo waren Sie denn zum Beispiel davor, bevor Sie an den Toplitzsee gefahren sind?" „Da müsste ich in meinem Terminkalender nachschauen", antwortete der Beppo. „Das wäre total nett von Ihnen!", flötete die Frau Doktor so übertrieben, dass es Gasperlmaier trotz der Hitze eine Gänsehaut auf dem Rücken aufzog. Wie konnte man nur so falsch sein.

Der Beppo kam mit einem etwas schmuddeligen Heft zurück und blätterte darin. „Schauen wir einmal nach", erklärte er überflüssigerweise. Gasperlmaier hörte ein Plätschern aus der Richtung des Pools. Die Marion war gerade aus dem Pool geklettert und schüttelte ihre Haare. Nicht nur die gerieten in Bewegung. Gasperlmaier nahm sich fest vor, gleich wegzusehen, konnte seine Blicke aber nicht vom nahtlos gebräunten Körper der Marion lösen. Obwohl er feststellen musste, dass ihm seine eigene Frau eigentlich besser gefiel. Die war mehr weich und sanft in den Formen, während die Marion durch und durch muskulös war. Aber dass sie bei ihrem Alter nicht einmal eine Falte unter dem Busen hatte, das war schon ...

„Franz!", ermahnte ihn die Frau Doktor, noch bevor ihn die Marion dabei ertappen konnte, wie er sie anstarrte. Er zuckte zusammen und hörte nun nur noch, wie die nassen Füße der Marion hinter ihm auf die Steinplatten klatschten und wie der Bademantel raschelte, als sie ihn überzog. Wenn Blicke töten könnten, dachte Gasperlmaier, als sie an ihnen vorbeirauschte und über die Treppe in den ersten Stock verschwand. Inzwischen war die Frau Doktor aufgestanden und hatte dem Beppo Leitenbichler die Hand geschüttelt. Gasperlmaier hatte überhört, ob er zu seinem Verbleib am 22. April hatte Auskunft geben können. Die Frau Doktor jedenfalls strebte der Haustür zu.

„Das ist doch höchst verdächtig!", sagte die Frau Doktor im Auto, das sich während ihrer Abwesenheit fast unerträglich aufgeheizt hatte. „Findest du nicht auch?" Wie er ihr jetzt erklären sollte, dass er ihrem Gespräch mit dem Leitenbichler nicht mehr zugehört hatte, wusste Gasperlmaier nicht. „Ja!", stimmte er deshalb zu. „Höchst verdächtig!" Die Frau Doktor sah ihn so von der Seite her an. „Mehr fällt dir dazu nicht ein?", fragte sie, ein wenig vorwurfsvoll im Ton. „Äh ...", begann Gasperlmaier und nahm seine Kappe ab, um sie auf den Rücksitz zu werfen und sich mit der Hand durch die Haare zu fahren. „Aha. Du hast also nichts mitgekriegt, weil die Marion Schratzenstaller nackt aus dem Pool geklettert ist." „Nein, so stimmt das nicht!", erklärte Gasperlmaier. „Ich wollte ihr zuerst eigentlich den Bademantel bringen, aber dann habe ich mir gedacht, dass das vielleicht unpassend ist, und ..." „Schon gut!" Die Frau Doktor winkte ab. „Der Beppo war eigentlich für den Abend mit ihr verabredet, und er ist nur zum Skiclubessen gegangen, weil sie ihn versetzt hat. Kopfweh hat sie gehabt. Gesehen hat er sie an dem Tag nicht." Kopfweh, das hatten alle möglichen Frauen mindestens dreimal in der Woche, dachte Gasperlmaier bei sich. Das war nun wirklich kein sehr verdächtiges Verhalten.

„Wir müssen noch einmal an den Toplitzsee", sagte die Frau Doktor. „Wir besorgen uns ein Foto von der Marion und fragen dort herum, ob sie jemand an dem bewussten Tag gesehen hat. Die Chance ist zwar gering, aber wir probieren es. Schließlich gibt es nicht viele Möglichkeiten, an den See zu kommen, und auch nicht viele Parkplätze." Gasperlmaier seufzte. Das roch verdammt nach Überstunden, und das an einem Freitagnachmittag.

Sie hatten auch die Manuela noch mitgenommen, die ihnen zuvor drei gestochen scharfe Fotos der Marion Schratzenstaller ausgedruckt hatte, die sie im Internet gefunden hatte. In einem Festtagsdirndl allerfeinster Qualität war sie bei irgendeinem Wohltätigkeitsball fotografiert worden und auf einer Seite gelandet, die Fotos der regionalen Halbprominenz enthielt. Und auch ein Bild eines Mini Cabrio, der jenem der Marion ähnlich sah wie ein Ei dem anderen, hatte er mitbekommen. Seit eineinhalb Stunden stolperte Gasperlmaier nun auf der Forststraße umher, die vom Gasthof Veit in Gössl zur Fischerhütte am Toplitzsee führte, während die Manuela sich die Badeplätze und die Frau Doktor den anderen Wanderweg vorgenommen hatte, der vom Erzherzog-Johann-Denkmal zum Grundlsee führte.

Gasperlmaier hielt das ganze Unterfangen für völlig sinnlos und begann erstmals, erhebliche Zweifel an der Urteilsfähigkeit der Frau Doktor zu hegen. Wen sollten sie denn hier treffen, der auch vor zwei Monaten unterwegs gewesen war? Urlauber? Die kamen ja nur ein-, höchstens zweimal im Jahr ins Ausseerland. Die Frau Doktor hatte allerdings gemeint, es gebe ja auch hunderte Wiener oder Grazer, die sich jedes Wochenende, kostümiert in Lederhosen und Dirndl, hier herumtrieben. Dem hatte er wenig entgegenhalten können. Damals war Freitag gewesen, heute war wiederum Freitag. Am Ende gab es doch ein paar Dutzend Leute, die jeden Freitagnachmittag zur Fischerhütte hineinpilgerten, um sich dort einen Saibling auf der Zunge zergehen zu lassen.

Gasperlmaier selbst hatte natürlich auch an die Türen der Häuser entlang der Strecke geklopft, aber niemand hatte die Marion Schratzenstaller erkannt. Bis auf den Niederwimmer Georg, der war nämlich, ähnlich wie Gasperlmaier, einmal vom Schratzenstaller persönlich bei einem Kredit über den Tisch gezogen worden und hegte auch mehr als ein Jahrzehnt später noch einen ausgewachsenen Groll gegen ihn. Der hatte die Marion erkannt, weil er einmal wutentbrannt selber zum Haus der Schratzenstallers hingefahren war, um dort seinem Unmut Luft zu verschaffen. Da der Schratzenstaller nicht daheim gewesen war, hatte seine Frau aufgemacht, und die Wut des Georg war anscheinend daraufhin verraucht.

Jetzt stand Gasperlmaier vor dem Gasthaus Veit und dachte sich, dass er erstens die Wirtsleute und die Angestellten befragen, zweitens seinen Durst löschen und drittens das Gasthaus zum Treffpunkt mit der Manuela und der Frau Doktor erklären könnte. Also trat er ein, genoss die – im Gegensatz zum Parkplatz und Gastgarten draußen – kühle Luft und erfreute sich an der dunklen, holzgetäfelten Stube, die, wie er wusste, schon seit Jahrhunderten so aussah wie eben jetzt. An der Wand neben ihm hingen historische Fotos der ersten Schlittschuhläufer im Ausseerland, die einen Verein mit offenbar zahlreichen Mitgliedern gegründet hatten, was man an den dicht gedrängten Porträts der Damen und Herren Schlittschuhläufer sehen konnte. Jetzt war das Eislaufen ein wenig aus der Mode gekommen, zumindest auf den Seen, denn die Bundesforste als Grundbesitzer sahen es nicht gerne, wenn sich die Leute auf den zugefrorenen Seen in Gefahr begaben, und die Gemeinden scheuten die Kosten für das Anlegen, Freihalten und Pflegen der Eisbahnen auf den Seen.

Der Wirt stellte gerade ein Bier vor Gasperlmaier und fragte, ob er auch was zu essen wolle. „Bringst mir halt einmal die Speisekarte", sagte der. „Ich wart aber noch ein bisschen, auf meine zwei Kolleginnen." „Zu dritt seid's ihr heute gleich angetanzt? Was ist denn gar passiert?" Der recht beleibte Wirt schien es nicht eilig zu haben und ließ sich neben Gasperlmaier auf der Bank nieder. Der holte die beiden Fotos aus seiner Jackentasche. „Kennst die?", fragte er. „Und hast du sie in der letzten Zeit einmal gesehen?" „Schon!", antwortete der Wirt, fingerte eine Lesebrille aus der Brusttasche seines Gilets und setzte sie sich auf die Nase. „Sogar ohne Brille! Aber ich wollt sie mir genau anschauen! Das ist ein Weib, was?" Er schlug Gasperlmaier so fest auf die Schulter, dass der gleich wieder Nackenschmerzen bekam. Er wollte mit den Schultern zucken, ließ es aber bleiben, weil ihn schon beim Versuch ein Stich durchfuhr. „Wie man's nimmt", antwortete er. „Mir ist sie ein bisschen zu mager, und zu sehnig." Unter Männern, so fand er, durfte man sich solche Bemerkungen durchaus erlauben. „Ich mag's mehr ..." „Ja", antwortete der Wirt. „Genauso seh ich das auch. Bei mir dürfen sie obenherum ruhig ein bisschen was haben. Von mir aus untenherum auch. So wie die Josefine zum Beispiel. Ein Jammer, dass sie uns die umgebracht haben. Habt's ihr den Mörder schon?" Gasperlmaier nahm einen Schluck von seinem Bier. „Wart, ich hol mir auch eins!" Der Wirt konnte anscheinend Gasperlmaier nicht beim Biertrinken zusehen, ohne selber auch einen Gusto zu bekommen.

Gasperlmaier klappte inzwischen die Speisekarte auseinander. Auf Knödel hätte er Lust gehabt. Ja, genau.

Knödel mit Kraut würde er sich bestellen. Als sich der Wirt wieder setzte, nahm er das andere Foto zur Hand, das den Mini der Marion Schratzenstaller zeigte. „Also, sie hab ich schon länger nicht mehr gesehen. Der sind wir wahrscheinlich nicht fein genug. Die ist mehr so der Typ Postwirt in Grundlsee. Aber das Auto, das kommt mir so bekannt vor. Da war was, mit so einem Auto." Er leerte die Hälfte seines Bierglases in einem Zug und hielt sich das Foto nochmals vor die Augen. „Genau!", sagte er nach einiger Zeit. „Das war da bei uns geparkt. Und zwar so blöd, dass ein Gast von uns praktisch nicht mehr weg hat können. Wir haben da eine Taufe gehabt. Der hat sich vielleicht aufgeregt. Vielleicht hat er sie eh angezeigt. Gasperlmaier war wie elektrisiert. „Und wann war das?" „Ist schon ein Zeitl her!", antwortete der Wirt. „Da müsst ich nachschauen!" Er hob sein Bierglas an und leerte es zur Gänze. „Dann schau bitte nach. So schnell, wie es geht!", bat Gasperlmaier. Wenn die Schratzenstaller tatsächlich am 22. April hier gewesen war, dann war der Fall wohl endgültig gelöst. Und dann war er es gewesen, der den entscheidenden Puzzlestein eingesetzt hatte.

Es dauerte allerdings eine Zeitlang, bis der Wirt wiederkam. Dafür hatte er gleich ein weiteres Bier für sich und Gasperlmaier mitgebracht. „Geht aufs Haus!", meinte er und hielt sein Glas in die Höhe, um mit Gasperlmaier anzustoßen. Im Gegensatz zum Beppo Leitenbichler, dessen Terminkalender ein schmieriges Heftchen gewesen war, zog der Wirt jetzt sein Handy aus der Brusttasche. „Am 22. April haben wir die Taufe gehabt!" Triumphierend hielt er Gasperlmaier sein Handy entgegen, auf dem er es selber lesen konnte: „22. April, 16:00, Taufe Stidl", stand da. Er musste sofort die Frau Doktor anrufen. Garantiert war er der Einzige, der mit den Fotos irgendeinen Erfolg gehabt hatte.

Genüsslich zog er sein Handy aus der Tasche, doch die Frau Doktor meldete sich nicht. Er probierte es noch einmal, doch auch diesmal meldete sich nach dem siebten Läuten nur die Mailbox. Dafür hob die Manuela gleich ab. „Der Mini war hier, stell dir vor! Der Mini von der Schratzenstaller! Ich bin im Gasthaus Veit! Komm am besten gleich her!“ Die Manuela aber wollte zuerst noch den Campingplatz machen, da war sie noch nicht gewesen.

„Magst nicht vielleicht gleich ein paar Knödel?“, fragte der Wirt. „Weil wenn deine Chefin dann doch noch kommt, da wird's gleich dahin gehen zu eurer Verdächtigen!“ Gasperlmaier fragte sich, wie es kam, dass der Wirt die Frau Doktor so gut kannte. Der hatte sie doch noch nicht einmal gesehen. Oder war es so, dass Chefinnen überall gleich waren?

Kurz nacheinander kamen zwei Familien in die Gaststube, und so musste der Wirt seine Unterhaltung mit Gasperlmaier wohl oder übel abbrechen. Trotzdem stand weniger als zehn Minuten später ein Teller mit drei großen Fleischknödeln vor Gasperlmaier, angerichtet auf einem Berg Sauerkraut. An Hunger mangelte es ihm nicht, dennoch fühlte er sich verpflichtet, nach dem ersten Knödel noch einmal die Frau Doktor anzurufen. Sie meldete sich aber immer noch nicht. Nach dem zweiten Knödel, als es Gasperlmaier im Magen schon ein wenig zu drücken anfing, kam die Manuela verschwitzt ins Gastzimmer. „Warum sitzt du denn nicht im Gastgarten?“, fragte sie. „Bei dem Wetter!“ Gasperlmaier kaute noch rasch seinen letzten Bissen, bevor er antwortete. „Draußen ist es mir zu warm. Und außerdem zu voll.“ Die Manuela ließ sich neben

Gasperlmaier fallen. „Wie eine Blöde bin ich herumgerannt. Nichts. Der eine Camper meint, gefallen täte ihm die schon, und er muss jetzt noch eine Zeitlang überlegen, ob er sie schon gesehen hat. Ob ich vielleicht derweil ein Bier mit ihm trinken möchte. Bringen'S mir bitte einen großen gespritzten Apfelsaft!" Ihren letzten Satz hatte sie an eine Kellnerin gerichtet, die gerade mit einem Tablett voller Getränke aufgetaucht war. „Ja, und eine Frau auf dem Badeplatz hat zuerst das Auto erkannt. Das sei genau das gleiche wie von einer Bekannten von ihrer Schwägerin. Das sei auch oben offen. Aber ob es ein Mini ist, da war sie sich nicht sicher. Bis sich herausgestellt hat, dass sie das Auto nie gesehen, sondern nur davon gehört hat. Ich sag dir, die Leute sind so was von blöd, das glaubst du gar nicht." Gasperlmaier überlegte, ob er der Manuela die Hälfte des dritten Knödels anbieten sollte, die noch übrig war. „Gut, die Knödel?", fragte sie. „Ich hätte auch Hunger!" Gasperlmaier schob ihr den Teller zu. „Wenn dir nicht graust davor, dass ich schon die Hälfte gegessen habe", sagte er.

Im gleichen Moment dudelte sein Handy los. Endlich war die Frau Doktor dran. „Franz, du hast angerufen. Gibt es was Neues?" Gasperlmaier wischte sich mit der Serviette den Mund ab und klärte die Frau Doktor darüber auf, dass der Mini der Marion Schratzenstaller am 22. April gegen Abend beim Gasthaus Veit in Gössl gesehen worden war. Und dass sie daher weder mit dem Beppo Leitenbichler zusammen gewesen sein noch sich in Altaussee aufgehalten haben konnte. „Wo seid ihr? So schnell wie möglich zum Auto!" Das hatte er kommen sehen. „Wir, wir, sind ein bisschen weiter weg!" „Ich hol euch ab! Wo?" Gasperlmaier betrachtete verzweifelt die Knödelreste auf seinem Teller. „Beim Gasthaus Veit. Im Ort heroben." Verzögerungs- oder Verschleierungstaktik war jetzt sinnlos. Die Frau Doktor hatte auch schon aufgelegt. Die Manuela hatte gerade ihren Apfelsaft bekommen und kaute am letzten Viertel des Knödels. „Schau, dass du austrinkst!", sagte er zur Manuela. „Wir müssen hinaus, sie holt uns ab!" Gasperlmaier selbst machte sich zwecks Bezahlung der Zeche auf den Weg zur Küche, denn warten wollte er auf den Wirt oder die Kellnerin nicht.

Als sie aus der Gaststube auf den Parkplatz traten, war die Frau Doktor gerade dabei, zu wenden. Gasperlmaier winkte. Bevor er noch den Überdruck aus seinem Magen ablassen konnte, saß er schon auf dem Beifahrersitz. „Schnell, schnell! Wo wart ihr denn so lange? Es geht in den Endspurt!" Die Frau Doktor legte sich allerdings autofahrerisch dermaßen ins Zeug, dass Gasperlmaier auf Konversation verzichtete, die Füße fest gegen die Bodenplatte stemmte und sich sämtlicher verfügbarer Haltegriffe bediente. Dennoch entfuhr ihm gelegentlich ein ängstliches Stöhnen.

Kurz vor sechs Uhr abends trafen sie wieder vor dem Haus des Beppo Leitenbichler ein, wo immer noch beide Autos geparkt waren. Man hatte sich anscheinend auf einen gemütlichen Freitagabend eingestellt. Der Himmel hatte sich verfinstert, ein Gewitter schien aufzuziehen. Nicht nur am Himmel, vermutete Gasperlmaier.

Die Frau Doktor legte den Daumen auf den Klingelknopf und ließ ihn dort, sodass drinnen im Haus eine Dauermelodie erschallte. „Was ist denn?", hörte man von drinnen den Beppo schimpfen. „Sie schon wieder?", entfuhr es ihm, als die Frau Doktor an ihm vorbeistürmte. Der Beppo trug immer noch die Badeshorts vom Nachmittag, darüber hatte er ein T-Shirt an, das nachwies, dass er das Hard Rock Café auf Ibiza besucht hatte. „Ein Problem gibt es!“, informierte Gasperlmaier den Beppo, bevor er die Frau Doktor schon energisch ihre Anschuldigung vorbringen hörte. „Sie haben uns angelogen! Sie waren am 22. April am Toplitzsee! Man hat Ihr Auto gesehen!“

Als Gasperlmaier am Ort des Geschehens eintraf, standen die beiden Frauen schwer atmend einander gegenüber. Zwischen ihnen befand sich der Tisch mit der dicken Glasplatte. Die Marion hielt ein langstieliges Glas mit einer hellroten Flüssigkeit in der Hand. Sie war sicher einen halben Kopf größer als die Frau Doktor. „Ist Ihnen eigentlich klar, dass Sie damit eine Hauptverdächtige sind? Sie waren am Ort des Geschehens!“ Die Marion schien die Anschuldigungen allerdings gelassen hinzunehmen, denn sie setzte sich wieder hin und schlug sogar die Beine übereinander. „Sie werden keinen Beweis für einen Mord finden, den ich begangen habe.“ Sie grinste sogar. „Ganz einfach, weil es keinen Beweis für etwas geben kann, das ich nicht getan habe.“ „Sie erklären uns jetzt ganz schnell und glaubwürdig, was Sie am 22. April dort gewollt haben!“

Die Miene der Marion Schratzenstaller verdunkelte sich. „Ich bin dem Hermann nachgefahren, weil ich ihn endlich drankriegen wollte. Es war ja ganz offensichtlich, dass er hinter der Josefine her war. Die hat sie alle völlig verrückt gemacht, mit ihrem Riesenbusen und ihrem Arschgewackel.“ Hasserfüllt klang die Stimme der Marion jetzt. Sie spuckte die Wörter förmlich aus, und ihr Gesicht hatte sich zu einer hässlichen Grimasse verzerrt. Wenn sie sich nicht besser unter Kontrolle bekam, dann sah Gasperlmaier schwarz für sie. Zuerst der Wutausbruch mit dem Aschenbecher, und jetzt das.

Bevor Gasperlmaier noch seine Gedanken zu Ende geführt hatte, klirrte es schon wieder. Er zuckte zusammen. Die Marion hatte ihr Glas gegen die gleiche Glasscheibe geschleudert wie wenige Stunden zuvor den Aschenbecher. Die rote Flüssigkeit rann die Scheibe hinunter. Der Beppo schüttelte den Kopf und seufzte. „Frau Doktor, Sie verstehen das nicht!", jammerte er. „Das ist alles ganz anders, als Sie glauben!" „Dann erklären Sie mir doch, wie es ist!", fauchte die Frau Doktor ihn an. Die war auch nicht viel besser aufgelegt als die Marion. „Sie waren dort! Und es hat einen Toten gegeben! Und zwei der anderen Beteiligten sind jetzt auch tot! Was haben Sie gemacht?" Die Marion lachte schrill auf. „Das kann ich Ihnen genau sagen! Ich wollte endlich einen Beweis dafür, dass er mich betrügt! Und den habe ich gekriegt!"

Der Beppo kam wieder mit Schaufel und Besen. Irgendwie war der fürsorglicher, als Gasperlmaier ihn eingeschätzt hätte. Aber wahrscheinlich ging es ihm nur um den teuren Holzboden. „Ich hab gewartet, bis es dunkel geworden ist. War ganz schön langweilig. Und dann hab ich einfach beobachtet. War ja klar, dass sich da was tun würde. Schöner Abend, jede Menge gamsiger Skifahrer." Gasperlmaier wollte schon entrüstet einschreiten, die Frau Doktor allerdings bemerkte das und legte den Finger vor den Mund. „Mir ist schon kalt geworden, da hab ich sie beim Kloausgang herausschleichen sehen, den Hermann und die Kniewasser. Fast wäre mir noch ein anderes Pärchen in die Quere gekommen, die hab ich aber nicht erkannt. Die waren so zwanzig Meter hinter mir, Richtung Seeufer. Sie hätten mich sehen können, waren aber zu beschäftigt. Ich bin dann bloß dem Hermann und der Kniewasser gefolgt und hab nicht mehr lang warten müssen. Besonders leise musste ich gar nicht sein, sie waren ja sehr beschäftigt miteinander. Und als sie so richtig bei der Sache waren, da hab ich mich angeschlichen und sie fotografiert. Im Blitzlicht hab ich ganz deutlich gesehen, wie er hinter ihr stand, sie mit hochgeschobenem Rock, und er mit offener Hose, die Pfoten auf ihren Titten." Die Marion erzählte das ganz eiskalt, fand Gasperlmaier. Eifersucht schien ihm da wohl nicht mehr im Spiel gewesen zu sein, eher noch Rachsucht. „Das Foto ist aber total unscharf geworden, da hat sich das Objektiv nicht scharf eingestellt, wegen der Dunkelheit, nehme ich an. Meine Erinnerung hat mir aber genügt. Dann bin ich weg. Die beiden haben gar nicht gemerkt, wer sie da geblitzt hat. Der Hermann ist nämlich dann später aus allen Wolken gefallen, als ich ihm erzählt hab, dass ich ihn fotografiert habe und dass damit die Scheidung wohl keine Frage mehr sei. Und dass ich Unterhalt kriege, weil er der Ehebrecher ist."

Die Frau Doktor schwieg. Gasperlmaier fragte sich mehrerlei. Zum einen, ob nicht auch die Marion mit dem Beppo, wahrscheinlich schon vorher, die Ehe gebrochen hatte, und zum anderen, ob nicht vielleicht auch der Kniewasser selber dort im Wald herumgestolpert war, denn der hatte ihnen ja auch alle möglichen Märchen aufgetischt, bevor er zugegeben hatte, an dem bewussten Abend nicht in Hallstatt gewesen zu sein.

„Wenn ich dann bitte die entsprechende Speicherkarte haben könnte?" Die Frau Doktor hielt die Hand auf. Die Marion warf dem Beppo unsichere Blicke zu. Der meldete sich verdattert selbst zu Wort. „Ja, das muss ich Ihnen dann erklären, da sind natürlich dann auch noch andere Fotos drauf. Private", fügte er hinzu, mit einem verschwörerischen Blick Richtung Marion. „Die müssten wir dann zuerst löschen." „Da wird überhaupt nichts gelöscht, das wäre ja noch schöner! Bedenken Sie, dass Sie beide immer noch die Josefine Kniewasser und Ihren Mann auf dem Gewissen haben könnten. Der Verdacht ist keinesfalls ausgeräumt, selbst wenn ich Ihnen die seltsame Geschichte glauben würde, die Sie mir eben erzählt haben. Das Foto ist ein wichtiges Beweisstück! Ich muss darauf bestehen!" Der Beppo seufzte. „Wenn es der Wahrheitsfindung dient! Sie müssen mir aber absolute Vertraulichkeit zusichern, Frau Chefinspektor!" Die Frau Doktor zögerte, nickte dann aber doch.

„Also!", meinte sie und erhob sich. „Die Karte bitte!" Der Beppo stand auf. „Könnte ich da nicht alleine ..." „Kommt gar nicht in Frage! Franz, du begleitest den Herrn Leitenbichler, wir bleiben hier." Gasperlmaier tat, wie ihm befohlen, und stieg hinter dem Beppo die Treppe hinauf. Der öffnete die Tür zum Schlafzimmer, in dem vor dem Bett ein Stativ mit einer Kamera drauf stand. Gasperlmaier staunte. Über dem Bett war ein riesiger Spiegel angebracht, die Bettwäsche war schwarz, die Polster rot, grau und silberfarben. Auf der schwarzen Decke lagen einige Teile Damenunterwäsche, hauptsächlich ebenfalls in Rot oder Silber. Der Beppo zuckte mit den Schultern. „Ist eigentlich ein harmloses Hobby, aber die Marion regt das ziemlich an, wenn sie sich davor Filme anschaut, wie wir es machen." Gasperlmaier staunte, was es so alles gab in Bad Aussee, was bisher jenseits seiner Vorstellungskraft gelegen hatte.

Der Beppo nahm einen Speicherchip aus der Kamera. „Schau, Gasperlmaier, auf allen Chips, die wir, also, die wir hier im Schlafzimmer benutzen, die sind also mit Nagellack markiert. Damit sie nicht versehentlich irgendwem in die Finger kommen." Gasperlmaier nahm den Chip entgegen, auf dem tatsächlich ein blutroter Punkt glänzte. „Aber warum hat dann die Marion damals ...“ Der Beppo zuckte mit den Schultern. „Weißt eh, wie Frauen sind. Unorganisiert halt. Und da hat sie einfach die Kamera hier heruntergenommen, ohne dass sie daran gedacht hat, dass die Nagellack-Chips nicht aus dem Schlafzimmer dürfen. Ist ja wahnsinnig leichtsinnig, nicht. Erpressung und so. Und da sind jetzt auch allerhand private Sachen darauf, die ich ja nicht mehr löschen darf. Lasst euch nicht einfallen, das anzuschauen! Steht ja eh das Datum dabei, damit ihr wisst, was ihr euch anschauen könnt!“, zischte er Gasperlmaier verschwörerisch zu. Der steckte den Chip in seine Brusttasche und überlegte, ob er sich nicht versehentlich doch etwas anschauen würde, was der Beppo geheim zu halten wünschte. Allerdings, wenn er dann an den behaarten Rücken vom Beppo dachte, hatte er schon wieder viel weniger Lust auf die Schlafzimmervideos.

Als sie auf den Posten zurückkehrten, erwartete sie eine Überraschung. Der Friedrich, der eigentlich noch im Krankenstand war, saß gemütlich an seinem ehemaligen Schreibtisch. Er hatte ein Stück Speck, ein paar Scheiben Brot und ein Glas Pfefferoni vor sich stehen und war gerade damit beschäftigt, den Speck in feine Streifen zu schneiden. Neben dem Schneidbrett stand eine halbleere Flasche Bier, ihm gegenüber saß die Manuela und kaute an einem Apfel. Draußen zuckten erste Blitze, und es war so dunkel geworden, dass der Friedrich bereits das Licht hatte einschalten müssen.

„Ja, Herr Kahlß, was machen Sie denn da?“, staunte die Frau Doktor. „Und vor allem, was essen Sie da? Dürfen Sie denn das?“ „Frau Doktor!“, schnaufte der

Friedrich, „Der Speck ist ein ganz magerer. Sehen Sie!“ Er hielt eine dünne Scheibe gegen das Licht. Tatsächlich, fand Gasperlmaier, bestand sie zu etwas mehr als der Hälfte aus magerem Fleisch. „Und so, wie Sie gesagt haben, schneid ich ihn nur halb so dick und tu ich mir jetzt nur halb so viel vom halb so fetten Speck auf mein Brot. Da hab ich also bereits um fünfundsiebzig Prozent reduziert, mindestens!“ Er zeigte auf die restlichen Lebensmittel. „Pfefferoni. Gemüse. Fettfrei. Vollkornbrot. Fast fettfrei. Bier. Nur natürliche Bestandteile, kein Gramm Fett. Was soll daran ungesund sein?“ „Lassen Sie’s gut sein, Herr Kahlß. Ich glaub, Sie sind auf dem richtigen Weg. Aber was machen Sie hier eigentlich?“

Der Friedrich nahm sich Zeit, den nächsten Bissen gründlich zu kauen, während sich Gasperlmaier seinen Sessel schnappte und zum Friedrich hinstellte. „Auf die Idee, für die Dame einen Sessel zu besorgen, kommst du wohl nicht?“, ermahnte ihn der Friedrich. Schnell schoss Gasperlmaier wieder hoch und zog einen Stuhl heran, sodass sie sich nun alle hinsetzen konnten. Er versicherte sich, dass beide Damen saßen, bevor er wieder Platz nahm. „Irgendwer“, sagte der Friedrich, „glaubt immer noch, dass ich der Postenkommandant bin. Und deswegen hat man mir mitgeteilt, dass die Jessica Grubauer und der Marcel Gaisrucker aufgefunden worden sind. Und zwar lebend.“ Jetzt war es an der Frau Doktor, in die Höhe zu schießen. „Wo denn, sagen Sie schon! Ist ihnen was passiert? Sind sie im Krankenhaus?“ Der Friedrich schob noch ein wenig Speckbrot nach. „Mögt’s ihr auch ein Bier?“, fragte er, bevor er weiterredete. „Jetzt erzählen Sie schon! Dann können wir vielleicht über ein Bier reden!“ Die Frau Doktor schlich auf und ab wie ein Tiger im Käfig.

„Ob ihnen was passiert ist, das kann ich nicht sagen. Weil, wenn sie mit der Schrottlaube vom Marcel bis nach Jesolo gefahren sind, dann müsste ihnen eigentlich was passiert sein." „Jesolo? Was reden Sie denn da?" „Jetzt sag schon endlich!", wurde nun auch Gasperlmaier ungeduldig. „Das ist ja nicht lustig, wie du uns da zappeln lässt!" „Recht hast, Gasperlmaier. Also: Die Jessica und der Marcel sind auf einem Campingplatz in Jesolo aufgefallen, weil sie sich danebenbenommen haben. Die Polizei hat dann ein paar Gramm Marihuana in ihrem Zelt gefunden. Und jetzt haben sie sie heimgeschickt, weil sie sich damit keine Umstände machen wollen. Und mich hat man eben benachrichtigt, weil sich noch nicht bis in jede Dienststelle herumgesprochen hat, dass ich im Krankenstand bin und dass du der Postenkommandant bist, Gasperlmaier."

„Aber das erklärt jetzt immer noch nicht, warum Sie da sitzen und jausnen!", wunderte sich die Frau Doktor. „Ja, die beiden werden hier abgeliefert. Sollten eigentlich schon da sein. Und weil ich von euch keinen erreicht habe, bin ich eben selber hergekommen. Die Uniform und den Schlüssel hat mir ja schließlich keiner weggenommen. Ich hab sogar noch den Autoschlüssel. Und das Passwort für den Computer. Das musst du bald einmal ändern, Gasperlmaier. Wollt's ihr auch?" Er hielt eine Scheibe Speck in die Höhe. Nach einer so langen Rede bedurfte es offenbar dringend einer weiteren Stärkung, denn ohne eine Antwort abzuwarten steckte der Friedrich die Scheibe in den Mund, füllte mit Brot auf und spülte mit einem Schluck Bier nach.

Gasperlmaier nahm an, dass er nun ebenfalls Feierabend habe, ging zum Kühlschrank und holte sich auch ein Bier heraus. „Noch jemand?", fragte er in die Runde. „Halt, Gasperlmaier. Noch sind wir nicht ganz fertig.

Erstens müssen wir die beiden einvernehmen, bevor wir gehen, und dann ist auch noch eine Abschlussbesprechung fällig. Wir müssen überlegen, ob und was wir morgen tun. Könnte sein, dass wir das Wochenende durchmachen müssen." „Daraufhin brauch ich auch ein Bier!", stöhnte die Manuela, und Gasperlmaier bückte sich abermals, um eine weitere Flasche aus dem Kühlschrank zu holen. Die Kronenkorken zischten, und bevor er sich wieder hinsetzte, nahm Gasperlmaier einen tüchtigen Schluck. Das tat gut. Ohne darüber nachzudenken, rülpste er vernehmlich. Im gleichen Moment fiel ihm ein, dass das in Gegenwart von Damen ausgesprochen unschicklich war. „Ups!", entfuhr es ihm. Die Frau Doktor sah ihn indigniert an. „Das heißt nicht ‚Ups!', das heißt ‚Ich bitte vielmals um Entschuldigung'!" „'tschuldigung!", murmelte Gasperlmaier und setzte sich. Ihm war es jetzt schön langsam genug. Die ganze Woche kaum eine freie Minute, jetzt auch noch praktisch Nachtdienst, mit der Aussicht auf ein Wochenende ohne einen freien Tag. Da konnten ihm die ganzen Mörder gestohlen bleiben. Wirklich wahr.

Im selben Moment öffnete sich die Tür und eine uniformierte Kollegin trat ein, gefolgt vom Marcel Gaisrucker, der Jessica Grubauer und einem weiteren Polizisten. „Gruppeninspektor Rathmayr", stellte sich der vor, „wir haben den Auftrag, die beiden da zu euch zu überstellen. Wir müssen aber gleich wieder fahren. Bereitschaft. Nichts für ungut." Gasperlmaier erhob sich, entschlossen, als verantwortlicher Dienststellenleiter diesmal das Heft nicht aus der Hand zu geben. „Passt schon!", fuhr ihm der Friedrich jedoch, mit halbvollem Mund und im Sitzen, in die Parade. „Pfüat euch!" Er grüßte mit erhobener Hand, und bevor Gasperlmaier auch nur ein Wort herausgebracht hatte, war die Kollegin hinter dem Gruppeninspektor Rathmayr verschwunden und hatte mit einem „Tschüss!“ die Tür hinter sich zugeworfen.

„Tschüss!“, ereiferte sich Gasperlmaier. „Können die nicht einmal ordentlich grüßen? Bei uns sagt man halt 'Grüß euch', oder 'Auf Wiedersehen'!“ „Gasperlmaier, du hast überhaupt gar nichts gesagt!“ „Weil du mir zuvorgekommen bist! Jetzt bin ich hier der Chef! Und wenn es dann, wenn also offiziell, Kollegen die Amtshilfe ...“ Er hatte sich in seinem Satz wieder einmal verhaspelt. Die Jessica und der Marcel standen da, mit nassen Haaren, denn das Gewitter war inzwischen losgebrochen, und ließen ihre Blicke etwas hilflos zwischen den Anwesenden umherwandern.

„Du holst uns jetzt noch zwei Sessel!“, fuhr Gasperlmaier die Manuela ein wenig schroff an. „Na!“, entgegnete die, stand aber auf und ging ins Hinterzimmer, um ihren Auftrag zu erfüllen. Der Friedrich hob warnend den Zeigefinger. „Führungsqualität“, dozierte er schmatzend, „beweist man nicht, indem man Untergebene anschnauzt. Motivieren!“ „Ich wollt eh nicht Kommandant werden!“, gab Gasperlmaier zurück. Außerdem, so dachte er bei sich, hatte er ja noch keine Zeit gehabt, einen Kurs zu besuchen, in dem man so etwas wie Führungsqualität erlernte. Er hatte es auch nicht vor. Da sollte lieber noch die Manuela Chefin spielen, er hatte jetzt schon genug davon. Gasperlmaier trat ans Fenster. Draußen war es dunkel geworden, als wäre es Winter. Der Regen prasselte so heftig herab, dass sich auf der Straße bereits ein Bachlauf gebildet hatte. Blitze zuckten über den tiefschwarzen See.

Schließlich saßen der Marcel und die Jessica den drei Polizeibeamten gegenüber. Erbärmlich sahen sie aus, fand Gasperlmaier. Die Jessica hatte anscheinend noch den gleichen Minirock an, den er schon an ihr gesehen hatte, als er zweimal auf dem Grubauerhof gewesen war. Der war jetzt speckig und mit Flecken übersät. Auch die Knie der Jessica waren dreckig. Der Marcel hatte Shorts an, aus denen unten Fäden heraushingen, und ein T-Shirt, auf dem ein Gleitschirmflieger abgebildet war. Daneben war eine ganze Reihe von Menschen zu sehen, vom gebückt laufenden Urmenschen bis eben zum Gleitschirmflieger. Irgendwo hatte Gasperlmaier dieses Motiv schon einmal gesehen. Aber anders. Das T-Shirt war fleckig und hatte ein paar Löcher. Die beiden rochen auch ziemlich komisch. Nicht nur ungewaschen, auch irgendwie süßlich. Gasperlmaier kam der Geruch bekannt vor. Ob das Gras war?

„Also!“, fing die Frau Doktor an. „Warum Jesolo?“ Der Marcel zuckte mit den Schultern. „Warum nicht? Vorsaison. Alles billiger. Und man hat ja Zeit.“ Er grinste unverschämt. Mit dem Burschen, so dachte Gasperlmaier bei sich, würde er, auf sich allein gestellt, ganz ordentlich Schlitten fahren. Dass der danach gar nicht mehr wusste, wo die Kufen waren und wo der Sitz.

„Herr Gaisrucker“, sagte die Frau Doktor, mit warnendem Unterton und hochgezogenen Augenbrauen. „Wir versuchen es jetzt noch einmal höflich, mit beiderseitigem Respekt und in Ruhe. Die Zeit für Ihre matten Scherze ist jetzt vorbei, die hätten Sie in der Hauptschule bei Ihren Lehrern anbringen können. Wenn Sie sich nicht kooperativ verhalten, gehen Sie heute noch in den Arrest nach Liezen, und morgen werde ich Sie mit einem Kollegen zusammenbringen, der einen ganz schlechten Ruf hat!“ Gasperlmaier konnte förmlich dabei zusehen, wie der Marcel schrumpfte.

Die Frau Doktor wandte sich aber zunächst der Jessica zu. „Sie sind aus dem Krankenhaus quasi geflohen.

Warum? Eine Mitpatientin behauptet, Sie hätten gesagt, Sie gehen lieber, bevor Sie die Nächste sind." „Keine Ahnung!" Die Jessica zuckte mit den Schultern und sah hilfesuchend zum Marcel hinüber. Die Frau Doktor blickte zwischen den beiden hin und her. „Ich glaube, wir werden Sie einmal einzeln befragen. Ohne dass der Herr Gaisrucker da zuhören kann." Sie wandte sich an den Marcel. „Sie haben doch sicher ein Handy und Kopfhörer?" Der Marcel nickte. „Dann gehen Sie jetzt mit der Frau Reitmair ins Nebenzimmer, setzen Ihre Kopfhörer auf und hören ein bisschen Musik." Die Frau Doktor lächelte süßlich. Gasperlmaier entging nicht, dass der Marcel der Jessica noch einen warnenden Blick zuwarf. Die senkte daraufhin den Kopf.

„So!", sagte die Frau Doktor, als sich die Tür hinter dem Marcel und der Manuela geschlossen hatte. „Wovor, oder vor wem, haben Sie Angst? Vor ihm?" Sie nickte zur Tür hinüber. Die Jessica hob nicht einmal den Kopf. „Sie haben ihn ja beschuldigt, dass er Ihren Bruder umgebracht hat. Erinnern Sie sich an unsere Verfolgungsjagd?" Die Jessica nickte nun wenigstens. „Und dann verschwinden Sie. Niemand weiß, ob Sie leben oder tot sind. Ihre Mutter macht sich wahnsinnige Sorgen. Ich finde, da sind Sie uns schon ein paar Erklärungen schuldig." Diese Ansprache, so dachte Gasperlmaier bei sich, war jetzt die vertrauensbildende Maßnahme gewesen. Sie verfehlte ihre Wirkung auch nicht. „Es war wegen diesen Leuten", sagte die Jessica schließlich. „Der Matthias hat ..." Sie schluchzte auf, und bevor sie noch etwas sagen oder sich den Rotz in den Ärmel schmieren konnte, hatte die Frau Doktor schon ein Taschentuch für sie parat.

„Der Matthias hat was?", assistierte die Frau Doktor. Endlich hob die Jessica den Kopf und sah die Frau

Doktor an. „Der Matthias hat uns Sachen besorgt. Gras, und auch was anderes. Aber da hat es Probleme gegeben, wegen dem Geld. Ich glaub, er hat nicht immer gezahlt. Nicht immer pünktlich." „Und da haben Sie gedacht, dass seine Dealer ihn umgelegt haben und dass sie sich an Ihnen schadlos halten werden, weil Sie ja seine Schwester sind. Haben Sie was versteckt, konsumiert, weitergegeben?" „Nicht direkt", zögerte die Jessica. „Was heißt das, nicht direkt?" Die Stimme der Frau Doktor war jetzt spröder geworden. Ein wenig Ärger und wohl auch Müdigkeit schwangen da mit. „Ich hab natürlich schon gewusst, wo er das Zeug versteckt, obwohl er es mir nicht direkt gesagt hat. Warum hätte er sonst dauernd was im Hühnerstall zu tun gehabt? Zum Hühnerfüttern ist er sicher nicht hineingekrochen."

Die Frau Doktor griff zu ihrem Handy. „Ja, Schwarzbacher? Ich bin's. Ja. Besorgt euch bitte einen Durchsuchungsbefehl, und wenn es sich nicht mehr ausgeht, können wir auch Gefahr im Verzug ... ja, genau. Schreib dir noch die Adresse auf." Die Jessica verfolgte das Telefongespräch mit großen Augen. Die Angst und die Übermüdung, fand Gasperlmaier, gaben ihr ein kindlich-unschuldiges Aussehen zurück, das unter all der Schminke, den Piercings und Tätowierungen fast verschüttet gewesen war. „So!" Die Frau Doktor wandte sich wieder ihnen zu. „Wenn es tatsächlich Drogen im Hühnerstall gibt, wissen wir das in einer Stunde. Haben Sie irgendwelche Leute kennen gelernt, von denen der Matthias Drogen gekauft hat?" Die Jessica schüttelte so heftig den Kopf, dass der Pferdeschwanz nur so flog und die Ohrgehänge klimperten. „Und der Marcel?" Sie zuckte mit den Schultern. „Natürlich hab ich ihn gefragt. Aber er hat immer gesagt, dass er mich beschützen muss und dass er mir deswegen nichts sagt.

Es ist gefährlich, hat er gesagt. Deswegen wollte er auch nach Jesolo. Damit ihn die nicht finden."

Die Frau Doktor warf Gasperlmaier einen vielsagenden Blick zu. Wenn er ihn richtig deutete, dann hatte der Fall jetzt eine gänzlich neue Wendung genommen. Der Matthias Grubauer als Opfer der Drogenmafia? Brutal genug wäre der Mord ja gewesen. Dann aber, so überlegte er weiter, dann konnten die anderen beiden Taten, nämlich die Morde an der Josefine Kniewasser und am Hermann Schratzenstaller, unmöglich etwas damit zu tun haben – denn die Josefine und der Hermann hatten ganz sicher nichts mit Drogendealern zu tun, und die Morde lagen ja auch mehr als zwei Monate auseinander. Und welche Rolle spielte dann die Marion? Gasperlmaier war froh, dass er für dieses ganze Chaos nicht die Verantwortung trug. Die Frau Doktor würde genug zu tun haben, all die Fäden zu entwirren, die da ein für ihn mittlerweile undurchdringliches Netz bildeten.

„Und wie sind Sie auf die Idee gekommen, dass der Marcel Ihren Bruder umgebracht hat?", fragte die Frau Doktor nun. „Keine Ahnung!" Die Jessica nahm Zuflucht zu der unter Jugendlichen üblichen Floskel, die selbst dann benutzt wurde, wenn sie überhaupt nicht passte. „Sie müssen doch einen Grund gehabt haben, sich ins Auto zu stürzen und dort beim Marcel ein solches Theater aufzuführen, dass Sie fast dabei draufgegangen wären!" Die Frau Doktor stand auf und verschaffte sich durch Auf- und Abgehen etwas Luft. Dabei steckte sie einen Daumennagel zwischen ihre Zähne. Gasperlmaier deutete das als untrügliches Stresssymptom.

Der Jessica quollen plötzlich Tränen aus den dunkel umrandeten Augen. Wie um die Frau Doktor nachzuahmen, steckte auch sie einen Daumennagel zwischen die Zähne. Das, fand Gasperlmaier, war bei ihr aber wesentlich unappetitlicher, denn unter ihren Nägeln befanden sich dicke schwarze Schmutzränder. „Aber ich liebe ihn doch!“, schluchzte sie. „Und ich hab einfach gedacht, dass er am Tod vom Matthias schuld ist! Weil er doch den Matthias zu den Drogen verführt hat!“ Das hörte sich jetzt ganz anders an, fand Gasperlmaier, als die rotzige Art, die sie noch im Krankenhaus zur Schau getragen hatte. Damals war von Liebe keine Rede gewesen. Sie schluchzte jetzt heftig in ihre Hände, die sie vors Gesicht geschlagen hatte, und zuckte am ganzen Körper. Gasperlmaier überlegte schon, ob er ihr vielleicht beruhigend die Hand auf die Schulter legen sollte, als sich die Frau Doktor hinhockte und die Jessica einfach in die Arme nahm. „Ist ja schon gut!“, flüsterte sie. „Das war alles ein bisschen viel für dich.“ Sie klopfte ihr ein paarmal beruhigend auf den Rücken. Gasperlmaier wunderte sich, dass sie der Dreck und der seltsame Geruch der Jessica überhaupt nicht störten. „Ich glaube nicht, dass Sie in Gefahr sind. Wir werden Sie dann heimbringen. Sobald der Polizeieinsatz bei Ihnen zu Hause vorbei ist, und wenn wir den Marcel interviewt haben. So, und den holen wir uns jetzt. Franz, tauschen!“

Gasperlmaier öffnete die Tür ins Nebenzimmer, wo die Manuela eifrig in ihren Laptop tippte und der Marcel zum Rhythmus der Musik, die er durch seine Ohrstöpsel hörte, auf dem Stuhl wippte. Da er die Augen geschlossen hatte, zog ihm Gasperlmaier einfach einen Stöpsel aus dem Ohr. „Zur Befragung!“ „Ja, ja, cool bleiben, Alter!“ Der Marcel, fand Gasperlmaier, hatte es immer noch nicht kapiert, dass seine lässige Art hier fehl am Platz war. Als der Marcel und die Jessica aneinander vorbeigingen, ließ sie den Kopf hängen, während er sie argwöhnisch betrachtete.

Ein heftiger Donnerschlag, der Gasperlmaier zusammenzucken ließ, leitete die Befragung des Marcel ein. „Was hat sie euch denn für einen Blödsinn erzählt?", fragte er, als er gegenüber der Frau Doktor Platz nahm. „Das geht Sie aber auch schon gar nichts an!", fauchte die Frau Doktor. „Also – wozu die Urlaubsreise, die sorgfältig geheim gehalten worden ist? Nach Ihnen ist bereits gefahndet worden!" Der Marcel zuckte mit den Schultern. „Honeymoon!", gab er grinsend zurück. „Kann ich auch ein Bier haben?" Er deutete auf die leeren Flaschen, die noch auf dem Schreibtisch der Manuela herumstanden.

Die Frau Doktor stand auf. „Ich glaub, es ist doch gescheiter, wenn wir ihn über Nacht nach Liezen in den Arrest stecken. Er hat nichts kapiert. Franz, die Handschellen bitte!" Gasperlmaier erhob sich und angelte an seinem Gürtel danach, der Marcel aber winkte ab, war plötzlich ganz blass und stotterte: „Eh, schon klar, was Sie wollen!" Die Frau Doktor setzte sich wieder. „Muss ich meine Frage wiederholen?" Der Marcel verschränkte seine Hände und knetete die Finger. „Die Jessie hat Angst gehabt, wegen ihrem Bruder, wegen den Dealern ..." „Kennen Sie welche? Waren Sie beteiligt?" Der Marcel hob abwehrend die Hände. „Nein, nein! Ich meine, Sie wissen ja, in Discos und so. Da sagt ja niemand seinen Namen. Und die Typen schauen wirklich gefährlich aus. Einen haben sie Dimitri genannt, und den anderen nur den Bulgaren. Aber da nennt man schnell jeden, der ein bisschen nach Russe klingt, da sagt man eben schnell Dimitri zu dem." „Sie haben also Drogen gekauft, in einer Disco, von Männern, die Dimitri beziehungsweise der Bulgare genannt worden sind?“ „Ich hab doch nichts gekauft!“, jammerte der Marcel. „Ich war nur so dabei!“ „Sie haben konsumiert und weitergegeben?“ „Niemals! Was wollen Sie mir anhängen?“ „Zu viel Fernsehkrimi geschaut, Herr Gaisrucker. Wir hängen niemals jemandem etwas an. Wir ermitteln. Sie haben die Herren genau wo und wann gesehen?“ Der Marcel wand sich wie ein Wurm am Haken. „Das weiß ich doch nicht mehr! Ich war ja selber meistens eingeraucht, oder besoffen! Was glauben Sie, was die mit mir machen, wenn die draufkommen, dass ich sie bei der Polizei hingehängt hab!“ „Keine Angst, die erfahren das nicht. Erst, wenn Sie als Zeuge vor Gericht aussagen.“ Der Marcel schien jetzt am Boden zerstört. „Vor Gericht? Ich? Verdammt! Das ist die verdammte russische Mafia!“ „Na, na!“, spottete die Frau Doktor. „Zwei Dorfdisco-Dealer mit schwarzen Sonnenbrillen sind nicht gleich die Mafia. Sie werden's schon überleben.“ „Ja, genau so, wie der Matthias!“, jammerte der Marcel, der nun nur mehr ein auf seinem Stuhl zusammengesunkenes Häufchen Elend war.

Die Frau Doktor blieb stumm und sah den Marcel an. „Ja, ich werd Sie doch nach Liezen mitnehmen müssen. Dort werden sich die Herren vom Suchtgift um Sie kümmern. Das kann ich Ihnen jetzt nicht ersparen, da müssen Sie durch. Das hätten Sie sich vorher überlegen sollen.“ Der Marcel blieb stumm, stützte die Ellbogen auf die Knie und das Gesicht in die Hände. So schluchzte er leise vor sich hin. „Wir fordern einen Wagen an, Franz“, sagte die Frau Doktor. „Und dann möchte ich noch eine Schlussbesprechung machen.“ Gasperlmaier sah auf die Uhr. Es war bereits neun Uhr, und alles, woran er denken konnte, war sein dunkelgrünes Sofa zu Hause. „Davor bringen wir aber noch die Jessica heim. Wenn er weg ist." Das konnte eine lustige Nacht werden, dachte Gasperlmaier bei sich.

Schließlich saßen sie einiges nach halb zehn zu dritt und ziemlich geschlaucht hinter ihren Schreibtischen. Die Fenster standen offen, der Regen hatte fast aufgehört und das Gewitter war weitergezogen. Still war es geworden, abgesehen von den dicken Tropfen, die von den Bäumen auf den Asphalt vor ihrem Fenster fielen. Die Jessica war zu Hause abgeliefert und an ihre völlig verdatterte Mutter übergeben worden, deren Hühnerstall gerade durch drei Beamte in helle Aufregung versetzt worden war. Man hatte tatsächlich etwa fünfzig Gramm Marihuana, daneben kleinere Mengen von Kokain und einer bislang unbekannten Substanz gefunden. Der Marcel war auf dem Weg nach Liezen, und die Frau Doktor seufzte. „Ob ich mir wenigstens ein Bier erlauben kann? Trotz Schwangerschaft?" Gasperlmaier nickte beruhigend.

Die Frau Doktor öffnete den Kühlschrank. „Mir auch eins, bitte!", sagte die Manuela. „Für dich auch, Franz?" Gasperlmaier nickte, bevor ihm einfiel, dass ja eigentlich er dafür zuständig gewesen wäre, den Damen ein Bier zu holen. Er sprang auf und kam der Frau Doktor auf halbem Weg entgegen, die aber abwinkte und die drei Flaschen auf Gasperlmaiers Schreibtisch abstellte. „Nimm ein paar Büroklammern und Radiergummis mit!", sagte sie zur Manuela. Büroklammern und Radiergummis? Gasperlmaier kratzte sich am Kopf.

Die Frau Doktor legte einen Radiergummi in die Mitte des Schreibtischs. „Der Matthias Grubauer", sagte sie und nahm einen Schluck aus der Flasche. Gasperlmaier tat es ihr gleich. „Weiter noch anwesend: die Josefine Kniewasser, der Hermann Schratzenstaller und seine Frau, die Marion, der Kilian Köberl und die

Lissi Bernegger." Für jeden Namen legte die Frau Doktor eine Büroklammer auf den Schreibtisch. Sie alle hatten verschiedene Farben. Gasperlmaier nahm noch eine grüne Büroklammer. „Und der Helmut Kniewasser. Der könnte ja schließlich auch dort gewesen sein." „Ja, aber das ist nur eine Vermutung. Den legen wir etwas weiter weg." Die Frau Doktor rückte die grüne Büroklammer etwas aus dem Kreis um den Radiergummi heraus.

„Der Schratzenstaller vögelt die Kniewasser, der Kilian Köberl die Lissi Bernegger." Die Frau Doktor legte die entsprechenden Büroklammern übereinander. Gasperlmaier wunderte sich etwas über die anzügliche Ausdrucksweise der Frau Doktor. „Auf tritt die Marion Schratzenstaller." Sie schob die gelbe Büroklammer in die Nähe der beiden kopulierenden Klammern, die den Schratzenstaller und die Kniewasser darstellten. „Sie macht ein Foto. Gibt es zu, es ist unscharf, wir sind im Besitz desselben." Gasperlmaier musste unwillkürlich an die mit dem Foto beschlagnahmten Videos denken. Noch war keine Gelegenheit gewesen, sie anzusehen. „Verschwindet wieder. Wenn wir ihr glauben, dann hat ihr Mann nicht gewusst, wer geblitzt hat. Glauben wir ihr das?" „Warum hätte sie es erfinden sollen?", fragte die Manuela. „Wir glauben ihr!", entschied Gasperlmaier. „Sonst hätte es ja wahrscheinlich direkt vor Ort einen Streit oder so was gegeben, und die anderen", er deutete auf die Büroklammern, die den Kilian und die Lissi darstellten, „hätten was gemerkt. Und die hätten es uns sicher gesagt."

„Ja", nickte die Frau Doktor. „Wenn sie nicht einen guten Grund haben, es uns nicht zu sagen." Sie klopfte mit dem Finger auf den Radiergummi. „Nehmen wir einmal an, der Schratzenstaller sieht den Blitz. Aber seine Frau, die sieht er nicht. Dafür taucht plötzlich der Matthias auf. Womöglich auch mit einem Handy oder einer Kamera in der Hand. Der Schratzenstaller sieht rot, weil er annimmt, der Matthias will ihn bloßstellen oder sogar erpressen. Es kommt zu einem Handgemenge, irgendwo liegt eine Holzhacke herum, und ehe man sich's versieht, ist der Matthias tot. Und muss verschwinden." Gasperlmaier nickte. „Und dann die E-Mails, damit gar nicht erst jemand auf die Idee kommt, dem Matthias wäre was zugestoßen. Hat ja ganz gut geklappt. Bis die zwei Taucher gekommen sind."

„Zufällig liegt da eine Holzhacke herum?" Die Manuela hatte den Finger auf den wunden Punkt der Theorie gelegt. „Na ja, ist ja immerhin im Wald, nicht?", verteidigte die Frau Doktor ihren Standpunkt. „Der Matthias ist doch gar nicht mit der Hacke erschlagen worden, nur zerteilt", gab Gasperlmaier zu bedenken. „Eben." Die Frau Doktor war beruhigt. „Zuerst mit einem Stein erschlagen, der irgendwo herumgelegen ist, dann Hacke gesucht, später zerteilt. Passt doch."

„Und was ist jetzt mit den Drogendealern?", fragte Gasperlmaier. „Ich bleibe einmal bei der konservativen Theorie. Ohne die heutigen Aussagen von der Jessica und vom Marcel. Dafür brauchen wir dann noch eine alternative Theorie." Die Frau Doktor nahm einen Schluck Bier. „Später wird die Josefine Kniewasser nervös. Sie will nicht mehr tiefer in die Lügen und die Vertuschung hineingezogen werden. Sie droht dem Schratzenstaller, zur Polizei zu gehen. Weil jetzt ja die Leiche gefunden worden ist, wird ihr alles zu heiß." „Oder der Marcel behauptet, er hätte Material gegen die beiden in der Hand", warf die Manuela ein. „Ja. Auch möglich. Also ist der Schratzenstaller völlig verzweifelt.

Seine Frau will weg, seine Existenz steht auf dem Spiel. Und jetzt droht auch noch Gefängnis. Deswegen lockt er die Josefine in einen Hinterhalt und bringt sie um. Die Tatwaffe hat er gleich mitgebracht, deswegen Vorsatz. Wahrscheinlich will er genauso verfahren wie beim Matthias, wird aber unterbrochen und muss sie bei der Ranftlmühle liegen lassen."

„Warum hängt er dann die Köpfe in die Gradieranlage? So was kann doch nur ein Psychopath machen!" Die Frau Doktor seufzte. „Ein weiterer fragwürdiger Punkt. War der Schratzenstaller ein Psychopath? Müssten wir seine Frau fragen. Oder, noch besser, seinen Arzt." Sie klopfte auf Marion Schratzenstallers Büroklammer. „Kommt sie ins Spiel. Sie ist kräftig und impulsiv, sehr temperamentvoll. Für mich nicht ausgeschlossen, dass sie ihren Mann erwürgt. Streit hat es ja offenbar in der Beziehung genügend gegeben." „Ja, aber einfach so? Wegen einer Scheidung? Ich weiß nicht!" Die Manuela war skeptisch. Gasperlmaier konnte sich hingegen gut vorstellen, dass die Marion in einem Wutanfall den Hermann erwürgt hatte. So etwas konnte ja schnell gehen.

„Und wie geht jetzt die alternative Theorie, wenn wir der Geschichte vom Marcel und der Jessica glauben?", fragte Gasperlmaier. „Die ist einfach!", sagte die Frau Doktor. „Dreiecksgeschichte. Frau Schratzenstaller erledigt Nebenbuhlerin, bedient sich einer Methode, die uns einen Zusammenhang mit dem Mord am Matthias vermuten lässt, um den Verdacht von sich abzuwenden. Matthias wird tatsächlich von den Drogendealern beseitigt. Man will ihn einschüchtern und haut dabei ein bisschen zu fest zu. Ist schon tausendmal passiert. Hätte übrigens auch woanders geschehen können, die müssen ihm nicht direkt am See aufgelauert haben. Rest genauso wie bei Theorie eins."

„Und die Beweise?“, fragte die Manuela. Die Frau Doktor seufzte. „Zuerst der Matthias: keine. An den Leichenteilen gibt's zwar minimale Faseranhaftungen, aber wir haben noch keine Resultate bezüglich der Kleidung vom Schratzenstaller und sonst keinerlei Vergleichsproben. Das Zahnarzt-Handy ist ja seit dem mysteriösen SMS an den Franz verschollen. Übrigens, das SMS wäre auch ein Indiz dafür, dass unser Killer eine Schraube locker hat.“ Die Frau Doktor klaubte die Büroklammer der Josefine auf und bog sie auseinander. „Bei ihr haben wir nur die Gespräche mit dem Doktorhandy, und mit ihrem Mann. Wo dem Arzt das Handy abhandengekommen ist, ist immer noch nicht geklärt, und schon gar nicht, wer es in die Finger bekommen hat.“ „Der Kniewasser? Von Hallstatt nach Bad Goisern ist es nicht weit!“, gab Gasperlmaier zu bedenken. Die Frau Doktor aber schüttelte den Kopf. „Der hat ja über sein eigenes Telefon auch mit ihr geredet. Welchen Grund hätte er gehabt, ein Handy zu stehlen und das abwechselnd zu seinem eigenen zu benutzen? Mir fällt keiner ein!“ Da hatte sie recht. „Und beim Schratzenstaller daheim haben wir natürlich jede Menge Fingerabdrücke auch von der Ehefrau, aber an der Krawatte und am Körper haben wir keine Anhaftungen von anderen Personen sicherstellen können. Zumindest bis jetzt nicht, das ist ja noch im Laufen. So!“, sagte sie zum Schluss und trank ihr Bier aus. „Und das ist auch schon alles, was uns dazu heute noch einfällt. Außer, dass wir in den ersten beiden Fällen auch die Tatwaffe immer noch nicht gefunden haben.“

„Morgen?“, fragte die Manuela, obwohl ihr fast schon die Augen zufielen. Die Frau Doktor zuckte mit den Schultern. „Auf jeden Fall die beiden Dealer suchen, aber da setz ich andere Leute drauf an, die werden sicher nicht hier vor Ort sein. Und wir kümmern uns noch einmal um die, die vor Ort waren und noch leben: das Pärchen Leitenbichler und Schratzenstaller, und das Pärchen Köberl und Bernegger. Und den Marcel werden wir uns auch noch einmal gründlich vornehmen. Das mach ich aber selber, gleich morgen Früh, bevor wir ihn wieder heimschicken. Ihr könnt also ein bisschen länger schlafen.“ Das, so fand Gasperlmaier, war wohl etwas, das man als „Glück im Unglück“ bezeichnen durfte, und darauf konnte er in der Regel gerne verzichten. Jetzt wartete das Sofa auf ihn. Oder, besser noch, gleich das Bett.

15

„Gut, dass du kommst!“, empfing ihn die Christine mit ernster Miene. „Es gibt nämlich ein paar Probleme!“ „So spät am Abend! Weißt du, wie müde ich bin?“ „Du kannst dich von mir aus auch hinlegen, während ich dir davon erzähle. Hunger?“ Gasperlmaier dachte an die Knödel, die er im Gasthof Veit gegessen hatte, aber das schien ihm schon wieder eine Ewigkeit her zu sein. Er nickte. „Ein Käsebrot?“ Wieder nickte Gasperlmaier, legte sich auf sein Sofa und schaltete den Fernseher ein. Eine Dokumentation über Designerdrogen war zu sehen, und über ihre Verbreitung in Österreich. Darauf hatte er eigentlich keine Lust.

Er wachte auf, als die Christine den Teller neben ihm absetzte. „Was habt ihr denn heute gar so lange zu tun gehabt?“ Gasperlmaier setzte sich mühsam auf und betrachtete das Käsebrot. Die Christine hatte es liebevoll mit Paprikastreifen und etwas Petersilie garniert. Er wusste zwar nicht, warum, aber gerade für die Petersilie war er ihr unendlich dankbar. Sie stellte noch eine Flasche Bier und ein Glas neben den Teller mit dem Brot. Er fühlte sich fast zu müde zum Einschenken, tat es aber dann doch. Die Christine mochte es nicht, wenn man aus der Flasche trank. Er biss ab.

„Zuerst das kleinere Problem. Der Oma gefallen die Fensterbänke nicht, die du einmauern hast lassen. Sie sind ihr zu hell. Vorher, meint sie, haben sie ganz anders ausgeschaut.“ Gasperlmaier erfasste ein mittelschwerer Zorn. Noch bevor er ganz hinuntergeschluckt hatte, begann er zu schimpfen, was dazu führte, dass er ein paar halbgekaute Bröckchen Käse und Brot wieder ausspuckte. „Soll ich sie vielleicht wieder herausreißen, oder was? Sollen wir ihr zuerst eine Kollektion vorlegen, aus der sie dann aussucht? Die dunkeln doch noch nach! Die alten waren ja auch fast sechzig Jahre alt! Das Holz lebt halt!“ Das hatte er wirklich gerade noch nötig gehabt, dass seine Mutter jetzt kleinlich wurde bei der Hausrenovierung. Man konnte fast meinen, sie wollte nicht mehr ausziehen und in ihr Haus zurück.

„Ich seh das ein bisschen anders, Franz“, sagte die Christine und nahm ihr Strickzeug auf, das neben ihr auf dem Sofa gelegen war. „Ich glaub, sie hat ein bisschen Angst davor, wieder allein zu wohnen. Sie sagt zwar ständig, dass sie so froh wäre, wieder zurückzukönnen, aber ob sie das im Innersten auch wirklich will, das frage ich mich.“ Gasperlmaier kaute, spülte mit einem Schluck nach und starrte auf den Bildschirm. Dort waren gerade zwei Sanitäter damit beschäftigt, einen jungen Mann, der offenbar auch den letzten Rest seines Gleichgewichtssinnes verloren hatte, von einem Cafétisch in ihren Rettungswagen zu befördern. „Franz?“ Die Christine wartete auf eine Antwort. „Ja, willst du, dass sie hierbleibt?“, fragte er, schon etwas gereizt. Die Christine schüttelte den Kopf. „Natürlich nicht. Aber wir müssen das Problem ansprechen und gegebenenfalls lösen. Überhaupt müssen wir uns damit vertraut machen, dass die Oma nicht ewig allein in ihrem Haus leben kann. Und da du ihr einziges Kind bist, werden wir auch dieses Problem zusammen zu lösen haben.“ Aber nicht heute, dachte Gasperlmaier bei sich. Er hatte sich jetzt so aufgeregt, dass es mit der Schläfrigkeit vorbei war. Er schenkte sich Bier nach. Da würde er natürlich in der Nacht wieder aufs Klo müssen, aber das war halt jetzt nicht zu vermeiden.

„Und dann noch das größere Problem“, seufzte die Christine. „Der Christoph. Dem geht es ganz schlecht.

Ich hab heute mit der Andrea geredet und ihr die Situation erklärt, aber sie ist auf keinen Fall bereit, mit dem Christoph überhaupt noch zu reden. Da gibt es nichts mehr zu reden, sagt sie, und mit mir redet sie schon überhaupt nicht. Der Christoph hat sich schon wieder betrunken und ist weinerlich, und ich hab Angst, dass mir der in eine richtiggehende Depression hineinfällt. Was weiß ich, was da vorgefallen ist." „Ja", sagte Gasperlmaier, „da werden wir heute wohl nichts mehr ausrichten. Das muss bis morgen warten. Überhaupt muss ich morgen wieder in den Dienst. Solange der Fall nicht abgeschlossen ist, schaut es freizeitmäßig ganz schlecht aus."

Und jetzt, wo er endlich im Bett lag, wollte er nicht und nicht einschlafen. Vorhin, auf dem Sofa, da war er sofort weg gewesen, trotz Fernseher und Licht. Jetzt, im Dunkeln, wälzte er sich von einer Seite auf die andere. Die Christine musste schon schlafen, er konnte es an ihren tiefen, gleichmäßigen Atemzügen hören. Gelegentlich kam ihr Atem etwas ins Holpern, und sie röchelte kurz. Auch das hinderte ihn am Einschlafen. Und die Aussicht, morgen einfach weiterarbeiten zu müssen, so als ob nichts gewesen wäre. Das mit dem Christoph bereitete ihm wirklich Sorgen. Wie hatte der fast kahl geschorene Typ genau ausgesehen, den er da mit der Andrea am Seeufer gesehen hatte? Unwillkürlich kamen ihm der Bulgare und Dimitri wieder in den Sinn. Ob am Ende einer dieser beiden mit der Andrea herumgeschmust hatte? Blödsinn. Wahrscheinlich hatte der Marcel das alles nur frei erfunden, um von sich selbst abzulenken. Aber immerhin, da waren die Drogen im Hühnerstall.

Gasperlmaier drehte sich auf die rechte Seite, wusste aber nicht recht, wohin mit seinem Arm. Der

Pyjama klebte ihm an den Beinen, weil er schwitzte. Er musste die Bettdecke umdrehen. Und dass die Mutter jetzt kleinlich wurde mit den Fensterbänken, das war schon auch zum Aus-der-Haut-Fahren. Was, wenn sie wirklich nicht mehr umziehen wollte? Körperlich war sie ja noch gut beisammen, da gab es nichts. Aber war sie in den letzten Monaten, vor allem, seit sie bei ihnen wohnte, war sie da nicht ein wenig seltsam geworden?

Er bemühte sich, gleichmäßig zu atmen und an nichts zu denken. Dennoch hatte er immer wieder Bilder von zwei schwarz gekleideten Gorillas mit großen Sonnenbrillen vor Augen, die die Andrea zwischen sich hin und her stießen und ihr sicherlich Gewalt antun würden. Plötzlich tauchte der Christoph auf und ging dazwischen. Gasperlmaier hörte eine eigenartige Melodie, zu der jemand in bayerischem Dialekt von irgendeiner Maschine sang, die daherkam. Plötzlich läutete das Handy des einen Gorillas. Es war ein riesenhaftes, schwarzes Ding, so wie in den neunziger Jahren. Obwohl der Mann auf Russisch hineinsprach, hörte das Ding nicht auf zu läuten.

Es war sein eigenes Handy, das läutete. Gasperlmaier hatte keine Minute geschlafen, nicht eine einzige Minute, als er hochschoss, blind auf dem Boden nach seiner Hose tastete und das Handy in der Hosentasche ortete. Er drückte auf die leuchtende grüne Taste. „Was ist denn los?“, murmelte schlaftrunken die Christine. „Mitten in der Nacht! Kannst du das Ding nicht abschalten?“ Natürlich konnte er, doch er hatte am Abend einfach darauf vergessen.

„Komm schnell, Gasperlmaier, da ist noch eine Leiche!“, schrie jemand ins Telefon, sodass Gasperlmaier es instinktiv weiter von seinem Ohr weghielt. „Wer ist denn da überhaupt dran?“ „Ich bin’s, der Kilian, kennst mich denn nicht?“ Die hysterische Stimme hatte er, schlaftrunken, wie er war, nicht auf Anhieb erkennen können. „Wo bist denn?“, antwortete er heiser. „Na wo? Am Toplitzsee natürlich! Komm schnell!“ „Ja, ja!“, flüsterte er, „Ich bin schon weg!“ Er schaltete das Handy ab, damit die Christine nicht noch einmal im Schlaf gestört werden konnte. „Der Kilian war's“, sagte er zur Christine. Die aber reagierte nicht mehr. Trotz des Wirbels, den er veranstaltete, war sie anscheinend schon wieder eingeschlafen.

Es dauerte eine Zeitlang, bis er seine Sachen beieinander hatte, die Socken konnte er in der Dunkelheit einfach nicht finden. Er schlich hinunter ins Erdgeschoß, hörte im Vorbeigehen hinter der Tür des Christoph leises Schnarchen und machte unten im Vorzimmer Licht. Musste er halt ohne Socken in die Schuhe schlüpfen, so kalt war es ja auch wieder nicht. Er schnallte seinen Gürtel mit der Dienstwaffe um, zog die Haustür hinter sich zu und schloss ab. Ob er gleich mit seinem Auto fahren sollte, anstatt davor zum Posten zu fahren? Es würde vielleicht ein wenig schneller gehen. Gasperlmaier sah auf die Uhr. Es war fast zwei Uhr früh. Hatte er mehr als drei Stunden wach gelegen, oder doch geschlafen? Hatte er das alles geträumt, oder war es Wirklichkeit? Er tastete nach seinem Handy. Verdammt! Das hatte er jetzt im Schlafzimmer liegen gelassen. Er würde doch den Streifenwagen nehmen. Da gab es wenigstens Funk. Im Laufschritt machte er sich auf zum Polizeiposten. Socken wären jetzt schon gut gewesen, die Schuhe wetzten. Vom abendlichen Gewitter waren die Straßen noch nass. Und Durst hatte er.

Atemlos erreichte er den Polizeiposten und machte sich dann auf den Weg hinein zum Toplitzsee. Trotz der frühen Stunde kamen ihm immer wieder Autos entgegen. Die meisten bremsten ab, sobald sie das blitzende Blaulicht des Streifenwagens zu Gesicht bekamen, doch Gasperlmaier konnte sich jetzt keine Zeit für all die Alkolenker nehmen, die samstags um zwei Uhr früh unterwegs waren. Was würde ihn am See erwarten? Vor allem, wer würde das Opfer sein? Wer hatte sich überhaupt nachts dort aufzuhalten? War es etwa der Wirt, der Konrad, den sich der Täter dieses Mal vorgeknöpft hatte? Und, vor allem, war die Leiche in einem Stück? Und warum hatte sie der Kilian mitten in der Nacht gefunden?

Am Grundlsee entlang begegnete ihm kein Fahrzeug mehr, und als er durch Gössl fuhr, war in keinem einzigen Haus Licht. Alles schlief. Etwas unheimlich wurde es Gasperlmaier zumute, als er die Schotterstraße nach hinten zum Toplitzsee einschlug. Die Lichtkegel der Scheinwerfer tasteten sich durch die oft schmale Schlucht zwischen den dicht stehenden Bäumen. Von denen tropfte noch Regenwasser, sodass er die Scheibenwischer einschalten musste. Einmal glaubte Gasperlmaier, links von der Straße zwei golden glänzende Augen wahrzunehmen, sie waren aber gleich wieder verschwunden. Er verlangsamte sein Tempo. Dem Toten konnte ohnehin auch die größte Eile nicht mehr helfen. Den Gedanken, dass vielleicht auch der Kilian in Gefahr war, den verdrängte er.

Als er den Parkplatz am Ende der Straße erreichte, stand dort ein einsames Auto. Es musste das des Kilian sein. Gasperlmaier stellte den Motor ab, holte aus dem Handschuhfach die Stirnlampe heraus und vergewisserte sich, dass sie funktionierte. Dann stieg er aus. Undurchdringliche Stille umgab ihn. Der Kilian war nirgendwo zu sehen, auch kein Lichtschein. Gasperlmaier fand die absolute Stille irgendwie bedrohlich und zog seine Dienstwaffe. Sie klickte viel lauter beim Entsichern, als er das in Erinnerung hatte.

Nur ein paar kleine Lichtpunkte glitzerten auf dem unbewegten, schwarzen Spiegel des Sees. Kein Mond schien, und kein Laut war zu hören, nicht einmal ein zu früh aufgewachter Vogel. Gasperlmaier knipste die Stirnlampe an, behielt sie aber in der linken Hand, während die rechte die Glock umklammerte. Er richtete den Lichtkegel auf seine unmittelbare Umgebung, dann zum See hinunter, wo reglos die Plätte für die Ausflügler lag, ging ein paar Schritte darauf zu und leuchtete zur Fischerhütte hin. Alles ruhig. „Kilian!", rief er schließlich. „Kilian, wo bist du?" Der musste ihn doch gehört haben. Und gesehen. Warum kam er nicht? Gasperlmaier erfasste kaltes Grausen. Was, wenn auch der Kilian nicht mehr lebte? Wenn hier nur noch der Killer auf ihn lauerte? Im Dunkeln? Und er leuchtete mit der Taschenlampe hier herum und gab damit ein ausgezeichnetes Ziel ab! Er schaltete schnell ab. Wenige Sekunden lang war er vollkommen blind. Nicht einmal sein Auto, das direkt neben ihm stand, konnte er wahrnehmen.

Langsam wurde es besser, Schemen und Umrisse schälten sich aus dem Schwarz. Jetzt hieß es verdammt vorsichtig sein. Er würde zunächst einmal den Weg bis hinüber zum Denkmal erkunden. Dort war schließlich auch die erste Leiche gelegen. Und er musste den Kilian finden, der nur hier irgendwo am Seeufer sein konnte.

Langsam bewegte sich Gasperlmaier auf die Seeklause zu. Weder durfte er unnötige Geräusche verursachen noch vom Weg abkommen. Immerhin konnte er jetzt Konturen wahrnehmen. Er trat auf die schmale Brücke, die am Ende des Sees über die Traun führte. Ein Bach war sie hier. Ein Bächlein. Leise gluckerte das

Wasser unter ihm. Als er die Brücke überquert hatte, wich er vom Weg ab und suchte Deckung am Waldrand. Wäre er den Weg entlanggegangen, oder gar am Wasser, wäre er leichter sichtbar gewesen.

Am Waldrand atmete er durch. Kein Kilian. Kein Laut. Vor sich sah er das Bootshaus, in dessen Schatten die Taucher gearbeitet hatten, die nach und nach den Matthias aus dem See herausgefischt hatten. Rechts vor ihm musste, in der Schwärze der Nacht, das Erzherzog-Johann-Denkmal stehen. Langsam arbeitete sich Gasperlmaier in diese Richtung vor. Dann und wann knackten Zweige unter seinen Sohlen, doch sonst blieb alles völlig still. Zu still. Jetzt konnte Gasperlmaier das Denkmal sehen. Kein Kilian. Keine Leiche. Er blickte zur Fischerhütte hinüber, die er jetzt als Umriss wahrnehmen konnte. Zwei Schritte. Lag da nicht etwas? Direkt vor dem Denkmal? Eine Leiche konnte das nicht sein, dafür war es viel zu klein. Ein Tannenzapfen? Dafür war es wieder zu groß. Ganz kurz blitzte ein zartes Glitzern auf. Konnte das ein Fisch sein? Was machte ein Fisch vor dem Erzherzog-Johann-Denkmal? Am Ende gar ein Saibling? Gasperlmaier vergaß alle Vorsicht und schlich an das Denkmal heran. Er bückte sich. Tatsächlich. Ein Saibling. Hinter sich hörte er ein leises Rascheln. Dann wurde es um ihn dunkel. Viel dunkler noch, als die Nacht gewesen war.

Gasperlmaier war unter Wasser gefangen. Er schwamm in einem tiefschwarzen See, konnte keine Wasseroberfläche über sich sehen. Um ihn Fische in allen Farben. Wie in einem Korallenriff. Eine Gestalt trieb auf ihn zu. Die Josefine Kniewasser. Wie eine Galionsfigur, den Kopf zurückgestreckt, die Brüste hervorstehend. Sie zog vorbei. Er hörte die Stimme der Frau Doktor: „Reiß dich zusammen, Franz!“ Ein Rumpf trieb vorbei. In der Lederhose. Ein Bein. Es musste eins der Jessica Grubauer sein. Die tätowierte Schlange schlängelte sich um den Fuß herum, zischte, züngelte. Seine Arme schmerzten. Er konnte sie nicht bewegen. Und es war kalt. Sehr kalt. Vor allem am Rücken. Und am Hintern. Kalt.

Gasperlmaier versuchte, seine Finger zu bewegen. Es ging, aber es tat weh. Irgendwas hinderte ihn daran, die Arme vor sein Gesicht zu halten und seine Hände anzuschauen. Er öffnete die Augen. Schwindel. Kopfschmerz durchzuckte ihn bis ins Rückenmark. War er wach oder träumte er? Er schien wach zu sein. Aber die Arme konnte er immer noch nicht bewegen. Seine Beine lagen vor ihm auf Stein. Wenigstens waren sie noch da. Auch die Finger. Und auch der Kopf. Steine? Er saß auf einem Steinpflaster. Das Steinpflaster vor dem Denkmal. Und es war nass. Die Hose, der Hintern, alles. Nass und kalt. Hinter ihm Stein. Kalter Stein. Sein Rücken am Stein. Seine Arme nach hinten gebunden. Er war an das Denkmal gefesselt. Er war dem Mörder in die Falle gegangen. Morgen würde es die fünfte Leiche geben. Oder die sechste, wenn er den Kilian auch umgebracht hatte. Nie mehr würde er seine Christine sehen. Nie mehr auf den Loser steigen oder im Altausseer See baden. Nie mehr ein Bier trinken. Vorbei. Alles war vorbei. Hoffentlich würde er nicht allzu arge Schmerzen leiden müssen. Wer weiß, vielleicht würde er gefoltert werden. Warum hatte er nicht die Frau Doktor angerufen, die Cobra und so weiter? Warum war er bloß ganz allein hierhergefahren und dem Mörder in die Falle getappt? „Hilfe!“, wollte er schreien, doch es kam nur ein dumpfes Röcheln aus seinen Lungen. „Hilfe!“, versuchte er es noch einmal, und diesmal hallte es von den umliegenden Felswänden wider.

„Hilfe, Hilfe!“, schrie Gasperlmaier, obwohl er sich im Klaren darüber war, dass keine Hilfe kommen würde.

Nur noch seinen Atem hörte er. Lichtpunkte tanzten auf dem See. Die Spiegelbilder der Sterne. Wer hatte ihn hier gefesselt? Und warum zeigte der sich nicht? „Komm heraus, du Feigling!“, schrie Gasperlmaier, denn jetzt war ohnehin schon alles egal. „Traust du dich nicht? Komm heraus!“ Plötzlich wurde in Gasperlmaiers Rücken eine Motorsäge angestartet. Ganz knapp hinter seinem Rücken. Immer wieder gab der Mörder Gas, sodass die Säge laut aufheulte. Die Felswände schickten das Motorengeheul wie Donnerhall zurück. Ein Inferno. Gasperlmaier kniff die Augen zu. Jetzt war es aus. Es würde weh tun. Schrecklich weh. Hoffentlich war es wenigstens bald vorbei. Wie lange konnte man mit abgesägten Beinen überleben? Oder würde er ihm zuerst die Arme abtrennen? Schließlich stand der Mörder hinter ihm.

Das Geräusch der Motorsäge erstarb. Jemand legte sie zu Boden. Gasperlmaier hörte nur schweren Atem und Schritte, die sich entfernten. „Zeig dich endlich!“, schrie er. „Bringen wir's hinter uns! Zeig dich!“ Die Anspannung war fast nicht auszuhalten. Gasperlmaier hatte gar nicht gewusst, dass man solche Angst haben konnte, dass man am ganzen Körper zitterte. Er fing an zu schluchzen, schämte sich gleichzeitig dafür, konnte aber nichts dagegen tun. Die Zeit verrann. Nichts geschah. Gasperlmaier war sich nicht mehr sicher, ob er wach oder schon wieder weggedämmert war.

„Grüß dich, Gasperlmaier!“ Eine Gestalt war plötzlich vor ihm aufgetaucht. Die Stimme kannte er. Hatte er schon oft gehört. „Kilian!“, hauchte er. „Gut dass du da bist! Mach mich schnell los! Mich hat da einer gefesselt!“ Der Kilian lachte hämisch auf. „Da hat dich einer gefesselt! Ja, wer wird dich denn gefesselt haben? Was glaubst du?“ Erst jetzt dämmerte es Gasperlmaier. Der Kilian selber war es gewesen, der ihn hier angebunden hatte. Und er war auch der Mörder! „Das möchtest du jetzt gerne wissen, warum ich dich da gefesselt hab? Das kann ich dir sagen: Damit du mich nicht erwischen kannst. Weil, jetzt hab ich dich erwischt!“ Irr klang sein Lachen in Gasperlmaiers Ohren, und vielfach wurde es von den unsichtbaren Felswänden zurückgeworfen. Gasperlmaier war in der Hölle gelandet und vor ihm stand der Leibhaftige. In Gestalt des Kilian Köberl.

„Aber zuerst, lieber Gasperlmaier, muss ich dir alles erklären. Damit du weißt, warum du auch ins Gras beißen musst.“ „Ich will's gar nicht wissen!“, stieß Gasperlmaier hervor. „Mach's am besten schnell. Du musst mich ja nicht unbedingt foltern.“ Er dachte wieder an die Motorsäge. „Schnell willst du's haben?“ Der Kilian zog Gasperlmaiers Dienstwaffe aus dem Holster und richtete sie direkt auf dessen Augen. Gasperlmaier starrte in die Mündung. „Schau, wenn ich's schnell hätte machen wollen, dann wärst du schon tot, weil dann hätt ich dich gleich erschießen können, noch bevor ich dich gefesselt hab. An dieses schöne Denkmal da. Wer weiß, vielleicht werden sie hier einmal eine Gedenktafel für dich anbringen? Hier starb Revierinspektor Gasperlmaier, in treuer Ausübung seines Dienstes?“ Der Kilian lachte wieder ausgiebig. „Du bist doch ein Revierinspektor, oder?“ Gasperlmaier schwieg. Das aber regte den Kilian anscheinend auf, denn plötzlich schlug er Gasperlmaier zweimal mit der offenen Hand ins Gesicht! „Du musst schon mit mir reden! Oder bist du dir vielleicht zu gut dafür?“ Gasperlmaiers Wangen brannten, und am liebsten hätte er sich jetzt auf den Kilian gestürzt. Hinter seinem Rücken ballte er die Fäuste. „Ich bin mir nicht zu gut. Für gar nichts!“, zischte er schließlich widerwillig. „Schön“, sagte der Kilian, setzte sich Gasperlmaier gegenüber und begann, den Erzherzog-Johann-Jodler zu pfeifen. Schließlich sang er Gasperlmaier sogar die erste Strophe vor. „Wo i geh und steh“, sang er, „tuat mir mein Herz so weh!“ Dann allerdings erstickte der Gesang in einem Lachanfall. „Das Herz, das tut dir auch weh, Gasperlmaier, gell, und es wird dir noch viel weher tun! Und deiner Frau und deinen Kindern auch! Oder sind die froh, wenn du endlich von der Bildfläche verschwindest und sie in Ruhe lässt?“ Er kicherte abermals.

„Willst du wissen, Gasperlmaier, warum ich den Matthias umgebracht hab? Willst du das wissen?“ Gasperlmaier nickte, erinnerte sich dann aber daran, dass der Kilian Antworten auf seine Fragen haben wollte, und sagte „Ja, bitte!“. „Schön!“, antwortete der Kilian. „Dann sag ich es dir: Weil er mich auch fast umgebracht hätte! Und weil er daran schuld ist, dass ich meinen Haxen verloren hab!“ Er zog ein Hosenbein hoch und ließ Gasperlmaier seine Prothese sehen. „Der war nämlich als Streckenposten eingeteilt, bei dem depperten Dorfrennen, damals, am Loser. Und weißt du, was der gemacht hat, wie ich da gegen die Liftstütze gefahren bin und da gelegen bin, der Haxen ganz verdreht, und überall das Blut, und wie ich geschrien hab, so laut, wie man nur schreien kann, weil es so weh getan hat? So weh? Da ist er dagestanden, mit seinem Spezl, dem Gaisrucker, und hat gesagt, das ist so grauslich, da greift er gar nicht hin. Da wartet er lieber auf den Doktor, oder auf den Rettungshubschrauber. Und dann sind sie da gestanden, die zwei Trottel. Der Marcel ist dann bald einmal hinuntergefahren, aber der Grubauer hat mir direkt ins Gesicht gestarrt, dem hat das noch Spaß gemacht, mir dabei zuzuschauen, wie ich fast krepiert bin! Dieses Gesicht, hab ich mir damals gedacht, das werd ich nie vergessen. Und wenn es einmal passt, dann werd ich es ihm heimzahlen, dem Grubauer, dass er mir nicht geholfen hat! Weil, wenn er mir geholfen hätte, dann hätt ich vielleicht meinen Haxen noch, Gasperlmaier! Und dann, vor zwei Monaten, da hat es gepasst!"

„Aber", gab Gasperlmaier zu bedenken, „da hab doch ich nichts damit zu tun. Ich kann doch nichts dafür, dass du so einen Hass auf den Grubauer hast. Und dass du deinen Haxen, dein Bein, verloren hast!" „Aber du schnüffelst die ganze Zeit herum! Du mit deiner Frau Doktor! Die ist nämlich die Nächste auf meiner Liste!" Der Kilian war total durchgedreht. Wie war es nur möglich, dass er ihnen nicht aufgefallen war? Er hatte sich doch bei allen Befragungen völlig normal verhalten. Die Frauen waren ihm sogar nachgelaufen. Wie konnte sich so einer plötzlich als völlig wahnsinniger Mörder entpuppen? Für ihn, so dachte Gasperlmaier bei sich, war das nunmehr egal. Er blickte auf den See hinaus. War da nicht schon ein ganz fahler Lichtschein am Himmel zu sehen, der das Tageslicht ankündigte? Wenn er sich nicht täuschte, dann blickte er genau nach Osten. Nie mehr würde er die Sonne aufgehen sehen. Verzweiflung machte sich in ihm breit. Gleichzeitig aber auch Auflehnung. Es musste doch eine Möglichkeit geben, diesem Irren zu entfliehen!

„Möchtest du nicht wissen, wie ich den Grubauer erledigt hab?" „Ja", sagte Gasperlmaier und nickte. Je länger der Kilian erzählte, desto länger blieb er selbst am Leben. Und desto größer war auch die Chance, dass er doch noch gerettet wurde. „Bitte sag's mir!" „Ich hab euch ja schon erzählt", fuhr der Kilian fort, „dass ich mit der Lissi geschnackselt hab, im Wald hinter der Fischerhütte. Stockfinster war's, fast so wie heute. Aber wie ich mit der Lissi gerade fertig war, ist plötzlich was passiert. Zuerst seh ich's blitzen, so wie ein Fotoapparat, verstehst? Dann macht's einen Pumperer, einer stöhnt auf. Gleich darauf hör ich einen davonstolpern. Die Lissi ist wahnsinnig erschrocken, und ich hab ihr gerade noch den Mund zuhalten können, bevor sie zu schreien angefangen hat. Ich sag zu ihr, Lissilein, gehst jetzt wieder in die Fischerhüttn und bestellst dir noch einen Gespritzten, ich muss nachschauen, was da passiert ist. Sie nickt, und ich nehm die Hand wieder von ihrem Mund weg." Gasperlmaier spürte seine Finger nicht mehr. Die waren eingeschlafen. Er versuchte sie, so gut es ging, zu bewegen und wieder zum Leben zu erwecken. „Die Lissi ist dann auch wirklich brav hineingegangen. Und ich bin ein bisschen weiter in den Wald geschlichen. Hör ich's knacksen, und die Josefine Kniewasser schleicht kaum zwei Bäume weiter an mir vorbei. Ich hab zwar nur ihre Umrisse gesehen, aber die sprechen ja für sich." Der Kilian lachte und zeigte mit seinen Händen, was für Umrisse er in der Dunkelheit wahrgenommen hatte. „Und an ihrer Hand der Schratzenstaller. Den hab ich nur an der Stimme erkannt. Nicht so schnell, mein Mauserl, hat er zur Josefine gesagt. Nicht so schnell, mein Mauserl!" Wieder lachte der Kilian. Gasperlmaier kam es vor, als lache der Teufel persönlich. Kalt war ihm. „Geh ich nur ein paar Schritte weiter, liegt plötzlich der Grubauer Matthias vor mir. Ich hätt ihn ja gar nicht erkannt, aber er hat an dem Abend so eine blöde knallgrüne Jacke angehabt, hat gar nicht gepasst zur Lederhose. Liegt der da also vor mir!“ Wieder lachte der Kilian laut auf, ließ sich neben Gasperlmaier nieder und stieß ihm mit dem Ellbogen in die Rippen, so als säße man zusammen am Stammtisch und habe gerade einen guten Witz gehört. „Ja“, sagte der Kilian, zog eine Packung Zigaretten aus der Tasche und zündete sich eine an. Hell glomm die Glut am Ende der Zigarette auf, und Gasperlmaier bildete sich ein, das Schwarz des Himmels löse sich im Osten schon in ein nicht ganz so schwarzes Grau auf. „Liegt da der Grubauer vor mir!“, wiederholte der Kilian. „Und da hab ich natürlich gewusst: Jetzt ist der Moment der Rache gekommen. Genau so hilflos wie ich damals ist er vor mir gelegen. Wahrscheinlich hat ihm der Schratzenstaller eine verpasst, wie er ihn dabei erwischt hat, wie er sie beim Pempern fotografiert. Hab mir dann einen Stein gesucht, einen großen, wie ein Kindskopf, so groß. Zuerst hab ich noch gewartet, ob er vielleicht munter wird, der Matthias. Aber dann hab ich mir gedacht, wenn die Lissi wiederkommt, oder sonst wer, dann ist es vielleicht zu spät, und ich hab ihm den Stein auf den Schädel gehaut. Ein paarmal. Ganz fest. Damit er sich's auch sicher merkt. Und der Stein, der liegt jetzt im See. Den findet keiner mehr.“

Gasperlmaiers Hose war nass. Er wusste nicht, ob er sich vor lauter Angst in die Hose gemacht hatte, oder ob die Nässe des Pflasters, auf dem er saß, in seine Kleider hineingekrochen war. Er fror erbärmlich, und nicht nur der Nacken und die Schultern taten weh. Wie lange würde er überhaupt noch durchhalten? Plötzlich fiel ihm der Kopf nach vorn auf die Brust, und er fühlte sich benommen. „He, Gasperlmaier, nicht schlappmachen!“ Der Kilian griff mit der Hand unter Gasperlmaiers Kinn, riss dessen Kopf wieder hoch und tätschelte ihm die Wangen. „Ich hab dir ja noch so viel zu erzählen! Ich muss dir ja zum Beispiel noch erzählen, wie es mit dem Matthias dann weitergegangen ist, mit seinem zerdetschten Schädel. Ich hab ihn einfach weiter in den Wald hineingeschleift und dann ins Unterholz gezogen, damit ihn nicht zu früh wer findet. Und am nächsten Tag hab ich ihn dann mit der Hacke kleiner gemacht. Du brauchst nicht glauben, dass das eine angenehme Arbeit ist, oder eine leichte." Er seufzte. „Ob ich mir mit dir die Arbeit auch mach, das weiß ich noch nicht. Vielleicht schmeiß ich dich ja auch als Ganzen in den See. Andererseits hab ich heut ja die Motorsäge. Mit der werden wir noch eine Menge Spaß haben, gell, Gasperlmaier." Er konnte sich nicht aufgeben. Er musste fest daran glauben, dass es noch eine Rettung gab. Er durfte sich nicht aufgeben. Hellgrau war es jetzt über den Bergen. Es waren ja die kürzesten Nächte des Jahres. „Die Hacke habt's ihr noch nicht einmal gesucht. Die ist bei mir in der Plätte, im Werkzeugkasten. Da habt's ihr nicht einmal nachgeschaut!" Das kindische Gekicher des Kilian ging Gasperlmaier schön langsam auf die Nerven.

„Dann hab ich natürlich überlegen müssen", fuhr der Kilian fort, „ob mich der Schratzenstaller und die Kniewasser erkannt haben. Eigentlich hab ich gedacht, die können mich nicht gesehen haben. Deshalb hab ich erst einmal abgewartet. Der Matthias war verschwunden, und seine Mutter hat überall herumerzählt, er ist in Spanien oder Frankreich. Da hab ich dann natürlich überlegt, warum sie das glaubt, und es hat eigentlich nur eine Erklärung gegeben: Der Schratzenstaller hat eine Scheißangst gehabt, dass er den Matthias umgebracht hat bei der Rauferei. Natürlich hat er sich jetzt gefragt, wo der ist. Sicherheitshalber hat er dann der Grubauerin eingeredet, dass der Matthias davon ist. Wie er das geschafft hat, das hat mir eure Manuela dann freundlicherweise erzählt. Mit den E-Mails. Hübscher Hintern, übrigens, die Manuela. Greift sich gut an!“ Gasperlmaiers Hände und Finger waren jetzt endgültig taub. Er schaffte es einfach nicht mehr, sie so zu bewegen, dass die Zirkulation in Gang blieb. Der Nacken und die linke Schulter schmerzten ihn so, dass er glaubte, gleich in Ohnmacht zu fallen. Dennoch musste er ununterbrochen die Erklärungen des Kilian anhören. Warum er ihm das alles erzählte, bevor er ihn umbrachte? Vielleicht hatte er sonst niemanden, der ihm zuhörte.

„Da hab ich mir dann natürlich, wie der Haxen vom Matthias aufgetaucht ist, was überlegen müssen“, schwafelte der Kilian weiter. „Ob da ein Risiko besteht, dass die beiden was erzählen, der Schratzenstaller und die Josefine. Oder die Lissi. Die hat ja immerhin mitgekriegt, dass in der Nacht da was vorgefallen ist. Der hab ich aber einfach gesagt, dass sie den Mund halten soll, weil ich sie sonst in die Wüste schick. Und vielleicht ein paar Filme ins Netz stelle, die ich mit ihr gemacht hab. Nur zum privaten Gebrauch, versteht sich.“ An das irre Gekicher des Kilian konnte und wollte sich Gasperlmaier nicht gewöhnen. Seltsam war es aber schon – zuerst die Marion Schratzenstaller mit dem Beppo, und jetzt auch der Kilian mit der Lissi; offenbar fand niemand mehr etwas dabei, sich selbst beim Sex zu filmen und solche Filmchen dann sozusagen als Vorspeise vor dem eigentlichen Akt zu konsumieren. Sex, das fiel ihm jetzt ein, würde es für ihn auch nicht mehr geben.

„Da hab ich natürlich versucht, dass ich die Josefine ein bisschen aushorche. Nicht, dass du glaubst, dass ich das geplant hab, dass ich sie gleich erledige. Ich mein, die Holzhacke hab ich schon mitgenommen. Für den

Notfall. Die Josefine, die war ja ganz geil auf mich, das kannst du dir gar nicht vorstellen. Da ist mir dann der Zufall zu Hilfe gekommen, mit dem Handy, das ich in Goisern beim Einkaufen bei der Obstwaage gefunden habe. Du hast ja von mir selber ein SMS bekommen, hat's dir gefallen?" Gasperlmaier war ein wenig weggedämmert. „Ob's dir gefallen hat, will ich wissen!" Der Kilian stieß ihn heftig in die Rippen, sodass Gasperlmaier aufschrie. „Na, na! Wer wird denn so wehleidig sein! Das ist noch gar nichts im Vergleich zu dem, was dir noch blüht! Aber jetzt muss ich mir erst einmal ein bisschen die Füße vertreten." Der Kilian stand auf. Gasperlmaier sah nach Osten. Deutlich konnte er jetzt hellen Schein über dem Gebirge wahrnehmen. Bald würde die Sonne aufgehen. Für ihn wohl zum letzten Mal.

„Ja. Hat mir gefallen!" Gerade rechtzeitig erinnerte er sich noch daran, dass eine Antwort ausstand. „Siehst du? Und recht hab ich gehabt. Ihr habt's mich wirklich nicht erwischt. Sondern ich euch!" Langsam ging der Kilian vor Gasperlmaier auf und ab. Immer bis zum Rand der gepflasterten Fläche vor dem Denkmal. „Hab ich dann die Josefine angerufen. Mit dem gefundenen Handy. Ich bin ja nicht so blöd wie ihr. Und da hat es sich gut getroffen – sie hat gesagt, ihr Mann hat Elternabend und bleibt in Hallstatt drüben. Weil er sich da wieder ansauft und nicht mehr fahren kann. Hab ich sie gefragt, ob wir uns nicht bei der Ranftlmühle treffen. Es ist so ein schöner Abend, und ich hab Lust auf einen Spaziergang. Die hat natürlich genau gewusst, um was es geht. Na ja, damit ich's kurz mach – du hast es doch gerne kurz, Gasperlmaier, oder?" Hatte er da nicht gerade ein Geräusch gehört? Hinter sich? Trotzdem beeilte er sich, schnell zu antworten. „Ja, gern kurz!“ Der Kilian schien zufrieden. „Gut so. Ich also hab sie natürlich im Wald vernascht, dazu ist sie schließlich gekommen. Ich sag dir, wenn sich die auf dich draufsetzt, mit diesen Dingern!“ Erneut gab der Kilian mit einer Geste zu verstehen, von welchen Dingern er sprach. „Und dann hab ich sie vorsichtig gefragt, wie es war mit dem Schratzenstaller, beim Fischessen. Sie hat gelacht und mich geküsst. Du warst das, gell?, hat sie gesagt, der uns geblitzt hat. Ist das Foto was geworden? Und ihr habt's den Matthias erschlagen!, hab ich gesagt. Das war ein Unfall, hat sie gesagt und zu flennen angefangen, und dass sie das sowieso nicht mehr aushält, jetzt, wo er gefunden worden ist, und dass sie am liebsten zur Polizei gehen würd. Und dann hat sie mich so komisch angeschaut, da hab ich gewusst, die ahnt, wie der Matthias stückchenweise in den See gekommen ist. Und da hab ich eben was tun müssen. Ich hab zu ihr gesagt, dass ich pieseln muss, und hab mir die Hacke geholt, die ich bei der Mühle versteckt gehabt hab. Und den Rest, den kannst du dir vorstellen!“ Gasperlmaier gab sich Mühe, genau das nicht zu tun. Hoffentlich würde ihm der Kilian jetzt nicht noch in aller Breite und Ausführlichkeit darlegen, wie er die Josefine getötet und sie um einen Kopf kürzer gemacht hatte. Er sollte sich täuschen. „Du, ich sag dir, da hat mich richtig der Blutrausch gepackt, wie sie mich da so aus großen Augen ungläubig angeschaut hat, als ich ihr die Hacke auf den Schädel gehaut hab. Aber das hat nur ein paar Zehntelsekunden gedauert, glaub ich, dann war es vorbei.“ Gasperlmaier wurde schwindlig, er konnte seine Umgebung nur mehr verschwommen wahrnehmen, obwohl es immer heller wurde. Vielleicht erlöste ihn ja ein Schlaganfall. Immer noch besser als die Motorsäge vom Kilian.

„Du willst natürlich sicher wissen, Gasperlmaier, warum ich euch die beiden Sauschädeln hingehängt hab, in die Gradieranlage. Das muss dich ja besonders interessieren, weil da bin ich ja ein gewaltiges Risiko eingegangen. Das hätt ich ja nicht tun müssen. Stell dir vor, da hätte mich jemand erwischt! Das willst du doch wissen, oder?" „Ja", sagte Gasperlmaier widerwillig. „Das will ich wissen. Das interessiert mich besonders." Der Kilian nickte. „Mir ist einfach fad geworden. Ich hab mir gedacht, ich muss euch ein bisschen eine Freude machen, und damit ihr was zu tun habt. Da hab ich den Schädel vom Matthias wieder ausgegraben." „Den hast du nicht in den See geschmissen?", fragte Gasperlmaier nach. Er wusste selber nicht, warum er den Kilian jetzt überhaupt unterbrochen hatte. „Gell, das ist interessant!", trumpfte der Kilian auf. Der war wirklich komplett verrückt geworden. Vielleicht aber, so dachte Gasperlmaier bei sich, konnte er dessen Wahnsinn für sich ausnutzen. Vielleicht kam eine Gelegenheit. „Und den von der Josefine, den hab ich gut versteckt! Du glaubst gar nicht, wie dem Matthias sein Schädel gestunken hat. Da hab ich mich schon sehr zusammenreißen müssen, dass ich den bis zur Gradieranlage hin gebracht hab. Pfui Teufel!" Der Kilian spuckte auf das Pflaster vor sich hin. Gasperlmaier hatte Durst. Er hätte gar nicht spucken können, selbst wenn er gewollt hätte. Die Zunge klebte ihm am Gaumen.

„Da fällt mir ein, ich hab dir ja noch gar nicht erzählt, wo ich den Schädel vom Grubauer vergraben hab. Das interessiert dich doch, oder?" Gasperlmaier brachte nur ein heiseres Krächzen hervor, nickte dafür aber umso eifriger mit dem Kopf. „Schön." Der Kilian strich Gasperlmaier über die Wange. „Brav bist. Also erzähl ich's dir. Da bin ich mit dem Grubauer seinem

Moped hinaus nach Grundlsee, ein Stückerl hinauf zur Weißenbachalm, und da hab ich seinen Schädel aus dem Rucksack geholt und im Wald vergraben. Das Moped hab ich einen Hang hinuntergeschmissen. Habt ihr's eigentlich gefunden?" Gasperlmaier schüttelte den Kopf. „Na, ich hab mir's eh gedacht, dass ihr da zu blöd dazu seid. Der Rückweg war halt anstrengend, mit der Prothese, da geht sich's doch nicht so leicht, wie mit zwei gesunden Haxen. Na, was erzähl ich dir, bald wirst du's ja wissen, wie es mit einem Haxen so ist. Das musst du schon noch einmal mitmachen, bevor du stirbst." Gasperlmaier wünschte sich nichts mehr, als bereits davor zu ersticken oder an einem Herzinfarkt zu sterben.

„Jetzt muss ich dir natürlich zu guter Letzt auch die Geschichte vom Schratzenstaller erzählen. Der hat mir nämlich ein bisserl Ärger gemacht. Weißt du, Gasperlmaier, ich bin ja finanziell nicht so gut gestellt. Das bissl Plättenfahren in der Sommersaison, und ein wenig Schnee schaufeln im Winter, das ernährt einen Mann nicht. Auch, wenn er nur einen Haxen hat!" Gasperlmaier nahm ein feines, rötliches Leuchten über dem Gebirgskamm wahr und setzte seine ganze Hoffnung darauf. Vielleicht würde jemand zu früh munter werden und Lust auf einen Morgenspaziergang haben. „Und da hab ich dem Schratzenstaller einen Vorschlag gemacht. Ob er nicht dafür sorgen kann, dass ich, sozusagen, ein bisschen eine finanzielle Grundlage bekomme, zum Beispiel für einen eigenen Kiosk da herinnen am See. Oder ein anderes kleines Geschäft. Weil ich, als Gegenleistung, dafür sorgen werde, dass niemand erfährt, wie er die Josefine und den Matthias umgebracht hat. Ich könnte ja, so hab ich ihm gesagt, bei meiner Aussage bleiben, dass ich an dem Abend am

See rein gar nichts gesehen habe. Oder ich könnte, wenn er mir eine kleine Unterstützung verweigert, meine Aussage ändern. Zuerst hat er mich ausgelacht. Er hat überhaupt nichts gemacht, außer dem Matthias eine Watschen gegeben, hat er mir erklärt. Und dass ich mich schleichen soll. Bin ich einmal gegangen, und hab mir was überlegt. Gestern in der Früh hab ich ihn dann abgepasst, wie er in die Bank fahren wollte. Ich hab eine Aktentasche dabeigehabt. Wir sind noch kurz ins Haus hineingegangen, da hab ich meine Holzhacke aus der Aktentasche herausgeholt. Da hat er gleich geschrien, der Feigling. Aber der war mir nicht gewachsen. Ich hab die Hacke an der Klinge gepackt und so getan, als wollt ich mit dem Stiel auf ihn hindreschen. Hat er sich natürlich gewehrt und mit den Händen an den Stiel gefasst. Siehst du, so etwa!"

Er stand auf und holte mit beiden Händen aus, so, als hätte er eine Hacke in den Händen. Mehrmals schwang er seine Hände dicht vor Gasperlmaiers Gesicht auf und ab. Der konnte nicht viel mehr tun als den Kopf zur Seite wenden. Obwohl auch das schon schmerzhaft genug war. „Hab ich vergessen, Gasperlmaier. Du kannst dich ja mit den Armen nicht wehren. Aber du hättest es auch getan, wie der Schratzenstaller. Und dann hab ich die Hacke wieder eingepackt. Deine Fingerabdrücke sind ja jetzt drauf, auf dem Hackenstiel, hab ich zu ihm gesagt. Und weißt du, was das für eine Hacke ist? Mit der hab ich den Matthias zerteilt und die Josefine erschlagen. Meine Fingerabdrücke werden sie nicht darauf finden, deine aber schon! Da hat er blöd geschaut, der Schratzenstaller. Ganz blöd. Aber leider hat er nicht das gemacht, was ich von ihm verlangt hab! Der hat einen Mordszorn gekriegt und plötzlich auf mich eingeschlagen. Rotzbub hat er mich genannt.

Mich! Rotzbub! Und dass ich mich ganz schnell schleichen soll, weil er jetzt sowieso zur Polizei geht. Der hat gebrüllt, sag ich dir, dass ich geglaubt hab, das hört man noch im nächsten Haus!" Der Kilian war wieder aufgestanden und brüllte jetzt auch. Er war außer sich vor Zorn. Hoffentlich, so dachte Gasperlmaier bei sich, würde er sich wieder beruhigen.

Doch der Kilian trat hinter Gasperlmaier, und dem blieb beinahe das Herz stehen, als er das Anlassgeräusch der Motorsäge vernahm. Dämmrig war es inzwischen geworden, und die Vögel in den Bäumen hatten gerade ihr Morgenkonzert begonnen, das jetzt von der grausig aufheulenden Motorsäge übertönt wurde. Gasperlmaier kniff die Augen zu. Vorbei! Wie war das? Hatte er nicht oft gehört, dass im letzten Moment das ganze Leben an einem vorbeizog? War es ein Leben gewesen? Er sah nur die Gesichter seiner Kinder und seiner Frau vor sich. Unter dem Christbaum. Wieso gerade unter dem Christbaum? Die Säge heulte auf, das Geräusch kam näher. Irgendetwas streifte seine Hand, und ein grässlicher Schmerz durchzuckte ihn. Der Kilian hatte ihm eine Hand abgesägt! Doch plötzlich spürte Gasperlmaier, dass seine Arme frei waren, dass er sie bewegen konnte! Jetzt galt es, die ganze verbliebene Kraft zusammenzunehmen. Er riss seine Arme nach vorne, kam mühsam auf die Beine, während hinter ihm das Geräusch der Säge wieder lauter wurde. Er hatte jetzt nur eine Chance. Aber wie sollte er mit fast tauben Beinen vor dem Kilian fliehen? Der See! Dort würde dem Kilian die Motorsäge nichts nützen. Nur ein paar Schritte. „He! Bleib stehen!", schrie der Kilian hinter ihm und ließ die Säge aufheulen. Doch schon hatte Gasperlmaier taumelnd das Seeufer erreicht und ließ sich in die schwarzen Fluten fallen.

Zunächst umgab ihn nichts als Kälte, Dunkelheit und Schmerz. Er musste schwimmen. Schwimmen. Mit einer Hand? Gasperlmaier wagte nicht, nach dem Stumpf zu sehen. Der Schmerz war schwächer geworden, ausgeblendet, nur schwarz. Der Kilian schrie irgendwas. Gasperlmaier bemühte sich, mit einer Hand und beiden Beinen Schwimmbewegungen zu machen, um den Kopf über Wasser zu halten, doch es gelang ihm nur mit Mühe. Schwarzes Wasser. Er schluckte Wasser. Wohin konnte er schwimmen? Der Kilian würde immer schon vor ihm da sein, wenn er am Ufer entlanglief. Jetzt war es endgültig um ihn geschehen. Es war zu kalt, seine Bewegungen erlahmten. Er konnte nicht mehr. Blaue Lichter. Blaue Lichter?

16

Gasperlmaier schlug die Augen auf. Er lag im Licht der aufgehenden Sonne. Wo war er? Er konnte nur den Himmel sehen, um ihn herum herrschte aber geschäftiger Lärm. Wie war er hierhergekommen? War es schon Sonntag? War er tot? Jemand ergriff seine rechte Hand. Die, die der Kilian nicht abgeschnitten hatte. Der Kilian! Hatte ihn der jetzt umgebracht, hatte er ihn verstümmelt? „Meine Beine!“, stöhnte er, „Meine Beine!“ Er konnte sie nicht spüren. Vor seinem Gesicht tauchte ein anderes auf, verdunkelte den blauen Himmel. Die Christine. Gasperlmaier war unendlich glücklich, Beine oder nicht. Die Christine. Der Himmel. „Was ist mit deinen Beinen?“, fragte sie ganz sanft. „Kannst du sie nicht spüren?“ „Sind sie noch dran?“, flüsterte er, „oder hat er mir die auch abgeschnitten?“ Die Christine zog eine ernste Miene mit einer senkrechten Falte auf der Stirn. „Du phantasierst!“, sagte sie. „Niemand hat dir was abgeschnitten!“ Gasperlmaier war verwirrt. Mühsam hob er den linken Arm. Der steckte bis zum Ellbogen in einem weißen Verband, der am Handgelenk rot leuchtete. „Die Hand! Die Hand ist ab!“, wimmerte Gasperlmaier. „Franz, du hast eine hässliche Wunde am linken Handgelenk. Aber die Hand ist dran. Mit allen Fingern. Wir haben dich gerade noch aus dem Wasser ziehen können. Es ist alles in Ordnung. Schau, da schauen ja sogar deine Finger aus dem Verband heraus!“ Sie wies auf zwei blutverkrustete Fingerspitzen mit verdreckten Nägeln. Gasperlmaier zitterte. Langsam fielen ihm die Ereignisse der letzten Stunden wieder ein. Er war schon so gut wie tot gewesen.

Gasperlmaier fing hemmungslos zu schluchzen an, was ihm unerträglich peinlich war. Ein anderes Gesicht tauchte vor seinen Augen auf. Er hatte es schon einmal gesehen. Gestern erst. Das war die Notärztin, die sie wegen dem Schratzenstaller Hermann alarmiert hatten. „Wie geht's Ihnen denn?", fragte sie mit sorgenvollem Gesicht und strich Gasperlmaier mit den Fingern über die stachelige Wange. „Geht schon!", schluchzte er und versuchte, sich wieder in den Griff zu bekommen. „Er kann seine Beine nicht spüren!", sagte die Christine. Die Notärztin schob die Decke zur Seite und kniff Gasperlmaier in den Unterschenkel. „Aua!", jammerte der. Vorsichtig versuchte er, die Zehen zu bewegen. Zuerst rechts, dann links. Da zuckte und prickelte was. Wenn das nur keine Phantomschmerzen waren. Davon hörte man ja viel. Die Notärztin und die Christine lächelten. „Das war der Schock. Es wird schon wieder werden. Wir sind gerade noch rechtzeitig gekommen." „Habe ich keine Hose an?", wunderte sich Gasperlmaier. „Das wäre keine gute Idee gewesen, dir die Hose anzulassen", meinte die Christine. „Die war ja total durchnässt. Du hättest dich zu Tode verkühlt." Im Vergleich zu dem, was er heute Nacht erlebt hatte, musste es sich ja geradezu paradiesisch anfühlen, sich zu Tode zu verkühlen. Langsam, spürte er, kehrten seine Lebensgeister zurück. „Ich möchte jetzt gern aufstehen!", sagte er. „Aber da brauch ich was zum Anziehen!" Die Christine zog die Stirn wieder in Falten. „Aufstehen? Ich weiß nicht, ob das eine gute Idee ist!"

Eine Viertelstunde später saß Gasperlmaier zusammen mit seiner Frau, der Frau Doktor und der Manuela bereits vor der Fischerhütte in der Sonne, die ihn langsam wieder aufwärmte. Das Aufstehen war mühsam gewesen, die paar Schritte zur Bank noch mehr. Er steckte in einer Rot-Kreuz-Uniform, die als Reservekleidung im Rettungswagen mitgefahren war. Da er sich standhaft geweigert hatte, mit ins Krankenhaus zu fahren, hatte man ihn schließlich gewähren lassen. Mit der Auflage, noch heute in die Ambulanz zu kommen, um die Wunde an seinem Handgelenk versorgen zu lassen.

„Da habt's euren Tee!" Der Konrad trat mit einem Tablett voller dampfender Häferl vor die Hütte und stellte es auf dem Tisch ab. Gasperlmaier umfasste die Tasse und war noch nie so glücklich gewesen, Tee trinken zu dürfen. Überhaupt würde er von heute an für alles viel dankbarer sein, als er es bisher gewesen war. Missmutig und verzagt war er oft gewesen, aus den nichtigsten Anlässen. Genügte es nicht, dass die Sonne ihm Kopf, Hals und Brust wärmte? Dass beide Arme und Beine noch an ihm dran waren? Dass seine Frau neben ihm saß und sie weiter Tage, Monate, Jahre zusammen genießen konnten? Dass die Frau Doktor gesund und munter ebenfalls neben ihm saß? Dass er auf den See hinausblicken konnte? Das Letztere allerdings, so fürchtete er, würde ihm auf Jahre hinaus verleidet sein, weil er dann immer daran erinnert werden würde, wie er hilflos in den schwarzen Fluten getrieben war. Er streckte beide Arme vor sich in die Sonne und bewunderte sie. Sie waren Prachtstücke, trotz des Verbands.

„Können wir schon darüber reden?" Die Frau Doktor, so stellte Gasperlmaier fest, musste in aller Eile von zu Hause aufgebrochen sein, denn sie hatte die Haare nur schlampig zu einem Pferdeschwanz gebunden und war völlig ungeschminkt. Müde sah sie aus, und blass. So, als ob ihr übel wäre – was, so erinnerte sich Gasperlmaier, in Anbetracht ihres Zustandes auch durchaus im Bereich des Möglichen lag. „Geht's dir eh gut?", fragte er deshalb vorsichtshalber. Die Frau

Doktor lachte auf. „Du meinst, weil ich so schlampig daherkomme? So schauen Frauen aus, Franz, wenn sie in der Früh keine Zeit haben, sich herzurichten. Männer übrigens auch. Und Zeit war heute Nacht wirklich keine, als mich deine Frau endlich erreicht hat." Gasperlmaier sah fragend zur Christine hinüber. „Du?" Die Christine nickte. „Der Anruf in der Nacht ist mir irgendwie seltsam vorgekommen, aber ich bin ja gar nicht richtig wach geworden. Erst eine halbe Stunde später hat mich irgendwas aus dem Schlaf gerissen. Dein Handy ist da gelegen. Ich hab mich nicht mehr erinnern können, warum du weg bist, aber es hatte was mit dem Handy zu tun. Da hab ich natürlich nachgeschaut. Es war ein Anruf drauf, von zwei Uhr früh, mit unterdrückter Nummer. Da hab ich überlegt, ob es nicht vernünftig wäre, die Frau Doktor anzurufen. Natürlich hat es eine Zeitlang gedauert, schließlich hab ich sie auf dem Umweg über den Polizeinotruf erreicht. Und sie war meiner Meinung: Allein aufzubrechen, das war ein großer Leichtsinn!" Wieder zog sie die Stirn in Falten.

„Die ganze Fahrt über habe ich überlegt, wo ich dich suchen könnte, wo du hingefahren sein könntest, und warum", sagte die Frau Doktor. Und natürlich war mir klar, dass du zu einem Einsatz bist, dass irgendwas passiert sein musste. Und weil du dich über den Funk nicht gemeldet hast, war auch klar, dass nicht alles glattgegangen ist bei diesem Einsatz."

Gasperlmaier wagte seinen Augen nicht zu trauen. Der Friedrich kam im Laufschritt vom Parkplatz her auf ihn zugelaufen. „Gasperlmaier!", schrie er schon von Weitem, „Gasperlmaier! Lebst du noch?" Als er den Gastgarten betrat, beantwortete er sich die Frage gleich selber. „Du lebst noch! Ich muss mich hinsetzen!“ Heftig schnaufend ließ er sich ihm gegenüber auf die Bank plumpsen. „Ich hab mir ja solche Sorgen um dich gemacht!“ Die Augen des Friedrich wurden feucht, und zwei dicke Tränen lösten sich aus den Augenwinkeln. Der Friedrich fuhr sich mit den geballten Fäusten über die Augen, um sie wegzuwischen. „Ist nichts! Nur ein bissl Heuschnupfen!“ Der Friedrich ergriff mit seinen Pranken Gasperlmaiers gesunde Hand. „Was du für Sachen machst! Dass du ganz alleine mitten in der Nacht zu einem Einsatz fährst! Was da hätte passieren können!“ Der Friedrich, so dachte Gasperlmaier bei sich, der wusste wahrscheinlich noch gar nicht, was ihm tatsächlich alles passiert war und wie er buchstäblich in allerletzter Minute dem Kilian hatte entkommen können.

„Bringst mir bitte ein Bier!“, japste der Friedrich, als der Konrad den Gastgarten betrat. „Und dem Gasperlmaier bringst auch eins. Weil der hat es sich verdient. Das ist ja ein Jammer, das Teegeschlader.“ Der Konrad nickte und verschwand wieder. Die Frau Doktor zog die Augenbrauen hoch. „In der Früh schon ein Bier? Sollten Sie sich nicht ein bisschen ...“ Sie ließ es offen, was der Friedrich sollte.

„Da ist mir dann“, fuhr sie, Gasperlmaier zugewandt, fort, „nichts anderes eingefallen, als hierherzufahren. Und es hat sich ja auch als die beste aller Ideen herausgestellt. Was ich allerdings nicht erwartet hab, ist, dass ich dich aus dem Wasser herausholen muss.“ Hoffentlich, so dachte Gasperlmaier bei sich, war dem Baby dabei nichts passiert. Er sah die Frau Doktor besorgt an. Jetzt erst fiel ihm auf, dass die Kleider, die sie trug, wahrscheinlich gar nicht ihr gehörten – die Hose und die Bluse waren zu weit. „Gott sei Dank warst du nicht weit draußen, und ich hab dich grade noch ans Ufer ziehen können. Du hast ziemlich wirres Zeug dahergestammelt, von den Haxen und der Motorsäge, ich hab mich zunächst gar nicht ausgekannt und nur geschaut, dass du mir nicht wegtrittst, bis der Notarzt kommt. Und gleich nach dem Notarzt ist ja deine Frau schon da gewesen."

Der Konrad stellte je ein Bier vor den Friedrich und Gasperlmaier hin. Der sah es plötzlich mit ganz anderen Augen. Wie wundervoll goldgelb die Farbe war, wie sich das Sonnenlicht vielfach im Goldgelb brach, wie frische Tautropfen außen am Glas glitzerten und daran herabrannen, wie schließlich eine wunderbar weiße, funkelnde Schaumhaube das ganze Wunder krönte. Vor ein, zwei Stunden noch war ihm so ein Genuss unerreichbar erschienen. Es war ein Trauerspiel, dass man das Leben erst so wirklich genießen konnte, wenn man zuvor dem Tod ins Auge gesehen hatte. Gasperlmaier nahm einen Schluck. Es war das Beste, was er in seinem Leben zu sich genommen hatte. Unerreichbar.

„Und was ist mit dem Kilian?" Die Frau Doktor und die Christine schauten ihn verständnislos an, der Friedrich dagegen war mit seinem eigenen Bier beschäftigt. In diesem Moment wurde es Gasperlmaier schlagartig klar, dass er sich überhaupt noch nicht zur Rolle des Kilian in dieser ganzen Affäre geäußert hatte. Nicht einmal dessen Name war bisher gefallen. Die Frauen hatten ihn hier offenbar nicht mehr angetroffen. „Der Kilian hat ja alle drei umgebracht. Und er hat mich hier abgepasst und niedergeschlagen. Und dann hat er mich ans Erzherzog-Johann-Denkmal gefesselt und mit der Motorsäge bedroht!" „Und das sagst du uns erst jetzt?" Die Frau Doktor griff zu ihrem Handy. „Ja, Großfahndung!", rief sie hinein, als müsste sie bis nach Liezen hinunter schreien. „Kilian Köberl, Foto haben wir. Ist auf der Flucht vom Toplitzsee weg. Dreifacher Mord und Mordversuch. Gefährlich!“ „Und er hat meine Dienstwaffe“, musste Gasperlmaier nun zugeben. „Das auch noch!“, stöhnte die Frau Doktor. „Bewaffnet. Mit der Dienstwaffe eines Kollegen. Am besten, ihr kontrolliert alle möglichen Fluchtwege aus dem Ausseerland.“ „Nicht zu vergessen“, fügte der Friedrich hinzu, nachdem er sich Bierschaum vom Mund gewischt hatte, „die inoffiziellen, wo man mit dem Motorrad oder dem Mountainbike wegkommt. Forststraßen und so weiter.“ „Ja, auch alle offiziell nicht befahrbaren Straßen!“, rief die Frau Doktor. „Am besten, ihr holt euch auch das Sondereinsatzkommando dazu! Hat der Kilian ein Auto?“, fragte sie Gasperlmaier. „Schon!“, sagte der. „Ein blaues!“ „Welche Marke?“ Gasperlmaier zuckte mit den Schultern. Mit den Automarken, das war seine Sache nun nicht. „Einen Peugeot 207 hat er, der Kilian!“, half ihnen der Konrad aus, der im Türrahmen der Hütte stand und ihnen zuhörte. Die Frau Doktor wiederholte die Angaben. „Kennzeichen?“ „Bad Aussee“, sagte der Konrad, „mehr weiß ich leider auch nicht.“

„So!“, sagte die Frau Doktor und ließ sich wieder auf ihren Platz auf der Bank fallen. Die Hose stand ihr wirklich nicht. Was geschickte Kleiderwahl bei einer Frau ausmachte, wunderte sich Gasperlmaier. In dieser Hose sah sie irgendwie klein und eingeschrumpft aus. Aber auch zu breit. „Jetzt aber bitte schnell die ganze Geschichte auf den Tisch, Franz!“ Der fragte sich, wann er die Einzelheiten denn bisher hätte erzählen sollen, in der ganzen Hektik. So erzählte er. Niemand unterbrach ihn dabei, nur der Christine blieb der Mund immer weiter offen stehen. Als er dort angelangt war, wo der Kilian, anscheinend unabsichtlich, mit der Motorsäge die Fesseln durchtrennt hatte, fing die Christine zu schluchzen an, umarmte ihn und legte den Kopf an seine Schulter. Niemand sagte etwas.

Bis auf die Frau Doktor. Nach einer angemessenen Pause erhob sie sich. „Ich möchte mir jetzt schon einmal den Tatort genauer anschauen. Franz?“ Gasperlmaier war sich nicht sicher, ob er wirklich schon dazu in der Lage war, zum Erzherzog-Johann-Denkmal zurückzukehren, aber er wollte vor der Frau Doktor keinesfalls als Schwächling dastehen und stand deshalb ebenfalls auf. „Muss das sein?“, fragte die Christine. „Muss nicht!“, antwortete die Frau Doktor. „Der Franz kann auch hierbleiben und einstweilen sein Bier austrinken.“ Gasperlmaier tat den Einwand der Christine mit einer ärgerlichen Handbewegung ab. „Kein Problem!“, sagte er, obwohl er genau das Gegenteil davon empfand. Schließlich machten sie sich zu viert auf den Weg.

Je näher Gasperlmaier dem Denkmal kam, desto mulmiger wurde ihm, und als er die gepflasterte Fläche betrat, die es umgab, liefen ihm kalte Schauer den Rücken hinunter. Die Frau Doktor trat hinter das Denkmal, zog sich Latexhandschuhe über und hob ein paar Plastikstreifen vom Boden auf. „Kabelbinder!“, sagte sie. „Damit hat er dich gefesselt. Gasperlmaier hob seinen rechten Arm und besah sich die Striemen, die die Fesseln hinterlassen hatten. Er war so erleichtert, dass er frei hier stehen konnte, dass er meinte, davonfliegen zu können. „Da ist auch Blut!“, stellte die Frau Doktor fest. „Kann nur meines sein!“, sagte Gasperlmaier tapfer und hob seinen verbundenen Arm hoch. Eigentlich schmerzte die verletzte Stelle unter dem Verband ganz ordentlich, doch darüber wollte er sich jetzt keine Gedanken machen. Dazu war Zeit genug, sobald er im Krankenhaus saß.

„Ich lass da noch die Spurensicherung drübergehen", entschied die Frau Doktor. „Die Sachlage ist zwar durch deine Aussage völlig klar, Franz, aber es schadet nicht, wenn wir auch ein paar Sachbeweise gegen den Kilian Köberl sichern." Sie steckte die Reste der Kabelbinder in einen Plastikbeutel. Gasperlmaier schauderte bei dem Gedanken, dass der Kilian sein Handgelenk nur um Millimeter verfehlt hatte. Ein bisschen mehr Konzentration, und seine Hand würde jetzt dort gelegen sein, anstatt der Kabelbinder. Und wer weiß, was noch alles. Gasperlmaier wurde es schwarz vor Augen, und er meinte, das Gleichgewicht zu verlieren. Schnell stützte er sich an der Schulter der Christine ab, dann war der Schwächeanfall schon wieder vorbei. „Franz!", schrie die Christine auf. „Ist schon gut!", gab er zurück. „Ich hätte es doch nicht erlauben sollen, dass du nicht mit der Rettung ins Krankenhaus fährst", fügte sie vorwurfsvoll hinzu. „Ich glaub", schloss der Friedrich die Debatte ab, „für den Gasperlmaier ist jetzt Dienstschluss."

Wenig später saß Gasperlmaier in seinem eigenen Auto auf dem Beifahrersitz. Seltsam wortkarg verlief die Fahrt nach Hause. Gasperlmaier war zu müde, um zu Worten zu finden, und der Christine schien es ähnlich zu gehen. Plötzlich, als sie gerade über die Traunbrücke in Aussee fuhren, läutete das Handy der Christine. Gasperlmaier hatte Mühe, es mit einer Hand aus ihrer Handtasche zu bergen, und als er endlich auf das Display sehen konnte, war der Klingelton verstummt. Der Christoph war es gewesen. Gasperlmaier rief zurück, und der Christoph meldete sich sofort.

„Ihr braucht's gar nicht nach Hause kommen!", klang es aufgeregt aus dem Hörer. „Da hat sich ein richtiger Presserummel angesammelt, vor unserem Haus. Macht euch auf etwas gefasst!“ „Frag ihn doch einmal, was da genau los ist. Er soll beim Fenster hinausschauen“, sagte die Christine und hielt an einer Bushaltestelle an. Sie nahm Gasperlmaier das Handy ab. „Ja“, sagte sie mehrmals. „Wie viele? Erkennst du jemand? Was für Leute?“ Noch mehrmals gingen Fragen und Antworten hin und her, bevor die Christine auflegte und das Handy zielsicher wieder in ihre Handtasche warf, die auf Gasperlmaiers Knien ruhte.

„Da warten mindestens drei Autos vor unserem Haus, der Christoph hat zwei Kamerateams gesehen, und noch mindestens zwei Leute mit einem Mikro in der Hand. Du scheinst die Sensation des Tages zu sein. Dem Motorsägenkiller entkommen, oder so ähnlich. Völlig rätselhaft, woher die das wissen. Vorschlag: Wir fahren zu meiner Cousine, der Karin. In ihre Frühstückspension. Dort gehen wir auf ein Zimmer, frühstücken einmal ordentlich, duschen uns und lassen uns von den Kindern was zum Anziehen bringen. Dann ersparen wir uns den ganzen Radau.“ Gasperlmaier aber war die Wut so richtig den Hals hochgestiegen, während die Christine gesprochen hatte. „Das wäre ja noch schöner“, zeterte er, „dass ich mich auch noch aus meinem Haus aussperren lasse! Ich will jetzt nach Hause! Und zwar sofort!“ Die Christine seufzte. „Wie du meinst“, sagte sie, startete das Auto und bog in die Altausseer Straße ein.

Vorsichtshalber parkte die Christine schon ein gutes Stück vor dem Haus an der Straße. Alles war so, wie der Christoph es beschrieben hatte. Drei oder vier Autos, alle mit Aufschriften von Fernsehsendern oder Zeitungen. Natürlich war die Schillingzeitung auch dabei. Gasperlmaier hatte jetzt schon Angst vor der Schablinger. Doch er stieg aus, ohne lange zu überlegen, schritt zügig auf die Gartentür zu, riss sie auf und war schon an der Haustür, ehe die Reporter noch reagieren konnten. Die Rot-Kreuz-Uniform hatte ihm sicherlich geholfen – einen Sanitäter hatte niemand erwartet. Erst, als er die Haustür öffnete, schrie hinter ihm die Schablinger „Er ist es! Das ist der Gasperlmaier!“ Obwohl die Christine noch draußen war, wusste er sich nicht anders zu helfen, als die Tür sofort zuzuschlagen. Die Christine, da war er sich sicher, würde die Situation schon bewältigen. Er horchte an der Haustür. Tatsächlich hörte er die Stimme der Christine. „Nein“, sagte sie, „er wird nicht mit Ihnen sprechen. Er ist verletzt und außerdem todmüde. Und jetzt bitte ich Sie, diesen Belagerungszustand zu beenden!“ Geraune und Gemurmel waren die Folge. „Ein Foto wenigstens!“, schrie einer. „Auch kein Foto!“, rief die Christine. „Es wird sicherlich eine Pressekonferenz geben! Da wenden Sie sich am besten an das Bezirkspolizeikommando Liezen!“

Gasperlmaier hörte, dass die Stimme der Christine jetzt ganz nahe war, und öffnete die Tür, wobei er sich selbst dahinter versteckte. Tatsächlich huschte die Christine durch den Spalt, schloss die Tür und drehte den Schlüssel herum. Beide atmeten erleichtert aus. Der Christoph kam aus dem Wohnzimmer. Er sah zwar übernächtigt, aber besser aus als zuletzt, fand Gasperlmaier. „Voll cool, was? Der Papa ist ein Held!“ Der Christoph klopfte Gasperlmaier anerkennend auf die Schulter. Der aber zuckte zusammen, denn jede Berührung bereitete ihm Schmerzen. An seiner Wirbelsäule war die Fesselung an das Denkmal auch nicht spurlos vorübergegangen. Ganz zu schweigen von seinem Kopf, der vom heftigen Schlag des Kilian ebenfalls noch schmerzte. Gasperlmaier sah den Christoph müde an. „Da hätte ich gern darauf verzichtet, das kannst du mir glauben! Und jetzt möchte ich baden, und dann vielleicht ein Frühstück."

Schon eine halbe Stunde später saß Gasperlmaier an seinem Esstisch und fand das vor, was er sich erhofft hatte: weiche Eier, Schinken, Essiggurkerl, ein paar Scheiben saftigen Schweinsbraten, Butter und Marmeladen. „Zwei sind noch da!", berichtete der Christoph nach einem kurzen Blick aus dem Fenster. Der Rest der Pressemeute hatte offenbar doch Besseres zu tun, als vor Gasperlmaiers Gartenzaun herumzulungern.

„Es ist ja eh schlimm, das mit dem Kilian!", sagte die Mutter. „Aber es wär trotzdem wichtig, dass der Staudinger endlich zum Bodenschleifen kommt!" Die Christine wandte sich ihr zu. „Oma, ich nehme deine Sorgen schon ernst. Aber ist dir überhaupt bewusst, dass der Franz heute Nacht um ein Haar dem Tod entronnen ist? Und dass ihm der Kilian Köberl beinahe mit der Motorsäge einen Arm abgetrennt hätte? Kann da nicht dein Boden vielleicht wenigstens bis nach dem Wochenende warten?" Die Mutter war beleidigt. „Ich hab ihm's ja nicht angeschafft, dass er Polizist wird!", maulte sie noch, beteiligte sich aber dann nicht mehr am Gespräch und starrte missbilligend auf den reichlich gedeckten Tisch. Der Christoph mampfte in einem Tempo, als wäre er derjenige, dessen Leiden gelindert werden sollten. Die Andrea schien ihm, zumindest im Moment, überhaupt nicht mehr zu fehlen.

„Wo ist denn die Katharina?", fragte Gasperlmaier. „Die schläft noch!", sagte die Christine. „Ich hab keinen Grund gesehen, dass ich sie herunterhole. Gibt nur noch mehr Aufregung." Da musste ihr Gasperlmaier zustimmen. „Papa", meinte der Christoph. „Du musst dir jetzt gut überlegen, wem du deine Geschichte verkaufst. Wenn du es geschickt anstellst, kannst du zwanzig-, dreißigtausend Euro herausholen für ein Exklusivinterview. Soll ich für dich als Agent tätig werden?" Die Mutter ließ nur ein verächtliches „Pffft!" hören, während die Christine den Kopf schüttelte. „Das ist doch keine Handelsware, so ein schrecklicher Vorfall. Das gehört aufgearbeitet, aber mit psychologischer Hilfe, nicht mit dem Scheckbuch."

Gasperlmaier fand das recht interessant. Direkt kümmern tat sich niemand um ihn, man stritt sich aber bereits darum, mit wessen Hilfe und auf wessen Kosten der Schrecken der heutigen Nacht verarbeitet beziehungsweise vermarktet werden sollte. Er beschloss, sich aus diesem Geplänkel herauszuhalten. „Zuerst", sagte er deshalb, „müssen sie den Kilian fangen. Der muss sich davongemacht haben, als ich im Wasser war und er die Blaulichter gesehen hat." „Meinst du, er kommt hierher? Müssen wir uns verschanzen? Brauchst du Polizeischutz?" Der Christoph, fand Gasperlmaier, hatte eindeutig zu viele schlechte Fernsehkrimis gesehen. „Der wird sich hüten, sich hier im Ort blicken zu lassen!", meinte Gasperlmaier. „Der Herr Revierinspektor wird das sicherlich genau wissen!", mischte sich die Mutter giftig ein. „Er hat ja auch heute Nacht ein untrügliches Gespür für die richtige Entscheidung bewiesen!"

„So", sagte die Christine, „jetzt reicht's! Der Franz hat eine schreckliche Nacht hinter sich. Und wer von euch es nicht schafft, ihn in Ruhe zu lassen, der sollte sich vielleicht überlegen, sich ins eigene Zimmer zurückzuziehen!" In einem solchen Ton hatte Gasperlmaier die Christine noch selten mit dem Christoph, niemals aber mit der Mutter reden hören. Die stand daraufhin tatsächlich auf, schüttelte den Kopf, murmelte etwas Unverständliches vor sich hin und verschwand, nicht ohne die Tür recht schwungvoll hinter sich zuzuwerfen. Der Christoph zuckte mit den Schultern, langte nach den verbliebenen zwei Scheiben Schweinsbraten und ließ erst davon ab, als Gasperlmaier ihm zuzischte: „Die gehören mir!" Daraufhin herrschte tatsächlich Ruhe, und Gasperlmaier konnte seine Eier, den Kaffee und den Rest des Frühstücks ungestört genießen. Daraufhin beschloss er, sich ins Bett zu legen. Während ihm die Christine die Decke und den Polster aufschüttelte, meinte sie noch ganz nebenbei: „Übrigens, was dich auch beruhigen wird: Ich gehe nicht nach Salzburg." Gasperlmaier lächelte. „Warum denn nicht?" Die Antwort bekam er nicht mehr mit. Innerhalb von Sekunden war er eingeschlafen.

Als er wieder wach wurde, blinzelte er in die Sonnenstrahlen, die von der Schlafzimmerwand reflektiert wurden. Noch ein paarmal drehte er sich schlaftrunken herum, um dann auf die Uhr zu sehen. Es war halb zwei am Nachmittag! Wie war es nur möglich, dass er mehr als den halben Tag verschlafen hatte? Hastig fuhr er in eine Hose und ein Leibchen, die über dem Stuhl neben seinem Bett hingen, und begab sich nach unten. In der Küche fand er den Christoph vor. „Ich werd heute grillen, Papa! Damit du keine Arbeit mehr hast!" Der Christoph war gerade dabei, mehrere Zehen Knoblauch zu hacken und über das bereitliegende Fleisch zu streuen. Ein freundlicher Vorsatz, dachte Gasperlmaier bei sich. Wenn es dann Probleme beim Entzünden des Feuers gab, würde natürlich wieder er zur Stelle sein müssen. Und ob der Christoph überhaupt wusste, wann die Glut so weit war, dass man Fleisch drauflegen konnte?

„Wo ist denn die Mama?", fragte er. „Auf der Terrasse. Blumen gießen, glaube ich." Tatsächlich fand er die Christine mit dem Gartenschlauch in der Hand auf der Terrasse vor. Ihre Pflanzen waren so zahlreich und so durstig, dass man mit der Gießkanne gar nicht erst anzufangen brauchte. „Guten Morgen!", sagte die Christine ein wenig betreten. „Sollen wir jetzt ins Krankenhaus fahren? Wegen deinem Verband?" Darauf hatte Gasperlmaier völlig vergessen. „Warum schaust du denn so, so ..." Ihm fiel nicht recht ein, wie man es nennen sollte, wie die Christine schaute. Sie ließ noch einen Strahl Wasser in den Topf einer rot blühenden Pflanze zischen und seufzte. „Ich war vorher nicht ganz ehrlich zu dir", sagte sie. „Als ich gesagt habe, dass ich nicht nach Salzburg gehe." Gasperlmaier fiel das Herz buchstäblich in die Hose. Er hatte sich so über diese Nachricht gefreut! „Ich kann gar nicht nach Salzburg." Die Christine atmete tief aus. „Ich werd nämlich hier bei uns Volksschuldirektorin!" Gasperlmaier musste erst ausgiebig darüber nachdenken, ob das eine gute oder eine schlechte Nachricht war. Immerhin war er jetzt Postenkommandant, da war er einer Volksschuldirektorin, fand er, schon ebenbürtig.

„Freust du dich?", fragte die Christine, ein wenig unsicher. Gasperlmaier hatte noch keine Antwort parat, als sie schon weitersprach, wohl, um ihm noch ein bisschen Zeit zum Nachdenken zu geben. „Du, übrigens, ich hab da im Schlafzimmer einen Papiersack gefunden. Mit ganz neuen Sachen drin. Hast du die vielleicht für den Christoph zum Geburtstag gekauft? Die sind ihm aber sicher zu groß! Und ob das wirklich sein Geschmack ist ..." Gasperlmaier hatte jetzt gleich zwei Probleme, über die er nachdenken musste. „Die hab ich eigentlich für mich ...", setzte er an. „Die Renate ..." Die Christine zog die Stirn in Falten. „Was hat die denn mit deinen neuen Sachen zu tun?", fragte sie. Gasperlmaier wurde klar, dass er nun mit der ganzen Wahrheit herausrücken musste. Wie er sich beim abendlichen Umtrunk auf dem Polizeiposten darüber beklagt hatte, dass die Christine nach Salzburg wollte, wie danach die Rede darauf gekommen war, dass er sich für seine Frau wieder begehrenswert machen sollte und so weiter.

Es dauerte eine Zeitlang, bis alles, unter viel Gestikulieren und durch mehrere Pausen unterbrochen, heraußen war. Die Christine hielt immer noch den Schlauch in der Hand, ihre Miene aber entspannte sich immer mehr, bis sie schließlich zu kichern anfing. „Sie haben dir also mit ein bisschen Lebens- und Stilberatung ausgeholfen, die Damen!“ Sie hielt sich die Hand vor den Mund und ließ den Schlauch fallen. „Und du hast tatsächlich mitgespielt, nur wegen mir? Dass ich dir mehr Aufmerksamkeit schenke? Das ist ja rührend!“ Gasperlmaier erschien es fast so, als begännen die Augen der Christine zu glänzen. Sie fiel ihm um den Hals und drückte ihn an sich, was einerseits sehr erfreulich, andererseits aber auch schmerzhaft war. Gasperlmaier begann zu stöhnen, woraufhin ihn die Christine sofort losließ. „Ach ja. Entschuldigung. Du bist ja im Verletztenstatus. Aber weißt du was? Zur Feier des Tages ziehst du die neuen Sachen jetzt sofort an! Ich will dich darin sehen! Los, los!“ Sie scheuchte Gasperlmaier nach drinnen.

Gasperlmaier wäre es lieber gewesen, den Rest des Tages in Trainingshose und T-Shirt zu verbringen, doch jetzt war Widerspruch zwecklos. Wenig später stand er in den neu erstandenen Jeans, dem weißen T-Shirt und dem rostroten Sakko vor der Christine. Den Pullover hatte er weggelassen, dazu war es ihm entschieden zu warm. Die Christine legte die Hand ans Kinn und nickte anerkennend. „Respekt! Dein Geschmack, oder der von der Frau Doktor?“ „Äh“, begann Gasperlmaier.

„Jetzt fehlt nur noch ein pfiffiger Haarschnitt!", unterbrach ihn die Christine. Im gleichen Moment läutete es durchdringend an der Tür.

„Ich muss mich erst frisieren!", sagte er. „Geh du!" Als die Christine die Tür öffnete, hörte Gasperlmaier die Stimme der Frau Doktor. Er beeilte sich, den Kamm mehrmals durch seine struppigen Haare zu zerren, um schnell wieder unten zu sein.

Als er die Frau Doktor zu Gesicht bekam, stellte er fest, dass sie in der Zwischenzeit auch in Liezen gewesen sein musste. Sie hatte keine Ähnlichkeit mehr mit der Frau, die er vor ein paar Stunden am Toplitzsee verlassen hatte. Frisch frisiert, geschminkt und gekleidet in das nicht ganz weiße Kostüm, das er so zu schätzen gelernt hatte. Er erinnerte sich, dass sie es auch getragen hatte, als sie einander zum ersten Mal begegnet waren. Allerdings war die Frau Doktor aschfahl im Gesicht. Als sie Gasperlmaier erblickte, schlich sich dennoch ein leises Lächeln auf ihr Gesicht. „Die neuen Sachen? Elegant! Wie gefallen sie Ihnen denn?", fragte sie, zur Christine gewandt. Die nickte anerkennend und streckte den Daumen hoch. „Sie sind ja nicht ganz unschuldig daran, habe ich gehört!" Die Frau Doktor nickte, lächelte, wurde aber sogleich wieder ernst.

„Der Kilian Köberl!", flüsterte sie. „Was ist mit dem?", fragte Gasperlmaier. „Zuerst einmal hinsetzen!", kommandierte die Christine. „Einen Schnaps?", fragte Gasperlmaier, als die Frau Doktor aufs Sofa gefallen war. Die schüttelte aber nur den Kopf und deutete auf ihren Bauch. „Ach so!" Gasperlmaier verstand. „Dann muss es ein Kräutertee tun!", sagte die Christine und verschwand in der Küche. „Habt's ihr ihn verhaftet?", fragte er gespannt. Die Frau Doktor schüttelte den Kopf, und die Christine setzte sich wieder neben ihn hin.

Warum war sie so fahl im Gesicht? Und so erschöpft? Sie sah wirklich schrecklich aus, jetzt, wo jedes Lächeln aus ihrem Gesicht gewichen war. „Der Kilian ist tot!“, flüsterte sie. Gasperlmaier war ein wenig verwirrt. Hatte ihn am Ende die Frau Doktor bei einer wilden Verfolgungsjagd eigenhändig erschossen? „Wir haben vor zwei Stunden die Meldung erhalten, dass sich auf der Koppenstrecke ein Selbstmörder vor einen Zug geworfen hat. Seit einer halben Stunde wissen wir, dass es der Kilian Köberl ist. Sein Auto steht am Bahnhof in Bad Aussee, er muss danach noch etwa einen Kilometer Richtung Obertraun gegangen und dann auf den Bahndamm gestiegen sein. Der Lokführer hat gesagt, dass er mit weit ausgebreiteten Armen mitten zwischen den Gleisen gestanden ist. Wir haben einige Beweisstücke eingesammelt, die sicherstellen, dass er es ist.“ „Um Gottes willen!“, entfuhr es der Christine. „Sie waren vor Ort?“ Die Frau Doktor nickte. Gasperlmaier stand auf. „Hoffentlich reicht da der Kräutertee“, meinte er. „Ich brauch jetzt jedenfalls einen Schnaps.“

Noch bevor er allerdings die Schnapsflasche in die Hand bekam, erscholl von draußen ein Alarmschrei. „Papa! Papa! Das Feuer!“ So schnell er konnte, hastete er auf die Terrasse. Er hatte es kommen sehen. Dichter Rauch quoll aus dem Griller, die Koteletts hatten bereits die Farbe der Holzkohlen angenommen. „Ich hab die Flammen mit dem Bier löschen müssen!“, entschuldigte sich der Christoph. Die Koteletts, es war unschwer zu erkennen, waren nicht mehr zu gebrauchen. „Geh und hol neue“, flüsterte Gasperlmaier ihm zu, „aber kauf gewürzte, zum Einlegen haben wir keine Zeit mehr.“ Der Christoph warf ihm einen dankbaren Blick zu. Zum Schimpfen hatte Gasperlmaier jetzt keine Kraft. Er nahm den Blasebalg zur Hand, fachte das

Feuer neu an und legte eine Schicht frische Holzkohle über die lodernden Flammen.

Plötzlich standen die Frau Doktor und die Christine hinter ihm. Die Renate hielt ihre Teetasse in der Hand, die Christine zwei Stamperl Schnaps. „Du wolltest doch einen!“ Er griff zu und leerte das Glas in einem Zug. Wohlige Wärme breitete sich in seinem Magen aus. Die Sonne warf ihre letzten Strahlen an die Hauswand. Morgen würde ein schöner Tag werden. Gasperlmaier wandte sich wieder dem Griller zu.

Danksagung

Folgenden Menschen gebührt Dank. Ohne sie wäre dieses Buch nicht entstanden.

Meiner Frau Ulrike für Geduld, Aufmunterung, Ideen und kritisches Probelesen.

Meinem Sohn Julian für zahlreiche langwierige Fotosessions.

Meinem Sohn Daniel fürs Probelesen.

Georg Hasibeder und Linda Müller für aufopfernde, geduldige und sensible Arbeit an Text und Cover. Mit ihnen auch allen anderen Mitarbeiter/innen des Haymon Verlags. Ihr seid die Besten.

Beate und Jeff Maxian für die Gelegenheit, beim „Mörderischen Attersee" mehrmals vorzulesen, ohne je ein Buch veröffentlicht zu haben.

Thomas Raab, der mich ermutigte, aus ersten Fragmenten ein Buch und damit ihm Konkurrenz zu machen.

Und schlussendlich all jenen, die verhindert haben, dass aus mir ein Schuldirektor geworden ist. Ich werde ihnen ewig dankbar bleiben.